中国少数民族文学发展工程·翻译出版扶持专项（民译汉）

灿烂的探求之路

（下）

（朝鲜族）金英今 / 著

（朝鲜族）全华民 / 译

作家出版社

目 录

序

郑判龙

20世纪50年代初，在中国56个民族中，我们朝鲜族还属于文化教育比较发达的民族。50年代初基本普及初中教育，延边等全国各地朝鲜族聚居地区也建有当时水准较高的朝鲜族高中，每年都有很多朝鲜族高中毕业生进入北京大学、清华大学等全国高校学习。为了培养国家建设需要的高级人才，从1953年开始国家采用统一考试的方式选拔留学生送往苏联。这个时期，很多朝鲜族学生得以入选，仅1955年就有100多名朝鲜族学生和我一起成行。直到中苏关系恶化赴苏留学终止，每年前往苏联留学的朝鲜族学生的规模基本如此，其数量显然非常可观。我们朝鲜族第一位中国科学院院士姜景山也是其中一员。

因而，从新中国成立初期开始，国内各大学就不用说了，科学院所属各研究所，以及研制核武器、导弹等的国防科学部门也有很多朝鲜族科学工作者。以往如此，甚至现在依然如此，我们朝鲜族为我国国防工业、科学技术发展做出了巨大贡献，可是，这种辉煌成果却鲜为人知。对我国国防工业、科学技术领域做出突出贡献的朝鲜族学者、研究员、高级工程师以及教授中，我知道的就有中国肿瘤医学的创始人、被称为"中国肿瘤医学之父"的天津市肿瘤医院院长金显宅博士，统计学理论方面首次提出第四统计力学——群子论的现任北京化工大学学术委员会主席金日光教授，中国朝鲜族第一位院士、中国科学院空间研究所前任所长姜景山研究员，中国著名核技术专家玄光赫研究员，中国著名铸造专家金俊泽教授，中国著名古生物学家、发现了以

灿烂的探求之路／1

其名字命名的古代生物1属2种的北京大学安泰庠教授，中国著名的鱼雷总设计师刘泳哲研究员，在中国控制理论、人口理论、系统分析及系统控制CAD项目研究中做出突出贡献的中国科学院系统科学研究所韩京清教授，中国第一位朝鲜族女飞机设计师朴书玲高级工程师，中国著名的导弹专家金寿福研究员等。此外，还有曾在或正在延边工作的卢基舜博士、郑逵昌教授、姜贵吉教授等。他们都是闪耀在天上的星星，是我们民族的骄傲。

天上即便有再多的星星闪耀，如果没有人指点说明，人们也不会关注，更不知道其中有什么含义。特别是从20世纪50年代初开始，在保密性强的国防工业或是其他尖端研究领域工作的朝鲜族优秀的科学研究人员经历了不该有的政治考验，而且他们从事的工作本身就属于和普通人有一定距离的专业领域，很多人至今都对自然科学界的这些星星所知甚少。

不过，从20世纪80年代开始，有一个人四处奔波、热心寻访这些隐藏起来的星星，将朝鲜族自然科学家们闪光的业绩写成报告文学加以宣扬。她就是女作家、记者金英今。

金英今是位老作家，1962年发表处女作短篇小说《鹅卵石》，步入文坛。

"我们朝鲜民族失去了国家来到了中国，用血汗开垦了这片土地，艰难地生存下来，是一个韧性极强的民族。而且以能歌善舞和足球闻名全国，是多才多艺的民族。但是，今后中国要靠知识发展经济，我们民族现在如果不用知识武装起来，早晚要被甩在后面，不能堂堂正正地立足，无法找到自己的位置。"

小说家金英今深刻感受到我们民族将来所要面对的危机，暂时放弃了小说、散文创作，决心将散居在全国各地的朝鲜族自然科学家的事迹写成纪实文学，介绍给朝鲜族读者。她所说的数万里寻星路这堪比二万五千里长征的艰难路程就这样开始了。没有得力的资助者，自己花费了大笔费用，不仅是东北三省，还要远赴北京、天津、上海、杭州、新疆等地，一个一个寻找我们民族的自然科学家，记录下他们走过的科学探求之路，对于一位上了年纪的女作家是何等的艰难啊。

经过数年的努力，从1991年开始，她介绍朝鲜族自然科学家事迹的报告文学集《晚秋的枫叶》《如青山似苍穹》《一代之星》接连出版。由此，我们朝鲜族读者第一次知道自然科学界活跃着一批长期以来被埋没的我们民族之星，我们的儿童和年轻人找到了自己人生的榜样。

作家金英今说过："我们民族要想避免在时代的风浪中消失，就要用知识和科学武装起来。聪明的民族生存的根基是知识。一定要介绍活跃在科学知识领域的朝鲜族科学家，将他们的传记留给后人。"笔者深以为然。在此谨向近20年来作家金英今所做出的不懈而又宝贵的努力表示诚挚的敬意。

如今，知识和知识分子越来越受到尊重，我们朝鲜族本应该有比20世纪五六十年代更多的学生进入重点大学、出国留学，成为新一代之星闪耀于世，可事实却不是如此。金英今的纪实文学《灿烂的探求之路》对引导朝鲜族青少年以我们民族的先辈为榜样成为国家科学技术领域的新星，全面推动朝鲜族的发展具有重大意义。从这个意义上说，中国朝鲜族自然科学家报告文学集《灿烂的探求之路》的出版着实可喜可贺。

成功的秘诀是忍耐和奋斗
——记系统和控制学者韩京清研究员

中国科学院坐落在著名的北京科学城中关村，当我前往中科院系统科学研究所韩京清教授（1937—）研究室的时候，先生穿着一身普普通通的灰色西装。和照片上的样子一样，身材高大的教授头发掉落得较多，额头显得较为宽阔，仿佛陷入思索中的双眼略微有些忧郁。慢悠悠的言谈举止给人留下深刻印象：这是一位思考型科学家。

办公室虽然外观漂亮，但较为狭窄、朴素。没有任何装饰，对着白墙有两张不大不小简朴的桌子相对，窗边放着一个普普通通的沙发。比较特别的是墙上挂着一个大黑板。看到这个像大学生的教室一样过于简陋的办公室心情颇有些不快。堂堂中国科学院著名教授的办公室居然是这么一种状况，真让人愤愤不平。但韩京清教授却没有丝毫介怀，看来他早已适应了这种环境。

过了一阵，转了转韩教授的实验室，看到每间屋子都有数台电脑，旁边坐着年轻的研究生忙着计算数据，我的印象才彻底扭转。（说的就是！）

提起中国的大数学家华罗庚教授，恐怕无人不知无人不晓。可是如果说我们朝鲜族著名的系统和控制学者韩京清教授年轻时曾经是华罗庚教授的得力助手，有谁会相信呢？

我们先简单介绍一下韩京清教授的研究成果吧！

1978 年，他与国家科学技术委员会主任、国务委员宋健教授合作撰写的论文《线性最速控制系统的分析与综合理论》引起了世界学术界的极大震动。国外著名的系统和控制学者认为这是对最优控制理论的重大贡献，对其论文引用广泛。由于这一成果，他获得了国家科学大会奖。

1979 年韩京清教授研究的《诱导法则方案设计》获国防科学工业委员会科学技术进步三等奖。

1983 年因《最优诱导理论研究》获中国科学院科技进步二等奖，1983 年开发成功《CADCSC 软件系统》获国家教育委员会科学进步二等奖，1995 年获得国家科技进步三等奖。其后，因为对国防技术发展所做出的贡献，获得国防科学工业委员会颁发的"光华"科技三等奖。

70 年代，韩京清教授举办了 5 次现代控制理论讲习班，亲自进行高水平的系统讲授，名扬全国，在我国第一个形成了线性控制系统理论构造性方法的自主体系。

从 1983 年开始，韩京清教授每年都要参加在美国夏威夷举行的美国东西方中心人口研究活动，他还提出了分析生育率中的生育基数方法，为我们实施计划生育政策做出了巨大贡献。

在 40 多年的科学研究工作中，韩京清教授在国内外期刊共发表了 100 多篇论文，出版了《火箭诱导法则》《极值控制与极大值原理》等 4 部科学著作。

韩京清教授除担任学术界各种职务外，还是中国科技大学、浙江大学、黑龙江大学、延边大学等多所大学的兼职教授。

科学家的家

5 月 15 日，和韩京清教授的妻子裴仁顺女士电话预约后，我来到了位于中关村科学街他们的家中。北京 5 月的天气已经炎热难耐了，走一点路就会大汗淋漓。他们家在 935 栋公寓六楼，楼前是一人多高的诱人的粉红色月季花。我敲了敲门，裴仁顺女士打开门，热情地把我迎了进去。裴女士是个身材矮小、长得非常干练的女人。目光炯炯有神，不像60多岁的女人。双眼皮，黑眼珠，让人一看就觉得她年轻时一定是个非常麻利、机敏的人。

窗户边挂着的一把长剑引起了我的特别关注。长剑本身是一方面，更主要的是一个著名科学家的家中挂着一把肃杀之剑，总感觉有些不和谐。

"那把长剑是谁为了保护科学家的生命送的礼物吗？"

"哈哈哈！"听到我的玩笑话，裴仁顺女士爽朗地大笑起来。那笑声颇有男子气概。

"作家先生，您还不知道我是一名运动员吧？"

"不，我听说了。您是50年代我国著名的滑雪健将，在全国滑雪运动会获得过多枚金牌，后来还当了教练。可没听说您还会剑术啊。"

"是的，我原来是体操运动员，根据组织的需要改行从事滑雪运动。我很早就对中国武术产生了浓厚兴趣。北京举行的亚运会开幕式有过中日联合太极拳表演，我就站在前排第二行。现在每天早晨仍然要出去一个来小时，舞舞剑，练练武术，打打太极拳。"

"啊！啊！是这样啊。怨不得您还这么身材苗条，腰板挺直，动作敏捷。"

"现在老喽。职业病真是没办法。"

我们的话题进行得非常有趣。迄今为止，我采访过很多科学家，还没遇到过科学家和运动员组成的家庭，这不能不引起我极大的好奇。据韩京清教授所言，这位身为运动健将的妻子在丈夫人生道路和科学之路上起到了突破性作用，而且为丈夫的科学研究事业，毫不犹豫地牺牲了自己。

裴仁顺女士一阵风似的去了一趟旁边的屋子，从冰箱里端出了满满一盘水灵灵的草莓放到我身边。主人开朗，客人也就没了拘束。我打量了一下房屋的摆设，一个著名科学家的家，未免有些太不起眼了。没有挂一幅画的白墙，没铺寸尺毛毯、毫无修饰的原色水泥地板，没有一处冗赘的室内布置，充分显示出主人的格调和性格。房子不小，三室一厅。

"我很想知道，科学家怎么会和运动员恋爱，组成家庭的。"

气氛比较融洽之后，我很直白地道出了自己的心思。她确实不愧为运动员，性格像秋风一样爽快。而且不管什么有一说一有二说二，毫无遮掩。

"在我之前，韩先生和几位女性谈过恋爱，只是没有成功而已。没能成功的原因在我看来有两点：一是一贫如洗的家境；一是不善言谈的木讷性格。再补充一点的话，我家先生虽然有真情但却缺乏恋爱技术。女人都喜欢包容、温柔的男性，谁喜欢索然无趣、寡言木讷的人呢？但既奇怪又可笑，我家先生无论是恋爱中还是失恋时，学习会更出色，研究会更顺畅。"

"啊？"

一直以来，恋爱或者失恋会影响学习、影响工作之类的话听得耳朵都起茧子了，而且我也是一直这么认为的。所以，冷不丁听到这话让我一时有些摸不着头脑，不知该如何理解。反正有一点是肯定的，韩京清的性格与他人截然不同。

就普通人而言，当然都希望能够和自己中意的人恋爱，希望获得自己中意的人的爱。但心想未必事成。虽然都想牢牢掌握住自己中意的恋爱对象，但如果不能抓在手里，不可避免地会陷入苦恼之中。如果不能解决这种苦恼，什么事情都干不成。不是心不在焉，就是静不下心。因此，有大吵之后分道扬镳的，有心存怨怼蓄意报复的，偶尔也有恋爱不成反目成仇的。可韩先生倒好，学习和研究居然更加得心应手，怎么能不令人感到啧啧称奇呢？

"这种话我可是头一次听说。"

裴女士自顾自地解读着自己的丈夫："我们韩先生有些与众不同。他认为，如果想爱人，想被人爱，就要活得漂亮，首先要从自己做起，为了让自己成为能够获得对方爱恋的人，用现在流行的话说就是，为了成为一个高层次的人，自然就会加倍努力。所以，恋爱会成为生活的动力。"

"有道理。可是，失恋的时候难道不痛苦吗？痛苦对学习和研究都有影响啊。"

"自然会有痛苦。但我家先生心比较宽。这跟他性格慢好像也有一些关系。失恋的时候，他是这样想的：虽然我爱对方，但对方没有这个心思，没有这份感情，她不愿意有什么办法？随她去吧。她不愿意说明我还不够棒。如果不能拥有高尚的人格，就不能遇到理想的人物，就算遇到了也不会和谐。重要的是让自己变得更棒，更富有魅力。因此，就要更加努力，更加奋斗。如果感到痛苦，那么通过更努力的学习就会淡忘。这样一来自然就不会怨恨对方，辱骂对方，诅咒对方，报复对方。"

我点点头，好像多少明白了高尚的爱情蕴含的道理。

裴仁顺任国家滑雪队队员时，因受伤来到在北京工作的哥哥家治疗。在哥嫂的力推下，结识了哥哥的朋友、同学韩京清。在交往中，虽然不太满意他那木讷、古板的性格，但由于他心胸宽广、有能力、有才华、有毅力，慢慢就爱上了他，不久就结了婚。

"结婚后，我们连续有了孩子。丈夫留苏 3 年回来，我们也过了 10 年'牛郎织女'的生活。丈夫不在身边，一个年轻的女人独自一人带孩子，非常吃力，也有试图打什么主意的人。但为了不败坏丈夫和自己的名声，再难做的家务活也不找人，全都自己干。为了丈夫的研究事业，我不得不告别了自己喜爱的体育事业。"

所以，人们才会说韩京清成功背后有妻子的牺牲和一半贡献。

"在热血青春时期，我也有很强的自尊心。"

裴女士讲述了发生在"文革"时期的两件事。像孙悟空大闹天宫一样，裴女士也曾经轰动科学院宽阔的大院。

1969 年夏天的某一天，裴女士背着、牵着 3 个孩子，从通化来到了北京，因为没有钱坐不了卧铺，他们坐的是硬邦邦的硬座，吃尽了种种苦头。她头顶着包袱，身背着小儿子，手牵着两个儿女，好不容易走出站台，丈夫却没有来接站。很久都没有一封信，裴女士心想不是患了重病，就是出了大事故。裴女士心急如焚，心怦怦直跳，脚步也稳不住了。现在就好像自己的眼前会出现晴天霹雳般的巨大不幸。丈夫是她人生路上的唯一支柱。如果这根支柱倒下去，这3个孩子的前途会怎么样呢？越想越觉得眼前一片迷蒙，分不清前面的路。孩子们则饿得嗷嗷直叫，吵着嚷着要找爸爸。

不知道是什么精神支撑着她，最终来到了丈夫的宿舍。那里也没有人。她找到门卫，打开门进去一看，床、桌子，哪儿都是厚厚的一层灰。这说明丈夫不在宿舍，很久没回来。裴女士看着缠着自己的孩子们，感到非常无语，她真想痛哭一场。如果不是自己想到另一股道上去了，她是不会来找丈夫的。裴仁顺哄着孩子，把他们安置在床上，然后跑出去四处打听丈夫的去向。

丈夫受到"朝鲜修正主义事件"的牵连，遭到隔离审查。

（是党给了他学习的机会，他也是按着党的指示工作的，这样的人怎么能成为卷入修正主义事件中的特务分子？）裴仁顺怒火中烧，她来到事件处理办公室，大闹起来。

"你们都知道党要重视政策、要重视证据的政策吧？请你们马上拿出我丈夫是特务的证据，让我瞧一瞧。拿出来呀，麻溜的！"

有理有据，加上泼辣的斥责，当天晚上，"领导层"就让丈夫回了宿舍让他们相见。

1974年春天，裴仁顺再次领着孩子来到了北京。这次她决意要结束长达10多年的两地分居生活。她一来就找科学院有关部门，讲述了10多年两地分居的情况，要求他们解决问题。可是，负责接待的干部极为冷淡，还说出一些不负责任的话，她顿时火冒三丈。

国家的总理是人民的总理。我不找人民的总理我找谁？就在她要给总理写信的时候，一个朋友来看她，知道了这一情况后，告诉她：总理的前秘书周荣鑫现在是科学院党委书记，建议她找周荣鑫反映情况，还留下了周荣鑫的电话号码。裴仁顺打电话给周荣鑫讲述了自己的家庭情况，要求他帮助解决调动问题。周荣鑫非常耐心地听完之后说："我基本上听明白了，有了一定的印象，具体你再写份材料来吧。"

第二天，裴仁顺坐在桌前认认真真地写着给周荣鑫的材料。丈夫的冤屈，10多年两地分居，独自养育3个孩子的艰辛，写完这些后，感觉心情畅快了不少，泪水潸然而下。

不久，周荣鑫同志找到数学研究所党委书记进一步了解情况之后，做出指示要从速解决裴仁顺同志的问题。

"几个月后，我的调动问题解决了，韩先生的问题也解决了。因此，科学院内就疯传我是个可怕的女人。我难道就愿意那样吗？没有了活路我也是被逼无奈。"

她的智慧和勇气令我大吃一惊。我们朝鲜族女性中有这样雷厉风行的女性，有这样刚正不阿的女性，我感到非常的自豪。大学毕业的3个儿女分别留学美国、日本、韩国，这也多半是裴女士跑前跑后办成的。

韩京清教授的家庭是幸福的家庭。

大儿子韩学峰是地球物理研究所职工科学技术大学毕业，参加了第八届南极考察，回来后留学日本。北大生物系毕业的女儿结束了在美国夏威夷大学的硕士学业，现在在美国一家公司工作。北京对外经贸大学毕业的小儿子赴韩国延世大学学习，归国后在一家韩国公司任代理社长。

看着裴女士拿出来的相册，我感叹、羡慕不已。3儿女全都遗传了爸爸修长的身材，妈妈漂亮的眼睛，相貌堂堂，一表人才。

孩子出息了，丈夫成功了，在背后默默付出期间，岁月如流水一般逝去。岁月无情。我国第一代滑雪运动员将自己的一切都奉献给了丈夫和孩子。

"虽然也有伤心的时候，但没有太大的遗憾。我的选择好像没错。反正，没有一方的牺牲，在当时的家庭条件下，在当时的社会环境下，想都获得成功是没有可能的。每次看到丈夫的研究成果，每当看到苗壮成长的孩子们，作为妈妈，作为妻子，我都会感到非常自豪。"

她笑得很畅快。这不就是朝鲜族女性的美德吗？现在所剩的事情就是在丈夫花甲之年出版他的论文集和他一生所写的文章。做完这事她就没有任何遗憾了。

我走的时候，裴女士一直把我送到大道上。这位矮小、朴素、活泼的女性给我留下了深刻的印象。

少年老成

韩京清出生于鸭绿江畔长白县的一个非常偏僻的山沟里。天天吃着大麦饭和土豆望着长白山长大。有 50 户朝鲜人居住的这个村子，只有一所学校，就是韩京清的爸爸开办的火炕屋学校。京清就是在火炕屋学校认字的。脑子聪明、努力的京清用了 3 年时间学完了小学的全部课程，以优异的成绩进入了长白县中学。

小的时候，京清行动缓慢，寡言少语，经常在默默地陷入沉思之中时突然冒出一些匪夷所思的话，村里的老人都说京清是个"内心似老人的孩子"。

京清的姑姑家在长白县城。京清在姑姑家上了一年学。可是，姑姑家孩子多，加上还有老人，日子过得非常艰难。寄身在这样的家中实在太痛苦了。无奈之下，京清退学回到家中。京清的爸爸舍不得儿子的聪明才气就这样荒废掉，他到山上砍完柴，卖柴的时候，带着儿子找到了学校。

正好这个学校一个享受助学金的学生转学了，学校就答应将这个奖学补助金的名额给韩京清。就这样韩京清幸运地重新获得了上学的机会，并且住进学校宿舍。

幸运就是机会。对一个人而言，机会是何等重要啊。那时，如果没有那样一个机会，韩京清的命运可能就是埋没在长白县深山沟里的一个普通农民。

韩京清的爸爸参加了解放战争，之后又参加了抗美援朝。加上，连妈妈也得了难治的克山病离开人世，京清和他的妹妹经历了难以言表的苦难。四口之家和和美美的日子因为妈妈的去世分崩离析。京清将哭泣的妹妹托付给大爷家，重新回到学校，他心如刀绞。

生活虽然困难，但京清学习却非常刻苦。不过，他这个学生有点怪。别人觉得艰涩难解的数学和物理等课程他举重若轻，别人觉得易如反掌的常识和历史之类的课程他学起来却不能轻松自如。脑子虽然聪明，但转得并不快。不管什么问题都要思考半天才能明白，所以，一到考试的时候，京清就觉得时间不够用写不完答案。每当他弄懂了题意要求，奋笔疾书写得正起劲的时候，下课的铃声就会丁零零地响起。气恼的他常常红着脸，非常惋惜地挥动拳头捶打自己的脑袋。

从长白中学毕业后，京清进入了清原高中。那时，他的年纪比同班其他孩子小三四岁。

京清用包袱包好行李背在身上，穿着草鞋走了4天险峻可怕的山路，从长白走到临江火车站，在那里坐上了去清原的火车。

到了学校宿舍发现，没带被子的孩子就他一人。因为天冷，每天晚上他都要和衣而睡，而且要挤在别的孩子之间蜷缩着身子。草鞋破了无法再穿，他用路费中剩下的6角钱到修鞋店买了一双经过缝补的旧鞋。他得到的三等补助金交了伙食费就一分不剩了。

下面讲述一个令人潸然泪下的故事。初中毕业那年，京清难得订了一次教材。他所生活的长白县交通实在糟糕，以致毕业后教科书才邮寄到，没了用处。京清找到教务主任要求退书，教务主任一口咬定书既然到了就不能退。无奈之下京清只好将那些课本带到了高中当笔记本用了。他在行与行之间，在上下左右的余白上记下重要的内容。那些课本成为京清高中一年级时的全部的笔记本。

那时有很多值得感谢的人。班主任李泰英老师看到京清的衣服都破了，就给他买了新衣服。别的老师和学生也经常将穿过的衣服、鞋，还有笔记本送给他。放假了，就做一些编荆条之类的副业，准备下个学期的学杂费。

不久，清原高中搬到通化市，取而代之的是建了师范学校。那时，清原师范的长白学生给京清带来了县里给京清的军属慰问品——布和10元钱。在贫困中苦苦挣扎的京清把这天上掉下来的馅饼紧紧地抱在胸前，默默地坐在那里，眼泪汪汪，心中充满了感激之情。虽然是政府送的，但京清感觉就好像参军的爸爸回来紧紧地抱着自己一样。

京清买来棉花用那块布做了被子。

1953年苦苦等待的爸爸终于复员回来了。京清兄妹重新有了家。爸爸用复员费给儿子买了帽子，做了棉袄。京清穿着新衣流下了热泪。有伤心，也有喜悦。头一次穿棉袄他感受到了从未有过的温暖。

京清像王子一样穿着新衣服出现在学校，孩子们顿时瞪大了眼睛，像发现新大陆一样围着京清，上下打量他。

京清对数学有着特别的兴趣。再难的问题他都能沉下心来，认真琢磨，直到解开才会离开座位。

他经常到学校图书室去看书。那个时候适合学生看的书没有几本。

一天，他在图书室看杂志的时候，读到了一篇介绍苏联20岁的数学博士的文章。（20岁就成了数学博士，太厉害了！）京清激动不已，看了一遍又一遍。读了4遍才离开图书室。京清在心里计算着自己的年龄。（我到了20岁的时候就会大学毕业，虽然稍晚了一点，但不断奋斗的话，应该可以成为数学博士！）

那个20岁的数学博士成了京清中学时期的偶像，给了他无穷无尽的力量。为了成为未来的数学博士，京清以惊人的毅力投入到数学学习中。他弄来科普读物兴趣盎然地阅读着。一次，在看朝鲜杂志的时候，看到了上面刊载的非欧几里得几何，他看了一通宵，读了一遍又一遍。天文学方面的文章他也非常感兴趣。

韩京清教授回顾那段时光时说道："科普读物对青少年的影响非常

巨大。从我的体会看，科普读物刊登的优秀文章有可能成为青少年选择人生之路的向导。"

1958年秋天，20岁的韩京清以优异的成绩从吉林大学数学系毕业，分配到了中国科学院数学研究所。

成为著名数学博士的理想山峰呈现在他的眼前。要想攀登这座理想山峰，必须呕心沥血刻苦攻读才行。尽管高高的山峰看起来崎岖险峻，但京清满怀希望和信心，因为他已经步入了世人仰视的科学殿堂。

成功的秘诀是忍耐和奋斗

人们都说，中国科学院是培养科学家的熔炉和摇篮，是吸引无数梦想成为科学家的知识分子的希望之峰和科学殿堂。

如今一个朝鲜民族的儿子，只有20岁的韩京清跨入这个科学殿堂的大门。

分配到数学研究所的那天，韩京清久久地站在雄伟的数学研究所大门牌子前，脑海中浮现出艰辛的学生时代，心胸更觉开阔。

生长在贫寒的家庭中，在长白县的深山沟里，每天数十次仰望白雪皑皑、壮丽雄伟的长白山成长的孩子，今天走进了我们国家最高级的科学研究殿堂。如果没有几年如一日发放的国家助学金，能有今天这样的日子吗？如果没有亲爱的老师们和众多同学的帮助，我如何度过那寒冷、漫长的冬夜？想着想着，他热泪盈眶，心潮起伏。他想像诗人那样高喊"啊！哦！"却发不出声音，只能独自默默地忍受着所有澎湃激情的冲击。

那时正是震动中国大地的1958年"大跃进"时期。他刚到，研究所就以让知识分子去劳动锻炼为名把他派到中国科技大学的工厂。本想早日成为数学博士的韩京清虽然有了一些思想准备，可却失去了用武之地。对苦海中泡大的京清而言，劳动锻炼根本算不了什么。那种锻炼他早已习以为常。

正好刚刚成立的科技大学缺少教员，组织上让韩京清去数学教研室任助教。

一个千载难逢的机会落在了年轻而又雄心勃勃的韩京清头上。他的面前赫然站立的居然是那位不仅在我国就是在世界上也鼎鼎大名的著名数学家华罗庚教授。一直渴望亲眼一见、一直渴望聆听教诲的人物，就这样梦幻般出现在眼前！韩京清兴奋得几天没睡好觉。

（从现在开始，我一定要紧跟华罗庚教授，学习，学习，再学习！）韩京清暗下决心。不过，寡言少语的韩京清并不知道如何才能将所有这些情感外露出来，他没法表露。古语有云："水深江静。"好像说的就是韩京清这样的人。

从这时开始，韩京清就担任了华罗庚教授的助教。华罗庚教授写好教案，韩京清就要根据教案出一些练习题，还有检查学生的作业。教研室助教缺乏，所以韩京清还担任了万哲先、王元等教授的助教。自己出一些高等数学、解析几何等科目的练习题，还要检查学生的作业，时间不够，一天只能睡两三个小时。除了吃饭的时间，忙得团团转，可以说连眨眼的时间都没有。

这个总是不声不响、埋头苦干、工作认真的年轻人，是华罗庚教授最满意的助教。一有空，华罗庚就会走近京清，给他出一些难题让他解。韩京清如果立刻说出解题的具体思路，华罗庚教授就会满意地点头，脸上浮现出欣慰的笑容。一次，他当众夸赞韩京清在自己这么多的助教中是最棒的。

正当韩京清非常享受华罗庚教授指导的时候，研究所指示韩京清回所准备留学。

韩京清无奈只能回来准备留学，但因为苏联和中国的关系恶化，留学苏联的事情被拖延了。

当时，韩京清夜以继日地窝在办公室里撰写的论文《用代数方法判断多项式稳定性》，获得了好评。这是他在科学研究工作中取得的第一个成果。

他所属的研究室是微分方程研究室。无论是谁，只要调过来或是分配过来，都要首先面临一个必修课程，就是阅读莫斯科大学校长彼得罗夫斯基的著作《常微分方程讲义》。虽然不是大厚书，但练习题很有名。一直以来，进入该研究室的人虽然都读过这部书，但没有一人能够将其中练习题全部解开。韩京清这个人一坐到书桌前就不知道站起来，夜深了也不知道时间过了多久。他以惊人的毅力去解题，结果除了两道题外，解开了其余所有的题。这在研究室里引起了轰动。大家都对他的毅力和聪明赞叹不已。就连上了岁数的教授们对这个年轻的研究人员也投以满含敬意的目光。

1963 年 10 月，赴苏联留学的事情终于有了结果。韩京清进入了莫斯科大学数学力学系专攻数学。韩京清一边学习俄语，一边刻苦学习苏联的先进科学。但由于中国的"文化大革命"爆发，与苏联的敌对关系加剧，1966 年 11 月，他们还没有结束学业，就近乎被驱逐般地回到祖国。韩京清重新回到数学研究室。

在"文化大革命"这一 12 级台风的肆虐下，年轻的韩京清也未能幸免。韩京清因为是朝鲜族就被卷入"朝鲜修正主义集团"事件中，两年间，失去行动自由，遭到斗争和批判。经历了这种巨大的磨难，他感到说不出的痛苦，无意义，悲伤。看不到希望。想成为著名的博士的理想也化为泡影，而且突然产生了寻死的念头。科学工作者不能从事科学研究活着还有什么意义！然而，韩京清眼前却浮现出在遥远的地方操劳的妻子和 3 个孩子的身影。怎么可以把他们留下来我自己图平安呢？这样一想只能打消不好的念头。

经受了两年的折磨，韩京清才从这一怪异的事件中解脱出来，但组织上又将他送到了"五七干校"接受劳动改造。在那里每天都要进行繁重的劳动。四肢的力量是越来越大了，头脑却一天天变得迟钝，变得空荡荡的，学过的知识也在渐渐忘却。在争分夺秒的科学家面前，无情的岁月像流水一样逝去。

虽然从"五七干校"回到了研究室，"文化大革命"的余波犹存，科学院不给科学家们研究的机会。研究所一直不相信韩京清。极度失望的韩京清决心离开研究所。

能够进入年轻时无比景仰而且梦寐以求的地方，当时觉得自己是这世上最幸运的人，而如今科学的殿堂感觉像地狱。不能从事科学研究的科学院算什么科学院？他想去妻子和孩子所在的东北。首先联系的是吉林大学，回答是不要科学院肮脏的知识分子。之后联系的是自己民族的大学延边大学，回答是不收朝鲜族知识分子。朝鲜族大学不要朝鲜族知识分子那要什么人呢？无奈之下给妻子所在的通化市发去了人事文件，但他们看了"朝鲜修正主义特务事件""危言耸听"的文件，回答仍然是不要。因为通化是边疆，像韩京清这样的人物就是个不知道什么时候爆发的危险炸弹。学历和知识水平越高，能力越强，成果越多，那个时候所受到的侮辱、蔑视、排斥就越严重。四面八方所有的门都紧紧关闭。韩京清寸步难行。

在众口铄金的时代，哪里有道理可讲？

从前，韩非子说过，人言这种东西，很多人都说同样的话就会认为这话可信。即便不是真实的话，10个人都这么说，就会半信半疑；100个人都这么说，就会想说不定这就是事实；1000个人都这么说，就会相信这绝对是事实。不管别人怎么说都会接受。

确实如此。一两个人合谋扣上"修正主义特务"帽子之后，研究所几百人鼓掌称是。韩京清就是有10张嘴也无处说理。

千里马常有，而伯乐不常有。唐朝著名的诗文大家韩愈在《杂说》里写过这样的话：这世上有了伯乐千里马才会出现。千里马常有，而伯乐不常有！所以，即便有千里马，也可能不能在这个世界上闪耀光辉，只能在奴隶的手中受尽辱骂，最终连千里马之名都听不到，像普普通通的马一样受到冷遇，跟它们一样死在马厩中！

当时韩京清的境遇就是如此，没有识才的伯乐。

哪里都没有容身之所。如今只能老老实实做个北京鬼了。成为什么样的、如何成为北京鬼呢？韩京清能够做的只有科学研究。现在科学知识虽然遭到蔑视，但他相信科学知识受到尊重的那一天终将到来。韩京清重新回到研究所，重新拾起了搁置好几年的书籍。现在公式几乎都已经忘记，说干就会干到底的韩京清每天都泡在研究室里学习。整个研究所只有韩京清的办公室整晚亮着灯。可是，由于"修正主义分子"的帽子产生的后果，70年代都快过去了，尖端课题和重要的研究课题也轮不到韩京清头上。别的人很风光地被派出去出席国际、国内各种学术研讨会，而最有能力的韩京清却回回落空。

韩京清不为所动，依然默默奋斗4年，写出了专著《拦截问题中的引导律》。这一成果在研究所引起了很大震动。人们再也不敢小觑他了。

1977年年末，控制理论会议在上海召开。不知出于什么想法，研究所破天荒地派韩京清参加了这次会议。韩京清的心情就像脱离了鸟笼的小鸟飞翔在蓝天一样。实际上，这次会议为韩京清插上了飞翔的翅膀。

在中国，控制理论研究本来是由宋健、韩京清于1962年一起开始的，当时跻身国际先进行列。经过十年动乱已经被人远远地甩在了后面。先进国家已经将数学和控制结合起来研究了。数学造诣精深的韩京清轻松地接受了控制理论。他切实感受到我国在科学研究领域与世界的差距，在科学研究人员的使命感驱使下，在没有任何人下达指示的情况下，从会议结束回来，在全国范围内先后举办了5期现代控制理论暑假讲习班。艰涩的理论他亲自讲授。通过这个讲习班，韩京清名声大振，也形成了自己的理论体系"线性控制系统理论构造性方法"。

之后，全国软科学研究工作座谈会召开，韩京清应邀出席。

国家科学技术委员会主任、以前与韩京清进行过多年合作研究的宋健在会上做了重要讲话。

......

我们的祖国正进入一个崭新的、充满了希望的历史时期。一百多年来，无数仁人志士，好几代献身于振兴中华的革命家们所梦寐以求的振兴时期已经真正到来。每一个热爱祖国、热爱人民的科学工作者都为之振奋，一切国际上的朋友都为之欢欣鼓舞。十一届三中全会以来，我们党总结了历史上正反两个方面的经验教训，决定执行改革、开放的政策，确立了独立自主的外交政策，这些都为中国的政治、经济、科技、教育、文化的迅速发展创造了非常有利的环境条件。

......

在当前社会主义现代化建设中，科学决策工作之所以具有关键意义，还因为党和政府的决策工作大部分与社会发展过程密切相联系。而社会过程的时间尺度又常常超过一代人的寿命。一项决策的正确与否，常常需要十年二十年的实践才能最后被证明。这是与技术科学最大的差异所在。

......

掌声频频响起。"文化大革命"后第一次听到这样的讲话，韩京清无比兴奋和激动。和宋健非常亲密的关系令他对宋健的话深信不疑。

（看来，世道真的变了！中国科学家有活路了。决不能错过这个机会！）

韩京清暗下决心，制定了今后的研究计划。

到了 80 年代，韩京清的研究工作得到了上级的支持和重视。他的前途辉煌灿烂。他成了大规模的中国控制系统计算机辅助设计软件项目研究的总负责人。

他争分夺秒地投入到工作中，无论是研究还是组织工作都搞得有声有色。

1986 年 6 月 18 日，韩京清迎来了一个令他无比欣喜的日子。实现科学家自身价值的自豪感，以及披荆斩棘终获成功的喜悦令他兴奋不已。

这天，大规模的中国控制系统计算机辅助设计软件研究制作成果通过了国家级鉴定。鉴定委员会的专家们认定这次的成果是在世界范围内不曾有过报道的独创性成果。之后，《人民日报》《光明日报》《中国科学技术报》、中央人民广播电台、中央电视台都报道了这一消息。

通俗地讲，这个成果使用计算机代替人工设计，可以广泛应用于工业、农业、科学、国防等诸领域。

该研究成果填补了我国自动控制系统计算机辅助设计软件方面的诸多空白。规模庞大的该软件系列性能齐全，计算方法丰富，控制系统在分析、设计、模型制作、综合等方面都达到了国际水准。在我国控制技术的发展、控制系统的科学研究设计、促进教学能力方面具有重大意义。

研究方面的成果也让韩京清成为深受科学界关注的人物，受到了人们的尊重。他成为中国系统工学学会常务理事、系统理论委员会副主任、中国系统仿真学会常务理事、控制系统仿真和 CAD 委员会主任、自动化学会控制理论委员会委员，还承担了《数学进展》《系统科学与数学》《信息与控制》《控制与决策》《系统仿真学报》等全国性刊物的编委。

别人越是拥戴，韩京清对自己的要求越是严格；获得的成果越显赫，他越是注意找不足。

他总觉得已经成功的中国控制系统计算机辅助设计软件的计算机语言及设计本身不知什么地方有不尽如人意之处。为了让该项目达到国际先进水准，该项目总负责人韩京清向上级申请了 120 万的重大项目基金。从 1988 年开始，韩京清组织了 19 个单位 160 多名工作人员展开进一步的研究工作。

整整 3 年时间，韩京清的日历里没有了节假日，没有了休息天，他没日没夜地泡在研究室里组织、指挥、研究，忘我地奋斗着。他付出的代价比谁都大，获得的报酬却和别人一样。

1991 年，更加先进、更加完美的"中国控制系统计算机辅助设计软件系统"终于制作成功。

"中国控制系统计算机辅助设计软件"包括 19 个小系列，5 个基础仓库，已经在中型计算机上安装运行，小的系列可以独立安装在微型计算机上，用于特定的分析和设计任务。

该成果引起全国科学界媒体巨大轰动。

通过报刊杂志，我了解到韩京清先生作为控制学者对中国人口研究问题也做出了特殊的贡献。

从 1983 年开始，韩京清每年都要参加在美国夏威夷举行的美国东西方中心的人口研究活动，经过坚持不懈的研究提出了 BNB 概念，即生育率分析中的生育基数方法这一独创性的方法，对我国计划生育政策的实施做出了独特贡献。

韩京清的生育基数方法是通过思考方法和处理方法研究人口问题，计算方法简单，备受欢迎。如今国家计划生育委员会正在运用这种方法。

80 年代末，韩京清撰写的论文《今后十二年中国的人口形势预测和分析》非常适时地为我国计划生育政策做出了贡献。

面临人口问题的中国人无不对国家的命运产生深深的忧虑。特别是经过 10 年"文革"期间无节制的生育造成了人口膨胀，对此深感忧虑的我也一直对人口问题给予了特别的关注。因此，就中国的人口问题，我同韩京清教授专门进行过交谈。

"决定今后人口发展趋势的主要因素是妇女的生育情况，妇女的生育情况又可以分为生育能力和育儿水平两个要素……"

为了不掉进艰深难懂的技术问题里，我开门见山地询问他为什么预感并强调要对今后 12 年的人口加以控制的重要性。韩教授有些兴奋地说："我们国家的人口数量太多了。从 80 年代中期到 2000 年 12 年间，'文革'期间出生的人口达到了生育高峰期，只要稍微抓紧一下计划生育政策，或者稍微延缓一下，都能对 2000 年的人口产生非常巨大的影响。2000 年的人口数是一个具有长远战略意义的数字。

　　"大略计算一下就可以知道，如果 2000 年的人口控制在 12.5 亿以内，2030 年左右我们国家的人口就能控制在 15 亿以内，不仅人口增长放缓，人口增长幅度也会下降。2000 年的人口数如果超过 12.8 亿，即便 2020 年左右（下一个生育基数高峰期）进行更严格的控制，2025 年左右也会超过 17 亿。"

　　我瞪大了眼睛。心怦怦跳了起来。17 亿，那浩浩荡荡的人口大军仿佛踩着我的胸膛走过去，仿佛全部密密麻麻地拥挤在我们脚下的这片土地上。

　　似乎洞穿了我的心绪，韩京清笑着说："当时，我们国家的人口基数达到了 11 亿，而且仍然保持着快速增长的态势，形势非常严峻。但从另一方面看，从那时往后的 12 年又是我们扭转人口问题处于被动局面的绝好良机。如果能够在这 12 年的高峰期通过控制防止 23 年后的生育高峰期出现，那么，今后的人口形势就会好转，不然，我们的后代就会遭遇巨大的人口灾难。一定要采取有效措施，制定长期稳定的政策，将 2000 年的人口控制在 12.5 亿到 12.8 亿之间。那么，我们就能够完成历史赋予我们的光荣而艰巨的使命。"

　　（控制学者就是控制学者！）我不由自主地发出了感叹。听了韩教授明晰的分析，我好像对计划生育、人口控制有了一些了解，更进一步认清了他在人口控制方面的研究的重要性。

　　望着韩京清耿直、充满活力、泰山崩于前而岿然不动的沉稳表现，我心想他现在依然可以做很多研究工作啊。

　　"先生在控制理论领域研究了几十年，也取得了很多成果，今后在应用领域还打算做出怎样的贡献？"

　　听到我的问题，韩教授熄灭了口中的烟，沉思了一会儿，表情愉快地从座位上站了起来，走到挂在墙上的黑板前，用白色的粉笔写下了"自抗扰控制器"几个大字。韩教授说，这几个字如果解释的话，就是"自动抵抗扰动控制器"。韩教授表示自己早就有在解决实际问题的应用领域有所作为的想法。1987年韩教授在美国从事研究工作，回国时带回了一台计算机。几年来，他用这台计算机采用非线性方法对控制系统进行了综合研究，并且先后获得16万元的国家自然科学基金投入到研究制作中。最近研制出了"自动抵抗扰动控制器"。开始在机器人上做了实验效果非常好，于是又用到很多领域，好评如潮。人们都劝他申请专利，但韩教授说这一研究成果给很多领域的人们带来了便利，有了这点自己就满足了。

"我虽然也研究出了一些东西，但自己感觉在我一生取得的成果中这项研究是最有用的。"

"教授您身体不错，家庭条件也好，研究环境优越，今后一定能够取得更大的成果。也祝愿您取得更多成果。"

"谢谢。"

韩教授回了这句话后又默默地凝视着挂在墙上的黑板。黑板上写着白色的大字！一目了然！韩京清很想自己的一生能像黑板上的字迹一样活得明明白白的，可命运却让他经历了太多曲折坎坷、荆棘泥淖。

在那一瞬间，我的脑海中闪过了一个念头。他的妻子裴女士曾经说过，两地分居的时候，裴女士自己一个人带着3个孩子辛苦操劳，结果生了病。韩京清二话不说将两个孩子接到科学院宿舍，一面带孩子，一面从事研究工作。一个大男人而不是小女子，不是一个孩子而是两个孩子，做的不是普通的工作而是科学研究，不是一天两天而是辛苦好几年，多么感人肺腑的事情啊！

忍耐和奋斗或许就是韩京清成功的秘诀吧！正是坚韧不拔的奋斗赋予了韩京清著名科学家的美誉吧。

100篇篇篇精彩的论文，获得高度评价的4部科学专著！作为一名朝鲜族科学家，韩京清充分展现了朝鲜民族的才情与智慧。如今他仍在为控制理论实现革命性突破苦心研究。

告别时，我请韩京清教授给我们朝鲜族后代说几句话。

韩教授说："不要陷入眼前的诱惑中不能自拔，要做好艰苦奋斗的准备。从小开始我就不惜将大把大把的时间花费在解练习题上。高中时数学、物理、化学等除了教科书外还有练习题集，那些问题如果不能全做一遍我就放不下心。有的学生买来练习题解答参考书看，我认为那是让自己头脑迟钝的愚蠢做法。一定要靠自己的努力去解题。对我而言，这样解题有说不出的快乐。正因为这样，我到了数学研究所才会因解《常微分方程讲义》上的练习题而出名。通俗地讲，我在研究工作上的体会是：所谓研究就是结合对实际问题的细致观察，自己提出与之相应的练习题，然后自己解答。要锻炼自己的头脑，别人无法替代，一定要自己去努力。脑子越用越聪明。特别是小的时候，不要为了一时的便利，让自己的头脑变得迟钝，在扩充知识面的同时要主动锻炼自己的头脑。

"如果只顾学习不注意身体锻炼成为病秧子的话，也无法从事艰苦的科学研究。健康是科学研究能够坚持下去的资本。我从小的时候开始就是运动员，初中、高中、大学时期也都积极参加各种体育活动。在寒冷的冬天也去滑雪，或者洗冷水浴锻炼身体。如果没有学生时期的这种锻炼，我恐怕无法坚持艰巨的科学研究工作。

"有的学生只知道学习，一遇到文艺活动就躲得远远的，这样不行。我小的时候对唱歌很感兴趣，做过文娱委员，上大学的时候，抽空也学过小提琴、扬琴之类的；还担任过莫斯科大学中国留学生合唱团的指挥。对从事紧张的科学研究工作的人而言，娱乐活动就是润滑剂。

"希望我们的后代奋发图强，奋勇争先，赶上前辈们，超越前辈们。"

"谢谢您。"

结束采访走到大街上，整个北京城的夜空群星荟萃，星光灿烂。

1996 年 9 月

走别人没走过的路

——记铸造专家、大连理工大学博士生导师金俊泽教授

　　大连理工大学坐落在离海边不远的一个美丽、静谧的山坡下面，素雅、洁净的铸造研究中心办公楼矗立于校园中央。

　　我在三楼的办公室里见到了我们朝鲜族知识分子的骄傲、博士生导师、大连理工大学国家铸造工程研究中心主任、九三学社社员金俊泽教授（1937—）。

　　小个子，健壮的身材，健康的脸色，洒脱、豪放的性格，柔和、幽默的语言……与他的第一次会面我就深深感觉到，金教授是一位谦逊、勤勉、思索人生三宝俱全的人物。排队等候的人，不断响起的电话铃声，桌上摞着的厚厚的文件和材料……随便搭一眼也能看出这是位分秒必争非常非常忙碌而又疲惫的人，挤占这样一个人的时间心里有说不出的歉疚，但他毫无架子、随和洒脱的态度很快打消了我心中的不安。不过，在领我去招待所时也好，领我去他家时也好，他健步如飞的脚步让我出了不少汗。

　　1937年，金俊泽出生于吉林省永吉县一个贫困的农民家庭。1956年，毕业于吉林省朝鲜族中学，1961年从大连工学院机械系毕业后留校任教。

　　青年教师时期他满怀壮志，却由于我们这一代知识分子共同经历的那各种可怕的考验全部落空。他两次办理出国手续去朝鲜看望姐姐，这给他带来"特务"的罪名，受到批判斗争，成为劳改对象，整整挖了3年的防空洞，手上长满了厚厚的老茧。还成了下乡知识青年，干

起了农活……

他能够忍受所有的冤屈和艰辛，但无法忍受失去时间和知识的悲哀和不幸。他非常珍惜时间和知识几乎达到让人感觉幼稚的程度。因为在那"伟大的革命时期"最受蔑视的就是知识和时间。

晚上挖坑道的时候，上午必须休息，别人都"搞阶级斗争"去了，只有他进入无人的读书室读书。他去下乡知识青年点劳动锻炼时，也买了一包裹的蜡烛，一到晚上就躲在角落里，蒙着被阅读有关有限元分析的参考书，做高等数学习题。这样一年下来写的笔记就有13册。就连他自己都没有想到，这些会成为后来他从事铸造研究的知识底蕴。他坚信：不管怎么样，社会要发展，人类要进步，就必须依靠科学的力量，没有知识早晚会被时代所抛弃。

1976年下去，1977年回来，大学又开始授课了。一度被打成"右派"的我国铸造研究权威郭可切教授就在这所学校。他在广州会议上说：我国计算机发展非常落后，谁如果能把计算机导入铸造中，就会为国家立大功。听到这个消息，年轻的金俊泽拜访了谁都不敢轻易接触的权威教授。他是抱着13册笔记本去的。郭教授一页页翻看着笔记本，从中发现了金俊泽深厚的基础知识、燃烧的热情、坚定的意志，他拍着金俊泽的肩膀，高兴得不知如何是好。从那时开始，他成为金俊泽最亲密的老师，临终时也是在等到见到金俊泽后才合眼。

1979年，金俊泽在全国铸造学术会议上发表了论文《大型铸件凝固进程的数据模拟》，引起了很多专家的震惊。

当时，这个学校只有一台电脑，排队等候也只能勉强使用15分钟。1978年大年三十老师和学生全都过年去了。在得到郭教授特别许可之后，俊泽进入计算机室，顿时有一种独拥天下的感觉，他忘我地投入到计算中去，完全忘记了时间的流逝。

那时，他对电器产生了浓厚的兴趣，找到或买来一摞摞相关书籍苦读起来。

没有设备，没有钱，他听说市里要建电视信号塔，立刻去买来或捡来废品，一到晚上就叮叮当当地自己组装电视机。他还自己制作了16型万用表。对电器的这种苦心钻研，为他后来电磁铸造的研究奠定了基础。他是个非常善于利用逆境的人物。

"修凿可以使道路平坦，但只有崎岖的未经修凿的道路才是天才之路。"

金俊泽用自己的实践验证了著名学者威廉·布莱尔这句话的正确。人们为他那种玩儿命治学、刻苦钻研的拼命精神所感动，给他起了"拼命三郎"的绰号。

金俊泽的性情与众不同。他喜欢走别人没有走过或者不愿意走的崎岖"路"，而且自己也选择了这样一条路。

进入机械系选择专业的时候，别人都嫌弃铸造沉重、肮脏、艰苦，只有他认为落后之中隐藏着值得研究的学问，在3个志愿栏上写的全部是"铸造"，令老师们大吃一惊。

大学毕业后他被分配到铸造教研室，教研室有40多名教师。铸造分铸造合金、铸造设备、铸造工艺，而铸造工艺没人要干。他本来分到铸造合金，看到教师都挤到了这里，就找到领导去了别人都嫌弃的铸造工艺。

他的这种奇异的选择不为别人所理解，却给他带来了成功的机会和条件。

选定了一个方向就会毫不动摇地默默耕耘是他的又一个特点。

迄今为止，他主要研究的是金属凝固、数值模拟、电磁铸造和凝固组织控制等。

他在国内第一次进行了铸件凝固数值模拟方法研究，将现代计算机技术引入传统的铸造生产中，提出了铸件冒口尺寸优化设计方法，节省了大量的金属和能源。

他还研究开发了铸件凝固过程的三维温度场、应力场模拟，以及铸造工艺中的优化设计软件系统，广泛普及、应用到冶金和重型机械制造企业中，产生了巨大的经济效益。他提出凝固进程的三维模拟方法，为用超小型计算机完成复杂的铸造凝固模拟提供了有效的方法，使得我国该领域研究跨入国际先进行列。

钢锭模是钢铁生产中重要的消耗工具，在冶金工业中，降低钢锭模的消耗是节省能源和原材料的重要途径。世界上许多钢铁大国都投入大量的人力、财力进行研究，已经将模具的消耗控制在5—7千克/吨的先进水准。

为了延长钢锭模的寿命，我国也进行了研究工作，但主要着眼于材料的质量、经验和设计上，处于落伍状态。

鞍山钢铁公司经过数十年的努力，将模具的消耗从30千克/吨降到了18.6千克/吨，然后就是原地踏步。

金俊泽教授来到鞍山钢铁公司，与各方面的专家和工程技术人员一道齐心协力攻克了这一难关。他采用现代计算机技术对钢锭模一个使用周期的温度场、应力场进行了三维数值模拟，在钢锭模的破坏机制上找到了突破口，并对其进行了结构优化设计。经过中间试验和生产试验应用于鞍山钢铁公司的各种钢锭模生产，模具消耗从原来的18.6千克/吨降到了6.5千克/吨，达到了国际水准。仅Z×8.3一种钢坯型引入的新技术获得的经济效益就达到了553.5万元。从1988年到1990年该工厂获得的经济效益合计达到1600万元。

除此之外，金俊泽还与鞍山钢铁公司合作通过优化设计最大限度地减少了冒口部分体积，两种钢坯型（10.66，7.65）完成率分别提高了0.56%、1%，创造了1665万元的年经济效益。国家计划委员会、冶金部对该项目给予了高度重视，将其列入"八五"计划重点普及项目。

金俊泽教授是我国最先开发铸件凝固数值模拟技术的人。10多年间，他全身心地投入到这方面的研究、开发、应用上，提出了冒口部分尺寸数值优化设计方法，异型铸件铸造应力形成过程的模拟方法，以及新的简化的三维模拟方法，建立了比较完整的铸造工程软件系统，从而实现了对任何铸件都能进行三维温度场和应力场的数值模拟，达到了国际同业种研究中的先进水平。他承担了"六五"计划、"七五"

计划国家科学技术攻关课题，出色地完成了我国首次制造的 300 吨超大型铸件 2050 轧钢机机体等众多大型钢铁铸件的铸造工艺优化设计任务。

"七五"计划期间，金俊泽教授又同第一重型机械工厂合作，承担了课题《水力发电站大型合金钢铸件铸造应力及表面裂痕形成过程数值模拟》。研究完成之后，他率领教师和学生下现场进行普及，验收通过，获得好评。

金俊泽教授更惊人的研究成果是 1987 年开始经过 300 多次的反复失败最终实验成功的"电磁铸造法"。这是对我国 5000 年铸造历史的一次挑战。电磁铸造是利用电磁感应原理在没有铸型情况下连续进行铸造的技术。即在电磁场力的约束下，形成不同形态的液体柱，通过强行冷却制成成品。与铸型没有接触，表面光滑如镜，在强磁场作用下凝固，内部组织致密，强度和可塑性都大幅增加。

80 年代中期，我们国家早早就和外国谈判，准备引进大型铸铝锭、简易电磁铸造成套设备和技术，但外国人的要价太高、条件苛刻未能如愿。因此，国家将其列入"七五"计划攻关项目中的最重大项目，要求研究开发。

金俊泽教授建立了国内最早的电磁铸造实验室，经过反复实验归纳、总结了电磁铸造规律，1989 年春在实验室里第一次制作出了电磁铸造铝锭，与铸型铸件相比，拉伸率提高了 1 倍（达到了 30%），强度提高 40%，晶粒度达到 1 级，业已通过有色金属总公司的鉴定，填补了国家空白。现在投资 20 万元安置了中间实验设备，准备进行新的实验。

1980 年，金俊泽去日本的东京大学留学。在日本著名的凝固理论专家新宫宗丰教授指导下研究金属凝固理论，1982 年回国。1981 年留学期间首次发现了"分离共晶"现象。利用该原理制造复合材料配件的研究工作列入国家自然科学基金项目，已经制作出样品，现在正在进行工程化开发。

归国后，多次接到国外学者请他去国外从事研究工作的邀请，但他全部婉言谢绝，全身心地投入到国内的研究基地建设和人才培养上。他先后承担了"六五"计划、"七五"计划的国家攻关项目，"八五"计划重大科学技术普及项目，国家自然科学基金项目，博士培养站基金项目，国家教育委员会、机械电力部、冶金部、有色金属总公司、省级大型企业重点科学技术项目等。

金俊泽教授已经培养了 20 多名博士、硕士研究生，正在培养的博士、硕士研究生 10 余名。在培养研究生时，注重理论联系实际，一直强调科学研究工作要为国民经济建设服务，严格要求弟子们培养研究学问与实际问题结合的能力。他培养的研究生普遍受到欢迎，成为所在单位的骨干力量，有人还被评为有突出贡献的中国博士，被破格晋升为高级职称。

金俊泽教授在国内期刊上发表了 50 多篇有价值的论文，出版了 2 部专著（合著）。其中，代表性论述有《大型铸件凝固进程中的数值模拟》《铸件冒口尺寸优化设计》《钢坯铸造凝固进程数值模拟》《大型轧机铸造和热处理应力数值模拟》《简化三维模拟方法》《工程组织的熔体流动的影响》《电磁铸造新工艺》等。这些都被国内外学者大量引用，获得了广泛重视和高度评价。

金俊泽教授 1985 年即 48 岁时成为教授，1986 年成为博士生导师，1984 年和 1989 年两个项目——"金属状态试验样品调整多向受力进行切削的机械手""单向凝固纯铝提炼装置"获得国家专利。

几年来，他所获得的各种奖项多达数百个。下面记载的只是其中几项。

1986 年获得辽宁省科学技术进步一等奖，1987 年获得国家教育委员会科技进步二等奖、机械电力部科技进步二等奖，1990 年获得国家教育委员会科技进步一等奖、冶金部科技进步二等奖，1991 年获得"七五"计划重大科技攻关成果奖、国家科技进步三等奖和机械电力部科技二等奖。

1990 年荣获国家教育委员会和国家科学委员会颁发的全国高等学

校先进科技工作者称号，1991 年经过国务院批准享受政府特殊人才待遇。

金俊泽教授的研究成果离不开他妻子的大力协助、支持和心血付出，他妻子郑贤淑是力学专家，1963 年吉林大学数学系力学专业毕业，是理工大学的副教授。要计算铸造模拟应力，需要掌握铸造规律的力学专家。这个难题就是由妻子负责的。所以，他们的科学成果可以说是"爱情的果实"。

金俊泽教授意味深长地说："虽然非常艰难，但无论什么样的逆境，都能学习，都能创造。我认为我们要珍惜今天的顺境。国家和人民信任你，希望你能够做出更多贡献的时候，要争分夺秒做出更大的贡献。钱只要够花就行，死了还能带走吗？"

他的话没错。有的科学工作者不就是因为钱而毁掉的吗？

他要做的事情很多，要攻克难关，研究课题也多，要写的论文、要做的实验也都很多。他作为一个"精神富翁"度过紧张忙碌的每一天。

他马上要作为访问学者前往美国。无奈之下我只能合上采访手册。繁重的工作似乎反而让他的精神和全部细胞注入了活力，令他心潮澎湃，热血沸腾，活力四射。他那如 30 多岁年轻人一样高昂的热情令我羡慕不已，令我感到神奇。

1994 年 6 月 11 日，我在看《光明日报》的时候，突然看到了国务院学位委员会学科评议组成员里有金俊泽教授的名字，不禁又惊又喜。真了不起啊。

金俊泽教授是一位令人敬重的科学家，是我们国家、我们朝鲜族的骄傲！

1994 年

披荆斩棘勇往直前的成功者

——记东北大学物理系鲜于泽教授

在延吉生活了 30 多年,但闷热的天气如此持久,这还是第一次。在烈日炎炎下,路边的树木、花草也都失去了生气。年轻女性穿着露肩的短衫、超短的裙子走在大街上。这种蒸笼似的天气,百货商店和街道上的人流仍然摩肩接踵。在坐落于中心街道光明街旁边的电力宾馆,我见到了前来参加中国朝鲜族科技工作者协会第二届代表大会的鲜于泽教授(1937—)。

身材高大魁梧的鲜于泽教授脸庞稍阔,眼神中闪着冷静、睿智的光芒。初看好像有点冷漠,一旦聊起来非常真诚、热情。57 岁的年纪,看起来显得更年轻、更强势,给人的印象头脑中充满了智慧和才华。

鲜于泽是东北大学物理学教授,是 80 年代初日本东北大学的理学博士。

他在东北大学一直从事固体物理、材料、磁性材料研究及教学工作。他对航天用变压器材料、飞机事故检查用材料、永久磁性材料等进行了 30 多年的研究。最近两年获得了"多功能高温超导体材料性能测试装置"等 3 个研究项目的国家专利。并因此多次获得全国科学大会奖、辽宁省重大科学技术成果奖等奖项,1992 年起享受国务院特殊贡献津贴。

他撰写的 100 多篇论文中有 50 多篇英文论文,发表在多种国际期刊上。

他的人生路曲折坎坷,他是如何克服人生路上的重重阻碍,披荆斩棘勇往直前的呢？他的故事可以给我们深刻的启迪：人生应该怎样度过，人怎样活才能成功。

鲜于氏的家族史

鲜于氏是源自中国的姓氏。鲜于氏是中国殷朝纣王的叔父箕子王的后裔，是王族的后代。鲜于氏的本贯是中国的太原，因而也叫"太原鲜于氏"。但在朝鲜的本贯是泰川。

鲜于泽的爷爷在日本殖民统治时期生活贫困，加之夫妻感情不和，留下两个儿子，独自从朝鲜来到中国的北"间岛"（延边一带）。曾祖父带着长孙鲜于泽的爸爸到北"间岛"寻找儿子，因为儿子不回去，无奈之下只好决定移居北"间岛"。当时，鲜于泽的母亲已经怀孕无法动身，爸爸先搬了过来。鲜于泽出生5个月的时候，妈妈背着鲜于泽，牵着7岁的哥哥，陪着遭遗弃的奶奶，离开故乡来到北"间岛"，用了长达两个月的时间。走了不是20天，而是两个月啊，他们一行憔悴的样子，想想都会让人泪眼蒙眬、无语凝噎。歌曲《泪洒图们江》就是这样应运而生的吧！他们一行路费花光了，在路上靠着讨饭艰辛地抵达图们江，挥洒着泪水进入和龙县柏树沟，寄居在先行到达的妈妈娘家亲戚家。可突然遭遇传染病肆虐，娘家亲戚一下子死了3口人。无法继续寄居的妈妈带着一家人来到爸爸所在的汪清沟。爷爷漂泊在外，客死他乡。爸爸和他们一起生活不到一年就去世了。当时年仅26岁的妈妈成了年轻寡妇，承担起了赡养寡妇婆婆、养育儿子的重任。在那个世风险恶的年代，妈妈尽管历经磨难，但还是咬紧牙关，顽强打拼。为了养活一家人，她干农活，去木材厂给人做饭，还做过买卖，遭受过种种侮辱，经历过各种人生苦难。正因为知道妈妈是怎样一个人，鲜于泽非常孝敬妈妈。

在这种环境下长大的鲜于泽，其少儿时期尝尽了贫苦生活的种种苦难。

鲜于泽的学生时代

鲜于泽的家在汪清县一个叫十里坪的地方。日本殖民者在村子的前后山建造了武器库，是军事重地。为了防范抗日游击队的袭击，日本人在村子周围建起了围墙，东西各有一个门。要出入这个村庄需要持特别地区通行证。

鲜丁泽经常跟着奶奶去北山坡的田地里，铲地休息的时候，奶奶就会含着泪唱起《人在他乡》这首歌。听得多了鲜于泽现在也能流利地背出歌词来。一听到这首歌，就会想起奶奶，想起在日本帝国主义统治下的村里人受尽煎熬的样子。

7岁的时候，妈妈背着他送他上了学。因为缺乏营养，他长得又小又瘦，与同桌校长油光光的儿子形成了鲜明的对照。伤心的妈妈回到家里泪流不止。巧的是那个校长还是他们班主任。看到鲜于泽瘦小枯干、衣着也不光鲜，校长的儿子打心眼里看不起他，经常挖苦取笑。鲜于泽个儿虽小，但非常精干，有脾气，胆子也大。一天，他将校长的儿子狠狠地揍了一顿。在昭然的事实面前，无奈的校长只能斥责自己的儿子，但心生芥蒂。

报复的日子终于来临。学校接到日本人的命令，要求每个学生都要上交采集、晒干后的止血用草药。为生活东奔西走的妈妈哪有时间做这样的事，鲜于泽没能完成这个任务。校长可算是遇到了好机会，他把鲜于泽叫到办公室拳打脚踢之后，罚他在角落里跪一整天。校长就这样为儿子报了仇。鲜于泽咬紧牙关忍耐、坚持着，心里憎恨的火焰熊熊燃烧。

解放了，鲜于泽再也不需要用日语学习了，使用朝鲜语也不用罚款了。

可是，几个月后，土匪闯入村中，义勇军暂时撤退，土匪胡作非为。妈妈带着两个儿子和亲戚一起摸黑钻进树林里，他们爬着山路前往珲春县凉水泉子避难。后来在那里弄到房子将奶奶接了过去。那时土改已经结束，鲜于泽家没有分到土地。他们只能跟随着妈妈到一个叫翻身间的深山沟开垦荒地。垦荒耕地就是一般男人干起来都很吃力，妈妈却干成了。没有米就吃豆饼。即便饿的时候，豆饼也很难吃。锄地的时候，妈妈将"豆饼饭"放到垄沟的两端，实在饿了就吃一两口。大麦熟了，新产的土豆也出来了，妈妈立刻做好了大麦饭和足量的土豆。鲜于泽和哥哥因为饭太香狼吞虎咽吃了一大盆。

鲜于泽跟着妈妈在这个山沟里干活，学业荒废了两年。他在凉水泉子上的是三年级。他想念学校，非常羡慕别人家的孩子能够上学读书。

1948年冬天的一天，鲜于泽跟着妈妈到住在十里坪金沟岭的舅舅家串门。当时，金沟岭有很多采金的工人，工会办了个学校。鲜于泽缠着舅舅央求送他到这个学校上学，舅舅看着他不禁产生了恻隐之心，把他送到了学校让他上了学。半年后，妈妈把他接去送他上了凉水泉子中心小学。因为他只念到三年级，学校让他上四年级，可看到同龄的孩子念的都是五年级，他也要去五年级。教导主任出了几道数学难题考他，鲜于泽全都解开了。老师不由赞叹道："好聪明的孩子呀！"欣然同意了他的要求。

学校离家很远，他寄宿在江原道一个姓崔的同乡家。这家穷得10口人晚上要盖一条被子。鲜于泽没带被子，睡觉的时候只能佝偻着身子把脚塞进被角里。吃的就更不用提了。虽然特别饿，他还是忍着坚持下来。他穿的衣服是奶奶做的麻布衣服，露着肉。孩子们就嘲笑他是"乡巴佬"。小时候别人取笑他，他一走了事，可现在越是这样他越是刻苦学习，期末考试考了全班第一名。那以后，孩子们都想亲近他，再也不取笑了。有的孩子甚至羡慕、尊敬他。鲜于泽明白了一个道理：

要想不被人瞧不起，就要强大，就要学习好才行。

1950年年初，鲜于泽以整个春芳区（今天的凉水镇）第二名的成绩升入中学。他当上学习委员后，经常辅导比自己大四五岁的学生，而且很晚才结束。

凉水首次出现了书店。他没钱买书，一放学就跑到书店，靠在墙上一本一本地翻看新书。书店工作人员看到他这么喜欢书也没有赶他走。时间过得太久了，他想不起那时候看的书名，只记得当时有几本天文方面的书。那些书他看了一遍又一遍。晚上做完功课躺在床上就会想书中的内容。地球、太阳系、银河的年龄都在几百亿年。可是人类的寿命百年都不到。人类的生命和天体比起来就如同星光闪烁的一瞬间，短得不能再短。如此短暂的人生怎样度过才能像太阳、像星星那样永远放射光芒！一度他想成为小说家，写出优秀的作品流芳百世。为此，他如饥似渴地阅读着小说，有好的句子就抄录到笔记本上。当时有不少苏联的小说很流行。鲜于泽很喜欢《白桦林》，《真正的人》也读得津津有味。他非常尊敬《钢铁是怎样炼成的》作者奥斯特洛夫斯基。双目失明还能靠摸索着写出名著，那种毅力深深地感动了鲜于泽。我也要用他那种毅力将来写出名作，代代相传！他是这样想的，也是这样奋斗的。

1953年7月，鲜于泽考上了延边二中。当时考高中就像现在考大学一样难。只要看到戴着高中校徽的学生，大家都会投以羡慕的眼光。也许正因为如此吧，当时高中生人人都自豪并爱惜地把校徽别在胸前。

奇怪的是，有钱人家的孩子条件虽好却考不上高中，而拿不出学费上学的贫苦人家的孩子却考上了。学校是考上了，可没有钱怎么办？鲜于泽忧心忡忡。

"小泽，别担心。天无绝人之路，我们家就是要饭也要送你去上学！"妈妈豪气十足。妈妈总是这样鼓舞激励儿子们。饱经贫穷和苦难的妈妈看起来比实际年龄更沧桑。头发花白，脸上也刻上了深深的皱纹。妈妈找村长、找初级合作社社长说明情况借来了钱。当时，哥哥参加了志愿军在战场浴血奋战，家中只有两位女性——妈妈和嫂子，村里照顾他们借给了他们钱。

鲜于泽只有一套衣服，夏天就到布尔哈通河洗澡，洗完澡，在石板上搓洗完内衣在江边晾干再穿着回校。

一次，因为洗不太干净，就用石头敲打，洗完发现背心和裤衩都出现了一个洞！当时那种慌乱、心疼、揪心的心情，几十年之后的现在也会偶尔想起。

他二年级的时候，延边又成立了三高中和四高中，家在珲春的学生回到四高中（珲春高中）。鲜于泽也不例外。

那时"反右派"斗争还没有开始，报刊上经常刊登苏联发射人造卫星、航天旅行、建设原子能发电所之类的消息。

　　……有些科学家提出整个太阳系是由气体云形成的假说。气体云的粒子随着运动速度的变化逐渐扩散。速度慢的粒子留在太阳系的中心，形成核，又由于形成高温高压而发生热核反应，逐渐形成太阳。速度快的分子在轨道上运动并集中形成卫星。科学家会认真、仔细地研究这一假说。

　　……第一个人造卫星于1月4日落入密集的大气层中消失了。该卫星每96.2分绕地球一周，轨道距离地面最高为950千米，存在了92个昼夜。其间，绕行地球1400圈，行程6000万千米，即相当于火星与地球最近时的距离。

　　……

这些有趣的报道，深深地打动了鲜于泽，他放弃了成为文学家的理想，暗下决心将来要成为一名著名的物理学家，研究宇宙空间科学、原子能科学。要成为一名物理学家，就要读条件好、水平高的重点大学。这样一想，他对学汉语格外热心起来。为了过汉语关，他找来《钢铁是怎样炼成的》这本书的汉文版和朝文版各一部，那么长的长篇小说一句一句对照着又读了一遍。这一来，汉语词汇量大大增加，同时也学到了在困难面前不低头，敢于同命运做斗争，将为人类做贡献作为人生价值的人生观。但由于汉语古文水平低，语文成绩差，没能考上北京大学、清华大学这样的一流大学，考上的是东北工学院。而且拿到录取通知书一看，专业还不是他填报的物理系，而是机械系。他顿时纠结起来。

意想不到的是，1958 年该学院新开设了工程物理系，设立了原子核物理专业。从矿山机械专业 90 名学生中选拔 4 名学生进入了原子核物理专业，鲜于泽也在其列。进入了自己心仪的专业，鲜于泽高兴得几宿没睡好觉。他的学习热情如升腾的火焰。

他在这个专业的 3 年时间里打下了坚实的基础。1959 年系里从全年级 2000 名学生中选拔了 30 名优秀学生给予表彰，鲜于泽自然名列其中。

以优异的成绩大学毕业后，他留校成了核物理教研室的助教。但1962 年，在"整顿、巩固、提高"的方针下，这所大学归属到冶金部，取消了工程物理系，专业方向也从核物理改为精密合金专业。幸好其中包含磁性材料、磁性物理，并没有远离物理，鲜于泽继续留下来执教。1964 年，他去吉林大学研修，从这时候开始，他的研究方向就从核物理改换成了固体物理。在吉林大学的一年期间，他对固体理论、群论、磁性理论等固体物理的核心理论进行了深入的学习和研究。这为他在 80 年代赴日留学期间取得巨大成果打下了良好的基础。

戴高帽的日子里

在穷困中一直努力学习的鲜于泽从小热爱毛主席、热爱党，因此他认为只要是毛主席的指示、党的指示，都要无条件地执行，要成为一名没有私心杂念的高尚的人，成为又红又专的人才。他就是用这种精神武装自己头脑的。

因而，"文化大革命"一爆发，他就自然而然地加入了"保守派"组织。但祸从天降，他被当作"牛鬼蛇神"抓了起来，戴上高帽接受批斗。鲜于泽非常茫然。因为什么？学习太努力了吗？太听党的话了吗？是因为加入了"保守派组织"？不然是因为朝鲜族的关系？……

毫不留情。当时正是冰雪寒冬，北方城市沈阳寒冷刺骨。戴着高帽自然不能再戴棉帽，耳朵都冻肿了。他们像对待猪狗一样对鲜于泽拳打脚踢装入卡车中。胸前沉重的黑牌子勒着脖子，留下了深深的勒痕。以前威风凛凛的市党委、市政府的领导也全都戴着高帽和他一起装到卡车上。本来都不想继续活在这个世界上了，可是，看到他们，鲜于泽产生了心理平衡，心态多少平静了一些。（那种身份的人都那样，我算……）

每个人的脸上都映现出死人的影子。

在飞舞的风雪中，汽车拉着这些人游街。"打倒牛鬼蛇神！""打倒走资本主义道路的当权派！"……所到之处，口号声此起彼伏。过路的人向车上投掷石子，挥舞棍棒。鲜血直流，皮开肉绽，怒火中烧。鲜于泽诅咒着这一切。

他被软禁了一个月。突如其来的痛苦让他陷入反思之中。一直以来，他都埋头教学和研究中，沈阳市没怎么转过。戴着高帽游街的时候，他第一次了解到沈阳究竟有多大。（啊，我过去太无能了，竟然成了一个被别人牵着鼻子走的奴隶。今后，我要心随意转，按着自己的想法生活！）

他在心中暗暗呐喊。可怕的不是挨打，而是被孤立后产生的孤独感。越是熟悉的人，越是亲密的人，见到他越是避之唯恐不及。悲伤于事无补，痛哭无济于事。（忍吧，坚持住！暴风雪再大总有停止的时候。忍着吧！那一天会回来的！）

鲜于泽就是这样自我抚慰冰冷、受伤的心灵的。

"文化大革命"就像是一场木偶戏。一夜之间，保守派可以成为叛乱派，又会成为"反军派"。处境瞬息万变，派系斗争也愈演愈烈。可是鲜于泽的处境却没有丝毫起色。

鲜于泽那派被赶到了铁西工厂。到了1969年，出现了"恢复教学干革命"的口号。1970年，他接到了回学校教学的命令。虽然已经快要模糊、淡忘，但听到刻在心中的"教学"这个声音时，鲜于泽吓了一跳，简直不敢相信自己的耳朵。慢慢意识到那是事实的时候，泪水潸然而下。

回到学校，一切都显得那样陌生。以前的系、专业、班等名称，现在像部队或民兵一样被叫成什么连、排、班，以前的系主任成了连长。一天，连长大人找来鲜于泽等3名教员，让他们马上编写《永久磁性材料》教材。

没有生产，没有实践，没有实验，怎么编写教材？没有实践东拼西凑的教材就像无根的树木，没有生命力。

闻名世界的物理学家、中国近代物理学的先驱者、杰出的教育家、科学研究的组织者吴有训经常教育学生要重视实验："要学实验物理学，就要先学会使用螺丝刀。"他亲手做过很多实验工具。

曾经在法国巴黎大学居里实验室与居里夫妇一起研究原子核物理的著名物理学家钱三强教授也总是将实验放在理论著述之前。

鲜于泽铭记并实践着前辈物理学家们的这种经验和教导。

鲜于泽提出先安装生产线进行实践之后再编写教材。虽然经受了"文革"的磨难，但并没有失去主见。他是个有主见、率真、诚实的人。

那时，他所在的大学有一台60年代初引进的高频炉，一直启动不了无法使用。鲜于泽心想，新设备都可以制造出来，已经生产的设备还能启动不了，只要下功夫一定能够成功。

看到他不信邪，挺身而出，一位摆弄了10年那个机器也没能成功的教员，非常恼火，觉得很伤自尊，他嗤之以鼻：

"鲜于泽，你有能耐你就可劲儿试！"

"是的，我一定成功！"

鲜于泽首先找到一位参加启动这台机器的工人了解情况。然后一一访问这种设备的专家，找出了问题的主要矛盾。启动准备就绪后，接上高压，直冒电火花，没有启动。搁置了 10 年机油的水分太多了。要换机油的话，需要到 20 公里之外的沈阳北面。学校不给派车。他们 3 个人用推车拉着油桶过去，午饭也在路上对付了一下，换完油回来已经是半夜了。他们大汗淋漓，尽管筋疲力尽看似昏昏欲倒，但他们高喊着"最后的决战"，继续与设备较起劲来。更换了机油，接上高压，高频炉顺利启动了。

"成功了！成功了！"

3 人欢呼。欢呼声传出教室，响彻云霄。经过整整 30 天的苦战恶斗，10 年未能运转的设备——高频炉成功运转。

"世上无难事，只要肯登攀！""有志者事竟成！"鲜于泽将这些名言当成了自己的座右铭。

鲜于泽受挫的自尊心和理想重新复苏。

以后无论遇到再难的事情，鲜于泽都用这种精神去面对，收获成功。

但命运并没有让他一帆风顺。1970 年年末，总是不断找他碴的学校工人宣传队打发他去位于盘锦县的学校农场。鲜于泽提出可否等写完教材，还有妻子生完孩子再去。工宣队负责人面色铁青地告诉他必须无条件立即动身。这是可怕的"劳动惩罚"。

去农场干活的时候，妻子打来电话要去医院生产。可是，农场却拖延时间迟迟不予准假。等到请完假过去一看，妻子正怀着孩子做饭、洗衣服，身子肿胀，胳膊不能运用自如。帮了几天忙后，无可奈何的鲜于泽只能带着老二回到学校农场。这个国家的知识分子究竟犯了什么罪，要遭受这样的磨难，鲜于泽百思不得其解。

同年 7 月，鲜于泽碰巧患上了急性阑尾炎。去了几家医院，最后转到医科大学医院的时候，阑尾已经穿孔。于是，接受了 2 小时 40 分钟的手术。接受了一个月的治疗，手术的刀口还没有愈合，出院的鲜于泽又不得不累死累活地干起活来。秋收打完场，又要搬运 100 公斤的麻袋。

这种令人诅咒的"劳动惩罚"整整折磨了他一年两个月，他才回到学校。

啊，这扭曲的岁月啊！你为什么要如此诅咒、如此虐待自己培养的知识分子呢？为什么？

包扎伤口

遇到雷雨、冰雹肆虐的可怕天气，山、原野和农作物都会遭到肆意蹂躏。漫长的 10 年期间，因为遭遇"文化大革命"这人为的暴雨、冰雹，所有国人，尤其是有名的知识分子被折磨得精疲力竭，倒下，甚至离开人世。

终于，这种"天气"结束了，云开日出，天空一片湛蓝，和煦的阳光温暖了人们的身心，奄奄一息的有志之士尽管身心俱疲、伤痕累累，但仍然爬将起来。他们对这个将自己解放出来的国家、这片土地有着无法形容、难以言表、无可替代的那种感情、义务和责任感。就如同被父母痛打之后，依然还会谅解、理解、侍奉他们一样。

鲜于泽站了起来。包扎好伤口，抖落身上的尘土，站了起来。环顾四野，世界早已经远远地跑到了前面，而我们这个国家正在跟着别的国家屁股后面爬行。全都在蔑视，嘲笑。最先认清这种命运的是知识分子。不知道该有多好，就会以为世界都是这样，就会相信自己的国家最好，默默耕耘，心绪该有多平静！

在国家悲惨的现实面前，鲜于泽欲哭无泪。失去的 10 年令他痛恨不已。痛哭，诅咒，又有何用？只有奋起直追！由于历代的错误决策，中国革命遭受过多少挫折呀！

美国哈佛大学教化学的波尔·勃兰特瓦因博士每年都会给新入学的学生做一个意味深长的实验。

他把牛奶瓶放在桌子上。就在学生们都用好奇的目光注视着他猜想他会做什么实验的时候，博士出人意料地将牛奶倒入下水道中，然后高喊："泼出去的牛奶你再哭也无法收回来。希望大家一生都能记住这个教训。在这个世界上，即便所有的人都在哭闹，揪着头发厮打，无比地痛惜，泼出去的牛奶一滴也不会回来。你们能够做到的就是：已经过去的事情就要像没有发生过的事情一样忘记它，向下一个目标前进。"

鲜于泽咬着牙站了起来。忘记所有的一切，权当没有发生。向着新的目标进发！

从1973年开始，鲜于泽与同事一起在一无所有的废墟上从事软磁性合金研究（用于宇宙航空发动机材料）和磁头材料研究（用于飞行事故检查）取得成果，获得沈阳市优秀科技工作者荣誉，1977年2月参加沈阳市科学大会，1978年获得全国科学大会奖。

春天来了，万物复苏。改革开放唤起了科学家们为国发明、研究、创造的激情。可是，真的干起来才发现落后人家太多。薄弱的基础、过时的设备、落后的观念束缚了人们的手脚。出国热席卷全国。出去学会了再回来吧！出国后回归献身于这片土地的人毕竟还是比出国后不回来的人多。

鲜于泽也选择了出国之路。过了40又如何！因为十年动乱，令人痛惜的"学术青春"虽然被夺走，但40年减去10年，就当作30岁奋斗吧！

1978年，东北大学选拔的5名留学生名单中没有他的名字。后来虽然申请了公开召集的名额，但8岁时学的日语随着岁月的流逝已经忘了很多，仅凭走上社会以后出于科研需要自学的技术名词不可能通过口试。像被人兜头倒了一盆凉水一样，他浑身战栗。

（有什么不行的，起码要试一试。）鲜于泽坐在椅子上陷入沉思。从第二天开始，他把心思全部都放在了日语会话学习上。夜以继日地学习，走路的时候也会念念有词，练习日语会话。

两个月后的 7 月 1 日，他以优秀的成绩考上了日语班。不懈的努力也让他当上了班长，两个月后通过了全国统一考试，1979 年 3 月前往大连外国语学院接受 3 个月的日语集中训练。

1980 年 3 月 31 日，受高等教育部的委派，鲜于泽成为日本东北大学理学系物理专业研修生。简直像梦一样。他如虎添翼。那时，发生了一件对他的内心触动很大的事情。赴德国留学的研修生郭艾嘉在德国获得博士学位。中国人也可以啊！为什么如此令人心动的学位制度中国废除了呢？！

毕业留校的 17 年，我做了什么？革命，革命，斗争，斗争……虽然从事了十几年的磁性物理学、磁性材料教学、科研工作，但所有的一切都是跟在西方人后面亦步亦趋，属于自己的创造少得可怜。结果，我们的基础、应用基础研究落后，无法提供、开发新材料、新技术依据。

在双脚踏上日本国土之前，他已经树立了明确的目标。

抓住磁性物理学的基础研究课题！中子散射，用这个固体物理研究中最有效的现代实验手段研究非结晶体结构和性质的课题。

在日本的两年 9 个月

在日本的两年 9 个月，是他人生中尽情释放自身魔力的辉煌岁月，令他无法忘怀。在"成功"目标的严酷鞭策下，他像不知疲倦的野马纵横驰骋。在他的努力和奋斗下，短暂的人生变得更加长久，生命的意义和价值在这个世界上得到了最大限度的表现。

在日本的那些日子里，他需要自己做饭，自己洗衣服。

他的研究课题是"非结晶强磁性体的因瓦效应研究"。当时，同事们都认为这个项目历史悠久、难度太大很难收获结果，建议他换个项目。鲜于泽陷入矛盾之中。两年来心思都花在了这个项目上，什么成果都没出就这么回国，有什么脸面面对祖国。何况这个项目有着强烈的吸引力。

想到反正这个项目是在80年代末之前一定要彻底解决的重大课题，只要能够出成果就能为国争光，也能实现自己的价值。他拍着胸脯激励自己树立信心：只要下决心去拼搏去奋斗，没有做不成的事。他分析了自己的有利条件。非结晶领域的研究开始不过两三年；可以利用最有效的现代实验手段——中子散射；可以接受最高水平的指导教师的指导……他兴奋地跳了起来，似乎已经成功了一半。

他加紧了研究工作。每天晚上都工作到12点。有时在实验室待到两三点。那时已经没有了公交车，10多里路只能走着回去。日本东北大学位于远离市中心的山上，晚上要经过没有人迹的阴森树林。一开始，听到一点野兽的叫声他都会感到毛骨悚然。在这种紧张状态下走上一个来小时，回到住的地方全身就都湿透了。然后，就是自己做饭。躺下来准备睡觉时已经半夜两点了。

他的研究项目不能固定在一个地方实验。在日本东北大学校内有3个地方，即：除了常驻理学系物理专业石川研究室外，要去工学系应用物理专业高桥研究室制造实验材料并测试其性能；要频频出入金属材料研究所铃木研究室做探测非结晶体结构的中子散射实验准备。他还要去校外位于东京附近东海村的原子能研究所以及设在筑波的日本高能物理研究所做中子散射实验。就像奔波于两个三角形立交桥的运动员，每天都会累得筋疲力尽，躺到床上像团烂泥，但一到第二天清晨又会精神抖擞地奔波忙碌。在日本生活最难忘的就是日夜奔波，没有过悠闲漫步的时候。

他没有公休日，也没有节假日。1981年12月31日晚，整个日本大地全都沉浸在喜庆喧嚣的节日气氛中。参加完辞旧迎新会回来的应用物理学教授高桥夫妇看到大楼的一间偏僻的实验室亮着灯就走了进去。位于山林中的工学系和理学系杳无人迹，只有鲜于泽独自埋头实验。此情此景令他们热泪盈眶。高桥教授说："为了改变日本落后的局面，50 年代、60 年代，日本的科学家独自漂洋过海去美国就是像你这样拼命搞科研的。理解，理解呀。"

以后鲜于泽几乎每两年都要去一次日本搞合作研究或参加国际学术会，每次见面高桥夫妇都会说起那天晚上的事情。

实验过程非常艰苦。在日本原子能研究所做中子散射实验时，一次实验需要连续做 3 天，自动控制的电脑偶尔有停顿的时候，因而每两个小时就要进去观察或检查一下。因为放射性特别强，进入实验室需要穿过好几道门。在昏昏欲睡的凌晨，他怕错过时间，靠在墙上打盹。实验成功的话，抱着一抱的材料钻入车里，还没坐稳就沉入梦乡。

经过一年的打拼，他取得了 3 项成果，写出 3 篇论文分别发表在日本物理化学学会杂志（英文版）、波兰的国际性杂志《J. mag. mag. mat》和第四届国际冷金属论文集上。

这些实验研究成果和论文彻底解决了当时在国际上引起争议的问题，即中子散射测定与磁性化强度温度变化测定不一致的问题，既不是源于"非结晶性"引起的附加滤器，也不是源于测量温差，而是源于非结晶合金的因瓦效应。

这些成果在国际同行业中产生了巨大的反响。美国和联邦德国出版的书籍很快就引用了他的论文成果。取得这些显赫成果之后，石川、高桥和铃木教授对他的支持和指导更加热情。快马更加鞭，第二年，鲜于泽取得了更加辉煌的成果，他的研究更上一层楼。他再度证明因瓦效应源于强磁性的不稳定性的电子结构。

为了使研究成果更加充实、完善，指导教师石川主动与有关部门联系将他的回国日期推后了 9 个月。

他读博虽然未满 3 年，但却破例获得了参加博士学位论文答辩的资格。在答辩会上，RLLY 相互作用理论创始人之一糟合教授瞧不起中国人，他将话题引向深奥的理论问题，企图为难鲜于泽。鲜于泽看穿了他的心计，巧妙地绕开题旨，通过了答辩。很少表扬学生的这位国际物理学界权威学者这次破例对他给予了高度评价，认为他达到了与日本博士生相同的标准，将来在中国物理学界一定会发挥巨大的作用。

日本东北大学在全日本虽然排名第三，但磁性物理、磁性材料、金属材料、电子通信等专业在日本名列第一位。鲜于泽就是在这样的一所大学物理专业拿到了第一个中国人理学博士称号。他证明了，只要有现代实验手段，中国人也能攻破重大难题。他为我们朝鲜族也争得了荣誉。

他如期归国。与他的夫人一起去机场迎接的朱老师回顾当时情况时说："在日本留学了近3年，回来的时候肯定会带来不少家庭生活必需品吧。可是，海关检查行李的时候发现大部分都是书，还有帮同事捎带的东西。没洗直接带回来的脏衣服就有12件，你说他忙成了什么样吧。海关的人也说还是头一次见到在国外长期居住的人这么空手回来的……我想到了他给妻子的'博士礼物'一定很特别，的确，分别数年从国外回来送给妻子的居然是要洗的衣服。"

丈夫出国后，鲜于泽的夫人带着两个读中学的儿子和一个读小学的女儿，工资加起来104元（鲜于泽62元，夫人42元），因为出国时借了400元钱，每月还要还20元欠款，靠着80多元钱勉强糊口。沉重的负担累得她染上重病，身体虚弱的夫人接丈夫也是硬撑着过去的。虽然没有礼物，但看到取得成功的丈夫健康归来，妻子感到由衷的喜悦。

鲜于泽也深知自己的成功离不开妻子忘我的劳动和无私的支持。

这时鲜于泽心中想的就是将在国外学习、研究的先进技术尽快应用到国家的科学发展事业中。

早在踏上祖国大地之前，在飞机机舱里他就已经开始编制自己的3个五年规划奋斗目标了。

时光无多

鲜于泽怀抱着争分夺秒、用血汗凝结成的"博士"学位回到祖国怀抱，回到民族怀抱，心情无比激动。天要感谢，海要感谢，日本人要感谢，所有的一切鲜于泽都要感谢，所有的一切都是那么美丽。他头一次感觉到这个世界是那么的可爱，宽阔，深情。有人说过这样一句话，我幸福，整个世界才会阳光明媚。我很有同感。找回了受挫的自尊，找回了失去的幸福，鲜于泽拿定主意，回国的话一定要干出些名堂来。他像国家制定规划一样，自己也制定了3个五年计划。现在45岁了，到60岁还有15年。第一个五年规划从1983年到1987年（45—50岁），建立实验室，成立应用物理专业。第二个五年规划从1988年到1992年（51—55岁），将应用物理专业和物理系打造成东北物理研究中心之一。第三个五年规划从1993年到1997年（56—60岁），将学术水平提高到国际水平，能够接收外国留学生，改变现有状态，从出国留学转为引进留学。

回国后他就开始东奔西走筹措资金，进口各种设备，先后建立了11个现代化水平的实验室，并在东北工学院第一次创设了应用物理专业。

在东北工学院（现在的东北大学），物理系是1980年成立的，1982年他提议建立应用物理专业。可是，高等教育部没有批准。鲜于泽回国后发现，直到那时，是否应该建立应用物理专业还存在争议。鲜于泽旗帜鲜明地站出来，组织那些主张建立应用物理专业的老师四处奔波。从学校领导到高等教育部，几乎跑断了腿才拿到了100多万元设备投资费用和科学研究经费，并从日本引进了3台先进设备。经过3年的艰苦努力，建立了11个拥有现代化设备的实验室，都是达到国内同等专业先进水平的实验室。这样一来，国家教育委员会终于批准东北工学院从1986年1月起可以正式招收应用物理专业学生。紧接着国家教委又授予了他所在的固体物理专业培养硕士研究生的资格。另一方面，在送自己的子女们赴日留学前，先行派出 10 多名教员读博或研修，还邀请 10 多位日本学者讲课，进行学术交流。

他是个做事有始有终的人。在国际上超导研究一度陷入低潮的时候，他雄心勃勃，将研究的触角伸向稀土金属及其化合物上，力图寻找超导研究的新突破口。每天都工作到很晚，分析、研究材料，眼中布满了血丝。他经常趴在桌子上打盹，脑海中突然闪出什么好想法，就会直接跑进实验室。

弥留之际的母亲因为见不着儿子不能瞑目，这样的电报连发了 3 份。实验正处于紧要关头无法中断。他先派儿子到奶奶身边，做完最后的实验，主持完辽宁省物理学会常务理事会之后跑到母亲身边，母亲已经离开人世。

妻子因严重的高血压病而昏倒，鲜于泽将医生请到家中救治。当天晚上就坐上去北京的列车参加超导研究会。为了这项研究，他出差 60 余次。

"爸爸，在你眼里，是不是超导体比妈妈更重要啊？"

"这里不是有大夫吗？这次会爸爸不去不行！"

他就这样哄着孩子，泪水直往心里流，可在科研路上他却从不退缩。

科学其实真的很冷酷！

1987 年，他在超导体的结构转移、磁性转矩效果研究终于取得了新的突破。在当年 7 月召开的北京高温超导体国际学术会议上，他同时发表了 5 篇论文，引起了国际学术界的瞩目。

《冶金报》《光明日报》《辽宁经济日报》《沈阳日报》等报纸先后报道了这一时期鲜于泽教授的研究成果：

> 鲜于泽教授在高温氧化物超导体研究方面获得成功，为新的超导体理论的确立提供了新的理论依据。

鲜于泽教授"非结晶强磁性体的因瓦效应"研究获得国家教委科技进步二等奖。

鲜于泽教授稀土类永久磁性材料研究成果获得冶金工业部科技进步二等奖，该项目被列入国家科委"星火"计划，为实施该计划，鲜于泽在沈阳与香港某公司一起创办中外合资企业，已经投入产品生产。……

这些成果是东北工学院物理系主任、理学博士鲜于泽教授在攀登科学高峰的 8 年间取得的部分成果。

他的首个五年规划胜利完成。事情进展得非常顺利，他感到全身热血沸腾。

如今，面对他的第二个五年规划的"速度战"，什么样的幸运会出现在他的面前呢？

未来的命运谁也无法预测。

晋级和苦恼

与其说人生有痛苦相伴，不如说因为痛苦才成就人生。这说的是人生的苦恼不能逃避，也无法逃避，这就是一个靶子，必须正视，必须击穿。就像射箭的人射穿箭靶一样，人生的痛苦也必须克服。

1988 年 4 月，鲜于泽担任了东北大学物理系主任。他确定了改革的新方向：将科学研究成果生产力化，依靠企业推动教学、科研工作。其时，该系是全校最穷的系，不走这条路很难进入先进行列。鲜于泽让自己获得冶金工业部科技进步二等奖的研究成果永久磁性材料产品生产进入到国家科委"星火"计划中，并且在他的斡旋下建立的永久磁性材料生产中外合资企业于 1990 年 9 月结束了第一期工程投入生产。身为该公司的副总经理、物理系主任、博士生导师，鲜于泽尽管忙得不可开交，但想到年生产值能够达到 1000 万元，他还是非常欣喜。可是，由于缺乏经验，生产并没有像预想的那样，没能赢利。这一来，一位当初就反对建公司的系领导开始挑起毛病来。

鲜于泽教授痛苦地回顾着当时的情景，面色阴沉起来。

"那可以说是我人生旅途中的一次失败经历。在生产问题上，我和那个领导干部意见不一致。当时我认为自己做得对，按着科研工作的路子推出了自己的主张。可是人际关系与科研工作不同，真的就像网子一样复杂。自尊心受到伤害的那位先生一有机会就会挑刺，诋毁我，展开了一波又一波的报复行为。在我们党的内部，存在的并不都是高尚的人。其中有野心家，也有善妒者。我把人际关系看得太简单了。诋毁的力量有时比想象的还要大。他没有停止报复的脚步。因此，我的第二个五年规划化为了泡影。头两年还是挺漂亮的。在学校评议中，物理系从第 17 位跃升到第 5 位，科研方面也取得了令人瞩目的成果，还获得了'科研先进系'的奖项。

"再深的水也可测，再小的人不可知。

"我困在这张网中不能脱身，什么事情都无法做。所以，我提前一年半辞去了系主任的职务回到了教研室。现在一心建设研究室，挽回 5 年期间的损失。推后 5 年，我要奋斗到 65 岁。还剩 8 年，可以说需要'八年抗战'。现在我 57 岁，在学术研究方面正处于黄金期。"

他苦笑着将一份写给学校校长、党委书记及党委的报告递给我。

读着 8000 余字的《请求报告书》，我的眼圈红了。我感到心潮澎湃，这可真是一位忠正、诚实的人，一位高尚的教育家、科学家啊。他的这份《请求报告书》没有一点怨天尤人的情绪，也没有一丝失望、辩解的成分。里面坦陈自己的计划、愿望、苦难和苦恼。就建设研究中心问题提出了自己的具体设想，还提出了解决以往系里所欠债务的方法。他真诚地、信心十足地表达了实现自己第二个、第三个五年规划的意愿和决心。

唐朝诗人李商隐留下过这样的诗句：

春蚕到死丝方尽，

蜡炬成灰泪始干。

　　这诗句堪称将一生奉献给科学研究事业的科学家呕心沥血的形象
写照。

　　我相信：正如他在自己的文章中写下的"霜叶红于二月花！"他的
奋斗和成功不可阻挡！

1994 年 9 月

秋天的野菊花
——记中药研究员、厂长李淑子

我的书桌前挂着一幅油画，上面是一束生机盎然的野菊花。虽然没有花香扑鼻，却总是能够让我心情舒畅的野菊花。也许是因为我从小生长在开满野菊花的山沟吧。无论春天，还是盛夏，争奇斗艳的百花固然绚丽多姿，但不知为什么，在冷秋、冷露、冷风之下，当整个原野都陷入委顿的时候，傲然挺立的野菊花，那清丽的淡紫色小花，总是能够在我的心田留下一份兴奋和感动。这颇让我感到新奇。

就在我看了半天书，抬起头呆呆地望着那幅野菊花油画的时候——

笃笃，已经过了晚9点，有人在敲我们家的门。打开门一看，走廊里站着一位中年妇女和一位年轻男子正笑呵呵地望着我。

"是金老师吧？很抱歉，您找了我好几次我才过来。我是从长春来的李淑子。"

"啊，天啊，天啊，您是怎么找到这里的？"

我兴奋、激动极了，恨不得把她抱起来。李淑子先生（1937—）指了指年轻男子："我在延吉的弟弟给我带的路。"

我以为三顾茅庐才能请动诸葛亮，哪里会想到她就这么找上门来。厂长就是厂长。她解释道，明天早晨就要回长春，所以尽管时间已晚，还是过来了。最近因为工厂里的事又是去图们，又是去龙井，一直奔波忙碌。我有些歉疚，事先没想到一个厂长的一天有多么忙碌。

李淑子比我大一岁，也就是53岁，却像雨后的白菜叶一样充满活力。从早晨6点钟就开始坐车四处奔波，却看不出丝毫倦意，两眼炯炯有神，面色红润，中等个儿，身材略胖。

突然感觉她就像野菊花。不经意地，我的目光落在野菊花油画上。她也顺着我的目光望向那幅画。

"看样你喜欢野菊花啊。"

"是啊。我看您就像野菊花。"

"呵呵呵……我像野菊花？老师您真是……"

"我就是那么想的，有什么办法。坐了数千里路的车，一天都没有休息，一直在路上，您还挺得住吗？"

"你也看到了，我这身体不错。企业和研究所、机关不同，没有一天，一个时辰轻松的时候。"

她的性格爽快，交谈起来非常棒。不管什么话题都可以敞开畅谈。

我半开玩笑地问道："看材料，李老师是吉林省中医中药研究院副研究员，制药厂的厂长，长春市朝阳区政协委员，还有什么来着，省集体企业家协会理事，省药学会理事，省特产协会理事……还有，呀，这么多职务压身能喘过气来吗？"

"呵呵呵……这样看来，名头还真不少。不过是挂名而已，哪能都掺和呢？光是工厂里的事就已经忙得不可开交了……"

我不由腹诽，咱们国家这是个大毛病。谁只要是稍微出点名，就会将各种各样的名头一股脑儿地扣到他的头上，压得人直不起腰来……那些东西有什么用？

"李厂长可是干了件大事啊。让一个毫不起眼的工厂，固定资产从8000元都不到，发展到800万元，总产值722万元，今年据说可以提高到1000万元？那个工厂可是天翻地覆啊。工厂这样富了起来，老师您也算是进入了知识分子中先富裕起来的行列了吧？读者们很关注这样的问题。"

李淑子眼睛睁得溜圆，看了我好一会儿，然后宽厚地一笑了之。

"荣誉是拿了一大摞。吉林省三八红旗手、优秀企业家、优秀厂长、卫生系统优秀共产党员、东北三省优秀企业家……可是，我的基本工资仍然是研究院给的副研究员级的140元。工厂利润增长几倍、几十倍都跟我的工资没有任何关系。因为并没有签订利润多了会给厂长什么待遇的那种协议。我是一名党员，只是凭着自己的良心尽自己所能为国家做贡献而已。"

这话没错。作为一名忠诚的党员，为国家做贡献就像地球的转动一样，是理所应当的。不过，根据贡献提供相应的报酬，不是更能发挥知识分子的热情、积极性，更能长久地保护他们的健康吗？这个想法几乎脱口而出，可我还是强行忍住。人家是满腔热情，我又何必去泼冷水呢？

"别人都以为我已经成了百万富婆。我现在仍然是研究院研究人员的编制，很多时候这对我个人反而是一种损失。有一次，研究院要给5名贡献大的研究人员晋级，可几年来，我把精力都投入到发展工厂上，论文和研究项目都没有他们多，因为没有时间。研究院按着自己的标准上报，结果没有我的名字。将工厂办成一流企业之类的事情不会列入评职业绩中。遇到这种不公平的事情，能不气愤，能不伤心吗？可是，组织上让我下一届继续当厂长。"

很容易激动的我恨不得立刻跑到她单位去理论，这样处理太不公平。也完全忘记了应该忍住不能冲动，就像自己没能晋级一样，我暴跳如雷。我鼓动她，以后再遇到那样的事情，不要忍着，一定要找领导好好诉诉苦。看她连连点头的样子，似乎也有同感。

"在研究院的时候，至少还有休息日，有节日，而现在根本没有什么休息天。工厂的命运取决于我，有什么办法。上次职工们坐车春游3天，我因为担心工厂的事情没有去。不知道会发生什么事情，总是战战兢兢的。"

几年前到延吉出差，看到父亲病了，李淑子急匆匆地将父亲送到医院住院，办完手续已经是下午了。她给父亲服药之后，又因为厂里的事坐夜车赶了回去。

几天后，接到了父亲病故的噩耗，她放声痛哭。

"我是大女儿呀……那时我只要在父亲身边多待一天也……这事情一直挂在心上放不下来。"

虽然性格像女汉子样强势，但她毕竟是一位多愁善感的女性、充满孝心的女儿。为了将一个不合格的工厂办成一流企业，她接收了研究院70多名没有工作的子女，减轻了父母们的心理负担，能够让他们专心投入研究工作，李淑子付出了多少心血和汗水啊！

她不以为然地转移了话题。

"老师你的身体可太差了，要好好治一治啊。什么病啊？"

我说我有胃病、胆囊炎，遭了不少罪。她推荐了他们那里研制的获得省优质奖的"胃康灵"和"复肝宁"，说用一段时间一定会见到效果。

几天后，她果真托人捎来了20瓶药。那深情厚谊令我感觉病痛好像不治而愈了。

我突然想起了有一次李淑子的同学说起的淑子是"八方美人"（朝鲜语"多才多艺"之意——译者注）的话来，就开玩笑地说："听说李老师在学校的时候是'八方美人'，还是'百米美人'。您现在也像野菊花一样，姿色不逊于年轻人啊。"李淑子听完这话捧腹大笑。

"哈哈哈……老师您还真会说笑。现在我都已经成'外婆'了呀。在学校的时候我的兴趣广泛。对学习也感兴趣，当过赛跑运动员、速滑运动员，唱过歌，进过舞蹈队跳过舞。还打排球，当过学生会干部。走入社会以后发现当时的'多才多艺'还是挺有用的。在学校当干部的经历对后来当厂长有很大帮助。'百米美人'的话确实听到过，呵呵呵……大概是因为跑了百米吧……"

1937年1月13日，李淑子出生于吉林省朝阳川镇光石村。她是学校有名的田径运动员、舞蹈家、金嗓子。清秀的面容，大大的眼睛，像初春粉红色的金达莱花光鲜、美丽，引得众多男生竞相追逐。加上学业出众，淑子想做的事情太多太多，想学的东西也无边无际。

环顾四野……诱人的梦幻之路在向她招手。站在人生的十字路口，淑子按捺住膨胀、兴奋的心绪，陷入深思熟虑中。现在要选择自己要为之奋斗一生的职业，选择最能放射光芒、最适合自己的专业。

终于，她将东北药学院填入第一志愿。"多才多艺"的李淑子选择医学、药学之路还有一段故事。

一次，她从老师那里听到了我国古代著名医学家华佗的故事。

华佗能够治好别人治不了的各种疑难病症，被称为"神医"。他还发明了药效非常显著的全身麻醉剂麻沸散。这种麻醉剂比西医用麻醉药早了 1600 年。

因为崇拜华佗，淑子读了很多医学方面的书籍。在读一篇介绍明朝伟大的医学家李时珍的文章时，她异常兴奋。

李时珍终其一生收集民间疗法，30 多年来走了万里路，写下了数百上千万字的笔记。在此基础上整理、修订，撰写出了我国医药史上划时代的医药书籍，被外国人誉为"东方医学大全"的《本草纲目》。青年时期开始动笔，完成时，李时珍已经是 61 岁的老人了……

（啊，伟大、杰出的学者李时珍！）

淑子心中高喊。她暗下决心，要继承他的事业，深入研究神秘的医学宝库——中医、中药。确定了自己的人生目标之后，淑子还认真地阅读了有关 19 世纪在英国学术界引起轰动的伟大生物学家、进化论者达尔文的书。

达尔文与上帝创造了人类的论调唱的是反调。1859 年出版了《物种起源》，12 年后又为人类贡献了伟大的著作《人类的起源》。他的这一研究成果堪称一个世纪前科学研究人类起源的基点。

这位一生探求自然法则的伟大学者刻苦钻研的精神、渊博的知识、科学研究态度令淑子崇拜不已，成为她学习的榜样。功夫不负有心人，与达尔文相关的生物这科，淑子高考居然拿到了满分 100 分，轰动了全校。不是一般的考试，而是高考拿下单科满分，这罕见壮举使她成为传奇人物。

不过，她是在朝鲜族村庄长大的，念的又一直是朝鲜族学校，入学后，听不懂老师讲课的内容，表达不清自己的意思，一天之内要哭上好几次。

第一次去学校浴池的时候，她不知道"澡票"怎么说，抱着脸盆站了半天等人过来，学着前面的女生的话勉强买到了澡票。给家里写信的时候，不知道"邮票"怎么说，结果她又当了一回"学舌的鹦鹉"。老师的讲课就更听不懂了，一到晚上她就要磕磕巴巴地跟汉族女生借来笔记抄下来。本来就不是很熟，有的女生还不太情愿，甚至甩点脸色……真的很没面子，有时就像剜肉一样。感觉好像要饭都比这个强。

（干脆，回延边得了！）

淑子好几次都想转到延边医学院去。

（不，难道我就是这么一个没有毅力、怯懦不堪的人吗？）

真打算离开的时候，脑海中突然闪过这样的念头。一天，又一天……苦恼，孤独，郁闷，焦虑，淑子坐立不安。

（不，我不能以失败者的身份回到故乡！）

淑子下了决心不走了，她选择了比别人更努力的路。

要强的淑子高中时候自学的俄语，水平还可以，但选择进重点班还是有些差距。

不知是被她的求知欲所感动，还是被她的美貌所吸引，班长主动教她汉语，热诚的俄语老师给她辅导俄语。

淑子整整用了两年时间苦苦拼搏，终于追上了名列前茅的学生，慢慢又将他们甩在了身后。她又成为大学的"八方美人"。

我们继续着话题。

"老师您那时候既然是'八方美人'，追求者一定很多吧？"

我这问话是女性之间经常谈论的，很普通，也很正常，可淑子的脸上却浮现出阴云。眼神里透着阴影……她仰起头，久久地凝视着白色的天棚。内心留下深重创伤的女性特有的伤心、苦涩的表情让她明朗的脸上浮现出阴云。我惊慌得不知所措，她却率先开了口："姑娘时期我非常单纯。我相信在我人生中，我的婚姻生活也会像彩虹一样美丽、灿烂。可是，我的命运却非常不幸。我付出了痛苦的代价。挑选能够给自己带来一生幸福的对象，不是所有女性共同的愿望吗？两个男性成为了我考虑的对象。后来，我倾心于3年来苦苦追求、等待我的一个男子，他毕业于哈尔滨工业大学，在北京的一家研究所工作。我觉得我们俩专业相近，理想相似，就和他结婚了。就因为在选择的十字路口一步走错，我失去了青春的爱情……"

经了解，她是个不幸的女子。她原来的丈夫不知道是因为留学考试没有通过，还是原来就有这种病根，他患上了妄想型神经衰弱，治疗也不见效。有的时候，会将窗户封得死死的，有的时候会捡来空啤酒瓶陈列起来。

那时，李淑子无法进北京，二人一直两地分居。一次，她领着女儿去北京看望思念的丈夫，丈夫不但没有笑脸相迎，反而怪她没结婚就上门，咣当一声，就把门关上了。看到孩子非常冷漠，说她不是自己家的孩子。

李淑子彻底绝望，因为丈夫，因为自己，因为女儿，她泪流不止。

丈夫所属单位非常宽宏大量，没有把患者的负担推给妻子，仍然让他留在研究所自由地生活。

"如果他们把丈夫推给我，不管不顾的话，我那时工作都没法进行。失去了爱情和幸福，我只能将全部的精力投入到工作中。把心扑在工作上，我才能忘却孤独、悲伤和痛苦，才能保持心理平衡……"

李淑子大学毕业以后分配到了吉林铁路医院。

一天，她去澡堂洗澡，看到有个大概8岁光景的孩子突然中风。她胡乱套上外衣抱着孩子跑到医院抢救，孩子得救了。

有了这样的事情，加上一心扑在工作上，李淑子从1963年开始，连续两年被评为医院的"全心全意为人民服务的标兵"，并成为药剂科的负责人。

她在这家医院工作期间也做过内科党支部书记、排球队员、滑冰队员、大合唱指挥……"八方美人"的风采依旧。

知识分子成为"革命对象"的时期，李淑子作为"六二六战士"下放到了蛟河铁路卫生所接受 3 年的改造，兼做医生。虽然是药学院毕业，但因为一直勤奋学习、研究，坚持不懈地临床实践，她成为一名深受欢迎的医生。

1973 年，她幸运地调到吉林省中医中药研究院从事植物化学研究工作。

"这一年，我去了北京丈夫所属的研究所提出了离婚要求。组织上理解、同情我的情况，很快就办好了手续。拖了 14 年的不幸婚姻就这样宣告终结。"

李淑子的眼中充满了同情和怜悯。

"多么无情的病啊！哪怕他没有双腿，大小便不能自理，只要精神正常，我这一生也都不会和他分开。他有知识，是个干净、帅气的男人。即便是患病之后，衣服也总是穿得非常板正……"

这样的丈夫，等了 14 年，谈何容易！当然，背后说三道四的议论她也听到不少。

"真的等待了很久啊，大好的青春时光……那么，后来呢？"

"1974 年，经别人介绍，我带着女儿改嫁给比我大 9 岁的车先生。你说在哪里工作？在那个——吉林省机械电子工业厅担任副厅长。今年就要离休了。"

"李老师的同学说，您丈夫非常仁厚，老来的爱情……那个，知道那句俗语吧？"

"哈哈哈……你这人可真逗。"

"年轻时候没有享受到爱情的福气，对了，您从车先生那里把那时的那份也都补回来了吧。看到您现在这么幸福，我真替您高兴。祝贺您！"

我真想冲过去紧紧地拥抱她。

　　在中医中药研究院研究植物化学的艰苦实验分析过程中，车先生一直通过减轻生活负担鼓励她、包容她。下到中药厂当厂长的艰苦日子里，他也做好了内助工作。晚归的时候他去汽车站点等她，有时还去工厂接她……

　　丈夫的爱情让李淑子更加年轻，也更能全身心地投入到工作中。李淑子一直对爱情是什么力量、幸福、花朵、果实……之类的说法很反感，她认为爱情就是不幸，就是祸根。但现在她明白了爱情是她的生命，是她的力量。

　　"车先生有3个儿子，对我全都像亲妈一样信任。现在都已经成家。不过，遗憾的是，这次我也去见了一下以前的婆婆和姑子，那位的病还是没有好转。"

　　她真是个胸怀宽广的女人。虽然分手了，但还是真诚地希望对方恢复健康，她的心意非常可贵。这恐怕是继承了我们朝鲜族女同胞心性善良、美丽的传统吧！

　　我们的话题重新转到工厂上来。

　　在研究院的时候，李淑子专注于中药挥发油研究。她与中医学院合作用几年时间对莱菔子的降压作用进行了实验研究获得成功。李淑子撰写的论文《莱菔子降压作用研究》获得卫生部二等奖。接着她又在国家级、省级刊物上发表了《紫参挥发油成分研究》《黄柏果挥发油成分研究》等17篇论文。李淑子作为有能力的研究人员名声开始传开了。而且李淑子通晓英、日、俄等5种语言，前程似锦。

　　就在"野菊花"盛开的时候，组织上把她叫了过去，让她担负起拯救行将衰败的中药厂的重任。他们认为，只有正直、豁达、出色、果断的李淑子才能担当工厂厂长一职，让这家工厂起死回生。

　　李淑子没有马上应允，她犹豫了。梦寐以求好不容易来了运道，前途一片光明的研究工作，早晚不离无比钟爱的实验室，她一步也不想离开。别的研究人员也觉得她中途离开太可惜。可作为多年的研究院优秀党员、吉林省卫生厅优秀党员，她无法违逆组织的安排。

她服从了。

下派任厂长是1983年5月的某一天。

进入工厂一看，所谓的工厂脏乱不堪，只有一个100平方米的砖瓦平房。脏兮兮的窗玻璃，38名职工愁容满面地透过窗户呆呆地望着新厂长。看起来既像个人开办的豆腐坊，又像生产队的磨面厂。

来的时候虽然不是不知道这种情况，但真正跟原来的工厂领导班子坐在一起，听到他们介绍情况后，她感到眼前发黑。流动资金5000元，就连普普通通的个人布贩流动资金也不会低于万元。一套像样的西服还要一两千元，5000元怎么经营一家工厂？去农村的话，普通农民住的还是100平方米的砖瓦房。38人的工厂，区区100平方米，啊……怨不得被提出警告：只有在国家药品生产规定检查中获评一流，领到检查合格证之后才能生产！

李淑子辗转反侧，夜不能寐。长期从事领导工作的丈夫安慰、鼓励她："天无绝人之路。要相信工人，只要调动他们的智慧和力量，自然会水到渠成。"

这种大道理，李淑子平时没有少听，可不知为什么，这一次却觉得非常入耳，浑身暖洋洋的。

第二天，面色红润、两眼炯炯有神的李淑子笑呵呵地出现在大家面前。声如其人，她的声音铿锵有力又不失平和。

"如果泄气，我们不会有出路。让我们齐心协力，用我们的智慧、我们的双手建设出一个现代化的中药厂吧。首先我们要建厂房。院子要拓宽。我们没有钱。我们只有双手。来吧，干！"

职工们从她的演说中获得了力量，他们相信新厂长，跟着她行动起来。实际上，工厂就像他们的生命。他们都是没能升学的研究院子弟，离开这家工厂无路可去。

李淑子成了领头人，挖土、搬砖，白天干，晚上也干。厂长带头，全体员工也都调动起来，投身到工厂扩建中。在院子里挑灯夜战要晚归的时候，丈夫就会骑着自行车来厂接她。

想要救活事业单位兴办的、命运岌岌可危的这家工厂，可是，既没有"氧气罐"，也没有"灵丹妙药"。走到哪里都是一路"红灯"。上级机关批准了，有关部门说不行；有关部门批准了，银行或税务部门又来添堵。资金、动力……所有的都有问题。李淑子去找各级领导反映情况。去办公室不行，就去家里；说一次不行，就说两次、三次……说不行，就写出来汇报，她想方设法打开了一个又一个的"绿灯"。

另一方面，健全了工厂机构，重用中专以上学历的知识分子，合理地分配到各层级管理机构、实验室等，调动了他们的智慧、技术和积极性。新工厂建成后，李淑子设置了实验室、干燥室、预处理室、粉碎室等，提出了30条保证产品质量的规章制度。

都说人到50就会清心寡欲，这位朝鲜族女铁人厂长，却整整奋斗了7年，工厂面积扩充为2万多平方米，生产车间也建成了面积为4800平方米的三层楼房，引进了现代化的一流制药机械设备。这时，原工厂成了现在工厂的托儿所。

年轻的时候，如果不是在风雪交加的冰场纵横驰骋的速滑运动员，如果不是在宽阔的运动场挥汗奔跑的田径运动员，如果不是在排球场上摸爬滚打奋力击球的排球运动员……她恐怕空有伟大的抱负，也无法实现这一艰巨而又复杂的任务。

美国著名的卡耐基先生说过这样的话："不要模仿别人，认清自己，走自己的路！"

不仅个人应该如此，国家同样应该如此。中国这样偌大的国家，一味模仿他人，是要栽跟斗的。要不怎么会提出"有中国特色的社会主义道路"的口号呢！

怎么才能在众星闪烁的制药行业激烈竞争中生存并且脱颖而出呢？要生存就要赚钱。李淑子经过反复研究，还是决定走自己的路，换句话说寻找自身的优势。

一天，苦思冥想的李淑子突然一拍大腿，腾地站了起来。兴奋的双眼像星星一样放射出光芒。

（在我们背后不是有别的厂家所没有的庞大的中医中药研究队伍吗?! 我怎么就没看到呢?! 开发新产品，尽快把研究人员的研究成果转化成生产力!）

1985 年的一天，李淑子听到一个消息，研究院的副研究员王本祥研究保健药"留春宝"因为经费不足终止研究。她马上找到他，投资 6 万元，使"留春宝"研究获得成功。当年该研究项目即投入生产，结果产值达到 77 万元，利润达到 20 万元，该药获得省优质产品称号。

尝到甜头的李淑子在将研究人员的研究成果转化成生产力方面毫不吝惜，大胆投资。近 3 年来，支付给研究院的科研成果转让费和他们自己研究的经费加起来达到了 67 万元。

李淑子并没有把"宝"全部押在研究院这个靠山上。尽管厂长的事务非常繁忙，但她还是一有时间就翻阅外国的资料，研究医药书籍。一次，李淑子在阅读外国资料的时候看到了一则信息：蜂胶在民间常用于镇痛、消炎。她马上从蜂胶中提取 30 多种成分进行研究分析，果然发现有消炎、镇痛、组织再生和保护胃黏膜等功能。她又对制药时丢弃的人参叶和茎中提取的皂角苷进行了化验分析，发现它有补气、生津、消除疲劳、治疗溃疡等功效。李淑子和工厂研究人员一起引进了先进的药材配伍技术。用蜂胶和皂角苷制成"胃康宁"药，该药作为治疗胃病的药超越了世界著名的西咪替丁。该药获得了长春市"金梅杯"奖。

没过几年，李淑子领导的这家工厂制造的新药达到了 11 种。特别是"复肝宁"远销美国、加拿大、日本、韩国等国家和地区，卖得非常火。

发挥自己的优势，开发新药是李淑子厂长的成功秘诀之一。

在有数千年历史的中华大地，有名的中药厂不计其数。李淑子他们的工厂，在别人眼里不过是旁枝末流，生产出来的药品再好能有什么销路呢？

工厂越兴盛，李淑子的头越痛。她很想去全国的大城市转一圈，了解一下市场信息。她领着几名职工动身了。青岛、上海、广州、厦门、南京……

突然，李淑子脑海中闪过一个念头：想就自己工厂生产的新药作一个学术报告。作为一名学者，她每到一处，就会详尽、坦率地分析、讲解他们生产出来的药品的药理、治疗和临床效果等。

在杭州、常州做"复肝宁"学术报告的时候，有关部门就签订了6万瓶的销售合同。

1988年春，上海暴发了甲肝流行病。听过她学术报告的医药批发部门，立刻致电李淑子，要求速发20万瓶。

药品销量越好，李淑子越是强调药品是一种特殊商品，直接关系到人类宝贵的生命，必须绝对保证质量，这是工厂的生命线。为此，制定了严格的制度，坚定了消费者的信心。

一次，在质检中发现"胃康宁"药每粒皂角苷成分含量少了2—3毫克。李淑子下令已经包装的60箱18万粒"胃康宁"全部拆封，补充了药物成分。

这件事震动了全厂。工人们一面一粒一粒地把药拆下来，一面嘟嘟囔囔地发牢骚，可大家都知道李厂长令行禁止的虎威，没有人抗命。那之后，职工们都把药品的质量放在了首位。

一种商品没有销路就会消亡，一家工厂销路堵塞就要关门。很多企业家都赞叹不已，他们认为：李厂长通过学术报告开拓销路，她的这一优势成为她成功的又一个重要秘诀。

李淑子叹了一口气说："说一千道一万，当厂长最令人头痛、纠结、伤心的是人际关系的处理。"

随着工厂日益兴盛、富裕，工厂也制定了严格的赏罚制度。为工厂做出巨大贡献的、模范遵守规章制度、工作效率高的人可以拿到比别人更多的钱。而不愿意干活、凭借父母的权势惹是生非闹出事故的人，不管他是谁的子女都要受到惩罚、交纳罚金。这个制度无论谁的面子都不给，李淑子实施得光明正大。可是，这个工厂的职工大部分都是研究院的子女、家属，子女一受处罚，父母那里立刻就会有反应。绝大多数的父母认为她的做法正确，支持她，但也有部分嫉妒李淑子、溺爱子女的父母，站在子女一方，不是当面理论，而是背后造谣生事，小题大做，扩大事态，兴风作浪。

1989年8月，李淑子飞到南方城市珠海准备在那里建立分厂。闷热的天气令一直生活在北方的李淑子很难承受。每天的温度都超过了38℃，有时甚至达到了40℃。但是，李淑子为了尽快办完事情，带领职工夜以继日地工作。为了节省工厂的钱，他们没有住进条件尚可的旅馆，而是睡在工厂的水泥地板上。没有枕头，枕的是纸卷。

这个工厂附近有一个老厕所，因为没有清扫，几乎找不到立足之地。马上要有几位香港客人前来商谈、协商分厂的事情，如果让他们看到这种样子可就太丢面子了。因而，李淑子凌晨4点起来，拿着胶皮管子去冲洗厕所，恶臭熏得她频频作呕。几名年轻职工被她的行动所感动，也跟着把厕所清扫一新……

李淑子正干得汗流浃背的时候，有人跑过来告诉她工厂来了长途电话。

是支持李厂长的一个职工偷偷打来的电话。

"李厂长吗？赶紧回来吧。李厂长不在期间，咱们厂那帮坏家伙正在发动'政变'。快点回来吧。"

李淑子心胸虽然像大海一样宽阔，但听到电话里那个职工带着哭腔的话语声还是大吃一惊。她强作镇定安慰对方："是吗？别太担心。我这头儿办完分厂就回去！"

"不行啊，那太晚了。快回来吧。大家都等着呢。快，快呀……"

李淑子放下电话。沾满泥土、握着话筒的手掌全是汗水。啊，天气怎么这么热啊？湿透的汗衫像蚂蟥一样不断地贴在身体上。今天这双腿怎么这么沉！这一阵儿，又是挖土，又是搬砖，又是安装机器……是事情赶得太急了吗？以往无论怎么工作都不知疲倦，许是岁月不饶人吧。

看到平时幽默诙谐、还喜欢哼唱歌曲活跃气氛的厂长变得寡言少语，厂里的年轻人以为她累着了，执意要求她歇一歇。

"李厂长您年岁大了，今天就歇一歇吧。"

"这些事就交给我们吧。您出去消消汗。"

……

李淑子感到他们可爱极了。

晚上，平躺在水泥地板上呆呆地望着天棚，李淑子陷入沉思。如果丢掉厂长一职，就可以回到研究院从事自己想做的研究工作。丢了厂长职位一点都不可惜。但是，几年来，为了国家，为了工厂，为了研究院无职业的子女，她付出全部心血让工厂起死回生。那帮家伙为什么要赶我下台？是要把工厂管理得更好？不，他们不是这样的人。他们打算成为工厂的霸主，随心所欲地瓜分利润，毁掉工厂。我怎么能将职位交给这种人呢？

李淑子一下子坐了起来。

（不，我怎么能这样？组织，不是有组织、有群众嘛！尽快建好分厂比我下台的事情更重要……）

这么一想，李淑子豁然开朗。

从第二天起，李淑子就像什么事都没有发生一样，开开玩笑，哼哼歌，投入工作中。

分厂事情结束后，李淑子他们乘飞机返回。在长春机场，他们看到欢迎的人群中满是面熟的工厂职工。

一了解才知道，支持她的职工怕她伤心，特地出两辆车赶来安慰她。

事情是这么一回事。工厂的一名领导为了当厂长，召集受过处分的职工散布谣言：李淑子不是去工作，而是带着丈夫去南方旅行。为了今后能够去南方生活，挣更多的钱，她才要在珠海建设分厂……甚至还向上级写了"告发信"。

　　事情闹到这地步，研究院以为发生了大事件，就派出调查组下厂审查李淑子。

　　世间事往往如此。在人艰苦打拼的时候很少有人理会，而功成名就之后，瞪大了眼睛"格外"关注的人比比皆是。靠着100平方米的厂房、5000元的流动资金呕心沥血、四处奔波时，连一起搬一块砖的人都寥寥无几，而现在鲸鱼背似的三层楼拔地而起，利润达到几百万元之后，谣言四起，调查频仍……世间万事真是荒唐可笑。

　　调查风风火火，结果为人光明磊落、不谋私利的李淑子反而威信大涨，告发者搬起石头砸了自己的脚。"民意测验"结果，99%的人都支持李淑子。

　　李淑子重新成为厂长。为了办好工厂，她清理了那几个不好好工作反而兴风作浪的人。职工们拍手称快，高呼万岁。

　　经过艰难险阻、坎坷曲折，李淑子终于将一个简陋的"豆腐坊"工厂改造成用现代化设备武装起来的省优秀企业、省最佳集体企业，她本人也成为省优秀企业家、省优秀厂长。工厂的固定资产由8000元增长到430万元，流动资金由5000元增长到120万元。拥有93名职工的这家工厂1988年总产值达到722万元，创造利税224万元。

　　随着工厂的发展，李淑子不仅成为医药界，也成为全省、全国的人气人物。

　　1986年，应日本东京老年病研究所等3个地方的邀请，李淑子与研究院院长一起赴日本做学术报告，兼做翻译工作。

　　不过，成功之后往往期盼更大的成功，富裕之后期盼更大的富裕，这恐怕是人类的共性。当然，无论李淑子将利润提升到多高，她本人都不会富裕起来。

　　她图的究竟是什么，忙得如此不可开交？

　　即便回到故乡，也因为工厂的事情无法与父母兄弟一起坐下来好好聊一聊就又急匆匆地离开？

余下的人生之路她想要如何风光？

不，她脑海中没有那种杂念。她的心里只有一种念想：把制药厂办好，为国家做出更大贡献。她用自己的心血打造的这家制药厂已经成为其生命中最重要的一部分。

"我们已经与香港合作在珠海开办了东鑫制药有限公司。我们在那里处理完业务刚刚坐飞机回来。要干的事情非常多……"

她微微一笑。我内心深深地为其感动。

啊，组织的眼光真是雪亮！能从那么多的研究人员中排除众多男性，选中一名朝鲜族女研究员！

已经过了12点。街道上静悄悄的。居家的灯火也在一一熄灭。在她讲述过程中，我不仅要做笔记，还要时不时地提出问题，早已经筋疲力尽，晕晕乎乎，可她却一直双眼炯炯有神。

仿佛有一株凌霜傲立的野菊花，在我的眼前绽放出美丽、灿烂的笑容。

她站了起来。

微笑着匆匆离去。

第二天早晨，她又会踏上遥远的征程。向着工厂……数不清的工作在等待着她。反正她是一位能够充分领略人生价值的女性。那是比金钱更令人羡慕、更有价值的人生！

著名的学者爱因斯坦说过："一个人的价值不是看他拥有了什么，而是看他贡献了什么。"

作为一位学者、一个厂长、一名党员，李淑子的价值观恐怕完全可以和爱因斯坦画等号了。我们也只有按着这种价值观念标准去评价她才不失公允！

1990年8月

活在希望中的人

——记癌症专家朴载天教授

山高有人登，

路远有人行。

直到几年前为止，人们如果得了癌症，就会以为踏上了阳间通向阴间的"奈何桥"。踏上"奈何桥"的人固然要经受天崩地裂般的痛苦，而身边的亲人眼睁睁看着亲骨肉一步步走上不归路却只能顿足捶胸徒唤奈何，极度的悲伤令他们肝肠寸断，撕心裂肺。

据 80 年代统计，在我国，胃癌是恶性肿瘤中发病率和死亡率最高的，每年都有 16 万人死于胃癌。该数值占因恶性肿瘤死亡人数的 23.03%，这表明因各种各样的癌症而死亡的人数每年超过了 70 万。

所以，人们将癌症称为残害人类的魔鬼。

而我们身边就活跃着一位癌症专家，进入这种阴森恐怖的"魔窟"勇敢地与"魔鬼"交锋。他就是延边医院肿瘤科主任朴载天教授（1937—），被很多人誉为"看一眼就能做出诊断的神医"。

有几位最亲近的亲人、亲友、邻居身患癌症失去了生命，因为感受过那痛彻心扉的悲伤，我迫不及待地想要见一见这位"神医"。

去冬的某一天，尽管天气寒冷，延边医院里患者依然摩肩接踵。我来到朴载天教授所在的办公室。办公室像是由一间旧仓库改装的，又矮又暗。这是将狭窄的走廊尽头隔开形成的办公室，因为见不到阳光，大白天也开着日光灯。早已习惯了这种环境的教授虽然泰然自若，我却像犯了罪的人一样诚惶诚恐。

宽额，谢顶，透过镜片，柔和的目光给人留下沉稳、善于思索的印象，加上紧闭的嘴唇，白皙的面容，淡然的表情……从哪方面看，都是一位典型的知识分子的形象。

"常听人说先生是治癌'神医'，我来找您，就是想听一听您治学的经验和坎坷曲折的人生历程。"

我开门见山地说出了我的来意。朴载天教授有些紧张地摇了摇头。

"现在各种癌症全都靠手术治疗，世界先进的癌症疗法也在不断涌现。不过，迄今为止，再先进的医术也不能完美地征服癌症。

"有时信心十足地做好了所有的手术准备，可下刀之后却意外地发现癌细胞已经扩散到整个腹腔、肠结膜和肝，心会一阵战栗。不只是我，所有的外科大夫拿起手术刀神经就会高度紧张起来，处于巨大的精神压力之下，很容易患上高血压，甚至出现脑血栓……"

朴教授安静地讲述着，没有丝毫的高傲或炫耀。听着他讲述的内容，发自内心的感动、尊敬之情油然而生。

曲折的人生路

1937 年 4 月，朴载天出生于朝鲜平安北道一个矿工家庭。为了谋求生路，6 岁的时候就跟着父母来到中国辽宁省桓仁县的一个山村横道川村。在那里迎来了"八一五光复"。虽说是贫苦人家的孩子，但从小他就非常用功，总是能拿到一二名。上通化高中的时候也是第一名。他说学习没有特别的秘诀。回顾年少时光时，朴教授说："我是个努力型。上课的时候一次都没有打过盹。因为专心致志地听老师讲课，课上的内容当堂就能背下来。在学校做完作业，回家就看课外读物，知识面不断扩大。"

1957 年 8 月，朴载天以优异的成绩考上了当时在朝鲜族学生眼里难如上青天的北京医学院医疗系，之后成为北京知识青年积极分子，大学二年级时加入中国共产党。1962年毕业，被分配到朝鲜族聚居的延边，成为延边医学院人体解剖教研室的老师。因为立志要成为一名人民信得过的医生，为了能够早日进入实践领域，他放弃了成为教授、博士的捷径——基础学的授课，通过多次申请，重新分配到附属医院。

他认真工作，努力研究。见到患者就不愿意离开，通过观察、治疗研究各种疾病。正因为如此，"文革"一爆发，他就被打成"走资派的忠实走狗"。

一天，他正在诊室给患者看病，几个造反派的人闯了进来，不由分说将他拖出去就是一通毒打。他浑身是血地回到宿舍。冤屈，愤怒，恐怖，孤独，令他难以忍受。他突然思念起久违的故乡来。于是，他立刻动身偷偷跑回到辽宁省自己的家中。虽然躲了两个月的动乱，心里却忐忑不安。离开视如生命的工作岗位，生活怎能开心快乐。不工作与死无异。所以，离开单位两个月后的10月，他又回到了医院。

医院院子里，翠绿的树木已经泛黄，枫叶也开始染红。人类彼此钩心斗角撕扯打斗，上演着一幕幕奇诡难测的人间丑剧，而自然却总是一如既往地按着季节恩赐给人类一幅幅美丽的画面。

回来一看，两个月不在，形势发生逆转，与判断完全背离。当初遭到打压的派系张狂起来，当初张狂的派系遭到了打压。人们就像变魔术一样，将被打成"忠实走狗"的朴载天视为人才，让他担任了"群众事件专门调查组"副组长一职。虽然无法理解，可能当上副组长心里还是有些小满足的。但是，无法预见的事件天天爆发。一个从农村来调查的造反派说金昌德医生是背叛国家的特务，审讯过程中击打了头部，导致脑溢血而死。那时朴载天就在审讯场所，他怕自己被打成右派没能站出来制止，也没能据理力争为其辩护。"我"是多么的可恶啊！显而易见，当时即便挺身而出加以阻拦也无济于事，可至今他都对那件事情耿耿于怀，成为淤积在内心深处的郁结。

不仅如此，没过几天，一名主任医生不堪折磨自尽而死。还有一名医生因涉嫌办公室藏有某国国旗而悬梁自尽。一个又一个正直的医生不清不楚地走向死亡。朴载天不想继续滞留在这种阴森恐怖的环境中，退出了"群众事件调查组"。"左"可怕，"右"也可怕；"左"不可信，"右"也不可信。翻手为云覆手为雨的政治运动令他根本无法理解。就在他心乱如麻、脑子乱成一锅粥头痛不已的时候，正好传来一个消息，在长春要举办一个中医学习班。他想方设法获得了去长春学习中医的机会。一年后的 1972 年 8 月，朴载天才结束学习回到医院，医院这时正好新设了肿瘤科，他积极参与其中。当时的肿瘤科医疗水平只能勉勉强强做胃切除、大肠癌、乳腺癌手术。随着死去的癌症患者增多，朴载天的心情越发沉重。他痛下决心，无论如何都要将肿瘤科办成现代化的肿瘤科，征服这个折磨人类的"恶魔"，为此，他全身心地投入到癌症研究中。

1976 年冬天，朴载天去广州中山医院进修。进修期间，他辗转胸部外科、腹部外科，学到了高难的手术和化学疗法，第二年 8 月回到医院，与癌症交锋的信心大增。

可有谁能知道，一个巨大的灾难降临在他头上……

"革命运动"进入"整顿"阶段。一度担任过"群众事件调查组"副组长的官衔给他惹了祸，各种追责、批判纷至沓来。他受到了"严重警告"处分，主任一职也被免去。白天给患者看病，晚上要一遍一遍地写检讨书。

一年就是这样度过的。

到了新年，"革命运动"又出现了大转折，进入"向前看"阶段。"革命风云"重新将朴载天推回到主任位置上。组织的理解、谅解和宽恕令朴载天感激不尽，他的热情比以前更加高涨，为了办好肿瘤科，他做艰苦的手术、研究癌症，非常忙碌。

政治运动变幻莫测。过了不久，形势又发生了变化，进入再次"整顿"阶段，势头比以前更加猛烈。朴载天再次喝下苦酒，受到"党内严重警告"处分，再度被免职。

他彻底垮了。留下一次污点，一生都难以翻身。看不到一点希望，也没有一点办法。除了苦闷，还是苦闷；除了烦恼，还是烦恼……脑袋像要马上炸开一样，人也快要急疯了。晚上无法入睡，天亮了身体却没有精神头，无心起床。周围没有患者，没有朋友，这样的生活和野兽有什么不同！嫉妒、怨恨、诅咒的目光随处可见，刻骨铭心。

黑暗的夜晚，朴载天枕着胳膊躺在炕上呆呆地望着天花板，种种杂念纷至沓来。

1963年9月的一天，在北京科学中心举办的大会上做过翻译的朴载天，在周总理的关照下，接到了出席国庆节国宴的邀请，还荣幸地登上了天安门城楼。只觉得心潮澎湃，未来充满希望！当时，吴良卿（音）主任劝他不要回去，留在卫生部。如果当时不执意回延边的话，就不会落到今天这种地步吧……他追悔莫及。

80年代初，中国掀起了留学日本的风潮。那种可望而不可即的幸运本来就够他伤心的，火上浇油的是，他的一个在大学的朋友又告诉他，受过处分的人不能出国。郁郁寡欢的朴载天只能借酒浇愁。

突然，他的脑海中浮现出了郑遆昌教授清扫走廊、清扫厕所的身影。郑教授因为提出"应该消除党和人民之间的门槛"的意见而成了"右派"。高超医术失去了用武之地令人惋惜，一到运动时就会挨打受辱。

（我的人生也要变成那个样子吗？！）朴载天猛地坐了起来。他想起广州医学院附属医院曾经说过想要他的事情。那家医院有他的朋友，好像他们能够扔给落入深水中的他救生圈似的。不，哪里都可以！只要离开这里，似乎就能轻装上阵。

朴载天鞋都顾不上穿好就急匆匆地找到沈铁宽院长。

沈院长望着情绪有些激动的朴载天，陷入了沉思。过了好一会儿，他才拍着朴载天的肩膀提醒他："你不要走。虽然受过处分，但组织上，还有很多人都了解、相信你。如果去了外地，他们一定会以为你犯了大错。这项帽子你怎么摘？很快就会有研究项目下来……我觉得还是从哪里摔倒，就从哪里爬起来更快，更好……"

沈铁宽院长的话说冷也冷，说热也热。朴载天稍微冷静了一些。仔细回味院长的话，他能深刻地感受到，那不是在敷衍，而是发自肺腑的真诚流露。

晚上，朴载天没头没脑地冲着躺在身边的妻子冒出了这样一句话："老婆，我想做一只猎狗……"

听到从沉默寡言的丈夫嘴里突然冒出这种平时连想都不会想的话，妻子沈海今腾地坐了起来，凝视着丈夫浮肿的眼睛。丈夫颇为镇静。

过了一顿饭的时间，妻子似乎理解了，半是认同半是担忧地说了一句话："不危险吗？"

朴载天把爱人搂过来紧紧地拥在怀里。丈夫落入这种境地，不仅没有一句抱怨，反而更加关心、照料，这样的妻子自然令他不胜感激。如今在他身边守护、陪伴、给予他温暖的只有这一人。他心中一热，突然深切地感受到了妻子这一存在的重要性。

"偶尔会觉得离开人世间，回归自然似乎更好。走吧，你和我，只有我们俩。到深山里去。我想忘记所有烦恼，让脑子清醒一下……"

朴载天不厌其烦地说了很多很多的话，但只字不提处分和政治运动。

第二天，俩人去市场买了一条伶俐的猎狗。

周日，两人扎紧鞋带"狩猎"去了。他们沿着烟集河一直朝深山走去，直到筋疲力尽。他们头一次看到如此茂盛的树林。

初秋的天空，清澈湛蓝。天气虽然清冷，但树林里没有一丝风，和煦如春。浓淡不一的枫叶红点缀的树林里，小鸟在啁啾。沙沙，簌簌，树木之间的对话也妙趣横生。朴载天像喝足了水的豆芽一样生气勃勃地在猎狗的引领下四处奔跑，兴之所至还会高喊妻子的名字。妻子也开心起来。一直忙忙碌碌哪曾有过这样的享受。过了一会儿，他们到了溪水边。山中流淌的溪水和天空一样清澈湛蓝。丈夫把抄网斜插到水里，妻子赶鱼，抓到了几条红鳟鱼。跑了一整天，俩人都饿坏了，连舀几下清澈的溪水，把饭泡在里面，一人勺一人勺地往嘴里塞。朴载天已经好几个月没有了食欲，每顿都是用酒对付的。今天他才知道，玉米饭、辣椒酱和黄瓜吃起来是这样的美味可口。饱餐之后，倦意上涌。他可是每天晚上都因睡不着觉，几次起身用香烟打发时间的呀。两人四仰八叉地躺在猎狗身边，一直睡到太阳倾向树林那头。自然赐给了他们浪漫。一觉醒来，身心松弛，神清气爽。

（怕戴上右倾的帽子而在同事遭到毒打鲜血淋漓的时候没能挺身而出加以阻拦……我难道不是软弱、卑劣的人吗？！）

（我们党经过了"文化大革命"一定能够醒悟，光靠阶级斗争是不行的！"文革"虽然是错误的运动，但全党和全国人民不也从中得到了巨大的教训了吗？我个人受点伤算得了什么！如今所有的一切都会改变吧！血淋淋的人际关系必须得到改变，嘴上空喊斗争、革命的时代也应该结束……人家已经远远地跑到了我们的前头，我们要在后面不停地追赶，我们落后的医疗技术、医疗服务也都要尽快改善……）

（十年动乱中被毒打致死的人，不堪折磨走上绝路的人，落下终身残疾的人，和他们相比，我这点遭遇算得了什么？加油吧，研究癌症，拯救更多的癌症患者，将功赎罪吧！……）

朴载天并没有止步于反省自己，他还想到了党，想到了国家。这让我颇为吃惊。

比大海更辽阔的是天空，比天空更辽阔的是心胸。朴载天觉得自己的心胸似乎也比天空更辽阔了。

沈铁宽院长的话说得没错。1986年，组织上根据他的业务能力和学历，将他晋升为副教授。1987年，还斡旋让他参加了赴美研修生选拔考试。朴载天平时就一直坚持学英语，成绩很出色，这次考试也顺利通过。获得过严重警告处分的人本来是不能出国的，但医学院党委书记亲自去省教委详细说明了情况，也请求网开一面，最终他获准出国。幸运已经撬开一条门缝正向他走去。

虎生双翼

山中之王老虎纵横群山威风凛凛，但没有羽翼不能飞上天空。给它插上翅膀，这世界谁与争雄！

人也如此。无论多聪明、多有智慧、多有才干的杰出人物，在封闭的环境中不可能研究高层次的技术。长期处在封闭状态中的中国终于开放门户，强力引进外国的先进东西。直到那个时候，与北京远隔数千里的偏远城市延吉治疗癌症的医疗技术仍然十分低下，而且器材和药品严重短缺，癌症治疗生存率不高。医生们焦虑、痛惜的心情，患者家属和百姓们怎么能够理解！

1987年11月，入冬的延吉寒风凛冽，雪花纷飞。得到出国学习先进医疗技术的机会，正准备前往美国的朴载天兴奋不已，有如春日来临。在医院领导、同事、朋友和家人的热情欢送下，朴载天踏上了出国之路。

"岁月不居，时节如流。"他在心里默念着孔融的这句话，计算着时间。不可能再有这样的学习机会，必须珍惜。一年要按分秒计算，而不是天，不是小时。

得克萨斯州休斯敦肿瘤研究中心不仅是美国，也是世界著名的癌症研究中心。

美国方面每月给他500美元。用于支付房租330美元，电话费40美元。余下可以支配的钱只有100多美元了。为了节约时间，朴载天周日去市场买下一周的食物。早餐是牛奶和面包，中午用方便面对付，晚上才做饭吃。从早晨开始听学术报告，上课，观摩手术……忙得团团转，连喘息的工夫都没有。美国人天天换内衣。为了节约时间，朴载天准备了8套内衣，每天换下来的内衣攒到周日一起洗。

在美国，胰腺癌、肺癌、大肠癌患者特别多。当时在我国复杂而又难做的胰腺癌手术美国可以做。做不了手术的严重的肝癌患者做介入（介入——通过血管向肿瘤所在的部位注入药物的一种手术），加上化疗，取得了很好的效果。医疗设备也很先进，麻醉技术也相当高。朴载天每样技术都不轻视，认真学习，特别是难度大的手术学得很熟练。

美国有不少朝鲜民族同胞。洛杉矶有50万，芝加哥有20万，纽约有20万，休斯敦也有5000余名。虽然经历了种种血泪磨难漂泊到异国他乡，但民族心特别强。他们聪明，文化水平高，努力勤奋。即便彼此陌生，只要听说是朝鲜民族就会寻访，邀请一起吃饭，喝酒，跳舞，唱歌。和他在一起来自西班牙、印度等国的医生虽然也有自己的同胞，但彼此却很冷漠。朴载天更加深刻地感受到自己民族的确是个聪明、可爱的民族。从那些在美国的土地上勤奋努力的同胞身上，他学习到了奋斗的精神，强悍的生存能力，以及惊人的毅力，同时他也坚持不懈地学习美国人的先进技术。朴载天深感：无论多么高超的手术都无法彻底解决癌症，只有结合化疗、放疗，以及生物产品才能获得更好的效果。他暗下决心，回国后一定要把肿瘤科的水平提升一个档次。

1988年12月，朴载天以优秀的成绩结束了在休斯敦肿瘤研究中心的研修。他回国后，解开行李，顾不上解除旅途疲劳就跑到了医院。如同虎生双翼，他信心十足，勇气倍增。

为了添置新的医疗器材，几乎踏烂了省州有关部门的门槛。他和美国联系引进了部分器材，又同内地联系买来新的设备。他很快就开始了介入手术，复杂的胰腺癌、肝癌手术也可以完成。病床从20张增加到36张，有时还会增加到40多张来接收患者。他非常忙碌。从1991年开始成为硕士研究生指导教师，培养了6名研究生。1993年晋升为教授，其癌症治疗技术达到高峰。

"水深鱼聚。"慕名而来的患者们争先恐后，他们不去大医院、大城市，直奔朴载天教授而来。

1993年6月的一天。

　　一名 50 岁上下的女患者被送了进来。是铝厂的工人，脸上和全身的皮肤黄黄的，像染了色一样。朴载天大夫诊断后发现是胰腺癌晚期患者，生命垂危。这样的患者一般手术死亡率超过了 25%。手术是从早晨 8 点开始的。下刀之后发现情况比诊断的还要严重。癌细胞已经四处扩散，到达了肠膜层下层。他顿时出了一身冷汗，精神高度紧张起来。朴载天教授紧紧握住手术刀，平复了心境之后，冷静地将手术进行下去。胰头、胃、十二指肠全都切除了。总胆管贴到小肠上，余下的胰腺体也附着到小肠上。手术非常复杂，一个部位处理不好，患者就会失去生命。朴载天轮换着手术刀，整整花了 5 个小时的时间进行紧张的手术，下午 2 点多才结束。手术一结束，朴载天教授像吸足了水的棉花一样，瘫软地坐在休息室里，不想再站起来。

　　患者经过两周休养身体得以恢复出了院。3 年过去了，现在身体还很健康。以为必死无疑的人奇迹般地活了下来，和家人共享人生的酸甜苦辣，他们家里人连夸朴教授是"神医"，逢人就夸。

　　朴载天教授仅 1992 年一年就做了 7 次胰腺癌手术，除了一名患者因冠心病死亡外，6 人都健在，1994 年手术的 5 名肝癌患者效果也非常好。

　　这几年来，朴载天教授在做大量手术和治疗的同时，一直坚持不懈地进行临床实验和研究工作。在省级以上国内刊物发表了《老年胃癌患者和青年胃癌患者临床对比分析》等 20 多篇论文。

　　《人体胎盘 GST-π 抗体免疫组织化学检测对胃癌、大肠癌早期诊断的意义》发表之后，荣获了吉林省生物化学会议荣誉证书。《有机锗烷合成与临床药物研究》获得 1992 年吉林省抗癌协会优秀学术论文证书。《有机锗烷的合成》和《消化系统肿物组织中 GST-π 的表达及临床意义研究》分别获得 1993 年、1994 年吉林省科技成果完成者证书。

　　现在，朴载天教授担任延边医院肿瘤科主任、吉林省抗癌协会常务理事、延边抗癌协会副会长兼秘书长等职。

山的力量

在冬天里也是最寒冷的1月的某一天，我去延边医院放射科找朴载天教授的妻子沈海今。沈海今是放射科的副主任医师，是负责诊断的医生。又黑又圆的眼睛，不亚于年轻人的结实的身材，看起来非常干练。她把源源不断地送进来的CT片子一一插在灯光板上，熟练地书写着诊断结果，不时就会突然有患者或患者家属进来询问病情，她的回答从不拖泥带水。她那娴熟的医术令我赞叹不已。朴载天夫妇俩都是才华横溢的知识分子。

"您真忙啊！"

见我感叹不已，沈海今医生满不在乎地回答："天天如此，像战斗一样。"即便工作如此紧张，她的脸色却很难看出有多少疲态。好一束生机勃勃的野菊花。

她比丈夫小4岁。我想知道他们夫妻的健康秘诀，也想听听他们家庭生活方面的恩爱故事。他们有两个聪明的儿子，都已经大学毕业走上工作岗位。

"昨天我们上山了。"沈海今医生笑着说。

我大吃一惊。数九寒天，他们夫妻俩去大雪覆盖的山里干什么呢？

原来，他们有一个与众不同的兴趣。每周日都要到大自然中去。在积雪没踝的大山里，呼吸到清新的空气，就会感到身心舒爽，浑身充满神秘的力量。让猎狗带路，骑着摩托车，就两个人漫无目的地闯进山里。下雨天穿雨衣，在笼罩山野的轻柔雨雾中，像神仙一样信步徜徉。有时也跳入雨中的河水里，用抄网捕鱼，快快乐乐地度过一天的时光，个中乐趣岂是话语或文字所能形容。无论什么时候投入其怀抱，自然总是一如既往地保持其本色，热情地将他们拥入怀中，让他们彻底忘记日常积聚的孤独、悲伤和疲惫，给予他们希望、喜悦和勇气。周日一天获得的气力，可以让他们夫妇一周像牛一样工作，周日可以让他们将积累一周的疲惫和杂念丢到山中，丢到河边。

"不去山里，不去河边的人应该不会知道其中的乐趣。自然有着神秘的力量。每天都和哭泣的人、濒死的人同呼吸的人，应该进入茂密的树林看一看。就像进入到另一个世界一样。再冷的冬天，浑身都会暖融融的。早春的话，草木吐出嫩绿，金达莱最先开放。漫步在这样的山野，把手拢成喇叭状呼唤对方的名字时，就感觉整个天地成了我们的二人世界。

"夏天，各种花卉形成神秘的和谐氛围，在山中行走要拨开茂密的树丛，虽然比较吃力，但是全身好像染上一片绿。

"枫叶红了，树叶纷纷飘落，厚积地面，非常松软，并肩躺在上面，望着悠悠飘浮的云朵，已进入人生之秋的我们会反省自己。秋天，用果实评价一切，不讲情面，可以说是公正的成熟季节吧？！

"自然在不同的季节都能展示其不同的魅力和气韵。我们早出晚归，午饭简单地带点辣椒酱、黄瓜和大葱。也不忘了带上二两酒或两罐啤酒。尽情游逛之后，到了饭点，舀一些清澈的江水，把饭泡在里面，黄瓜和大葱蘸上辣椒酱，那情趣哪儿找去呀！啤酒味也没治了……"

我沉醉在她的讲述中。想想一年只有两次的野游，完全可以理解。办公室里因为一些鸡毛蒜皮的琐事磕磕绊绊，情绪低落的时候，只要投入自然的怀抱中，那些种种的不愉快就会烟消云散，荡然无存，自己都为自己的器量感到羞愧。树林和风的对话，天空和大地喃喃低语的神秘，加上各种鸟儿的伴唱，树丛和百花和谐、美丽的光彩……在这样的自然中，敞开胸怀，洗涤心灵；无拘无束，甩开臂膀任我纵横，这难道不是人生的最高享受吗？

这大概就是癌症专家朴载天保持青春活力和旺盛精力的人生秘诀吧。

告别的时候，朴载天教授对我说了这样的话："诊断是癌并不是死刑判决。癌症是可以治疗的。问题在于早期发现，早期治疗。癌症患者生存率比几年前有显著提高，今后还会提高。"

在不远的将来，戕害人类生命的癌症这个"恶魔"一定能够征服。

谨向闯入"魔窟"与"恶魔"相搏的勇士——癌症治疗战线上的工作人员致以崇高的敬意！让我们以他们为坚强的后盾，放逐癌症这个"恶魔"吧！

1996 年 1 月

无性繁殖长白山紫杉的潘凤善
——记高级园艺师潘凤善

令人羡慕的家居

中国城市经济社会出版社出版的《中国专家人名辞典》有这样一段话：

潘凤善：高级园艺师，1937年6月出生，吉林省延吉市园林处工作。延吉市科协委员，省、州园林学会理事，边疆地区科技先进工作者，延吉市科技先进工作者。1960年东北林学院（哈尔滨）林业系毕业。

主要贡献：长白山珍稀保护树种东北赤柏松、紫杉无性繁殖成功，通过省级鉴定，达到国内先进水平。

和潘凤善并肩而坐、看起来有些年纪的先生是潘先生的丈夫，我们国家著名的学者、化学教授姜贵吉先生。

潘先生夫妇是共和国自己培养的科学家，不仅是朝鲜族，也是我们国家的光荣和骄傲。

人们都用羡慕的眼光看向潘凤善一家，由衷地感叹：真是龙生龙，凤生凤。

意思应该是，他们4个子女全都随父母非常出色，作为父母，他们没有陶醉和满足于自己的成功，在子女的教育方面也卓有成效。

年轻的时候因为擅长书法，姜先生曾获得"间岛"省省长的奖励，大儿子姜毅峰遗传了姜先生这方面的才能，擅长画画。他毕业于中央民族学院美术系，回到故乡后，去年夏天在延吉人民公园举办了个人美展，令很多人为之惊叹。

1990年6月，他留学澳大利亚。

大女儿延边财贸学校毕业后，并没有满足，又同时拿到了全国统计专业和延边大学政治系的函授毕业证书，是个非常要强的女性。现在在延吉市政府工作。

二女儿更聪明，女承父业，搞的也是化学研究工作，北京化工学院毕业后赴日本留学。

小儿子获得延边大学工学系一等奖学金，学习非常努力。

多么令人自豪的家庭啊！

在艰难曲折的人生路途中，他们一家6口人都充分体现出了自身的价值。

能够收获在自己辛勤耕耘的土地上，发芽、开花结出的果实，有什么比这更欣喜、更幸福呢？

金钱？金子？宝石？

都不是。即使用这些东西堆成金字塔，也无法与这种欣喜和幸福相提并论，更不能与之交换。

成功的秘诀

婚姻和职业，人生两大关口，选择的正确与否，往往能够成就一个人的人生，也可能毁灭一个人的人生。

潘凤善可以说是这两种选择都比较成功的女性。

选择谁作为自己未来孩子的爸爸？选择什么样的人以后才不会厌

倦，才能一起相濡以沫，终老一生？

像演员一样一表人才的男性？个子修长，双眼炯炯有神，并肩走在大街上，回头率特高的男性？聪明、善于思索、机智的活动家？不然就是稳重的政府官员？

潘凤善梳着两根黑油油的诱人的大辫子，身材苗条，面容像玫瑰花一样美丽。她正面临着这种令人头痛的选择。长得漂亮，学习又好，舞姿优美，这样的女大学生有谁不喜欢呢？

一天，一个偶然的机会，凤善经人介绍认识了延边大学化学系31岁的教员姜贵吉。

比潘凤善大7岁，个儿矮，身材也弱小，也不是美男，就是并肩走在十字街头也不会有人回头。

缘分这东西看样子真的存在呀。潘凤善吃惊地发现自己对姜贵吉竟然一见倾心。姜贵吉渊博的学识，科学家般的风采，率真、柔和的心地，文静的举止深深地吸引了潘凤善的心。

当时，姜贵吉先生延边大学毕业后在北京大学读了5年研究生，他撰写的毕业论文被《化学学报》和获得诺贝尔奖的美国科学家的著作引用。

（这样的人做丈夫，就可以像居里夫人那样在科学研究的道路上相互帮助、互相支持，这样奋斗一生，一定会迎来成功的日子……）

潘凤善做起了这种温馨、甜蜜的美梦。

1961年5月，他们举行了婚礼。都说结婚幸福如蜜，可他们却是从辛苦开始的。有的婚姻辛苦中有幸福，有的婚姻从辛苦开始以辛苦结束。

来到婆家，正如姜先生坦陈的那样，家事繁杂纷扰。公公是9兄妹中的老大，姜先生也是老大。是这个家族中"光荣"的长子。还有后婆婆，同父异母的两个弟弟，出嫁的姑子……真是样样齐全。亲戚多得像树叶一样，大事，小情；好事儿，坏事儿……全都找到"长孙家"。要成为一个宽厚、老练的儿媳妇何其艰难，有多悲伤；女性肩膀上承受的担子何其沉重，随着时间的推移，潘凤善的感受越来越深。

当时，国家处于贫困之中，知识分子的生活状况非常糟糕。孩子一个，两个……4个孩子相继来到这个世界。要让这么多的人口吃饱饭，让他们根据季节的变化穿上新衣服，都不是容易的事情。姜教授偶尔会煮玉米面条装进饭盒里带到单位做午餐。

为了摆脱琐碎的家务，收获工作成果，潘凤善将家中所有的管理和财权全都委托给心地善良的后婆婆，争取到了埋头工作的时间。

果断的职业选择是潘凤善成功的又一个秘诀。在人生的几个重要关口，潘凤善都表现出惊人的决心和毅力，选择了自己能够承担又非常非常喜爱的工作。

1960年，潘凤善以优异的成绩从东北林学院毕业，被分配到延边朝鲜族自治州林业局。

这是很多人都羡慕，削尖了脑袋想挤进去的，有体面的"理想"工作岗位。事务性的工作方式，反复频繁的会议……这种行政工作，她并不适应。长久以来她梦想的理想工作是在实践中进行研究工作。她多次提出要到"第一线"去，终于在1964年4月调到了苗圃场。

苗圃场——只有草木的苗圃场，并不是一个女同志能够承受得住的地方。很多人都说潘凤善是自讨苦吃。

林业局和苗圃场，听名字就有天地之差，其艰苦程度也是天壤之别。

与树、草和虫较劲的这个地方，什么漂亮的衣服、时髦的衣服、化妆品……统统没用。充足的阳光和风雨让牛奶般白皙、靓丽的脸变得黑不溜秋的，如新棉 样白嫩的双手变得粗糙起来，苗条的身材也风光不再。

潘凤善没有在乎这种变化，反而高兴起来。

为了培育苗木，绿化祖国的荒山，让大地园林化，她拜老技术员为师，研究品种，学习管理技术，没过几年就掌握了一系列育苗技术。

管理26垧苗圃场、百余名工人，还要进行技术指导，她东奔西走，马不停蹄。随着组织能力和指导能力的提高，文静的性格也发生了变化，变得豁达、粗犷、老练。

她的工作季节性特别强。在露水消失之前要去看苗木，那样才容易将染病的苗木挑出来。延边的气候到了5月中旬依然变化无常，突然降下冰雹，或者降下严霜，令刚刚发芽的娇嫩落叶松苗木受冻。每到这时，潘凤善就会睁着眼睛熬通宵，天不亮就跑到苗圃场，动员工人用水车喷水解冻……她成了典型的"女汉子"。

但姜先生依然按着"婚约"深爱着妻子，给她安慰，帮助她进行技术研究。

在"文革"期间批判"唯生产力论"的那些日子里，苗圃场沾了"革命大批判"的光，成了杂草丛生之地。而且无论潘凤善怎么努力，因为"社会关系复杂"都不让她入党。科研之路一塌糊涂，头脑有些发蒙，前路渺茫。

"算了，再生个孩子，让他们多个伴儿吧！"

潘凤善带着这个荒唐的念头又生了一个孩子。那时，她盘算的是，好好养育孩子，将来实现自己的理想。这种愚蠢的梦想使她养育了4个孩子，付出了令人泪奔的艰辛代价。虽说是苦尽甘来，到了今天，孩子们一个个出人头地，让他们享尽了喜悦和幸福。

对"唯生产力论"的批判以失败告终，潘凤善率领工人又投入到整理苗圃场的工作中。一天，大雨倾盆，她冒雨做完工作，全身湿透，重病昏倒……

10年，潘凤善整整把10年美丽的青春时光奉献给了宽阔、粗糙、可爱的苗圃场。

她让出了处长职务——这又是潘凤善一个令人惊异的新选择。

1978年，潘凤善调动到延吉市园林处。东北三省的大城市都转过，但和其他城市相比，她感到延吉市远远地落在了后面，这令她非常羞愧。她承担着让延吉市更加美丽、飘香、干净、清新的新课题。经过调查研究，她紧紧抓住花木、常绿树、草坪3个研究课题，并暗下决心一定要漂漂亮亮地解决这些课题。

但是，处长这个行政职务让她会务缠身，还要与延吉市 300 多家单位交涉，甚至连年轻人喝完酒打架的事情，她都要出面"评理"……

天天骑着自行车风风火火东跑西颠却收效甚微。潘凤善认真反思自己。大大咧咧，脾气不好，缺乏耐心，直来直去，而且自己的追求、理想、目标……她深深感到自己不是那块"料"，不能恰如其分地妥善运用处长的权力。

年纪已到 50，精力也有些不济。她痛下决断，多次去局里提议交出"处长职位"。

一次，两次，三次……组织上终于批准了她的请求。所有"权力"的负担全部交给年轻人，自己埋头研究。

这时也是如此，亲戚、朋友，还有很多人都目瞪口呆，纷纷责怪她做了一桩蠢事。

"别人都为拿不到权力急得火烧火燎的，到手的权力怎么自己就交出去了……"

这样的话天天都钻入她的耳朵眼里。

还有的人用怀疑的眼光看她，以为她犯了什么"错误"。

也有人更可笑，居然想排挤、打压她，甚至对她的研究工作都想亮"红灯"。

叫她潘主任、潘处长的时候，和叫她潘工程师、潘老师、潘同志的时候相比，完全是冰火两重天。

现实怎么会这样？越想越委屈，越想越伤心，越想越痛心。不是后悔让出了权力，而是反感不理解自己的环境。还是上级组织对她开了"绿灯"。丈夫也积极帮助。因而她堂堂正正、毫不屈服地与错误的现象做斗争，去反抗，全力以赴开展研究工作。

她的选择是正确的！

她成功地完成了长白山地区 60 多种乔木、灌木及草本植物的种子处理和播种，以及 40 多种灌木的无性繁殖。

紫杉插枝实验研究获得成功，为子孙万代做出了巨大贡献。

种植 4 万多平方米的草坪实验成功。

最近，与韩成吉（音）、朴哲秉（音）先生一起研究成功 hs-1 型农药展着剂。

潘凤善总结多年的实践，先后发表了 20 多篇论文。

……

她果断的选择和高昂的代价让她收获了成功的果实。

幸与不幸

一个人一生经历的不幸用任何数字或话语都无法表现，再精确的电脑也无法计算出来。虽然不能说幸与不幸就一定如影随形，不过，无论有钱人还是穷苦人，无论当官的还是"老百姓"，都无法躲避。只是因为一方更多一些才会区分出幸福的人、命好的人、不幸的人、命不好的人。

姜贵吉先生为了方便在苗圃场工作的妻子，谢绝了给他安排的延边大学附近的住房，把家安置在延吉市市郊的明新村。十几年来默默往返 10 多公里上班，有时骑自行车，有时步行，抽空还会到苗圃场帮助妻子管理育苗。

可是，1976 年 1 月，姜贵吉先生在做腐植酸肥料实验过程中病倒了。50 年代入党的老党员，多次获得先进工作者、劳动模范……奖状，却总是被打成"反动学术权威"，每到"运动"的时候就会面临种种压力和打击，郁郁寡欢，情绪低落，但仍然争分夺秒埋头研究。

"怎么办？"

这个问题，潘凤善翻来覆去想了一遍又一遍。那巨大的问号总是困扰她，挥之不去。太可惜了。说不出的可惜。就这么离开，心痛不已。10 多年挥汗如雨修整的苗圃场、宽阔的苗圃场，每个角落，每个垄沟，每棵树苗，哪里没有她的足迹，哪里没有她的手印！

如今抚摸着已超过自己身高的落叶松的青翠树枝，深深地呼吸着草味的清香，潘凤善的心情就像与教了 10 年的学生分手的班主任，心中的痛苦、空虚和伤感按捺不住、无法形容。

但是，家中的情况需要潘凤善的"牺牲"。苗圃场的管理别人可以替代，重病折磨的丈夫和年幼的 4 个孩子不能没有潘凤善的照料。纵然有上天入地的本事，眼前也找不到一个可以突破的缺口。不行，再这么犹豫不决，可能就会永远失去丈夫了。一定要想办法解决。丈夫并不只属于我一人，我们一个家庭，他是国家和民族的荣耀，在科学研究事业上，是非常宝贵的人才。

牺牲吧！用暂时的牺牲换来长久的利益！条条大路通罗马，我怎么只想着一条道走到黑呢？

1978 年，潘凤善终于离开了她为之献出青春希望、力量和美丽的苗圃场，调到离已经搬迁至延边大学附近的家很近的延吉市园林处。

丈夫因肺气肿第二次住院治疗，女儿骑自行车又被汽车撞晕。女儿也住院了。

真是福无双至，祸不单行。一连串的不幸接踵而来。喜欢跳舞、笑口常开的潘凤善快活的脸上、生气勃勃的眼中，布满了愁云。不过，多年来在林业战线、在风霜雪雨中磨炼出来的潘凤善，在这些困难面前，连喘口气休息一下都顾不上，也没有沉沦、消沉。

住院治疗取得了非常好的效果，出院后，丈夫又投入到研究工作中。

改革开放的春风吹遍中国大地，姜贵吉教授在边疆众多知识分子中最早乘上这股春风，展翅飞翔。

他发表了一篇又一篇的论文，出版了一部又一部的专著。学术报告、学术研究的邀请函从四边八方飞来。他还出国到日本、汉城做学术报告。腐植酸尿素醛定着剂研究成果发表之后，姜贵吉教授在国内外声名鹊起。来访的外国客人络绎不绝。国家也对他的存在价值给予了高度评价……

丈夫脸上的深沟浅壑舒展开来，消沉、忧郁的双眼重现精光，摇摇晃晃的步履也坚定起来……

好像年轻了 10 岁。丈夫就像沐浴着春雨的落叶松一天比一天年轻，一天比一天更有活力。享受改革开放政策好处最多的人好像就是身为这个时代最幸福知识分子的丈夫。不，是真的幸福。丈夫高兴，潘凤善就感到幸福。

人们都说并且歌唱，丈夫伟大成果中有妻子的一半功劳，但潘凤善却认为：丈夫的成果始终是丈夫创造的，功劳不能落到自己头上。她否定了女性是依赖性存在的观点，她觉得通过丈夫表现自己的价值很羞愧。

她的公式是：女性 > 妻子 + 母亲。

（我的自我走向何方？——人可以失去一切，唯独不能失去自我。女性生存的环境是艰辛的，想要成就什么也非常困难。不论对社会，还是对自己，女性要支付的代价非常巨大。可不管这种代价多么巨大，我都要用我的能力、才华、智慧、努力和奋斗创造"我的价值"。只有这样，我才能理解"幸福"的真正价值，才能真正品尝到"幸福"的甜蜜。）

一天晚上，潘凤善和丈夫躺下后絮絮低语。

"老公，你出名了我很幸福。可这是你获得的，而不是我创造的。也就是说，那个发明创造是姜贵吉的而不是潘凤善的。我是共和国培养出来的第一代林业技术人员，可还没有创造出自身的价值。现在我要漂漂亮亮地干一场。我要和你一较高低……"

丈夫微笑着紧紧握住了妻子的手。

"我明白你的话。我会积极支持你的。"

"谢谢你。"

潘凤善紧紧搂住了丈夫的脖子。太幸福了。有这么一位理解自己、帮助自己、支持自己的丈夫在身边，多么踏实啊！……

园林处是事业单位，而不是研究单位。

在对延吉市绿化水平、园林结构、育苗的质量和数量做周密细致的研究过程中，潘凤善痛心地发现，延吉市还没有体现自己特色的树木。不能美化自己生活其间、自己民族聚居的自治州"首府"，不能让她自豪地站在世人面前，她感到无比的羞愧。为了找出在延边象征长白山生长得有特色的树种和花木，经常通宵研究资料，还多次去长白山实地考察。最终选择了只有东北地区，而且是只有长白山脉才有的赤柏松。

赤柏松也叫朱木，深绿色，船形、长而狭窄的叶片越看越美，深紫色、挺拔修长的松枝对称伸展，俊秀的姿态沉稳庄重。潘凤善想：如果能用这种四季常青的珍贵树木装扮延吉市，延吉市将会更加美丽，特色更加浓郁。

潘凤善在实验报告书中写道：

> 赤柏松或朱木是珍贵树种，可用于高级环境美化、室内观赏、高级雕塑和建筑物装饰，但现在濒临灭种。在长白山地区也是极其罕见的散生树木。偶尔有，也是躲藏在大树阴影下生长，很难找到。而且这种树生长期非常长，结下的种子也非常少。可就是这种稀少的种子也因为味道甜美，尚未到成熟期就会被鸟儿啄食掉。加上长到100年以上的古树很快就会烂掉，每年的朱木树都在减少。即便在森林资源丰富的延边，也只有汪清、和龙等地几个深山林场才有几棵古树。而且这种树对环境条件特别挑剔，最不喜欢干燥和吹风，不改变这种属性，就不能在城市里大量种植……

潘凤善深感，通过无性繁殖把这种树木品种留给后代，是我们林业研究人员的责任和良心。

潘凤善通过反复的分析和研究，掌握了改良和培育赤柏松的科学根据。组织上对她的实验研究工作给予了积极支持。吉林省科学技术协会也将她的研究项目列为省科学研究重点项目，下达 1.5 万元的研究经费。

潘凤善如虎生双翼，她换乘小火车和汽车，和工人一起，在大雪纷飞的寒冬腊月，前往汪清林业局杜荒子林场、八家子林业局先锋林场实地考察，发现了生长 100 年以上的朱木，并将旁枝背到山路上。

陡峭的绝壁，无边无际的原始森林，雪花纷飞的险路……出入这样的深山老林寻找濒临灭绝的朱木树所付出的辛苦……

做无性繁殖实验后发现，二三十年的树上长出的一两年生枝杈效果好。可是 100 年以上的古树长出的一两年生枝杈只有二三厘米。要想插条需要割下 10 厘米以上。那就要割 10 年、15 年、20 年，甚至 30 年生的枝杈。将此作为插条使之生根尚无历史先例。

潘凤善相信自己搞的研究有其可能性，并且信心十足。她将在深山费尽千辛万苦背下来的树枝截断，再对这些长短不一的枝条进行药物处理，将苗圃场清理、消毒之后，蒙上塑料，掌握好温度和湿度，待其生根后，再搭起半阴影的环境，在其中培育……

整整 8 年，经过无法用话语和文字形容的 8 年失败、辛苦和奋斗，潘凤善终于收获了成功的第一颗果实。

由于无知、无情的人的懒惰和破坏，自然生态平衡遭到日益严重的破坏，在这种情况下，一位女科学家拓宽了濒临灭绝的朱木插条育苗范围，扩充了繁殖数量，使子孙后代都能享受到朱木带来的惠泽，后代人一定会记住她的名字。

1986 年 8 月 12 日，受吉林省科学技术委员会的委托，在州科委举行的鉴定会上，潘凤善的研究成果被认定为我国首次。

这天晚上，潘凤善家中举行了晚宴，全家人祝贺她的研究成果。

潘凤善往丈夫的杯中斟上满满的红色长白山葡萄酒，丈夫也给妻子的杯中斟满葡萄酒。

夫妇俩郑重举杯相碰。

"没有你的支持和帮助恐怕不会成功。这里有你的'一半'功劳。"

简直惟妙惟肖，她模仿丈夫当年慢声细语的声音，像录音一样，她真挚的表情令人忍俊不禁，孩子们用筷子敲着节拍，连声叫好。

姜先生微笑着高高举起手中的杯。

"祝贺你的成功。这是你自己创造的价值、成果。嗯，不过，我和你一样，对拿'一半'功劳也深恶痛绝……"

"我们也是如此。通过自己的力量、努力和奋斗自立。"

大女儿语气坚定地说。弟弟妹妹们也齐声响应。

"就是嘛。我们会干得更漂亮！"

"呵呵呵……"

"哈哈哈……"

欢声笑语响成一片。

这种喜悦、幸福和希望交织的眼神，只有战胜无数辛苦和不幸的人才会拥有。

从现在起……

"幸福和欢乐几乎没有共同点。"对这一见解我有同感。很多人认为，没有痛苦充满欢乐的生活是幸福的生活。

所以，他们觉得有钱的富人最幸福，美丽、富裕的配偶最幸福，并投以羡慕的目光。坐豪车，出入豪华宾馆、舞厅、别墅……这样的生活不用说欢乐无比，但是，看看他们的内心世界，和他们说说心里话会如何？！欢愉之中隐藏着多少苦闷、孤独、郁闷、痛苦，笼罩着他们短暂的人生。

很多情况下，幸福往往伴随着痛苦。要收获幸福就要努力，就要奋斗，就要战胜痛苦！

在漫漫人生旅途中，由于一直与草地、树林、实验室、图书馆……"较劲儿"，潘凤善从来没有和丈夫姜贵吉先生一起愉快地旅行，轻松地欣赏音乐，甚至没有一起在普普通通的小饭店里相对而坐，悠闲地喝上一杯茶水。没有钱坐不了公交车只能步行的劳苦，玉米饭也不能尽情饱餐的饥饿，遭到别人的排斥和蔑视的苦涩……

她还是通过自己的努力和奋斗克服了一个个艰难险阻，换来了幸福。

而今，他们拥有了令人瞩目和赞扬的研究成果，钱也有了一些，子女也有出息了。既有了欢乐，也有了幸福。

潘凤善 53 岁，姜贵吉先生 60 岁。现在即便尽情享受幸福和欢乐也可以毫无愧色了。可是，他们夫妇认为没有努力、奋斗、痛苦的幸福不会长久，而且不是真正的幸福。付出艰苦的努力换来的幸福，他们虽然像珍珠一样珍惜，但他们并不想躺在其中睡安稳觉。

加入中国共产党时，和丈夫一样，潘凤善也从心底里发誓要为大多数人的幸福献身。直到这一天这一时刻，她一直实践着这一誓言，今后也要继续实践下去。虽然做出了造福子孙后代的业绩，但她觉得那点贡献微不足道。

依然还有不少街道没有多少绿荫，夏天行人在烈日炎炎下汗如雨下，春夏两季花木太少，香气不足，赤裸的大地羞见天日！

每次经过这样的地方，潘凤善总是脸上热辣辣地抬不起头，仿佛这一切都是自己的不是。

实际上，要想把一个城市建设得美丽、芳香、清新，仅靠为数不多的园林工作人员之力是远远不够的，还需要全民的文化素质、道德修养，需要一代一代延续绿化工作。

你瞧，街上装点市容的花盆被人夜晚拿到家中；街道两旁盛开的花树被人一抱一抱折走；像养育孩子一样精心呵护的草坪被人随意踩踏……

啊……啊！

潘凤善日复一日忙忙碌碌。今年她正帮助给延吉机场披上"绿衣"。为将客人川流不息的机场打造成绿荫处处、鲜花盛开、绿草茵茵的一流"风景地",她四处奔波。

1990 年 6 月,应第 11 届世界朝鲜民族科学技术综合大会和造景领域学术及技术相关信息交流会的邀请,她作为唯一女科学家去了趟汉城。

每到周日,她都会去好几个单位提供草坪、花树养护技术服务。所以,她也被称为"周日工程师"。

她组建了园林学术研究基金会,为年轻一代技术人员从事研究工作提供资助。

真是广阔天地大有可为!

潘凤善真是东奔西走奔波忙碌!

"在艰苦不利的环境里百折不挠是卓越的人物一大优点。"(贝多芬)

对视努力和奋斗为家常便饭的潘凤善及其一家人而言,"幸福"早已根深蒂固。

1990 年 6 月

海中珠

——访金州无纺布工厂副总工程师金基淑

数千里遥远的旅途，望着窗外的绿色世界，我的脑海中不禁浮现出她——辽宁省金州无纺布工厂副总工程师、高级技师金基淑（1938—）的身影。

她是我的高中同学。

我们梳着短发，一起吃玉米饭，喝白菜汤，度过高中同窗生活的时节，一晃已是30年前的事情了，她和我也都成了年过半百的"奶奶"。

那时，她的丈夫赵先生比我们高一级，学习特别出色，加上帅气的长相、身材，是个标准的美男子，引来无数女学生艳羡的目光。当时，本来说国家派他去苏联留学，不知为什么，却上了大连海运学院，并留校任教。后来国家实行改革开放后，首批赴日留学。接着又去新加坡考察，现在是学院电子计算机中心的副教授。

高中时期，基淑端庄、淡雅，而且温柔、善解人意，亮晶晶的眼睛煞是好看，加上修长的身材，备受男学生的青睐。作为延边少年队的一员，她还参加了我国首届少年排球锦标赛，并荣获第一名，获得了奖牌和奖金。她是一名体操选手，多次去大城市参加比赛，很有人气。

之后，她从吉林大学化学系高分子专业毕业，进入大连化纤研究所从事研究工作。听到两个这样的人物结合在一起的消息，我觉得真是天造的一双，为他们拍手叫好。

1959年早春，我和未婚夫一起去百货商店，偶然与金基淑相遇。未婚夫不自然地和她握了握手，然后向她介绍我是他的未婚妻。

当时，基淑用似笑非笑闪着寒光的冷峻眼神扫了我一眼，也没说什么祝贺的话就匆匆离开。

（好奇怪呀！她怎么那样？她怎么用那种冷漠的眼神看我？）

晚上，我从未婚夫口中知道了那个秘密。一度未婚夫给基淑写过情书，但遭到了"回绝"。

（哦，原来是这么一回事儿！）

那记忆因为30多年的风风雨雨已经变得有些模糊。恋爱失败如家常便饭，我觉得很正常就没再追问，也没放在心上。

何况，那花样年华已经留给了长大的儿女，现在已经到了人生晚秋！

3年前的一个夏天，因为突然来了一位朝鲜客人，丈夫又见到了30多年前的恋人。几乎要淡忘的记忆又重新清晰起来。我们之间也经受了新的环境和背景的考验。门前的"花坛"没有"花"，要重现芳香，谈何容易！

所谓的朝鲜客人是基淑的姐姐，以前在中国生活时，丈夫正因为生活贫困面临中学退学的局面。基淑的姐姐将他迎到自己家中，供他完成中学学业，后来大学也毕业了。

当时正好住在山沟里的基淑也来到姐姐家上小学。他们两人住在同一屋檐下同一房间里，关系非常融洽。因为是这种恩人，我的丈夫像对待"皇后"一样盛情款待这位客人。丈夫管她叫姐姐，亲热得连我都受到了感化，像对待大姑子一样竭诚款待。

从那位"姐姐"那里了解到，金基淑从1982年起被招聘到金州无纺布工厂从事技术指导工作，很受重用。"姐姐"回国后，回信说起在我们家受到了极为热情的款待。以此为机缘，金基淑首次给我们写来感谢信。在信里她亲切地称呼我的丈夫为哥哥。还写道，自己只有姐妹，称呼哥哥还是第一次，虽然有些不自然，但又很高兴。

不久后的一天，丈夫笑呵呵地告诉我，他要带着发展第三产业的课题去大连参观考察。

"趁这次机会我得看看妹妹去。第一次怎么也得带点特产，带什么好呢？"

丈夫好像变了一个人似的，仿佛久旱的玉米遇到甘霖，生机勃勃，眼里放着光。

"蕨菜或者糖稀之类……"

"什么，蕨菜或者糖稀？那玩意儿算什么特产，人家可是现代化水平……"

许是失去了和我继续商议的兴致，他风风火火地跑了出去，不一会儿又返了回来。

"大家都说人参蜂王浆好，得去市场买些回来……"

丈夫将人参蜂王浆、人参酒、人参烟等装了满满一大旅行包，打扮得像新郎一样出发了。第10天丈夫乘早车回来了。丈夫笑容满面地在我面前打开旅行包，拿出了塑料袋包装的大礼包。是基淑妹妹送的用自己工厂生产的喷胶棉做的被子，让我们老来也一起盖这床被子。还送来一瓶高级咖啡和一罐茉莉花茶，让我们写东西的时候，累了可以解除疲劳。

寡言少语、性格耿直的丈夫，不顾几千里的旅途疲劳，打开了话匣子。

"基淑找了个好丈夫。从哪方面看都比我强多了。所以才会拒绝我呀。她非常热情。这次，我可是成了她的哥哥，她丈夫的大舅哥啦。我们还去公园照了很多相。来，你看看。"

哗啦啦，丈夫倒出来一盒照片。那么多的照片中，丈夫和金基淑肩并肩坐在一起照的照片吸引了我的眼球，也攥住了我的心。都说眼睛是心灵的窗户，我先仔细观察了他们的眼神。也许是因为在人前照的吧，很难从眼神上看出什么。

"基淑老得有些认不出来了。笑的时候侧影倒是没什么变化。不过，这次我才知道，当时她的回信让我给误会了。她一直等我来着，直到那天在百货商店看到咱们俩为止。嗨，结果是我的过错……算了，睡吧，都已经是悠悠东流水了。不过是水中月、镜中花，这样也好，我不是又多了个妹妹了吗？！"

过了一会儿，丈夫呼呼打起了呼噜，我却辗转反侧，难以成眠。

……金基淑在工厂已经成为厂长的左膀右臂！见到她的工人都叫她金技师、金技师的，非常尊敬，威信很高，汉语水平也相当厉害！聚酰胺胶（黏着原料——糨糊）研究实验成功，现在要去上海、北京接受国家级鉴定……真是不简单啊……

忽然，我的脑海中闪过一个念头。一个名为金基淑的主人公不可阻挡地闯入我的文字中。

几天后，又发生了一件有趣的事情。

金基淑写的一封信放到了我的桌子上。信中一会儿叫我嫂子，一会儿叫我同学。极其坦诚、率真，感情自然流露，仿佛一泓清澈见底的清泉水。

信是这样写的：

> 迄今为止，在中国，一直用浆过的衬布做服装辅助材料，洗一次就会软塌塌的。现在国外发生了服装革命，进入了更高一层的阶段。就是将聚酰胺胶浆过的黏合衬用到服装中。根据面料的质量和模样选择使用高级、中级、低级等不同类型的黏合衬。这种衬布就像高丽传统白纸一样柔软而又结实。因为有浆，附在布上用电熨斗加热后就会紧紧贴在布上，衣服非常挺括，穿在身上特别板正、帅气。在研究所的时候就开始研究这个项目，现在成功了，正在试生产。作为朝鲜族女性在这项研究中留名，是我的夙愿和理想……

一直到现在我还珍藏着金基淑的这封信。因为从很早以前开始，我就关注朝鲜族女性知识分子的命运，留意她们是如何摆脱"围着锅台转"的传统观念，堂堂正正地跻身于科研人员的行列中的。

所以，我连收集资料的笔记本都准备好了，正在追寻她成果背后的汗水和奋斗的足迹。正好在去年夏天的一天，一封电报飘然而至。

"3日早携儿到　金"

电报来自大连，金应该就是金基淑啊！

因为自尊心，我还特意新做了一条干净被子。客厅打扫得干干净净的。卫生间也清扫了一遍，"特产"也买好了……

丈夫吩咐3个孩子干这干那的。

去商店买几瓶啤酒；买一个西瓜来，要挑大个儿的；来了大家都要叫姑姑……

那个——那个……

孩子们努力避免触动爸爸的神经，像说梦话一样："嗯嗯……知道了，知道了……"

"不就是来个妹妹嘛，弄得比来个皇后还复杂。现在还早着呢。"

丈夫从毛毯下爬出来忙着准备去车站接人，我凝视着他的背影。

我装作不知道，又躺了下去。洗漱的声音很嘈杂。噗噗……一大早还洗澡？去接省里客人连脸都不洗就出去的人……哟哟，还照起了镜子……

我好不容易忍住没有笑出声来。丈夫一出门，我就立刻起身，将昨晚煮好、熬好的炒啊煎的……

"来，就是这家，妹妹。喂，妹妹来了！"

门外传来丈夫高喊声。

我用围裙擦着手跑了出去。

戴眼镜，短卷发，起皱的额头，粗腰……

（俊俏、充满活力的"花朵"变成这样了呀！）

少女时期绚丽的记忆瞬间碎裂。不过，面容还是白净整洁，脖子白皙、略长，两腿结实有力，身上围着图案凸起的围巾……

被30多年漫长的岁月吞噬了少女时代、青年时代，我们两个同学像是站在海中寻找掉落的珍珠一样，面对面站着，愣愣地望着对方。

掩饰着随时都会涌出来的泪水，带着一丝怅然的微笑，双手紧紧地握在一起，久久地站立在那里。

圆桌放在朝鲜族传统大炕中央，加上客人，一共围了7个人。杯中斟满"长白山葡萄酒"，举起来祝福两家人的幸福，以及我们两家成为亲戚的喜悦。

下午开始，金基淑就忙碌起来。

她和我丈夫一起去外贸局协商与外国进行贸易的项目，晚上，某乡镇企业的几个人来找她。这家企业投资30万元办起了衬布厂，但不太成功，所以过来接受技术指导。延吉市有一家工厂听到消息也来请她做技术顾问。她忙得不可开交……

目光随和，诙谐、豪爽，笑声朗朗，可一旦讨论起技术难题来，表情立刻严肃起来，陷入思索中，脸上充满活力，看不出丝毫的厌倦和疲惫之色。

敏锐的判断力，率直、诚恳的态度，一是一二是二，行就行，不行就是不行，绝不含糊其词的性格，怎么看都和我的丈夫很相像。

晚饭后，我和她并肩漫步在通往火车站的人行道上。我想利用这个安静的机会询问她的研究状况。可不知什么原因，我们的对话成了一问一答式，枯燥乏味。她研究的内容，从化学名词到实验过程，再到生产设备，统统听不懂。虽然是同学，又是丈夫的妹妹，可不知为什么，总有两根绳拧不到一起的感觉，谈话经常中断，也有些散乱。

勉强记住的只有这样一段话。

……黏着衬就是我们一般说的衬子，是从80年代初开始出现的新名词。之所以会出现如此迅猛的发展，是因为做衣服的时候，如果使用黏着衬，衣服就会板正、利落、帅气。就在不久前，在我国，中高级黏着衬还要从国外进口。如今中低级黏着衬国内有几家工厂可以生产，但使用的是国产原料，而且技术和产品质量达到国际先进水平的只有她们工厂。

我问她该研究是从什么时候开始的，金基淑回答是 1973 年。

有一天，她在研究所翻阅英文科学杂志，偶然看到了一篇介绍聚酰胺用途的报道。从那篇报道中了解到国外早已经进行了服装革命，她十分震惊。

她像宝贝一样珍藏着那本杂志，开始搜集、研究与之相关的材料。到了 1981 年才正式将其确定为研究项目。金基淑暗下决心，一定要攻克这个项目，改变中国服装行业黏着衬落后的局面，使其达到世界先进水平。

本来她就是一个热情一上来就会不分昼夜一头扎进实验室的人，这个项目自然也是全身心地投入其中。

当时，她的丈夫去日本留学，大女儿在辽宁省外国语专科学校学习外语，自己一个人带着两个男孩，一面操持家务，一面坚持研究。结果患上了贫血症，现在也是一到每年的 4、5 月就会发作，遭受疾病的折磨。

……

几天后，丈夫满面笑容地拿着金基淑发来的一封信坐到我身旁。

"给，你的信。妹妹有两个项目通过了国家级鉴定。看样子很快就要拿到国家级成果奖了。这是国家科技突破项目鉴定证明书复印件。她说是你要的……"

丈夫赞不绝口，我也非常高兴。不是在延边，而是在汉族地区，一个敢打敢拼的朝鲜族女科学家能够闯出自己的一片天，而且是同学、小姑子取得的成果，这种喜悦更加浓烈。

国家科技攻关项目鉴定证明书对她的成果给予了高度评价：

中档无纺热熔衬即聚酰胺黏着衬研究项目是"七五"国家重点科技攻关项目之一，纺织工业部纺织服装技术开发中心委托金州无纺布厂研究该项目。金州无纺布厂自主研发了聚酰胺胶，已经生产出 500 万米的黏着衬。黏着衬的各项指标基本上达到了英国隆图公司同类产品指标……

聚酰胺胶配方、实验、研究、制造的整个实验研究具体都是由金基淑承担的，是她十几年汗水的结晶，可不知为什么，她个人的名字连括号里都没有标注，标注的是工厂的名字，让我心里很不爽。

大概科学技术研究与我们搞创作不同，需要很多方面、很多人协助和劳动，所以才能那样……

丈夫和我在数千里之外各喝了一杯"长白山葡萄酒"祝贺"妹妹"的成功。

1989 年夏天，也没人吩咐，在中央民族学院和北京大学学习的两个女儿"擅自"前往大连"姑姑"家，痛痛快快地玩儿了整整一个礼拜。姑姑厂里事情太多不能领她们出去，身为教授先生的"姑父"亲自背着相机，领着孩子们参观旅顺博物馆、星海公园，还照了很多很多照片。

在孩子们的心中，"姑姑"一家已经成为最亲的亲戚。

啊，命运啊，人际关系啊……

6 月的辽东大地仿佛美丽的彩色画卷。路两侧丰润、茂盛的梧桐树成行成列蔚为壮观。大烟囱高耸、林立的工业城市一个个来到眼前，又相继远去。看惯了重重山峦和无际的江水，如今这种繁华的景象展现在眼前，颇有些令人怅然若失——我们延边的景致固然美丽多姿，但工业实在太落后了。

下午 4 点半，我在金州站下了火车。行李很重，又是第一次来到这里，无奈只能打车并住进金州旅馆。金州是大连市的一个区，好像有延吉这么大。工厂多，商业街繁华，看起来颇为兴盛。

早晨刚到 9 点，我就迫不及待地拨通了金州无纺布工厂的电话，但金基淑下车间了。我在电话里一再恳求接电话的汉族女性，结果 11

点左右的时候，金基淑匆匆赶到旅馆。

额头全是汗水，脚穿布鞋，身穿褪色的短衫，宽大的工作服裤子，看样子是从实验室赶过来的。她真诚而又欣喜地欢迎着我。

我们马上坐车前往工厂。

工厂位于离大连市约35公里的金州西部渤海边盐碱地上。

走进高高的工厂大门，色彩缤纷的美丽花园映入眼帘。月季花浓郁的芳香扑鼻而来。

"这工厂建得真漂亮啊！"

见我有些兴奋，金基淑介绍说，这个花坛由两位专门的园艺师管理。现在工厂院落全都是水泥铺就，可建厂那几年，因为是荒芜的盐碱地，只要下雨就会积满雨水，眼睁睁看着工厂就在前面，却没法过去。而且蚊蝇成群，令人不堪。当时工厂连专车都没有，一周有一天可以回家，其余的日子就住在工厂里。

进入车间以后，像鲸鱼背似的机器流水线几乎填满了高大、宽敞的车间。3台巨大的机床按着一定的间隔并排置放。在正中央的机器流水线上，白色的黏着衬像流水一样流淌出来；那头的鲸鱼背似的机器流水线雪块儿似的白色人造棉像瀑布一样倾泻出来。

我被震动了。连串的问题一股脑儿地涌到嗓子眼，我克制着自己，从机器设备开始问起来。3台机器生产的是黏着衬布，仅中央生产黏着衬布的机器流水线每分钟就能织出20米，一天能织出2500多米的一等品布。也就是说，这里赚取的外汇就已经相当可观了。

工厂天棚上虽然安置了空调设备，但3台机器运转散发的热量太猛令人难以忍受。我不断地擦着汗水，呼吸也急促起来。

"天天在这种蒸笼一样的地方怎么干活啊？怪不得你会贫血哪！"

"车间里的温度夏天一直在38℃—39℃以上。已经习惯了。现在起码车间宽敞了，通风设备又好，一点事儿都没有。几年前整天做实验，一到外面头就晕，天旋地转的。"

金基淑指着车间一侧一排漂亮的塑料桶自豪地说："看看桶里的聚

酰胺胶。像和好的面糊吧？看着平常，那里面不知道渗透着我多少汗水、泪水和痛苦……要进口一桶这种胶要支付4万元以上。能不让人感到冤屈、心疼吗？所以，我下决心一定要用我自己的力量做出这种聚酰胺胶来。"

从她的话语中，我深切感受到一位科学家纯洁无瑕的良心和高度的爱国精神。

"进口的英国隆图公司胶黏剂原料没有详细的介绍吗？"

"具体的组合'处方'在哪里都是秘密。当然我们的也是秘密。"

金基淑具体讲述了他们的实验研究过程。

据她所言，聚酰胺胶原料成分有10多种，主要成分是聚酰胺粉，辅助材料有增塑剂等3种，其中又包含几十种成分。所以，首先要明确分析它们的化学成分，然后开始决定性质和定量的实验。

有些原料国内没有，就必须寻找替代品或者自行合成。在混合物中，每种物质不仅混用性要强，还必须突出发挥自己的特性。实验虽然利用了优选法，但仅仅增塑剂这样的关键性物质的小型实验就超过了200次，用时超过半年。

不是10次，不是20次，而是200次！我在心里掂量着这个数字的分量，眼眶不由自主地湿润了。

实验结果，金基淑决定增塑剂使用固体。可是这种固体国内虽然有几处生产的地方，但都针对国外，并不内销。她带着外汇去江苏省嘉兴协商无果。回到工厂的金基淑一气之下决定自己合成增塑剂。没有压力就没有动力，确实如此。这是金基淑反复说过的话。

不过，困难依然重重。合成用的有机酸原料腐蚀性和挥发性都比浓硫酸厉害，加上最后的生产阶段还要用浓氨，实际上既艰难又危险。

本来，这种实验应该在通风良好的环境和密闭系统中进行。可他们根本不具备这样的条件，但生产迫切需要这种原料。

实验开始之后，气味不知有多刺鼻，旁边的办公室全都提出了抗议。特别是做中型实验的时候，借了一家工厂的一个车间，气味和烟雾弥漫到周围，导致附近的单位向环保局举报。无奈之下，他们只得密封房门，戴上防毒面具坚持实验。

这样研制出来的增塑剂与进口的增塑剂属于同一系统，但还有个好处是适用范围更广。于是，又建起了年生产100余吨的工厂。

金基淑本来性格就比较沉稳，尽管实验过程如此艰辛，但从她嘴里说出来就像讲述别人的事情一样语气非常轻松。从她的表情上也不难看出，对他们这样的科研人员而言，这种辛苦就如同家常便饭。

我忽然想要进一步了解实验的实践过程，又追问下去。金基淑这才讲述起更加精彩的内容。

……为了实现聚酰胺胶的国产化，金基淑当时足足花费了半年多的时间在一一分析完余下的构成要素基础上做了实验。

进口原料中有一种成分是高聚物，国内虽然也有，但每吨1.5万元，价格昂贵不说，还不好买。金基淑在详细分析其物质结构基础上，找出了与其结构相似的单体，判断替代可能性后进行了实验，结果也获得成功。

不过，实验成功还需要经过实验验证获得认证后才算真正的科学成果。金州无纺布工厂生产车间成为金基淑进行聚酰胺胶原料的绝佳的应用实验场所。

车间有黏着衬生产机器，可以直接进行生产实验。金基淑每次走进车间，就会习惯地观察一阵机器旁边安装的信号灯。这个信号灯是检查质量的第一个关口。

金基淑说：实验初期，信号灯很不听话，失望过，也泄过气。信号灯亮起圆睁怒眼的时候，我又急又气，有时真恨不得拿块石头将它砸得粉碎。连工人也都无精打采说金技师辛辛苦苦一整天合成的这个原料有问题的时候，我连饭都不想吃了。

但是，她还是告诫自己一定要成功。她定下心来详细查验组合的原料之间的相互影响，然后抓住主要矛盾一一解决，结果艰难地通过了第一关。

第二关是通过生产机器验证，这是全面的质量查证。

当时，厂里还没有专用车，金基淑早晨6点就要从家里出发，中间要倒两次公交，跑50多公里路。一到工厂立刻换上工作服，投入到实验中。这一关口也花费了半年时间，实验才获成功。参加实验的工人全都喜形于色，纷纷向她表示祝贺："这是金技师血汗换来的呀。"

第三关是大量的生产实验过程，实验场所是朝阳纺织黏着衬总厂。

人们都喜欢说："失败是成功之母。"可真正遇到反复的失败，就不是单纯的流泪了，那要经历剜肉刮骨般的疼痛。在金州无纺衬工厂，机器都很熟悉，做起实验来得心应手，但在朝阳完全是两码事。

开始觉得在自己工厂实验成功了，去朝阳也会顺风顺水，所以，信心十足地做了4吨聚酰胺胶带了过去，可胶黏剂与朝阳的机器性能不合。

回想着当时的情景，金基淑说："唉，现在想起来都心有余悸。那4吨胶黏剂拉回大连的时候，我的心像被刀剜了一样痛苦。就好像随着那茫茫大海漂向远方。

"4吨的价值有10多万元。你想想，我们30年的工资加起来也不到这4吨价值的一半呀。那时我的精神压力不知道有多大，整整一周没合眼……"

（啊，现在我才理解。折腾好几年写出几十万字的长篇小说却被出版社退稿，丢进垃圾箱里的感觉，真是想死的心都有。）

"理解。你真是吃了不少苦。"

"那时我一遍遍回味居里夫人的一句话，并用她的这句话安慰自己：'科学研究领域没有绝望。即使你以为不可能的事情，经过坚持不懈的努力，很多情况最终都能获得成功。因此，在科学研究中，即便遇到困难也不能绝望。'我夜以继日地复核着每种构成成分，终于找到了症结所在。"

1988年6月，金基淑再次生产了3吨胶黏剂前往朝阳进行大型实验。这次更是信心满满，但时不时地还是会有问题发生。

朝阳工厂看到首次可以使用廉价的国产胶黏剂兴奋不已，认为实验已经成功，向她表示祝贺，鼓舞激励她。但金基淑并不开心。

因为她深知科学来不得半点虚假，生产也不能欺哄、勉强。

金基淑再次拉着3吨胶黏剂返回大连。

经过3次的波折才获成功，到当年12月大约供应了90吨聚酰胺胶，用这些胶生产的朝阳纺织黏着衬质量达到了国际水准。金州无纺衬工厂也用这种胶生产了600多万米的无纺黏着衬，全都达到了国际水平，出口国外。

1988年12月18日，这种聚酰胺胶在国家级鉴定会上获得了一致认可。

金基淑心花怒放，灿烂的笑脸远比美丽的容颜印象更加深刻！

（看来，世界上再没有比笑容更好的化妆品了。）

这一瞬间，我想起了英国斯迈尔斯说过的名言："失败是一种很好的教训。我们从失败中能够获得比成功时更多的智慧。毋庸置疑，一次都没有失败过的人无法取得进步。能够从失败中吸取有益教训的人一定会获得巨大成功。"

金基淑自豪地说："我们依靠自己的智慧生产出来的聚酰胺胶一吨成本只有2.8万元，每吨比进口的可以节省1万，甚至几万元人民币。不用细算，仅这几年为国家贡献的金额至少也能摞到这个办公室写字台这么高。想想这些，就感到付出的辛苦值了。"

金基淑说完站在那里沉默了半晌，然后给我讲述了一个小插曲。

"大学的时候我选择的高分子化学专业，对现在的帮助不知道有多大！"

我问她，当时为什么会选择高分子化学专业，她哈哈大笑起来。

"那是小学四年级的事情。当时，那家上中学的哥哥跟我讲过，欧洲有一位著名女科学家，和丈夫一起做放射性实验，后来因此中毒而死。当时，我产生了一个荒唐的想法，我要完成那位女科学家未竟的事业。上中学后我才知道，那位女科学家就是居里夫人。因为对她的崇拜而对化学产生了特别的兴趣，化学成绩也最高。所以，就选择了高分子专业。"

"那家哥哥"指的是我的丈夫。

车间越来越闷热了。化学药品味也非常刺鼻……在寒冷地区长大的我很难忍受，迫不及待地想离开。

然而，金基淑却若无其事。她用双手抚摸着机器上流出来的白色衬布，有时也会抬头留意像霓虹灯一样闪烁的信号灯。

她把眼镜推到头顶，两手撑着腰，像即兴赋诗的诗人倾吐自己的感情："……瞧那比小米粒还小的'胶粒'紧紧嵌入电脑操纵的模型中，像瀑布一样流泻出来的白色黏着衬，多像曾经名扬世界的高丽白纸！紫外线灯反射下的'胶粒'光彩非常特别。每次看到那种情景就会不由自主地兴奋起来，疲劳也不翼而飞。哈哈哈……"

为了多节省、多赚来哪怕一分钱外汇，失败如家常便饭一样，金基淑终于用国内原料组合出了达到国际水平的聚酰胺胶。她年年岁岁都为国家贡献了实实在在的无数外汇。

她奋斗的动力是什么？

在同她接触过程中，我得出的结论是：出生在这个世界上，她要为国家、为民族做一桩"大事"——要在自己的研究项目上刻上朝鲜族女性的名字。

根据厂长的介绍，从 1984 年 7 月到 1988 年年末为止，正式投产 4 年半期间，这家工厂创造了 1420 万元的利润，向国家上缴税金 405 万元。负责技术的金基淑功不可没。

1984 年，金基淑实验研究成功的聚酰胺胶热熔衬获得辽宁省纺织厅优秀新产品奖、技术进步金奖、国家纺织部产品开发奖。

去年我和金基淑一起去过她家。从金州到大连的高速公路非常漂亮。车窗外移来又远去的梧桐树、四四方方的盐田、扑鼻而来的大海气味，让人产生奇特的感觉。

她家在大连郊外海运学院校园内。6 楼公寓，两间卧室，客厅和厨房相连，洁净、朴素。

她丈夫赵先生热情地迎了出来。他是海运学院电子计算机中心教授，头发有些花白，额头上有几行皱纹，不过，30年前的风采犹存。我心想也许是"文革"时被打成"特务"吃了不少苦头，头发才会花白吧，但我并没有说出口。

在金基淑准备晚饭的时候，赵先生从冰箱里拿出两罐饮料。我们一边喝着饮料一边聊了起来。

赵先生把我带去的礼物人参酒放到橱柜里，连连道谢："大哥对我们太好了……"

大女儿去日本东京留学，在开发区环保局工作的儿子没回来。看起来聪明伶俐的中学生小儿子放学回来了。

在人生坎坷的路程中，虽然大好年华已过，但人老心不老，我和金基淑来到庭院，将我们的老脸挤入鲜红、娇嫩的桃花之中，留下了几张并肩照。

第二天，在星海公园的海滨，我和金基淑穿着朝鲜族服装，享受着愉快的休憩。

金基淑就像第一次来到海滨一样，兴致大发。她说，工作总是忙忙碌碌，大海虽然近在咫尺，但一年来不了几次。我理解她的话。白天一头扎进实验室里埋头研究，晚上要准备晚饭，周日要洗衣服，都说"农夫一年无闲时"，女人一生同样无闲时。

离开大连海滨，坐在返回故乡的列车上，我突然想看看我和金基淑在海边留影的那些照片，就从包里翻了出来。

穿着蓝色朝鲜族长裙、精明干练的金基淑，穿着紫色连衣裙凝望大海的我……我的丈夫现在看到这张照片会露出什么样的表情呢？

我非常开心。不是因为可以在大海边逍遥信步，而是因为发现了我们民族中的一颗"珍珠"，心情非常愉快。

在我收拢思绪的时候，不知不觉列车已经驶入延吉站。

我已经远远地看到丈夫一脸阳光地挥动手臂。

"现在才回来，已经3天了，3天！那个——妹妹没事吗？"

丈夫接过行李，高声问安。

人与人的关系有时真是剪不断理还乱，虽然微妙、复杂，但爱情和信任、尊敬和谅解……我们不就是因为拥有这种美丽的情感，才会拥有活下去的勇气和乐趣吗？！

1989年8月

补充说明：

金基淑突破了我国"七五"计划的4项国家重点科学技术研究项目，创造了676万美元巨额的经济效益，1991年3月中华全国总工会和国家计划委员会授予其全国合理化建议及技术革新活动积极分子称号。她还当选大连市技术革新标兵、大连市"三八女标兵"。《海中珠》是3年前撰写的，在此特做补充。

看不见的财富

——记国家级专家金永福高级工程师

站在葱茏的新绿面前，我的心也会染上一片翠绿；面对粉红色金达莱盛开的山野，我的心也会染上一片神秘的嫣红。

在这样的季节怎么可能无视自然的魅力，窝在家中做一个宅女！

所以，今天我坐上了大巴前往图们。延吉到图们50公里！在大巴上的一个小时里，我一直凝视着窗外匆匆闪过的山野。我的心好像也立刻被血一样的红、雪一样的白所浸染，心潮起伏难平。

大巴、出租、人力车和人流，到达车水马龙的图们，我才从散乱的梦境中醒来。

我现在要去见一个人——国家级专家、国务院特殊贡献津贴享受者、图们市离心机厂厂长金永福高级工程师（1938—）。

刚才就一直阴沉沉的天空开始雾雨迷蒙，很快又变成淅淅沥沥的蒙蒙细雨。

在图们这么一个小城市，还找不到一家那么有名的工厂、那么有名的一个人！我信心十足，连具体的地址都没问就动身了。可哪想到问谁谁不知。生产食品、衣物的工厂就连流鼻涕的小孩儿都知道，可对尖端的精密机器工厂，人们却如此一无所知，我不禁又伤心又气恼。

生产离心机这个国家科委直接管辖的23个尖端科学项目之一的工厂及其厂长居然无人知晓？这可是小小的图们市无比的荣耀，可却如此不为人所知！

好不容易有一位中年男子指着图们江堤坝，说那家工厂在堤坝下面。我坐上一辆人力车,想赶在午饭前见到人。

可离谱的是,找到的那家工厂并不是离心机厂,而是分析仪厂。

真是这世界说大不大,这地方说小不小。怎么好呢?进入接待室,发现这家工厂因为不景气已经倒闭,另外来了一些人正忙着建立新工厂。

站到堤坝上,也许是因为天气的原因,几乎没有游客。只有古老的图们江水悠然流淌。像撒了银白色粉末一样,雾雨朦朦胧胧。雾浓得似乎伸手就能握住一把似的。无论何时都令人感慨万千的图们江。

像"雾中寻牛"一样,沿着江堤上行,幸好遇到一位青年工人,他明明白白地告诉我,那家工厂在图们江畔那个通向山村的坡路旁。

不知不觉间阴雨连绵,路途泥泞,难以行走。无奈之下,我花了3元钱叫了一辆摩托车前往工厂。

矗立在山坡上的离心机厂从蓝色大门开始就很精致,厂房不大却很雅致。

和我相对而坐的金永福高级工程师五官偏大,声音洪亮,身材魁梧。

感觉像面对粗犷、茂盛的草原。

我希望他能从小时候的事情开始谈起。可惜时如金、异常忙碌的金厂长极不情愿谈论往事。都说人老了愿意沉浸在往事中,他虽然已经年近花甲,却好像与老了的词语之间筑起了高高的屏障。今日和明日要做的事情多如牛毛,哪有闲暇沉溺在追忆之中。

"你说小时候?上山背柴、下雪的冬天光脚走,这样的事情是我们这一代知识分子的共同命运。我自己有什么可回忆的,回忆了又有什么用?现在的孩子们太幸福了,那些话他们可听不进去。

"爸爸去世得早,长什么样也想不起来。妈妈养大了3个孩子,我是老大,跟着妈妈辛苦操劳。小学好几次读读停停,此外还有什么呀……"

他的回忆就此打住。

好几次说说停停，这短短的话语包含着多少血泪故事啊！他并不打算敞开心扉。

我问他用什么方法学习，有什么与众不同的特长或者爱好之类的东西，他犹豫了一会儿，无奈地笑了笑："什么都想不起来。只记得到了春天就和妈妈一起翻地、播种，然后去上学。到了锄地的当儿，就会辍学铲地。烧柴没了就再干几天。哪有工夫培养什么兴趣和特长啊。只是下定了决心无论如何也要学下去，咬紧牙关在坚持罢了。

"小时候经历的苦难对后来的研究工作形成了巨大的帮助。可以说坏事变成了好事。很少有什么困难能够把我吓住。不管什么事情，只要下决心去做就行！这可以说是我的精神支柱吧。"

"您说得对。支柱脆弱，房屋就会摇动；意志薄弱，必将一事无成。"

......

1963 年，金永福毕业于长春光机学院，在国家机械工业部做了 15 年的精密仪器研究，广泛收集了国内外有关精密仪器工业的各种科技信息。他也遭受到了"文革"风暴的冲击，被扣上"特务"的帽子，饱尝精神痛苦，内心受到极大伤害。金永福干脆回到了故乡。

回到故乡——图们一看，压根就没有尖端的精密仪器单位。在偏僻的小城，想研究什么都寸步难行。

他一度在图们市第二轻工业仪器厂上班，由于工厂不景气，上级要求他们抓新项目。金永福作为工程师自然承担了开发新项目的重任，开始周游全国各地。

经过几个月的辛苦，他了解到离心机制造业在我国尚属空白。国家要花费大量外汇从国外进口离心机。

要制造一分钟高速旋转几千次、几万次的离心机，需要有能够承受这种旋转的转子。

转子爆炸实验经常伴随可怕的事故，不少人浅尝辄止。有些国家因工厂实验中死亡事故频发不得不终止。

（科学家不冒险怎么能成功！为了国家，冒把险吧！）

金永福是个硬汉子，做起事来哪怕前面有大山也要将其打穿。他得到了中国科学院生物物理研究所专家金绿松的协助和支持。金绿松成了他的强力后盾。

他以火热的热情准备着实验。实验需要场所。他几乎走遍了图们市大街小巷，突然发现了一个地下防空洞。他兴奋地拍起了大腿。备战用的防空洞哪儿都有，早已经废弃，长满了霉菌。圆心转子爆炸实验本来就很危险，死亡事故也多，防空洞非常适合。

最重要的是抓紧圆心转子爆炸实验，尽快获得转子破裂时的极限数据。

当时是 5 月，图们江两岸金达莱花红遍山峦，远远看去图们江像在燃烧，但早晚春寒依然料峭、逼人。

金永福带领多人整日在阴湿、空气稀薄的防空洞里忙着装备实验机器。

他在防空洞里整整待了 6 个月。嘴唇起泡了，手裂开了，关节出现疼痛。他不顾疼痛反复做着实验。

1979 年 11 月 7 日，经过 2500 小时、100 多次的实验，爆炸实验终于获得成功。

消息很快就传到了吉林省科委，传到了北京，传到了全国精密仪器研究领域。

祝贺的电报、电话、信函雪片一样飞来。

转子爆炸实验成功意味着什么呢？

这是科学家奋斗、努力、坚持和忍耐的结果！

这是填补一直以来精密仪器领域的一个空白的壮举！

空白是国家的羞耻，科学家的悲哀，又是国库的浪费！

这一成功奠定了制造离心机的基础，构筑了希望和信心。

但是，离心机制造实验比转子爆炸实验更加复杂、艰难。

制造这种精密机器，要求拥有聚光、电机等综合性技术，这就需要请多个领域的专家。在组织的帮助下，他如愿请来了7名朝鲜族工程师。

看到志同道合的朋友到来，金永福非常兴奋，就在图们江饭店举行了简单的"招待宴"。他突然想起妈妈讲的一个故事。"韩日合邦"后，他爷爷怀着亡国的哀伤，带领全家人渡过了这里的图们江。

酒过数巡，大家都兴致高涨，他们互相碰杯发出海誓山盟。

我们全都是告别故土、泪洒图们江的祖先留下的血脉！

让我们咬紧牙关，拼搏奋斗，在图们江边打造出能够填补国家空白的离心机吧！

如果不能成功，我们就一起投身图们江算了！

……

他们含泪的悲壮呐喊声，响彻小城图们上空。

金永福与同事们一起访问瑞士、日本等国，参观先进国家的离心机厂，学习他们的技术。

在获得转子的安全数据基础上，为了掌握转子的变形量、变形过程的应力集中等，他们反复做了18个不同类型、不同材质转子的爆炸实验，完全掌握了6种不同类型的转子的变形临界点、爆炸之前的塑性变形量，以及转子变形的规律等。

经过8个月的苦斗恶战，他们终于制造出了我国第一台高速冷冻离心机，填补了国家空白。

接到国际卫生组织的成分输血通知后，我国保健卫生系统对血液离心机的需求也迫切起来。

金永福和同事们一起又开始了艰苦奋斗，1985年研制成功了血液分离机。

这样一来，金永福的离心机厂成了制造4种系列9种离心机产品的专门工厂。

由于外地客人络绎不绝，电话铃声响个不停，我没法继续打扰他了。

我站了起来，这时，金永福的同学、这家工厂能力出众的高级工程师金虎递给了我一份材料。

是金永福的重要成果。

第一，1979 年 11 月，在他的掌控下，成功地进行了我国首次离心转子爆炸实验。

第二，制造 HSC-18R 高速离心机。1982 年，获得吉林省科学技术成果二等奖，填补了国内空白。

第三，制造 HSC-20 高速离心机。1984 年、1987 年两次获得省优质奖，1989 年获得机械电力部优质产品奖，创造了 416 万元收益。

第四，制造 LSC-04R 血液离心机。1986 年获省优质奖，1990 年获得机械电力部优质奖，创造 195 万元收益。

第五，制造 LSC-07R 低速大容量离心机，填补了国内空白。1991 年获吉林省二等奖，创造 234 万元收益。

第六，制造 LSC-20 型微控高速离心机，填补了国内空白，达到国际先进水平。1991 年获吉林省二等奖，创造 99.8 万元收益。

第七，制造 Th-15 台式离心机，创造 15 万元收益。

第八，制造 72 系列超速离心机，达到国际同业种产品先进水平。1989 年获吉林省科学技术一等奖，创造 455 万元收益。

第九，国内首次制造万能清洁剂。1989 年被评为省优质产品，1990 年获得全国第一届轻工业产品博览会银质奖，创造 243.7 万元收益。

TM 牌离心机系列产品已经成为进口替代产品。

我被这累累硕果深深地打动，紧紧握住金永福高工的手摇晃起来，向他道贺："了不起，了不起啊。实在……"他反倒瞪大了眼睛，有些不知所措。

"那又不是我一个人做的，很多人流血流汗才会有今天的成果。我只不过起了组织作用。精密机械需要复杂的综合技术，仅靠一个人的能力、一个人的力量是无法完成的。"

他一再强调这一点。

"您没有什么要对我说的吗？具体说通过我想对青少年读者说的话。"

"啊，有一点。这也是社会弊端。现在不少年轻人把金钱看得比知识还重，这非常危险。知识就是无形的财富，不知道这一点非常令人痛心。绝对不能忘记知识就是根本。饿着肚子也要学知识，这是我们朝鲜民族的美德，代代相传的传统。我很担心，这样下去我们的研究事业会不会断代。想轻轻松松赚大钱，追求享受，急功近利，都是危险的梦想，是赌博。

"科学研究需要长期的牺牲、奋斗、探索、忍耐，畏惧吃苦、追求享受、贪图金钱的人，不可能摘得成功的果实……"

他非常激动，手臂也挥舞起来，声讨着现实社会存在的严重弊端。

走出厂门，雨不知什么时候已经停歇，东方的天空已经变蓝。

走上图们江堤坝，放眼望去，如丝带般的雾气沿着山坡缓缓爬升。

啊，图们江，神秘的江！

"知识是无形的财富。"

金永福高级工程师殷切的话语猛烈地撞击着我的胸膛！

凝聚着多少辛酸泪水的 700 里图们江，今天怀揣着奋斗的后代成功的喜悦，唱着歌儿奔向大海！

下一代的知识分子，在这片土地上将填补怎样的空白？

1993 年 4 月

奔跑一生的人

——记导弹专家金寿福

　　今天，现在，我就要见到我们国家著名的导弹专家金寿福研究员（1939—）了。他是怎样一个人？毫无疑问应该是个大帅哥！

　　脑海中忽然浮现出《一千零一夜》来。这本书写的是古代阿拉伯人的故事。其中有一个有趣的故事，说的是人坐在毛毯上在天空自由自在飞来飞去，表现出了古代人飞上天空的幻想和渴望。

　　130多年前，法国的一位小说家写了篇科幻小说《从地球到月球》。作者展开幻想的翅膀，描写了3个科学家坐在一颗异常巨大的炮弹上面飞向月亮的场面，同样表现了近代人的幻想和渴望。

　　人类的这种美丽的幻想和渴望，到了20世纪中叶变成了现实。

　　1957年，苏联科学家研制的人造卫星首次成功升空。

　　1961年4月12日，苏联的加加林首次乘坐宇宙飞船遨游太空。此后，人类世界有百余名宇航员飞上太空，也多次登月考察。

　　可是，中国作为拥有古代四大发明的国家，早在宋朝时期就已经用火药制造出武器火箭的国度，在宇宙航天事业上却落在了后面。在旧中国留下的空白的白纸上，中国的宇航研究工作人员开始描绘新的设计图。由于60年代遭遇的特大灾害和苏联的背信弃义，我们国家的航天科研工作人员必须完全依靠自己的力量和智慧，攻克一个又一个令人难以想象的难关。

　　1970年4月24日，我国的航天科研工作人员终于成功地发射了第一颗人造卫星。从那时起到现在已经发射了18颗人造卫星。

这一伟大的航天技术成果也渗透着朝鲜族科学家的血汗。奋斗在航天研究领域的朝鲜族中的高级工程师以上的专家足有 20 多人。他们是国家的功勋人士，民族的骄傲，是我国航天研究领域第一代、第二代研究人员。在这支队伍中，有一位异常耀眼、异常投入的研究人员，他就是今天我要采访的金寿福研究员。

苦尽甘来

中国有个成语叫苦尽甘来，朝鲜语中也有俗语"苦到尽头迎乐来"，二者的意思都是辛苦作为之后迎来幸福时光。如此看来，中国、朝鲜这两个熟语的意思是一致的。尽管我们不知道哪个国家、哪个民族先造出来的，但有一点是相同的，都反映了生活在社会最下层辛苦操劳的老百姓共同的心愿，是为了生存而进行的精神安慰，一种寄托。

苦尽甘来，用在贫苦的朝鲜族农民的儿子金寿福身上是再贴切不过的了。

乡下孩子金寿福！8 年间，吃着妈妈清晨起来望着天上的三台星做好的饭，走 10 多公里的山路，跋山涉水念完小学、中学！

高中生金寿福！一到周日就要走 20 公里路，到家里将要带到宿舍的玉米、土豆装入口袋中，背在背上，光着脚走到通向龙井市区的龙门桥，才拿出旧鞋换上！

大学生金寿福！没有制图仪，5 年的大学生活，总是看着别人的脸色，借来制图仪完成设计作业，学校舞厅一次都没有去过！

在与恋爱对象约会时，穿着"王八鞋"（中国老式棉鞋）进入民族宫舞厅被甩的航天部研究人员金寿福……

如此一贫如洗的农民儿子金寿福，今天成为我国航天部著名的导弹发射专家。作为一名教授、研究员、优秀共产党员、先进工作者、国防武器功勋人员，受到过国务院总理周恩来的接见，还参加过国庆节国宴。他的家中有一大摞象征其荣誉的红色奖状。如今他还有何苛求?!这不就是"苦尽甘来"嘛!

和以前相比,他已经过上了宫廷般的生活,但和周围的人,鸡贩子、卖雪糕的人相比,还差得很远。两间狭窄的小屋,床边硬挤入一张小书桌,他就在这样的环境中看设计图。借用他的话,国家贫穷现在只能如此。下一年应该可以住进带有客厅的新房。他是个年近60的专家,现在一年却依然有三分之二的时间去试验基地,和衣睡在军舰的地板上做试验。一生奔波劳碌。从这个意义上看,"苦尽甘来"的说法也没错。

金寿福,个头虽矮,但却有着宽阔的双肩,仿佛能撑得住天地,坚实的铁腿任何狂风暴雨都难以撼动,历经几十年海风、风沙洗礼的古铜色阔脸,完全不像老人家的挺拔的腰杆,矫健的步履,热情而又炯炯有神的双眼,朴素的衣着……

采访那天,就是这样一个人出现在我面前。他带给人的感觉不是温柔而是严谨,语言谦逊、朴素,总是在思考之后慢慢回答……都说庄稼越成熟越会把头低下,看来人品越好也会越沉稳。

我第一次见到金寿福研究员,不是在他的航天部研究所,而是在中国科学院空间研究所姜景山教授的办公室。

这里有这样一个可笑的故事。我去北京前,北京大学的安泰庠教授已经选好了几位著名的科学家,连采访时间都和我约好了。我是早晨5点多到的北京。坐了一个多小时的出租车才到达住处,躺了一会儿,早餐对付了一下,8点半就风风火火地给安教授打电话,结果安教授好一通埋怨:8点就已经安排了采访对象,怎么现在才来电话。航天部金寿福研究员马上就要赶往试验基地,因为我好不容易请好了假,今天早晨第一个安排的就是他,他已经买好了晚上的车票……他的语调中透着丝丝怒气。

见他那样,我也有点不高兴了。带病在火车上折腾了两天,这革命热情也该高度评价了吧?不过,我还是控制住自己的情绪笑着回答："因为晕车，我躺了一会儿。非常抱歉。"安教授听了这话儿立刻软了下来："请原谅，金老师——"尾音拖得很长。语言的长短抑扬多么神秘、美妙啊！它能让人心醉神迷，也能让人肝肠寸断。安泰庠教授告诉我时间安排，让我记在手册上。

8点到10点，10点到12点，下午2点到4点……就像大学老师讲课时间似的，每人采访两个小时，一天要采访三人。这时间安排的，我非常无语，冲着话筒提高了嗓门。

"您以为我是来讲课的教授吗？从事尖端科学研究几十年的人，一个人采访一周都很难将事迹写好，两个小时能了解到什么呀？而且从这个研究所到另一个研究所，坐出租车在路上也要耽误一个多小时……"

"什么？一个人你要占一周时间？他们可都是要出国研究、去试验基地的人，被我硬是拦下的……他们可都是惜时如金的人啊……"

"那也没办法啊。最低限度我要理解他们所做的事情，要听他们几十年来的奋斗过程，不是吗？"

"哈哈哈……说得也是，那么，金老师见到他们后再约时间吧。"

这样一来，金寿福研究员就从下午1点开始在姜景山教授的办公室等我了。

金寿福研究员的话很短，断断续续的。我问一句他答一句。别人往往会谈论家事、小时候的事情，他却是从工作谈起。就连这也非常简短，就像给学生讲课一样，从技术名词开始解释。

我们的工作要将天空划成不同区域。

高空指2万米以上的天空，中空是5000米到2万米之间，低空是1000米到5000米之间，超低空说的是50米到1000米之间。

低空、超低空导弹尖端武器研制更加费劲。我研制的是导弹，也叫火箭。具体说是导弹发射塔的研究、制作，做发射实验。

在尖端武器方面，我国落后于欧美。苏联解体后，欧洲和美国不卖给中国尖端武器，因而研制现代化武器困难重重。

我是主任设计师。我上面还有总设计师、副总设计师，我下面有副主任设计师、主管设计师、副主管设计师，很多技术人员一起工作。

大学毕业后，30年来，我直接参加的有高空、中空、低空、超低空，空军、海军使用的导弹发射技术研究，最近10余年我们进行的是达到世界尖端水平、用于导弹驱逐舰的新的导弹发射技术研究。

我们的工作自然非常艰苦。试验阶段，一年有四五个月生活在军舰上。人和武器装备一样要经历暴风雨的考验。风急浪大的时候，军舰摇晃剧烈，呕吐不止，有的时候连胃液都吐出来了。11月初也要戴着棉帽、穿着棉鞋和皮裤干活。

虽然困难重重，但我们从事的是光荣的事业，常常紧张得睡不好觉。知道一发导弹值多少钱吗？200万元啊。人造卫星试验失败一次就要损失11亿元。这难道不是国家和人民的财产吗？我们只要稍有松懈，巨额的国家财产就会在我们手中化为泡影。所以，我们时时刻刻都要打起精神瞪大眼睛干活。想放下心来睡安稳觉是不行的。

……

什么，您说沙漠吗？

沙漠，我进去过很多次。进去一次，直到试验成功一般需要3个月左右的时间。

晚上很冷，白天却达到40℃以上。那大概是在1984年吧，我们赶往沙漠试验基地，正遇暴风肆虐，风沙连我们乘坐的火车都给盖住了。我们在沙堆里被困了6个小时。部队赶来清理了沙子，我们才得以行进。在试验基地，像延边帽儿山那么大的沙山一夜之间移动500米是很普通的事情。沙漠中除了有少许骆驼草外，有生命的东西什么都没有。因为海拔太高，饭和馒头都做不熟。菜连影子都见不到。水供应非常困难，经常不能洗脸。不过，想到我们吃的这些苦都是为了国防事业，为了领土的完整和国家的安全，我们总是干劲十足。

他说了声再没有什么可说的了后就沉默了。

当我问起前不久，在金寿福指挥下研制试验成功的世界级发射回转塔时，他那古铜色的脸浮现出喜色。看样子对此他有话可说，而且很感兴趣。

是的，以那种特大型铝合金铸件为主构成的新型回转塔因为是国内首次制造，吃了不少苦。我们制造的回转塔说是已经达到了国外同类制品的先进水平，填补了国内空白。根据这一研究制作项目，我们建立了最大型铝合金铸件铸造基地，在几个原本是国内空白的项目上突破了关键的技术问题。也算是对我们国家航天事业做出了微薄贡献。

他的口中，经常会冒出"少许""一点儿""微薄"之类的词语来。

我让他说得再具体一些，他从文件包里拿出一份复印资料给我让我参考。他叮嘱我，那份材料夸大其词的语言太多，写的时候要注意。

不知不觉两个小时过去了。火车时间快要到了，我无法再强留他了，无奈只能让金寿福研究员走了。

回到住处，看了他留下的资料，是一篇辩论演讲稿。不是金寿福本人写的，而是航天部206研究所女共青团员写的发言稿。经了解，这篇演讲稿在那次演讲大赛上获得了一等奖。

奔跑一生的人

——获得一等奖的演讲稿

今天，我想给大家讲述我们身边的一位优秀共产党员的故事。故事的主人公就是我们航天部206研究所的研究员（教授）金寿福同志。

……

金寿福同志大学毕业参加工作以来先后负责了5种低空型发射装置等研制工作。每次接受任务都非常严肃、认真，完成得更是无懈可击。特别是最近7年，在研制导弹驱逐舰上使用的发射回转塔过程中，为了保证质量，他一天都没有休息，一直奔跑不息。他不是走着生活的人，一生都在不停地奔跑。在沈阳生产发射回转塔期间，从沈阳到北京，再从北京到沈阳，他不知道跑了多少趟。

这种用于导弹驱逐舰的新式导弹发射回转塔代表了我国第三代尖端技术，他一直称其为"大儿子"，总是说一定要生出达到世界先进水平的健壮的"儿子"。这项工程需要高超的技术和出色的科技组织能力。身为主任设计师的他带领弟子从收集资料开始，到方案论证、方案设计、技术设计、试验生产、专门化试验突破设备的操作和组装、发射试验等各环节都发挥了指挥者的才能，倾注了自己的心血。完成发射回转塔设计图，筑起发射回转塔，在进行复杂而又紧张的机械加工、组装和试验操作时期，不巧的是，他的妻子被怀疑得了白血病，转了3家医院进行治疗。知道一生同甘共苦、相亲相爱的妻子有患那种绝症的危险，他痛苦万分。10年间，她独自一人在抚顺市养育两个孩子，支持丈夫的工作，对投身导弹研制工作无暇顾及家庭的丈夫给予了充分的理解。妻子经受痛苦的这段日子，正需要丈夫宽大、温暖的怀抱，正是偿还欠下妻子人情债的好机会。可是，发射回转塔总组装是国家大事，不能拖延一分一秒。身为主任设计师的金寿福可是这次总组装的指挥者呀！没有指挥员怎么能战斗呢？他向妻子说明了这种情况，托付医生和同志们后又直奔现场。福无双至，祸不单行。在一天都无法脱身的关键时刻，又传来了体弱多病的母亲病危的消息。他将研究工作临时托付给别人赶往故乡母亲身边。母亲正在一步一步走向另一个世界。

母亲，8年如一日，一到清晨就会到外面确认三台星的位置后，做好早饭供儿子上学。可直到这时也没能给她老人家做一套像样的衣服。弥留之际正是好好照料妈妈的时候，也正是多少偿还所欠妈妈人情债的时候。但是，这种孝心却无法完全实现，因为他所承担的导弹发射回转塔研制非常巨大、沉重，是重大事情。他的耳畔又回荡起军委领导人铿锵有力的指示：一定要尽快研制出世界一流的导弹驱逐舰防御工程武器。深入炮兵部队、海军基地和空军部队调查研究时，指战员们恳切的嘱托和希望也在他胸中激荡。金寿福背着母亲在医院里跑来跑去做完各种检查，让她服下药，看到稍微稳定下来后，握住妈妈瘦削的手说道："妈妈，请原谅。原谅我这个儿子不能继续照顾您。"

金寿福将母亲托付给兄弟和亲戚后即刻返回研究基地。几天后收到了母亲离世的噩耗，金寿福在别人沉睡之后来到外面放声痛哭。

为了研制成功这个发射回转塔，他付出了数不清的牺牲，欠下家庭和骨肉无数的债务，永远无法偿还的债务。他所经历的痛苦无法完全用话语和文字来表现。在回转塔设计阶段，他和工人们吃住在一起突破了五大难题，为我国航天事业做出了巨大的贡献。

长期的艰苦工作令金寿福患上了严重的胃溃疡。病痛发作的时候，他就吞下一把药继续坚持工作。尽管他完全可以进北京治疗，可他却总是将工作放在第一位。记得在搬运总组装的机械时，从沈阳到北京长达800公里的运程，为了避免发生任何意外事故，他跟着运输车折腾了四天四宿到达北京。发射塔虽然安全到达，他却因极度的疲惫病倒了。

但是，接受治疗之后，钢铁一般坚强的金寿福又站了起来。

这个发射回转塔的研制和生产难度非常大。要求体积大、重量轻，而且这种特大型回转塔国内还没有生产过，直到那时所需要的技术和工艺在国内还是空白。时间紧，困难多，经费不足，在这种困难面前，优秀共产党员金寿福同志与研究组全体成员齐心协力攻克了一个又一个难关，终于取得了一次性成功。他可以尽情享受荣耀的"大儿子"诞生了，世界级的"儿子"。

金寿福负责研制用于导弹驱逐舰发射回转塔的全面工作，从调查研究、设计方案的编制、生产工厂的选择，到合金研制、铸造工艺、回转塔设计尺寸链、发射回转塔铝合金铸物任务书和技术条件、回转塔任务书和技术性能指标说明书等，在这次研制过程中发挥了决定性作用。

金寿福同志从事导弹研究工作数十年，一直坚持写工作记录和日记，测量试验记录、调查研究资料、质量情况、性能数据……每天的工作日记等，合起来形成了18卷宝贵的资料集。这些记录的事实根据和数据往往成为他讨论工作时的重要依据，很多人都对他简短而又清晰的发言叹服不已。因而他拥有很高的声望。

金寿福同志对待同志非常热情。吃苦在前，享受在后。他在技术上对年轻人毫无保留，倾囊相授，向年轻人提出要求时，自己又能以身作则，所以，年轻人都喜欢他、敬佩他。由于他的悉心指教，一个年轻人成为研究室主任，一个人成为高级工程师，剩下3人成为副主任设计师。他大力扶持年轻人，不怕而且欢迎他们赶超自己，真心实意地加以提携。

下面我们听一下沈阳铸造研究所工作人员的心声吧：

……老金到我们研究所就像一家人一样。他虽然是了不起的专家、技术权威，但没有架子，豪爽，平易近人。只要他来，我们都非常高兴，戏称我们的"名誉研究队员"来了。

我们再听听沈阳重型机械工厂工人们的声音：

……老金来我们工厂，不光指导我们的设计和技术，还积极帮助我厂的工艺和调度工作。所以，我们也亲切地称他为"金总调度"。

"名誉研究队员""金总调度"！听起来只不过是简短的称呼，其中却饱含着对金寿福同志火热情感、热诚心胸和高尚人格的敬佩和叹服，也是人民给予他的宝贵礼物。

金寿福虽然心胸宽阔、性格豪爽，但对产品的质量却一丝不苟，要求非常严格。

发射回转塔的检具是关乎到发射回转塔研制能否成功的关键部分，当时工厂生产的检具表面质量就很差，大小也不合乎要求。生产日期紧迫，经费也很缺乏，工厂方面请求金研究员稍微变通一下。可是，金寿福却表示如果是关系到自己的名誉或利益的事情完全可以让步，但是导弹产品的质量方面半点儿不能退让。他召集厂长和各部门负责人摆事实讲道理说服他们，最终保证了检具的质量。

金寿福同志用自己的实际行动向我们这个时代的人们展示了一个共产党员的模范行为！

……

一个女共青团员铿锵有力的声音回荡在场内，金寿福研究员的事迹深深地感染了在场的航天部研究人员。

这篇演讲稿我读了一遍又一遍。曾经那么光彩、亲切如今却已经风光不再的"共产党员""同志"这两个词语，通过一生奔跑的金寿福的血汗实践，再度变得如此高亢，如此响亮，如此震撼人心。

大 与 小

人生在世总要遇到大与小的矛盾、冲突。家庭生计如此，家庭和国家、个人和组织之间也是如此。

虽然嘴上都说牺牲小的成全大的，但落实到行动上并不容易。舍大取小的事情在我们周围并不罕见。到了今天几乎成了普遍化、合理化的现象，甚至不能谋取自身利益的人被视为傻瓜，遭到冷落。

1996 年 5 月 11 日，我来到有几万户人入住的航天部林立的家属楼区，几上几下，好不容易才找到了金寿福研究员的家。

金寿福研究员的妻子吴淑子女士也是航天部职工，她在某资料室工作。我和她促膝交谈。从中我深深感受到了在与"大"的矛盾斗争中败下阵来的"小"所付出的血泪痛苦和悲伤。

1963 年，金寿福研究员从北京理工大学（原北京工业学院）导弹发射技术系毕业后，30 年来一直在航天部从事导弹研究。如，空军和海军使用的高空、中空、低空、超低空等 5 种导弹发射技术，抵御敌人导弹的反击拦截发射技术、导弹驱逐舰用导弹发射技术和设备等的研制工作。他研究的是导弹武器系统中非常重要的部分。

从事如此重要的工作首先就要掌握新的知识和技术。无论是短期训练班，还是进修学习班，只要有学习机会他都不放过，更多的是熬夜自学，休息日、节假日也不休息，孜孜不倦地学习，终于掌握了世界先进技术。学会了有限元计算、化工技术、电子兼容技术、可信赖性理论、固体润滑技术等。为了学习世界先进技术，他还学习了多种外语。这是非常艰苦的事情，需要大量的时间和精力。

导弹发射研制试验等无法坐在室内完成，只能去杳无人迹的沙漠地带，去辽阔的大海，马不停蹄地出入工厂。他想待在家里也不能如愿，想帮助妻子也无法帮助。他本来就是个非常勤快的人，只要待在家中就会洗衣、清扫，是个模范丈夫，但每年有一半以卜的时间出门在外。

两个儿子的高考学习需要爸爸的帮助，作为爸爸，他也很想助孩子一臂之力，但为了"大"不得不舍个人的"小"。所以，他成不了优秀的爸爸。

他希望两个儿子报考能够继承自己航天研究事业的大学，但遭到了两个儿子的断然拒绝。他们回答不能满足爸爸的心愿。他们不愿意，因为爸爸的研究工作要付出太多太多的痛苦，太多太多的牺牲。两个儿子考上了他们自己喜欢的大学。他们有权利和自由选择合乎自己理想和兴趣的专业。

在即将告别人世的时候，妈妈渴盼自己的儿子能够守在身边，可因为那个"大"，儿子连妈妈最后的、最低限度的要求都无法满足。

多次住院，饱受病魔缠身的妻子多么希望丈夫能够在身边呵护、照料自己，但丈夫却无法守候在妻子身边。同样是因为那个"大"……
……

为了"大"，30年来，金寿福失去、牺牲了无数"小"。

有一个催人泪下的故事。这是吴淑子女士含着热泪讲述的、发生在一个科学家家庭中的故事。

这是由几斤花生而产生误会导致的冲突。吴女士叮嘱我这个故事听听就行了，不要写出来。可是，那是我们过去贫苦历史的真实写照，我觉得应该写出来。

70年代初，我们国家还处于困难时期，金寿福所在的研究所每个月都要供给单身的人三两花生和三两葵花子补充营养。现在随处可见令人不屑一顾的花生，在那个年代，却像金银珠宝一样，非常珍贵。金寿福想到住在抚顺的妻子和孩子们，还有家乡的母亲和弟弟妹妹们，一粒花生都没有吃，全都放入口袋中妥善保管。打算到了冬季休假去母亲家时带去。每年10天的假日，金寿福都要到吉林省龙井市德新乡（公社）龙岩村的母亲家度过。在那个地方也可以见到一年才见一面的妻子和儿子。到了期待已久的假日，金寿福在北京登上火车，妻子和孩子们在抚顺上车。火车是天上的银河，他们夫妻俩就是牛郎织女。"牛郎""织女"乘坐长长的"银河"，前往山沟妈妈家度过一年来望眼欲穿苦苦等待的10天假日。

作为贫穷的农民儿子儿媳，他们夫妻不是精打细算周密安排这一苦盼已久的假日，而是天天在妈妈家砍柴劈柴。到山里砍柴殊非易事，可于他们却成为一种享受。故乡的山中，密布着大大小小的树木，大雪覆盖的静谧山林，成了他们的二人世界。砍半晌柴，可以肩并肩坐下来，谈论离愁别绪，诉说苦辣辛酸。这里成了"牛郎""织女"真正的爱情天地。他们抱在一起痛哭，欢笑，甚至吵架。

金寿福是个罕见的孝子。每月只有50元的工资收入，给妈妈家寄去30元，自己就靠20元过日子。再从那20元中抠下一点点攒起来做牛郎织女相会的路费。为了妈妈，没能给自己的妻子和孩子寄去一分钱，内心觉得非常亏欠妻子，可又无可奈何。

一天，吴淑子没去打柴，她带着粮票去公社领口粮。拿着口粮回家一看，大孩子在哭。一问缘由，是因为妈妈把花生藏了起来，自己遭到奶奶斥责。（花生？什么花生？）这都哪儿跟哪儿啊？莫名其妙。

这时，金寿福从山里回来了。听了事情的原委，金寿福明白了误会的导火索就是自己。他从北京带来的花生和葵花子口袋挂在仓房里，自己却忘了。事先没跟妻子说，吴淑子自然一无所知。

婆婆到仓房里找什么东西，正好发现了口袋，就误以为是儿媳妇藏起来给自己孩子吃。性格有些暴躁的婆婆把对儿媳妇的怒气撒到了孙子身上。

听完儿子讲述的花生来历，婆婆明白了事情的真相，她拍着自己的大腿抱着孙子痛哭起来，并且请求儿媳谅解。

几年后，婆婆也提起花生的话题，向儿媳致歉。

"都怨我这个老东西愚昧无知！"

一位化学家分析眼泪的化学成分发现，只是些许的盐分和白水。可是在我们人类生活中，弥补人与人之间的裂痕，宣泄相逢的喜悦、离别的悲伤，以及心底里郁积的遗恨，没有什么东西可以替代眼泪。

这件事情完全是贫穷惹的祸。

过了整整10年，吴淑子才调到航天部某研究院。金寿福夫妻的牛郎织女生活终于宣告终结。

金寿福去接妻儿的时候，看着第一次到抚顺的金寿福，吴淑子的同事们取笑他说：

"我们都以为你们离婚了呢。只是因为怕人说三道四，要强的吴淑子才会闭口不谈……"

10年期间，没有探过一次亲，没有汇过一次钱，别人怎么可能不这么想！金寿福空有一张嘴却不能辩驳，只能苦笑着开起了玩笑："其实这个丈夫可是个大好人。"

堂堂男子汉大丈夫，没有时间来，没有钱寄，这样的话怎么能说得出口？他用这一句玩笑话将漫长的10年刻骨的思念、各种各样的辛劳和悲伤都深深地埋藏在心底。

爸爸是位出色的裁缝，吴淑子总能穿得漂漂亮亮的。这么一个时髦的女大学生遇到了一个穷人家出身的男子，而且还是尖端科学研究人员，饱尝了生活的辛酸苦辣。

"我丈夫现在还没有完全洗脱贫下中农的习性，打个领带都觉得有些羞涩。"吴淑子说着咔咔地笑了起来。

坐在丰盛的饭菜面前，我询问吴淑子是怎么结识没有完全洗脱贫下中农习性的金寿福同志的。

吴女士哈哈大笑起来。她的性格快活，嗓音洪亮，说起话来房屋都震得嗡嗡响。她的讲述毫无掩饰，对我如此信任，令我非常欣喜。

……

我们是1965年认识的。那时，女大学生本来就少，加上我唱歌跳舞都不错，自然追求的人很多。当时，我傲慢、清高。对男人的要求不是一般的高。要重点大学的，如果是从事尖端科学研究的研究人员更好。那个时候，我并不知道尖端科学人员的痛苦和牺牲。只想到那种光彩。特别是对航天部研究人员更是无比崇拜。

小时候，我最喜欢唱这样一首童谣：

……

飞呀飞　飞向夜空
飞呀飞　飞向月宫

飞呀飞　嫦娥起舞

飞呀飞　月影婆娑

……

吴女士手舞足蹈唱起童年的歌，沉浸在昔日的浪漫中。她的歌声颇为动听。

那时，我要求家庭条件也要好，我可是蜜罐里长大的。

经人介绍，我和金寿福同志见了面。一听说是航天部导弹研究人员，我心里就美滋滋的，还没见面就已经神往了。我相信我一直憧憬的梦想就要变成现实。

可真见了面就不是那么一回事了。他并不是我想象的那种英俊的白马王子。长得倒还不错，个头有些矮。而且穿着黑色灯芯绒裤子、褪了色的棉衣，与其说是科学家，不如说更像个农民。

这里还有一个可笑的小插曲。

几天后，又有人介绍，与另一个人见了面。那人是重点大学的学生，个头也高，穿着也帅气。我心中的天平倾向了这个人。于是，我想到了两个计策想让金寿福同志自动退出。在我看来，只要我那么说的话，他就会如我所愿。

"我是独生女，不是做大儿媳的那块儿料。"

他回答："这好说，慢慢磨炼不就行了。谁天生就是大儿媳的料？在我看来，淑子同志一定能做好。"

我无言以对，只能抛出第二大招："我从学生时代就染上了妇女病，医生说以后可能不能生育。"

我心想这大招一出，你怎么也得乖乖走人吧。你知道他怎么回答的吗？

"有子女当然再好不过了，可没有也没什么关系。那不能成为爱情的条件。我们尊敬的周总理也没有子女，他们夫妇却成为世人的楷模。"

　　我无话可说。恐怕是缘分吧。虽然与我的条件并不相符，但并不排斥。我母亲也提醒我，看人不能只看外表，是否成熟、真诚更重要。

　　就这样我们订了婚，到山沟里金寿福同志家一看，简直让人无语。弟弟妹妹一大串，家里穷得一塌糊涂。连橱柜都没有，厨房用品都放在搁板上。屋里苍蝇嗡嗡乱飞。不由暗叹，自己苦命的日子开始了。金寿福却没有一点觉悟，他兴高采烈、话匣子大开，这条河叫什么名字，那条河叫什么名字；后山名字是什么，南山名字是什么。讲述着春天和初冬蹚过漂浮着冰块的河流上学的往事。上高中的时候，也是拎着鞋光着脚走的这条山路，所以，现在也这么健康。听着他的讲述，我心想，他这个人不畏艰险的意志，朴素、谦虚、洒脱的品行和性格也许就是故乡的山川赐予的吧。

　　好像是结婚25周年那天晚上吧。我躺在床上说过这样的话："我选择你还是没选错呀。"

　　"不后悔？"

　　"不，不后悔。我虽然吃过不少苦，但你是个意志坚强的男子汉，我喜欢。"

　　"真的？"

　　"还能有假？"

　　他高兴得像个孩子似的一把把我搂在怀中。

　　"我总觉得亏欠你太多，因为让你吃了太多太多的苦。反正要服从'大'的，为了'大'的不能不牺牲'小'的。能够娶到朝鲜文专业毕业的妻子，对我的生活来说是个润滑剂。谢谢你理解我。"

　　我们就是这样生活的。有时也会红脸吵架。他把所有的一切都传授给年轻人，毫不藏私。我总觉得他好像成了别人攀爬的梯子，心里感到很憋屈。权力都让给了别人，拿回来的是一大堆自以为风光的红色奖状。每当我气不忿的时候，他总是用他那宽厚的大手拍着我的后背讲起他那套大与小的大道理来。他这个人，没有丝毫的权力欲和金钱欲。没办法。他脑子里除了导弹发射回转塔什么都没有。所以，他总把新研制的回转塔说成是自己的"大儿子"。

说到这里，吴女士沉默下来。

"听安教授介绍，金寿福研究员是一位聪明绝顶的学生。上初中的时候走20多里山路走读，3年期间一直是三好学生，还是少先队大队长、共青团总支委员，还参加了延吉县（今龙井市）毕业生代表大会。高中的时候有400多名毕业生，获得表彰的优秀毕业生只有2名，而他是其中之一。到了大学，5年期间一直是优秀学生，也做过共青团书记。

"金寿福同志选择导弹研究专业一定有什么原因吧？"

"是的，据我所知，寿福同志小时候好像就对这方面感兴趣。那时，他喜欢在静谧的夜晚，爬上故乡光秃秃的山顶，躺在那里，细数夜空点点繁星，还喜欢打弹弓。一次，他用弹弓将小石子射向星星。射着射着，他看到突然有一颗流星划过夜空，掉在地上。他以为是自己的弹弓将星星射落地上，高喊着'乌拉（万岁）!'兴冲冲地跑去捡掉下来的星星。

"1957年，苏联首次将人造卫星送上太空后，中国流行起了这样一首歌：

> 看见了吧，看见了吧
> 天上有颗人造的星
> 苏联那些科学家
> 力压美国打造的星……

"寿福同志非常喜欢这首歌。1959年，他高中毕业忙着高考的时候，军事学院到校招生的消息传遍了校园。经学校研究，决定推荐3年优等生寿福同志。小时候的理想变成现实，他别提有多开心了！就这样向天空发射导弹成了他一生的研究事业。"

说到这里，吴淑子给我盛了一碗热汤，还忙着给我夹肉。

饭后闲聊的时候，吴淑子又给我讲述了这样的故事。

现在的大学生脸不红心不跳地喊出 60 分万岁的口号，真是无法理解。您也是那时候的大学生应该知道，60 年代是按着"优秀""及格"上成绩的。得不了优秀得个及格会觉得很丢人。很多学生还会在自己的笔记本上写上"对不起祖国，对不起党，对不起人民和父母"之类的话。

60 年代初，我国连续遭受特大自然灾害，粮食严重不足。金寿福同志所在的大学连玉米面大饼子都没有，只好将柞树叶磨成面做成烙饼，一顿分三两。正是能吃的年龄，自然吃不饱肚子，学生们全都出现了浮肿，而且因为营养不良，脸、手、腿全都肿得老高。病倒的学生也不少。有的学生饿坏了，干脆自动退学回家。他们班就有 3 人。

到了学期末，要期末考试了。为了减轻浮肿学生的负担，保护他们的健康，学校党委公布了一个"喜讯"：考试自愿参加，不参加考试的同学一律按及格上成绩。听到这个好消息，学生们都高呼万岁，忙着收拾东西回家。

但是，寿福同志听了这个消息一点都没有兴奋。自打跨进学校门槛，他就一直是优秀学生，十几年来从没有得过及格的分数。他不想要及格的成绩，而且不愿要这种白捡的成绩。他思来想去，还是咬着浮肿的嘴唇，找到系领导，申请参加考试。他们班像金寿福一样申请参加考试的学生共有 10 名。忍着饥饿昼夜复习真不是件容易的事情。寿福同志从小就吃惯了苦，一般的苦他根本不在乎。

考试结果，寿福同志全部获得 5 分。虽然肚子饿，浑身难受，但拿到优秀成绩单，兴奋的他潸然泪下。系领导与参加考试的同学一一握手，鼓励他们："你们将来都是我国国防工业的尖兵。"苏联的专家伸出大拇指说："奥且恩，哈拉少。（真棒！）"

那年春节，他被选为光荣的大学生代表，在人民大会堂受到了周恩来总理的接见。

……

我们津津有味地谈论着金寿福研究员的故事，忘记了时间。听着既有些好笑又有些感人的故事，我的脑海中，金寿福研究员那精明强干、坚韧不拔、聪明勤勉、品行高尚的形象越来越清晰。

"您真是遇到了一位好丈夫。那些牺牲没有白费。不牺牲'小'，怎能换来'大'的成功。你们真是个幸福的家庭。恭喜你们。"

"谢谢。"

我们热情地握手告别。

吴淑子女士的信

从北京回延吉没几天，我突然收到了金寿福研究员的妻子——吴淑子女士的信。

尊敬的金老师：

我以非常悲痛的心情写下了这封信。6月9日，惊闻安泰庠教授离世的消息，我痛哭不已。他是我国著名的科学家，我们民族的骄傲。我们再也不能听到他那爽朗的笑声，再也不能见到他精力充沛的身影了。

5月中旬，老师您到我家采访我丈夫之后。安教授给我打来电话询问我丈夫的事迹提供得是否够多。我回答自己在金老师面前发了一通牢骚，说的都是丈夫缺乏灵活性，只知道拼死拼活地研究，不知道为自己谋利。安教授听了很不高兴，一个劲儿地埋怨我。

"那怎么行！金寿福同志是中国著名的导弹发射专家。换句话说，是我们民族引以为荣的科学家。做出大贡献怎么可能不付出家庭的牺牲。多讲讲他的科学成果吧。特别是别忘了补充制图仪的故事和患上浮肿病仍然成为优秀学生的故事。寿福同志不喜欢表现自己，他做的工作不能完全指望他说的那点儿东西，妻子应该多补充。金老师是我请来的作家。金寿福的故事对我们民族的后代会有很大帮助。"

老师，听了安教授恳切的托付，我又仔细地想了想，我意识到自己确实想得太肤浅了。

现在我就补充一下制图仪的故事。

实际上，在北京的朝鲜族科学家即便想要聚一聚也没有那种时间和机会。各自研究的领域不同，而且都太紧张，太忙碌。

好不容易在去年春节，著名的古生物地质学家安教授和著名的离心机专家金绿松高级工程师应我丈夫的邀请来到了我们家，高高兴兴地喝了一次酒。安教授给我们讲述了他在世界各地和我国东西南北不同地方的地质方面的情况。金绿松教授平静地讲述了在图们安置离心机工厂的事情。我丈夫半开玩笑地讲起了大学时期没有制图仪连舞厅都没有去过的可怜往事。虽然都是寡言少语、性格木讷的人，但那天几杯酒下肚，兴致高涨，也说了点儿自己得意的事情，制图仪的故事也出来了。他是这么说的："1993 年，我们研究所 60 年代初清华大学、北京大学、北京航空大学等大学毕业的人有几十名，而跻身于这些天之骄子中的我却成为所里第一个研究员，非常兴奋，感慨万千，泪水潸然而下。那一时刻，我最先想到的是故乡龙井，母校龙井高中的学生。我当即跑到百货商店买了 3 套制图仪。想送给当年考上工科大学分数最高的 3 名学生。可妻子听了我的话立刻就炸了，现在都什么年代了，在这个经济时代，你送上几千元几万元还差不多，区区几套制图仪，延边的学生还不白眼瞅你。听了这话我觉得倒也在理，所以，一直到现在，那3套制图仪还在我家柜子里睡大觉呢……"

听到这话，安教授腾地跳了起来。他用筷子笃笃敲着桌子的边沿，用一种不善的眼光瞟了我一眼。丈夫没有丝毫察觉，继续着他的话题。

"我最遗憾的是，从70年代以后开始，几乎就没有朝鲜族知识青年分配到我们尖端科学领域。我们的科学家后继无人或后继乏人，这令我非常痛心。迄今为止发射的人造卫星和导弹中，渗透着我们朝鲜族科学家的血汗、努力和奋斗……"

丈夫举起杯一口干了个底朝天，然后呼——叹了一口长气。早已激动起来的安教授也表示深有同感。

"说得对。因为这我也睡不了安稳觉。我们地质学界有前途的朝鲜族年轻学者非常非常少。头脑聪明、成绩优秀考入北大、清华的朝鲜族大学生，早早就学会了花钱，根本不想下功夫钻研学问。

"金教授，制图仪给我吧。下次我去延边带上它去龙井高中看看。我要跟他们说，这是我们航天部著名的朝鲜族导弹发射专家赠送的，按钱算什么都不是，但却是我们民族前辈科学家对后代的殷切期望。世上真正宝贵的东西是无法用金钱来衡量的。"

在一旁端着酒杯倾听的余绿松高级工程师也插了进来，他虽然看起来冷静，实际上也是一腔热血："说得好。送去吧。我也很想在退休之前培养我们民族的离心机研究后来人，把我一生积累的技术资料、经验、教训传授给他们，但是没有啊。没找到啊。一想就伤心。"

听着他们充满爱国、爱民族真挚情怀的话语，我的眼眶湿润了，内心非常痛苦。

安教授尚未实现那天晚上的诺言留下无限的遗憾就永远地离开了我们。这一来，制图仪仍然留在那角落里见不到天日。

……

一天晚上，心境已经平静下来的丈夫对我说了这样的话："现在在北京的大学生赚钱的渠道很多，花钱如流水。我们上大学的时候根本没有那样的机会。不过，周六晚上和周日有休息的时间。我喜欢跑到民族学院去。朋友们来撺掇我：'走吧，放松一下脑子，也观赏一下我们的姑娘们。'可是，我这个人在大学5年期间，那天堂般诱人的世界——民族学院舞厅，我一次都没有去过。现在想来既可惜又遗憾。就因为没有那个该死的制图仪才会如此。对工科大学生来说，制图仪就像战士的武器一样重要。没有武器能打仗吗？

"现在看到闪闪发光的圆规我也会心痛。别人周日上午就做完了作业，我没有钱，买不了制图仪，虽然早就做完高等数学之类的作业，但做不了设计（制图）作业。到了周日就要小心翼翼地看着别人的脸色找先做完作业的同学。向这个人借三角尺，跟那个人借圆规，再找别人借计算尺。从周日下午开始一直熬夜做攒了一周的制图作业。一到周末就要借制图仪，真感到没面子，也很痛苦。有些嫉妒的人明明自己已经做完自己的作业也不借。为了做作业，脸皮就得厚。5年里我一直是借别人的制图仪完成作业的。周一把做完的作业交到老师那里时就会长出一口气。有时甚至会哼起歌来。

"从教室到宿舍的路上，盛开着紫丁香，浓郁的香气令人陶醉。我总是独自行走在这条路上，尽情享受着这种芳香。那些花并不因为我没有钱而嫌弃我，不管什么时候都能让我开心。虽然去不了舞厅，但我却对紫丁香产生了与众不同的深情。我暗下决心，今后一定要像紫丁香那样，把学到的知识不计报酬地全部贡献给人类。

"这样坚持不懈地奋斗了5年，拿到了5年优等生的称号。得益于此，在我们班30名毕业生中，我成为国防部所属研究所选中的3名学生中的一员。另外两人是汉族，只有我一人是朝鲜族。听到这个消息，故乡德新公社（当时乡被称为公社）党委书记等多名干部高兴得载歌载舞，向我们父母表示祝贺：'我们德新公社龙岩村飞出了一条大龙。'那时虽然困难，但都认为学习好是最光荣的事情，视为民族的骄傲……"

金老师，他看着好像讲述的是制图仪的故事，其实是在对我进行政治教育。不善说辞的他不知是说到兴头上了，还是怀念起了学生时代，居然口若悬河，滔滔不绝起来。我抓他的话记了下来，希望能对您的写作有所助益。

此致

安康！

1996年6月

红色奖状

在广袤的中国大地，那么多工厂生产的奖状基本上都是红色的。偶尔有其他颜色的，也是九牛一毛。共和国创建后，我们国家颁发的红色奖状堆积起来恐怕有长白山那么高了。

红色是革命精神的象征。在多得数不胜数的奖状中，有值钱的，也有便宜的，还有完全不值钱的。有血汗换来的，也有用钱买来的。有国家级的，也有省地级的，还有学校或单位级别的，甚至还有小组级别的。

金寿福研究员获得的无数奖状没有一个不值钱或不珍贵的。那是他30多年血汗换来的，是为国家国防工业建立赫赫功勋得到的回报。

他立过一次二等功，两次通令嘉奖，数次获得研究所、研究院、航天部"优秀共产党员""先进工作者"奖状。

比较大的研究项目奖有：

××项目导弹武器系统研究成果获得国家科技进步特等奖。

××项目发射回转塔和发射筒研究成果获研究院科技进步一等奖，航天部科技进步二等奖。

××项目发射筒牵制物（攻关项目）研制成果获研究院科技进步二等奖。

××项目化工品（攻关项目）研究获国家航天部科技进步二等奖。

此外，还多次获得部、院科技奖。

金寿福研究员撰写的重要技术报告有 40 多篇。

下面列举的是他发表的几篇重要的论文：

1984 年，在中国宇宙航天协会第二届化工装备学术会议上发表的论文《舰式发射装备爆破螺丝的应用》。

1988 年在《航天报告》杂志上发表的论文《×× 发射舰式卡普抛物方案及分析》。

1991 年在航天战术导弹武器系统信赖性应用工程交流会发表论文《×× 卡普抛物信赖性分析》。

1992 年在《出国考察报告》杂志上发表论文《优质铝合金铸件溶解剂与铸件工艺》等。

金寿福研究员还担任了航天标准 QJ2022-90《战术导弹发射系统最低安全要求》的主编，《水平检测仪》日文汉译，《日英汉动力机电技术大词典》（上下册）的编辑。

金寿福研究员的业绩和成果不胜枚举。他一生奔波不止。临近退休，有地方还要给他丰厚报酬聘其为"顾问"。他至今都说自己的一生完全献给了国家的国防工业。

"我的工资和报酬可以说不如卖鸡蛋的，但我是精神上的富翁。国家如果再给我新的导弹发射研制课题，我会毫不犹豫地推掉'顾问'

的职位，重新投入到研究工作中。"

金寿福就是这样的人。一个完全被导弹迷住的人。他是我国培养的最忠诚的知识分子、科学家，我们朝鲜民族引以为荣的科学家、民族的儿子。

1996 年 10 月

与"地球之癌"交战的地震地质学家

——国家地震局李裕澈司长访谈

1997 年 5 月 16 日，风和日丽，万里无云。北京的街道披上了青翠的绿装，令人神清气爽。

我打了一辆出租车前往位于北京复兴路 63 号的国家地震局。

看到国家地震局牌子，走进地震局大楼的我心里不由一沉。脑海中突然浮现出参加唐山地震 10 周年纪念大会时，地震遗址那令人惨不忍睹的骇人场面，死亡 20 多万人、伤残 40 多万人的惨状。见到很多孤儿连自己的姓名都不知道的情景，心情非常压抑。我们的地震研究人员在干什么？愤怒的唐山人的呐喊仿佛在耳畔回荡，我的情绪有些激动。

我站了一会儿，克制着自己，让心情平静下来。科学需要时间！人的主观愿望、意志和迫切心情无法取代科学。

我来到国家地震局震害防御司李裕澈司长办公室时，出现在我面前的李裕澈司长（1939—）比我想象的个矮、瘦削，架着一副厚厚的眼镜。并不是位帅气的男性，不过他很有礼貌，动作敏捷，性格爽朗，因而我们的访谈完全是在一种自然的氛围中进行，既不拘束，也不紧张，畅所欲言。

"李司长是北京大学安泰庠教授的弟子呀。安教授向我特别推荐了您。"我笑着引出了话题，李司长给我倒了一杯茶水，笑呵呵地接过了话题。

"是的，安教授是我大学时期的恩师。我毕业于延边第二高中，

1957 年考入北京大学地质系。6 年来一直得到安教授的特别关爱和教诲。安教授是我国著名的地质古生物学家，我学的专业是地层古生物。"

"李司长原来是地质古生物学家，却做起了地震地质研究工作啊！"

"这个工作是后来的，毕业后一开始做的是地质矿产部石油勘探工作。研究东北的松辽平原、华北平原、江汉（湖北）平原等地的石油储层古生物，也研究过山东莱阳地区的古生物。青藏高原我也去过。"

"真的很辛苦啊。"

"其实这是我平生头一次这么辛苦。我们去的西藏北部地区是高山地带，海拔四五千米。出发前在西安做的体检，心脏不好不行。别看我这样，还是挺强悍的。我们体检合格的人乘坐卡车一直跑了 10 多天。到了海拔 3000 米左右的地方，下了车打算休息。可奇怪的是，前面的人一个，两个，扑通扑通地栽倒在地。到了不冻泉的地方，脑袋就像要裂开一样，睡不了觉，吃不了饭。到了海拔 5000 米以上的高山地带时，只感到上气不接下气，迈出一步都要蜷着身子坐下来歇半晌。眼中所见只有重峦叠嶂的雪山。我们在藏族牧民的帐篷边搭起了帐篷。那个地方的藏民烧牛粪，他们在帐篷周围用牛粪筑起了围墙。经了解，牛粪干后是当作烧柴用的。在这里人和牲畜真正做到了相互依赖。羊肉和牛肉，他们生吃，或者晒干了吃。他们喝酸酸的酥油茶，吃糌粑。这种生活并不像歌中唱的那样浪漫迷人。因为不习惯很难吃，可为了生存，只能硬着头皮强吞硬咽。一直到那时为止，那个地方偶尔还会有土匪出没。所以，我们出行都扛着枪。晚上轮流放哨。鱼特别多可不能吃。藏族人奉鱼为神。人死了就放到石碴子上，让飞禽啄食，这叫天葬；如果子女先于父母死去，就放入水中，成为鱼食，这叫水葬。牧民的生活非常艰苦。茶杯、茶叶、糌粑全都揣在宽松的怀中。在这种艰苦的地方工作可以锻炼人的意志。以后无论再遇到怎样的困难都不会畏惧，不会在乎。因为可以形成对比，对比是无言的教育。"

"真是艰苦卓绝呀。有道是年少之苦金不换。回来后承担了什么研究课题？"

"那时承担的是国家重点科研项目《中国东北四大储油盆地地质结构和石油、天然气分布规律》的相关研究。这个研究项目后来获得了全国科学大会奖。我完成的题目是《四大盆地——松辽、华北、江汉和雷琼盆地的中新生代地层对比》。在从事地质研究工作 10 多年来，我很幸运地发现并采集到了谁都没有发现的珍贵的古生物标本（如假嬉神蚌），可在可怕的十年动乱中，遭受审查、勒索，全都遗失了。那些宝贝疙瘩被无知的'造反派'弃之如敝屣，实在令人痛心疾首。他们的行为造成了无可挽回的巨大损失。越想越觉得他们应该遭到诅咒。这件事情一直成为我心中的憾事，难以释怀，也是让我放弃这个专业的原因之一。"

李裕澈司长温和、明朗的面孔转眼就凝重、灰暗起来。从他严峻的目光中，可以读解到失去那些珍贵的标本他有多心疼。突然我的脑海中浮现出"文化大革命"结束后，为了寻找动乱中遗失的作品手稿，中国朝鲜族文学的开拓者金昌杰先生，连续在报纸上打广告的事情。一位作家写好的长篇手稿全部丢失时的心情，与失去幸运地采集到的珍贵古生物标本时的痛惜心情一定非常相似。不，后者可能要痛惜数倍，数十倍！因为作品是用头脑构思出来的，起码还有重新整理出来的希望，可已经失去的古生物标本到哪里能够寻找回来？冒着生命危险，顶着可怕的暴风雪获得的成果突然间化为乌有，真是十年苦读尽皆阿弥陀佛了。如果没有失去那珍贵的古生物标本，他在这一领域可能会取得举世震惊的科研成果，但是……十年动乱让他的事业变得一塌糊涂。

岂止那一件标本！岂止这一桩憾事！

延边大学党委书记，以正直、公正、清廉闻名的李羲一被扣上"走资派"的帽子，遭到批斗，作为他的儿子，李裕澈也很快受到了连累。如此优秀的父亲也会遭到批斗，李裕澈一怒之下在朋友面前发泄不满。他有 4 个朝鲜族朋友，平时关系密切，但其中却有一人向"组织"上告发了李裕澈。李裕澈自然难逃厄运，他被关押了 11 个月，连团籍都没了，还被赶到小兴安岭劳动改造，苦熬了一年。回来后依然受到不断的审查和监视。

性急的母亲因丈夫遭到批斗气愤不过突发脑溢血离开人世。家里打来两次电报，审查组才放他回家。父亲被关押出不来，因为阶级界线亲戚朋友也来不了。他只能借来牛车将母亲拉到公共墓地。两个妹妹是下乡知识青年去了农村，家里只有两个念小学的弟弟。无奈之下，只能将弟弟们托付给一个妹妹，将房子处理掉。原本人人羡慕的幸福家庭一夜之间分崩离析。房子处理之后，李裕澈怀着沉重的心情前往父亲劳改的红石村。父亲干活去了，只有一名女管理员。巧的是，那名女管理员正好是李裕澈的高中同学。久别重逢，两人都喜出望外。可是他说出自己是李羲一的儿子后，那名同学就像被火烫了似的，吓了一跳，脸色阴沉下来，态度发生了180°大转弯。语气马上从亲近转成训诫的口吻，什么同学，好像压根没有这回事儿一样。

这人世间可还有"人情"在？从什么时候开始，"人情"开始枯萎的呢？不过，在那个视爱情、友情如尘土的岁月，又岂能单单怪她一个人。

李裕澈心里非常郁闷。眼里流泪，心里流血。他憎恶、诅咒这个人情、友情枯竭的冷漠世道。

身材修长的父亲被这段时间的事情折磨成皮包骨。二人抱头痛哭。可那个地方并不是可以自由宣泄悲情的地方。为了挡风遮寒，父亲腰间系着草绳，将破棉袄紧紧扎住。见到儿子，父亲非常吃惊。悲伤的眼中透着歉疚和自责：因为我让你们也跟着受苦了。父亲小声告诉儿子，饥饿难以忍受。儿子"教育"起父亲来，这也是一种安慰："爸爸，要相信党，相信未来。即便为了这么多的子女，您也要下大决心坚持下去。坚持就是成功。"

话没法多说，因为那个同学管理员就守在旁边。儿子脱下自己穿着的羊毛衫给父亲穿上，又脱下大头鞋给了父亲。然后又把和母亲照的家庭照、粮票和钱偷偷夹在《毛主席语录》中塞给了父亲，带去的酒瓶给了管理员。

看到父亲可怜的样子，回来的李裕澈放声大哭。灰蒙蒙的天空和黑魆魆的大山也相伴呜咽。在火车上他也在抽泣。乘客们都用讶异的目光看着他。他现在该回湖北省了。（这世道一定会改变！要忍耐，也必须忍耐！）他攥紧了拳头。

就这样，李裕澈没有失去信心。他相信，总会盼来云开日出的那一天，父亲的问题也会得到圆满解决。

李裕澈的预测变成了现实。随着时间的流逝，1971年，父亲"解放"了。因为儿子的一再劝解，父亲续弦组织了新的家庭。大龄青年李裕澈也在34岁时结了婚，并且调到了北京国家地震局。曾经不可一世的"四人帮"一被粉碎，李裕澈就摘掉了帽子，恢复了团籍，不久又加入了中国共产党。（活下来的人倒是前途一片光明……）李裕澈想起不幸离世的母亲，无语凝噎，泪如泉涌。

从那以后过了10多年，1993年在汉城举行了"远东地区生物地层、生物区域、生物案例"国际学术研讨会。

中国几位著名的地层古生物学家（包括3名院士）参加了这次会议。李裕澈成为这个代表团的领队。他以中国地层古生物学家的身份在大会上发表了论文《中国山东胶莱盆地非海洋中生代地层层次及主要化石层》，获得了高度评价。

不知不觉到了中午时分，我们暂时中断了谈话。李司长在离地震局不远的一家饭店安排了午餐。他点了一些延边看不到的特色菜，热情款待了我。给我留下深刻印象的，不是李司长那学者般的沉稳风度，而是他那毫无架子的豪爽、宽厚。

午餐一结束，他就让女服务员用几个一次性餐盒分类打包装入塑料袋中。李司长毫无顾忌地拎着走在前面。这光景在延边男人身上是看不到的。我不禁想到延边的情况，即便肚里空空，为了面子也不惜丢弃那么多的饭菜，这种习惯应该改改了。我痛感，无论是在衣食住方面，工作态度方面，还是生活习惯方面，我们都远远落后于北京人。

由于时间紧迫，下午的谈话采用了我问李司长回答的问答式方式。

笔者：李司长到地震局已经有 20 多年了。从一个普通的工作人员到晋升为司长，工作成果卓著啊。

李司长：虽然忙忙碌碌，却没取得什么成果，20 多年的时光就过去了。

笔者：人们都说地震是残害人类的可怕的"地球之癌"，请您概略地说说这个"地球之癌"，好吗？

李司长：我们生存的这个地球每年要发生 500 万次大大小小的地震。每天平均发生 1.4 万次。6 级以上的地震每年发生 100 余次，7 级以上每年平均 18 次。1994 年 7 级以上地震就发生了 20 多次。

笔者：李司长，地震的发生应该有某种规律吧？比如，什么地带多发之类的。

李司长：根据学术界判断，世界有两个地震带：一个是环太平洋地震带；另一个是欧亚地震带，即从大西洋的亚速尔群岛开始，到地中海、黑海、再经过里海，一直到珠穆朗玛峰。现在地球上发生的地震大部分都集中在这两个地震带上。

例如，1988 年到 1992 年间发生的 7 级以上的大地震多发生在属于欧亚地震带的印度、缅甸、伊朗、土耳其、亚美尼亚、中国的云南等地。而 1993 年以后多发生在属于环太平洋地震带的阿留申列岛、堪察加半岛、日本列岛、琉球、台湾、菲律宾等地带。

中国和日本距离虽近，但日本列岛多发环太平洋地震带的海洋性地震，而中国多发欧亚地震带的大陆性地震。

笔者：我们中国是地震多发国家，地震灾害也非常严重。几年前，我去过唐山，在那里深切地感受到了地震的可怕。能谈一谈有关中国地震的情况吗？

李司长：中国的地质构造非常复杂，地震也多，灾害非常严重。地震受害最严重的是 1556 年的陕西省华县发生的地震，死亡 80 万人；

1668 年山东省郯城 8.5 级地震死亡人数也达到数十万；近代的例子有 1920 年的宁夏海原 8 级地震，死亡 20 万人；1966 年到 1976 年 10 年间，7 级以上地震发生 14 次，死亡 27 万人，蒙受了巨大的损失。东北地区少发，西部地区多发。这里需要说明一下。地震震级和地震烈度是不同的。地震级数是根据地震爆发的能量推定的，分为 8 级。每 1 级能量差 30 多倍。也就是说，8 级地震的能量相当于 7 级地震的 30 多倍。

地震烈度，即地震震度是根据对地面造成的破坏程度确定的，共分 12 度（等级）。每 1 度差异根据地面震动加速度计算为 2 倍。因而重力加速度在震度 7 度时为 0.125 克，8 度时为 $0.125 \times 2 = 0.25$ 克。

笔者：哦，是这样。我一直将两个概念混为一谈了。

李司长：据统计，中国全部领土的 41%，一半以上的城市有可能遭受 7 度以上的强震袭击，震度 6 度以上的地震影响的面积预测为 79%。我们中国发生的地震占全世界大陆地震的三分之一。由于人口多、建筑物抗震能力差，因地震死亡的人数占世界地震遇难者的半数以上。唐山 7.8 级地震死亡 24 万人，40 万人受伤，整个城市遭到破坏，震惊了世界。唐山地震的威力巨大，是投掷到日本的原子弹能量的 100 倍以上。

1923 年日本东京发生地震时，死亡人数为 14 万。由于地震后发生了火灾，受害更加严重。当时，日本散布谣言称是朝鲜人放的火，导致数千名无辜的朝鲜人和数百名中国人惨遭杀害。

笔者：作为震灾防御司司长，您的工作事务极为繁杂，精神总是处于紧张状态吧？面对这种危险的地震，国家采取了哪些对策呢？

李司长：我总是处于紧张状态中。我国地震相关部门参考了 20 多年的经验和外国的先进经验，确立了以预防为主的综合的灾害防御对策，获得了国际相关部门和人士的好评。我们所做的工作具体说来有四项，即震前观测和预测、防震防灾、地震发生时的危机管理及震后救济和重建等。具体我们采取了 8 项措施。

第一，制定战胜地震的灾害防御对策；第二，确立灾害防御的法律体系；第三，将战胜地震防御灾害的目标列入社会和经济发展综合计划中；第四，提高地震的观测、预测及应对能力；第五，制定建筑物安全标准，防止灾害；第六，制定应急对策；第七，强化震后恢复能力；第八，强化国民的灾害防范意识。举一个实例，1994年，国务院指示相关部门10年以内人口密度高、经济发达的大中城市要确立可以抵御6级左右强震的目标。

我国地震预测是从1966年河北省邢台地震后开始的，到1995年就有30年了。国家管理的地震观测所在全国有480多个，观测人员有3000多名。此外还有地方观测所。

有一次，发生过这样一件事。日本神户发生地震后，谣传我国海城地区也将发生强震。说什么1995年12月1日有轻微地震，12月7日夜晚会发生大地震。不少人携带金品披着大被，穿着外套，在外面过了一宿。直到政府地震观测部门出面解释那是谣言之后，人们才回家。河南省也发生过类似的事件，原因是缺乏地震常识。长江三峡水库、广东省大亚湾原子能发电站、从天津市南部到河北省东部的大港油田、辽宁省南部的辽河油田等都是国家重点项目，一定要保障安全性。

笔者：李司长，那么，地震可以预测吗？

李司长：预测地震是个非常复杂的问题。一句话，现在还非常困难。地震是在地球的深处发生的，凭现在的观测器材虽然可以记录异常现象，但很难判断那就是地震的前兆。地震的能量是长期蕴蓄的，到现在为止还没有掌握它的规律。现在世界各国的学者都在认真研究。客观地说，人类现在还没有掌握地震的规律，很难科学、准确地预测地震。很多预测都是根据经验做出的。中国学者成功而又准确地预测了1975年发生的辽宁省海城地震（7.3级）。中期、长期预告相对容易一些，要在几个月前、几天前做出地震预告实际上很难。

笔者：为什么呢？

李司长：预测难的原因有几条：第一，地震现象非常复杂，存在各种可能性，但现在还没有明确的地震前兆。第二，预测有局限。地震发生在 10 多公里到数百公里深的地下，地震波到达地表的物理行迹很难捕捉。第三，地震的周期很长。用现代仪器观测数十年、数百年的周期有些力不从心。

笔者：说到底，还没有掌握地震的发生规律呀。

李司长：是的。不过，科学家也并不是束手无策。我们地震局 10 多年来同时推进了地震观测体系的合理化和设备的现代化。综合分析了 20 多年来的地震预测，正在努力做到地震预告的实用化。

笔者：有些成果吗？

李司长：有。我们已经从基于经验的预告进入到以物理根据进行概率预告的阶段。这是非常重大的进步，达到了国际先进水平。

笔者：不错啊！

李司长：在地震预测的分析统计和实际地震发生情况验证的基础上，一年内的预报，发生的地震 20%—30% 是可以预告的。

笔者：非常棒。

从李司长的脸上，我读解到了一位地震科学家的焦躁、紧张、自责和不安混杂的复杂情绪。一种难以抑制的感伤向我袭来，但另一方面，我也看到了信心和希望的光彩，也长舒了一口气。

从地震研究领域看，现代科学还很落后。要治疗"地球之癌"，首先要做出正确的"诊断"。可在数百公里深的地心作怪的"病根"，如何才能如实、准确地诊脉呢？不明所以的时候，我们会贸然怪罪地震工作者都是一群"饭桶"，今天通过李司长，了解到有关地震的学问，以及他们呕心沥血、努力奋斗的情况，真正理解了他们，也因过去的误解羞愧难当。自责自己的无知和急躁。科学在不断发展，在不远的将来，科学一定能够"诊断"、预告地球的这个"癌"，并避免或减轻地震灾害。李司长办公室前面的墙壁上挂着一幅大地图，一直吸引着我的视线。我好奇地问起地图的事。

李司长：那个地图是《全国地震区域划分图》。地震局每 10 年公布一次《全国地震区域划分图》，已经公布了两次。现在"九五"计划期间要编辑、制定第三代区域划分图。三次制定，该图的组织、编辑、制定工作都是我主要负责的。根据这个区域划分图确定各地区抗震标准。

不过，大型水库、原子能发电站等重大工程或特殊工程的抗震标准使用的不是这个区域划分图，而是在专门的地震安全性评价之后，上交国家地震震度评定委员会审批。我是这个评定委员会的常委兼办公室主任。

这里还有过一件轶事。大亚湾原子能发电站是我国首个大型原子能发电站。复杂程度不言自明。我国地震专家在全面、周到细致的工作基础上确定了其抗震设计标准，非常安全。可是，1989 年香港的一个英国学者发表文章称该原子能发电站不安全，导致公众反对大亚湾原子能发电站建设的舆论四起。针对这种情况，李裕澈司长以我国地震局震灾防御司司长的名义在《香港日报》发表文章，就大亚湾原子能发电站抗震设备的安全性问题拿出了明确的科学证据，证明其可靠性，使得反对之声无疾而终。

其后，在世人瞩目的长江三峡工程的论证、审查过程中，李裕澈以国家地震局联络员的身份做出了很多贡献。李裕澈发表了名为"三峡工程地区诱发地震问题"的文章，参加了国务院召集的三峡工程论证会，受到了党和国家领导人的接见。1994 年 1 月，获得了授予三峡工程论证、审查工作有功人员的"三峡水利枢纽工程论证、审查纪念牌"和感谢牌。

随着我国改革开放的实施，地震科学技术的国际合作交流频繁起来，李裕澈以代表团团长或成员的身份访问了五大洲 10 多个国家，展开了地震科学技术交流推进工作。

1995 年 1 月 17 日，日本神户市发生了 7.2 级地震，裂缝贯穿市中心。这次地震是 1923 年关东大地震之后日本发生的灾害最严重的地震。死亡 6000 多人，直接经济损失达 1000 亿美元。特别是日本以为完美无缺的高速公路、空中大桥、地铁遭到严重破坏，震惊世界。世界 70 多个国家提供援助，很多地震科学技术先进国家派遣了考察团。

李裕澈作为中国地震专家考察团团长到地震现场进行了详细的考察，也访问了日本中央及地方相关部门。在此期间，还遭遇到这次地震最强的一次余震。

回国后，他负责编撰和出版了《日本神户地震考察报告》一书，并在全国多地做了报告。日语期刊《人民中国》（1995 年第 7 期）还以"地震对策的现状和目标"为题刊登了他与记者的访谈录，向日本读者表达了中国地震工作者对日本地震灾害的深切关注，介绍了中国地震工作的现状和对地震预报的见解。

1996 年 4 月，他以中美地震科技合作中方协作组成员的身份访问了美国。

美国地震科学工作者，从美国电视画面上看到李裕澈和记者就中国大陆地震趋势的谈话场面，给予了高度评价，认为他的谈话沉着、冷静，很有说服力。之前的 1995 年他还以中国代表团团长的身份参加了中国、以色列国际地震科学研讨会。

尽管主要精力放在地震事务管理方面，但在科研方面他也很热心。

1987 年出版了《中国岩石圈动力学地图集》和《中国及邻近海域岩石圈动力学地图》，1995 年发表了《中国东部地学带断面编辑制作和研究》，分别获得地震局科技进步一等奖。（他是这两个项目的主要完成者之一。）

李裕澈对历史地震资料研究也有着浓厚的兴趣，取得了巨大的成果。历史地震资料是地震预测预报和地震科学研究中极其重要的依据。中国拥有世界上最丰富的 2000 多年的有关地震方面的文字记录。现在地震仪器记录始于本世纪初，不到百年。为了推动这一学科的发展，他担任了中国历史地震研究会副会长、中国地震学会历史地震专业委员会副主任职务，做了大量的工作。他在《中国历史地震研究文集》第一期上发表了论文《中国历史地震研究的回顾和展望》。并与他人合作翻译出版了《地震工程学导论》（1989年）、《地震辞典》（1990年）、《地震波的散发及衰退》（1993年）等著作。

李裕澈特别关注中朝、中韩之间的地震科学技术交流工作，1986年翻译出版了《朝鲜地震目录》，1990年首次参加中朝国际地震科学研讨会，成为中方会议主持人。他还参加了国际高丽学会组织的1990年大阪国际学术研讨会、1991年延吉国际学术研讨会、1992年北京国际学术研讨会等，在大阪国际学术研讨会上发表了论文《中国北部和朝鲜半岛地震地质构造及地震活动特点》，引起了科学家们的重视。

1993年，应韩国全北大学的邀请，赴韩国做了题为"中国岩石圈动力学研究"的报告。1995年，应韩国海洋工学会的邀请，赴韩做了题为"地震对海洋结构物的影响"的特别讲演，获得了感谢牌。

他的社会职务也非常繁多，是国家科技进步奖评审委员会工程建设业种委员、国家地震局科学技术奖励评审委员会秘书长、中国基本建设优化研究会专家、中国朝鲜族科技工作者协会理事、北京减灾协会副会长。

尽管我的采访争分夺秒，但时间飞逝，转眼已经下午4点了。繁忙的司长时间如黄金般宝贵，我已经占用了太多，虽然颇觉可惜，但深感歉疚的我还是站了起来。

"刚才，李司长说过您这一生很幸运，遇到了优秀的父亲，能力出色的指导教授，贤惠的妻子。我，想见一见夫人。"

李司长笑着给妻子打了电话，约好5点40分在中共中央对外联络部家属楼他的家中会面。

我感到浑身疲惫，可想见他夫人的愿望非常迫切，于是，我打了个出租车。可是，北京大学东门前车堵得很厉害，已经过了约好的时间，到了6点半也没能走出中国人民大学前面的路。没想到在林立的家属楼街道上，寻找中共中央对外联络部住宅是那样的艰辛。看着李司长画的地图，出租车司机勉强把我们拉到铁道部住宅区，然后说什么都不去了。没办法，我们只能一路打听，直到7点多，我们才敲响了501号的房门。一位举止大方、随和、50多岁的女性——李裕澈的夫人热情地把我们迎进了屋里。他们也等得着急，跑上跑下地等着我们。作为在中央机关工作了30多年的女性，言谈举止非常干练，说话也一句一句的，比较谨慎。但彼此间毕竟血脉相通，慢慢地，笑声也有了，话也多起来了，气氛也颇热烈起来。

房子有3间屋子，装饰得都很典雅，收拾得非常干净。李司长夫人的名字叫李清。1964年中央民族学院毕业，因各科成绩优秀分配到中共中央对外联络部。从那时起就在亚洲局朝鲜处工作已经30多年，一直从事对朝鲜半岛的政治、经济和文化等的综合调查研究以及联络接待工作。写过数十篇文章，跟随中央及国家高级代表团出访朝鲜、韩国等国20余次。单位里只有她一个朝鲜族。她在工作中也有很多苦衷，但对此她没有再说什么。

最近，她毛遂自荐，担任了中共中央对外联络部中国经济联络中心国际合作第一部实务经理一职。她说自己的夙愿是在中韩经贸相关的国内公司工作，在那里充分发挥自己的能力。他们有两个儿子，大儿子毕业于长春光机学院（今长春理工大学），现在正在北大方正实习；二儿子在上海交通大学读书。

李司长年轻时吃过很多苦，34岁才组建的这个家庭是个幸福美满的家庭。我们像老朋友一样谈得非常投机、融洽，直到夜深了，我才起身步入不夜城北京的街道。

我疲惫不堪，可心情比任何时候都兴奋。我们民族的一个知识分子能够在国家机关担任高职，心里有说不出的欣喜和自豪。

1997年3月

迷恋离心机的科学家

——记离心机专家金绿松研究员

    金绿松研究员（1940—）是典型的知识分子。从外貌看就是这样，鹅蛋脸，端正的眼眶架着一副素雅的眼镜。修长的身材，整洁的西服，个头适中，配搭非常和谐。

    他不抽烟、不喝酒，也不会玩。休息日、假日也都钻进研究室里研究、实验、学习。一生与离心机掰扯，所以，我戏称金绿松教授是被离心机迷住的人。

    1995 年 5 月 7 日，风和日丽，我来到了位于北京市朝阳区大屯路的中国科学院生物物理研究所。

    我最近转过中国科学院下属的几家研究所，而生物物理研究所的建筑物是其中最大的，庭院也很宽阔，环境优美。各种娇艳诱人的花卉和绿色的草坪装点的庭院像公园一样，月季花散发的幽香令人神清气爽。

    我站在那里欣赏了一会儿漂亮的建筑，不知不觉已经临近约定的 9 点，便赶紧快步向离心机研究室走去。研究室里秩序井然，一丝不乱。

    仪表整洁、干练的金绿松教授热情地迎接了我。果不其然，金教授的介绍验证了我的想法和感觉。

    该研究所拥有 700 多名研究人员和 4 个研究室，是中国科学院下属 16 个生物学方面研究所中规模最大而且在世界同业种研究所中也是规模最大的研究所。

    研究所中无论哪个办公室和实验室之所以全都如此洁净、齐整，除了卫生清洁搞得好外，就是不许吸烟。

金绿松先生指了指研究所的天花板。我抬头一看，天花板上有安装巧妙的警报器。无论是谁，只要抽烟警报器就会鸣叫。那个精致的东西成了铁面无私的"禁烟警察"。

金绿松先生是图们人，他小时候的经历有些复杂。

他的母亲宋顺爱女士是抗日志士，1933 年加入中国共产党，成为预备党员。受组织委派曾经 3 次越过中苏国境线，完成了组织上交给的任务，还多次前往朝鲜完成秘密运输任务。

在日本鬼子反复的大讨伐中，很多抗日战士不幸牺牲。宋顺爱女士等部分抗日战士迫不得已撤到苏联境内。英勇无比的宋女士偷偷尾随着军队穿越国境线重新回到中国，在日本鬼子实施大屠杀之际，灵机一动，将两个孩子卷在被子里放他们滚入大雪覆盖的山谷，救活了两个孩子。

其后，因遭到日本鬼子前所未有的大讨伐，她所在的部队完全溃散，她失去了组织。虽然历尽千辛万苦找寻失散的战友，但全都无功而返。这给她造成了心灵的创伤，宋顺爱女士的性格变得暴躁起来。

金绿松先生的父亲金在元是纯粹的农民，做过很多诸如为抗日战士望风、执行联络任务等帮助抗日活动的事情。在复杂、艰难的环境中各自失去丈夫和妻子的两人重新组成了新的家庭。

在这样结合的家庭中出生的金绿松有 3 个兄弟，除了亲兄弟还有同父异母的兄弟。常年奔波于粗野的战场、惊心动魄的秘密联络活动中，他的母亲并不是一位温柔、亲切的女性。母亲虽然疼爱哥哥，但不知为什么并不喜爱绿松。绿松每天穿着旧衣服、光着脚跟着父亲去地里干活。绿松总是感到悲伤、痛苦。上了学也要以地里的活计为主，没法好好学习。在学校也经常早退或旷课。所以，小时候虽然聪明伶俐，但他一次都没有获得过优秀。这成为他心中的郁结，结果却在远离家门的大学时期一直成为优等生。

不过，小时候他也有过梦想。

一天，绿松去同学家做假期作业。小组学习结束后，孩子们坐在一起谈论起长大以后想成为什么样的人。沉默寡言的绿松突然贸然地说自己长大以后要当发明家。出人意料的话语让孩子们瞪大了眼睛。绿松也有些不好意思，红着脸搓着双手。他说的不是空话。正像自己小时候的愿望一样，他真的成了一名发明家。

"我不喝酒是有原因的。一喝酒就会想到以前小时候的事情，伤心得想痛哭一场。所以，我干脆滴酒不沾。"

听了金绿松先生的讲述，我明白了刚才相见时似乎多少有些清冷感觉的原因。

金绿松 1963 年毕业于长春光学精密仪器学院光学精密仪器专业，分配到中国科学院生物物理研究所后直到现在，一直担任离心机研究室主任职务，从事有关离心机理论研究和研制工作。

30 多年来，金绿松完成了 9 项研究课题，7 项通过了科学院级和省级鉴定会，获得 4 项专利，4 次荣获大奖。

金绿松是我国离心机研制的创始人。

他是中国仪器仪表学会实验室仪器学会常务理事，该学会下属离心机专业委员会委员长。1996 年 5 月，被聘为美国纽约科学院院士。

自己民族的科学家能够这样活跃在中国科学院的科研舞台上，我感到无比自豪。所以，我很想让更多的人了解他，让我们那些正在茁壮成长的后代认识他。

要想理解金绿松教授取得的研究成果，首先就要了解离心机，了解其重要性及价值。

离心机是利用物质的不同密度、大小、形状，借用转子高速回转时产生的离心力分离液体和固体混合物、液体和液体混合物的大型精密机器。

离心机是生物学、医学、卫生、农林、兽医、高分子化学、人造纤维、半导体、冶金、橡胶工业、石油工业等诸领域科研和生产必不可少的，一直以来都是我国科学技术领域的空白。我们国家年年都要花 1000 万美元的外汇进口离心机。

为了填补这一空白，金绿松 1963 年起正式投入到离心机的研究中。

"现代生物学只有达到分子水准才能被认定为现代水准。肝炎诊断也需要借助现代生物学。要提取病毒没有离心机就无法分离，性病的血检也离不开离心机。预防药也是用离心机制作的。没有离心机就没有现代生物学，没有现代医学。原子能发电站使用的核原料、原子弹使用的核原料全都是用超高速离心机生产的……"

听了金绿松先生的说明，我深深感受到：离心机是我们现代科学不可或缺的至宝。他全身心地投入到这种风险巨大的研制工作更是让我肃然起敬。

利用金绿松先生离开座位接电话的机会，我参观了他的实验室。在满是实验器械和电脑的实验室里，金先生的博士研究生杨云（音）正埋头做什么实验。听说我是来采访自己的指导教师之后，这位戴着厚厚的眼镜看起来非常朴素的青年非常兴奋，赞美之词溢于言表。

"掌握离心机设计制作技术的国家，世界上只有美国、瑞士、日本等几个国家。我们指导教授完全掌握了这个技术。我们指导教授是个非常勤勉、忘我拼搏的科学家。虽然在工作上要求非常严格，但工作方法却非常灵活，思路非常清晰。他给学生提供了广阔的空间和自由，让我们能够充分发挥各自的能力。研究经费不够时总是拿出自己的钱垫上。在我国离心机领域，我们老师可以说是权威……"

杨云指着一个家用洗衣机大小的机器说："这台机器叫'高速冷冻离心机 SL-14R'，就是在金绿松教授指导下制作出来的。在国内属先进设备。"

我一面连声赞叹了不起了不起，一面站了起来，杨云急忙握住我的手，补充说："我还想补充一点，我们老师对朝鲜民族的科学、工业发展也特别关注，贡献巨大。"

他说得没错。几年前，我去图们市离心机厂采访时，就已经知道，那家工厂就是靠金绿松研究员火一样的热情和不懈的努力建成的。

当时的情况，李成权先生在十几年前偶遇金绿松研究员所做的访谈《故乡和人》中做过生动的描述，这里引用部分内容如下：

……其研究工作日益成熟的 1979 年 8 月的一天，在故乡某轻工业工厂工作的同学金永福出差到北京，顺便来看他。金绿松非常高兴，拽着他不放，询问着故乡的种种情况。可不知怎么，金永福却有些郁郁寡欢。

"你是不是哪里不舒服？"正谈笑风生的金绿松惊讶地问道。

"不是。"金永福缓缓地摇了摇头，然后长叹了一口气：

"我们很快就要丢掉'饭碗'了！"

"什么，你这是什么话？"

"我们工厂主要生产齿轮插床。但随着市场调节，产品的销路越来越少。仓库里堆满了产品。现在工资都不能照常发放了……所以，要生产新产品，可哪里去找合适的项目啊……唉，愁啊！"

听了金永福的苦衷，金绿松全身僵住了似的坐在那里，半晌没说话。

那天晚上，金绿松躺在床上辗转反侧，不能成眠。金永福愁容满面的样子仿佛就在眼前。金永福的眼睛里也透射着一丝哀求和某种希冀。瞬间仿佛无数故乡人全都在用那种眼光注视着他一样。实际上，早在 1974 年，中国就首次研制成功 6 万转 / 分的超高速离心机。现在正在做"超高速离心机转子自爆实验"研究课题以确保超高速离心机安全性。金绿松脑子里产生了一个念头：他想把自己的研究拿到家乡去做，并把离心机生产项目交给故乡。这个念头开始像一束火苗一样升起，慢慢越烧越旺，变成熊熊烈火，仿佛燃遍全身。

不过，科学家总是非常冷静的。光靠自己对故乡的火一般的热情是不够的。还需要领导层的积极支持、工程技术条件、可能的实验环境和生产条件。

终于，金绿松拿定主意跟随金永福回故乡考察后再做最后决定。

"呜——"

随着汽笛一声长鸣，列车进入延边地区。车窗外，故乡美丽的山峦、原野奔来又远去。每逢这时，金绿松的脸上都会喜形于色。可看到四处分布的破旧茅草屋，以及偶尔发出咯吱咯吱刺耳声音的慢吞吞的牛车，他又皱起双眉，陷入沉思。按他的愿望，过去20多年的时光，故乡应该发生翻天覆地的变化。可展现在眼前的故乡实在简陋、寒酸。确实，故乡的发展太缓慢了。他感到一阵心酸。他恨自己，没有对故乡的建设做出一丝一毫的贡献……

故乡用热情的胸怀给了他热烈的拥抱。党政领导人以及故乡的人们纷纷走过来，热情地和他握手。他们答应从精神上、物质上给予全力支持。金绿松从他们热情的握手礼中充分感受到了故乡人民尽快改变故乡面貌的坚定决心和殷切期盼。他的决心更加坚定，因为离心机生产周期长，投资大，领导们强大的决心和故乡人积极的支持也非常关键。工程技术条件、实验环境和生产条件方面也有可行的条件。尽管与研究所的实验工厂有巨大的差异，但为了故乡的繁荣，他鼓励自己一定要克服一切困难。

但是，事情并不都是一帆风顺的。放弃研究所的实验工厂，跑到遥远的边疆不知名的小城，研究所的一个领导听了大吃一惊。国家一个重点研究项目的重大实验项目怎能视如儿戏？金绿松陈述了能够成功的所有条件。他讲述了自己想要为故乡建设尽一份力量的火热情怀，以及党对发展边疆少数民族地区经济的有关指示和政策极力说服那位领导。最后，那位领导半信半疑地同意了他的方案，不过前提是让他去试一段时间，如果露出丝毫不可能的苗头立刻撤回。

一切如愿以偿之后，他的心情不是喜悦而是沉重。因为实验失败将对他构成致命打击，后果难以想象。而且转子自爆实验稍有闪失就可能造成人员伤亡。但是，坚定的科学信念和故乡人的殷切期待，让他毫不动摇地登上了列车。

离心机的关键部分转子爆炸实验终于开始了。金绿松带来了两位自己在北京研究组的技术人员。然后，与图们的金永福、李光日等工厂的技术人员以及工人一起昼夜奋斗。

由于实验存在很高的危险性，必须在地下实验室进行。这个地方根本没有北京那种条件优良的地下实验室，他们使用的是工厂的地下防空洞。为备战挖掘的防空洞很早就已经废弃，全是霉味。在阴湿、空气稀薄的防空洞里，他们终日都忙着安装实验机器。

经过几个月的忙碌，很多技术人员嘴唇干裂，手背龟裂，一直生活在气候温暖之地的北京技术人员关节疼痛遭了不少罪。奔波于北京、延吉之间，金绿松也患上痔疮，心脏也隐隐作痛。即便如此，他也不动声色，继续工作。

这样不分昼夜干了整整 3 个月，排除了万难，顽强奋战，经过共 54 次实验，1979 年 11 月 7 日 10 时 45 分，我国首次"超高速离心机转子自爆实验"终于获得成功。中国科学院武汉科学仪器厂实验没有成功的这项研究课题，在图们仅仅用了 3 个月就成功了。

实验成功的那一刻，金绿松仿佛品尝到了一生的喜悦。他拥抱着自己的同事们，流下了激动的热泪。他们围坐在一起，彻夜不眠，分享着胜利的欢愉。直到新的一天开始，他们就着水豆腐，向着黎明东方高举起庆功的酒杯……

转子自爆实验成功意义何在？这是科学家奋斗、努力、坚持和忍耐的结晶！

这是填补一直以来都是精密仪器领域一个空白的大手笔。空白是国家的羞耻，科学家的悲哀，还是国库的浪费。

这一成功为离心机制造打下了坚实的基础，给了金绿松更大的希望和信心。

与图们合作成功"超高速离心机转子爆炸实验"课题后，金绿松又申请了新的研究课题——与图们合作研制 7 万转／分超高速离心机，当即得到研究所的同意。第二年，也就是 1980 年，又领着两名助手来到图们，与金永福等技术人员一起工作了 3 个月。

实验成功后，在图们举行了超高速离心机鉴定会。

国家科学技术委员会等 47 个部门的教授、专家对他们的样品进行了鉴定，建议正式投入生产。于是，在图们另建了建筑面积近 3000 平方米的离心机工厂，全面投入离心机的制造。国家科委还提供了 99 万元的研制费。

他们生产的高速冷却离心机，北京、上海、昆明、沈阳、长春、延吉等多地研究所、大学、医疗部门、制药领域、食品生产单位用过之后纷纷评价可以取代进口产品。就这样，图们市离心机厂成为我国信得过的现代化离心机研制基地。

小时候，在图们江畔的白沙场上，用沙子堆房玩耍时，金绿松曾立志长大之后要在故乡的土地上建造漂亮房屋，而今天，看到自己的梦想变成了现实，他兴奋不已。他为故乡做了一件大事。

让我们归拢一下 30 多年来金绿松所取得的科研成果吧。这样我们可以一目了然，作为一名科学家，金绿松一生有多忙碌，他是如何奋斗的，他的人生多么璀璨、多么富有价值。

1963 年到 1965 年试制成功 1.3 万转／分高速离心机，这是中国首次制造的实用的、商品化的高速离心机。技术转让给北京市的制造厂生产，至今还在市场销售。这是越战时我军使用的唯一的离心机。

1973 年到 1977 年研究成功 6 万转 / 分的超高速离心机。这是中国最早的超高速离心机。因此荣获中国科学大会奖和中国科学院重大科技成果奖。

1978 年到 1980 年，成功进行了中国首次超高速离心机转头超速和破坏实验。这是与中国科学院武汉科学仪器厂和图们市二轻仪器厂合作的。

1979 年到 1981 年，成功试制 2 万转 / 分高速冷却离心机。这是中国首次通过离心头超速和破坏实验确保安全性的产品。从 1981 年开始至今一直在生产销售。获得吉林省重大科技成果二等奖。该项目与图们市二轻仪器厂合作。

1981 年到 1982 年，研究出自抽连续流动离心技术。这是与德国 De Maever Leo 教授共同提出的，是世界首创的新的离心原理。发明了液体 / 固体自抽连续流动离心机，获得一项专利。

1984 年到 1988 年制作液体 / 液体自抽连续流动离心机，获得一项专利。与图们市离心机厂合作。

1985 年至今离心逆流分配色谱原理与生物学应用研究获得成功，获得一项专利。

1987 年到 1989 年，研制出具有断轴保险的低速离心机，又获得一项专利。该离心机有两个特点：一是有断轴保险结构，即便回转中主轴折断，操纵者的安全也没有问题，试料也没有任何损害；另一个特点是转头装载时，重量平衡上的允许偏差世界最大。这是与辽宁省营口市精密仪器厂合作的。

1991 年到 1993 年，在日本国际蛋白质信息数据库帮助下，创建中国国际蛋白质信息数据库。

1992 年到 1994 年，研制 TL-04 型 4000 转 / 分低速台式离心机，达到世界水平。由北京某公司生产销售。

1993 年到 1994 年，研制 XL-03 型低速离心机，多用于医院检查室等。与黑龙江省佳木斯市合作。

1993 年到 1994 年，Mini-13 型小型高速离心机，这是个人用离心机。与陕西省 405 工厂合作，由北京某公司生产销售。

1994 年到 1995 年，研制 SL-14R 型小型高速冷却离心机，这是小型离心机，广泛应用于研究工作。

金绿松研究员一生心无旁骛，将自己的全部心血和精力都献给了设计、研制各种各样的离心机事业。他早在 20 多年前就独自解决了超高速离心机设计和制作上技术难点最多的一系列技术难题，如驱动部的动力学问题，超高速转子的强度和安全性设计，离心技术的研究等。10 多年前，他的转头超速实验已经达到 9 万转／分（与图们市离心机厂合作）。现在世界最高速的超高速离心机速度到最近才达到 9 万转／分。

从 70 年代后半期起，中国利用他的研究成果兴建了 6 个离心机厂，首次建立了实验室用离心机产业。

金绿松教授能够取得如此耀眼的研究成果，自然离不开他呕心沥血的努力和奋斗，在人际关系方面他也尝到了种种酸甜苦辣。

例如，有人不理解，有人嫉妒，甚至还有人企图抢夺其荣誉。真是天下之大什么人都有。话说回来，这类事岂止科学界有之，我们社会上不也是屡见不鲜吗？

爱迪生说过这样的话：

> 要想成功，就要以忍耐为良友，以经验为参谋，以谨慎为兄弟，以希望为哨兵。

金绿松将这句名言铭记在心。正因为他以忍耐为良友，以经验为参谋，以希望为哨兵，他才能彻底扫清阻碍自己研究事业的所有障碍。心胸狭窄就会让小事搅乱头脑，无法将精力完全投入到科学研究中。所以，他对离心机之外的一切事情，甚至包括荣誉、享受之类的统统置于脑后。只为一个目标，心无旁骛，奋勇向前。

他重视经验，但更倾力于拿出新东西。他不知道节日里别人是怎么玩的，不知道舞厅多么热闹，不知道歌厅多么诱人。他把人生拥有的所有时间都投入到了读书、研究和思索上。这种精神可以说就是耐性。他所取得的研究成果绝不是天才的产物，而是源于不懈的努力、惊人的勇气，以及始终如一的耐性。

为了促进自己的研究，同时也为了交流，30 年来，金绿松参加了无数次国际、国内学术活动。

金绿松去德国搞共同研究，到瑞士和日本考察访问，应朝鲜科学院的邀请，先后 5 次赴朝进行技术指导、研修、学术交流、合作研究等，还前往日本东京理科大学生命科学研究所进行共同研究。

他参加过的国际学术会议不计其数，我们下面要讲述的是去德国进修时的一段趣事。

金绿松作为一位科学家所拥有的人格、良心、责任心以及热爱国家、热爱民族的光辉精神，从这个短短的小故事中可以一窥全貌。

……

1980 年初冬，金绿松去了联邦德国。原定是 6 月份，因为图们的离心机实验研究无法脱身推迟到 11 月。

金绿松是应欧洲分子生物化学研究中心的邀请，前往研究中心所在地德意志联邦共和国海德堡市。研究中心聚集了很多国家的科研人员进行科学研究。在那里，金绿松将自己的离心机研究推向了新阶段。外国的部分离心机专家劝他，离心机研究做到这程度，已经到了画上终止符的时候了，再研究也不会有新发现，还是转换研究项目吧。可是，金绿松并没有相信这样的话。他认为，盲目的崇拜和顺从对科学家而言无异于自杀。他以自己的经验为参考，一丝不苟地继续研究下去。

3 个月过去了。那实际上是不眠不休的每一天。当时，在同一研究所的一位英国物理学家对金绿松说他正在进行的研究项目从原理上看并不成立，好心地劝他终止研究。对此，金绿松只是笑了笑。

金绿松干脆在研究室里备好了食物，还有床铺。然后每天都泡在研究室里进行实验研究。实在饿了就吃一块面包垫垫肚子，夜深的时候，困了就躺在桌子旁的床铺上眯一会儿，然后再起来继续研究。有时会连续几天扎在研究室里夜以继日地做实验。对他来说，"废寝"和"忘食"就像家常便饭一样。

在一位朝鲜族科学家呕心沥血的努力下，1982年1月30日凌晨2点30分，名为"自抽连续流动离心原理"的离心机新理论终于诞生了。之后他还制作了相应的样品。

他的研究项目成功后，那位好心劝告金绿松终止研究的英国物理学家，在宴会上举起庆祝的酒杯向他表示由衷的祝贺。

不久以后，世界应用化学和分析化学协会主办的世界学术报告会在瑞典的隆德大学召开。来自世界各国的100多名科学家参加了这次学术报告会。经过论文审查，共有12人被选定在大会上做学术报告。金绿松也成为其中一员，用英语发表了论文。

他的论文在离心机研究领域属于新颖、独特的科学理论，被一致认定为世界学术界新成果。他根据自己这一新理论设计出的离心机成为世界离心机研制领域的新发明。

各国科学家们都把惊叹的目光投向这位朝鲜族科学家。多个大学邀请他做学术报告。

他回到海德堡的某一天，在研究中心与他一起共事了几个月的法国人密特朗悄悄过来找他。

"你现在鸿运当头了！"密特朗耸了耸肩，笑呵呵地对金绿松说。

"鸿运？什么鸿运？"没头没脑的话儿让金绿松有些发蒙。

"我有个朋友在美国的一家离心机公司工作，他要找你买那个新样本。你只要把那个卖掉，你就能赚得盆满钵满一辈子花不完。这难道不是走鸿运吗？！你真是吉星高照啊！"密特朗兴奋地手舞足蹈，就好像自己撞了大运。

"卖样品？"金绿松感到有些啼笑皆非。

（卖样品？那又不是我个人的私有财产。那里凝结着我那些身在祖国的同事和故乡人的血汗和迫切的愿望，你知道不？对我来说，我没有任何权力卖掉它。卖掉它无异于出卖自己的灵魂和生命。要卖，我宁可卖掉生命……切，岂有此理……）

金绿松心里在悄悄呐喊。然后他耐心地向密特朗说明了自己的想法。

被当头泼了一盆冷水的密特朗不可思议地摇了摇头，很快就起身离去。

第二天晚上，密特朗的朋友、美国某公司的欧洲代表亲自找上门来。金绿松感觉到事情有些不寻常，就有礼有节、小心谨慎地招待了他。那位欧洲代表对金绿松取得的科学成果赞不绝口。然后还亲切地询问他生活中有没有什么困难。金绿松回答没有，他就笑呵呵地说："听说您工资78元，住在一个不到8平方米的房子里？"

"那不过是暂时的。随着国家的经济发展，我们的生活很快就会好起来。"金绿松坚定地说。

"真是遗憾。像您这样的人，如果到我们公司，可以过上神仙似的生活。"欧洲代表一面说着，一面留心地察看着金绿松的面部表情。

金绿松虽然明白了他的话中之意，但却故意王顾左右而言他。

"看你说的，我又不是什么了不起的人物。"

美国人继续采用迂回战术，金绿松每次都用离谱的回答应付。这一来，美国人开始着急了，不再遮遮掩掩："那个……请不要误会。实际上我这么说，一是可以帮助我们公司；二是考虑到您的生活……有没有想法，到我们那里，哪怕只工作几个月也好？"

果然不出所料，但真正面对，还真不知道如何应对是好。所以金绿松多少有些慌乱。

沉默。为了打破尴尬的气氛，金绿松给他倒了一杯咖啡。然后从座位上站起来慢慢走到窗边。

"这地方经常下雨呀。"望着窗外雾雨迷蒙，他开了口。

远处笼罩在雨雾中的景物交替映入眼帘，位于山梁的是欧洲分子生物学研究中心，再往南是横贯市区的内卡河，更远的地方是有着500

年悠久历史的海德堡大学。看到这些，他仿佛看到了自己位于祖国的研究所，留下亲切记忆的故乡河流，以及难以忘怀的母校。他顿时感到这一切是那样的令人眷恋。

（要赶紧回去了。故乡的人都在掰着手指头等着我呢。直接去故乡，如果离心机生产上有问题就解决掉，还要生产新的离心机。那就要引进国外的先进设备，还要将工厂的技术人员派出去进修。呀，要干的事情这么多呀！）

金绿松的心境慢慢平稳下来。

"只要您同意，我现在就可以给您机票。而且一到那里，您就可以享受美妙生活。"

看到金绿松陷入沉默，美国人还以为他犹豫不决，赶紧加上了一把火。

金绿松在窗前慢慢回过身。他现在已经明确应该怎样回答了。如果断然回绝的话，他们说不定会采取什么行动呢。

金绿松慢慢走向对方，然后用非常温柔的口气说："非常抱歉。从我们两国人民的友好关系考虑也好，从我的愿望考虑也好，我都迫切希望能够跟随您去工作。可是太迟了。我回国的期限马上就要到了。非常遗憾。不过，我想这不算什么问题。我的祖国现在实行了对外开放政策，我即使回国之后不是也完全可以再去你们国家吗？找机会我一定去一次你们那里。"

他这话实际上是婉拒。

美国人无可奈何地耸了耸肩，摊开双手，道别之后离开了。

第二天清晨，他离开法兰克福，在经过海德堡上空的时候，坐在机舱内看到下面如丝线般的内卡河，长舒了一口气。

……

14 年过去了。

金绿松教授就像插上了翅膀的老虎飞越了一座又一座山峰。其间他又完成了多个研究课题，发表了 20 多篇有价值的论文，为我国离心机领域做出了巨大的贡献。

下面列举的是几种最重要的论文。

金绿松作为第一作者发表的论文有《CL-60型分离用超高速离心机》《超高速离心机的破坏试验》《超高速离心机的破坏试验装置》《一种能避免因断轴造成机器损坏的离心机主轴系统》《自抽连续流动离心技术的研究1——原理》《自抽连续流动离心技术的研究4——液体／液体自抽连续流动离心技术的研究》等。

金绿松独自发表的论文有《自抽连续离心技术的研究2——流量与转速关系的实验研究》《自抽连续离心技术的研究5——液体／液体自抽连续流动离心技术的研究》《连续离心机的结构和应用》《离心色谱仪》等。

伽利略说过："追求科学需要的是独特的勇气。"

费尔巴哈说过："热爱科学就是热爱真理，因此，诚实是科学家必备的美德。"

郭沫若说："既异想天开，又实事求是，这是科学工作者特有的风格。"

华罗庚说："科学是实事求是的学问，来不得半点虚假。"

在写这篇文章的时候，我认真地琢磨着金绿松这个人，回想着他的样子，脑海中浮现出这几个伟大科学家学者的名言。不由想到：这个人莫非就是专门为了科学研究而降生到这个世界的？没有勇气和冒险精神，怎么可能想出每分钟6万转、9万转的离心机来！他身体虽然瘦弱，但却勇气超人。富甲一方的机会，世上最奢华的享受，他全都视如草芥，淡然弃之。为了故乡的离心机工厂，晚赴德国半年又提前半年回归，损失了无数的金钱。别人为了钱想方设法早"出"晚"归"……

金绿松却是个诚实、实事求是的人，一门心思只为科学而活。

合上采访手册，我询问了一下现在准备进行的研究项目。金绿松教授笑着递给我一份材料。

是《"九五"国家科技攻关项目可行性论证报告书》，题目是"高速离心机的研制与产业化"。

"高速离心机不是早就成功了吗?"

见我很惊讶,金绿松先生简单解释了一下。

"现在要做的是更新已经成功的技术。淘汰带有电刷的引擎,采用不带电刷的电动机械驱动,提升一个档次,使其达到国际同行业产品先进水平;另一个是实现大型离心机的产业化,年生产量达到450台,满足市场需要。"

"国内需求多吗?"我问,他平静地回答:"生物学等科学研究和生物产品的生产随着人类的进步而不断发展。所以,离心机的需要量也在每年递增。如果最近5年优质的高速离心机年需要量1200台(大型离心机250台,中型离心机350台,小型离心机600台)的话,年销售额就可以达到2900万元,你说有没有希望?……"

"太厉害了。这个项目您也打算拿到故乡去吗?"

"那当然了。虽然有种种困难,我的想法和决心不会动摇。多年前,赵南起同志曾让我去延边工作,那时,我说过,我虽然不能调到延边,但离心机这一块,在我死之前要拿到延边干。所以,以后我也会履行这个诺言。"

"非常感谢。"

到了秋天,叶落归根,人也如此。年纪越大,越想为故乡做些什么,留下些什么,这是人之常情。

金先生打开办公室旁宽大的走廊靠墙并排陈列的抽屉给我看。里面就像图书馆查书卡片一样摆放的都是整整齐齐的卡片,使用外语收集的资料卡片,多得令人眼花缭乱。

金绿松所做的事情,那些抽烟、喝酒、去练歌厅、逛舞厅,沉溺于享乐的人根本无法想象也做不出来。

别人在领导的关怀下,获得脱产学习一年外语的机会,金绿松却得不到这样的关怀。尽管研究任务繁重,但他还是利用空余时间自学英语、日语和德语。英语和日语可以做学术报告,也可以参加讨论,他付出了怎样的努力可想而知。

"我想培养能够继承自己事业的我们民族的后来者，可惜找不到。退休之后，我打算把所有的资料都拿到故乡的离心机工厂。"

在他的这种遗憾面前，我也无话可说。这个时代著名的科学家是前一代人呕心沥血培养的后代。下一代我们民族的子女中，这样的人物有多少？我带着无比遗憾的心情向他道了别。

1996 年 6 月

结　语

担任离心机课题组组长 37 年来，金绿松教授完成了 10 项课题，其中国家攻关项目 2 个，国家自然科学基金项目 3 个，省级项目 2 个，7 个项目实现了产业化。他先后 3 次获得全国科技大会奖和中国科学院重大科技成果奖，5 个专利项目，发表了 21 篇论文，培养了 3 名硕士、博士研究生。金绿松教授领导的课题组取得的离心机成果一直代表着我国这一领域的最高水平。他是国务院特殊津贴享受者，中国仪器仪表学会实验室仪器学会常务委员，离心机专门委员会主任，《实验仪器》杂志编委。

1979 年到 1981 年，为了故乡的建设，金绿松教授与当地有关部门人员一起创建了图们市离心机厂。与该厂合作成功地进行了"超高速离心机转子自爆实验"，使该工厂成为现代化离心机研制基地。

金绿松教授作为中国朝鲜族科技界的社会活动家，还担任了中国朝鲜族科学工作者协会常务理事、副秘书长等职。

其座右铭：

没有对权威的怀疑，就没有突破。

飞翔在扎染王国的女士

——记扎染专家黄秀金教授

电话预约后，我在延吉市河南街一个胡同里第一次见到黄秀金教授（1940—）。看到她笑盈盈地走过来，我大吃一惊。我不禁怀疑起我的眼睛来。已经快60的人了，怎么能够如此神采飞扬、光彩照人？

风姿绰约的身材，热情洋溢的大眼，清秀的面容，长而卷曲的头发……既有艺术家浪漫的气质，又有教授练达的风范。

家庭的布置也与她的气质、感情世界非常合拍、谐调。毫不花哨的书斋曲尺形墙壁上挂着几幅天然扎染画。

油画和粉笔画上看不到的奥妙、清纯的色彩，国画上看不到的那种雅致尽在扎染画中。吸引我眼球的是颜色。像年轻姑娘们短裙似的轻松、清纯的白花，挺拔的茎秆上点缀的雅致的绿叶……令人流连忘返。

每个墙角都插着芦花、野菊花等，与其说是房屋，不如说更像秋天原野，给人清爽、奇特的感觉。

飞入扎染世界

在中央工艺美术学院织染系5年期间，先后师从雷圭元、常沙娜、余志清（音）、苏淑芳（音）等著名教授，认真学习知识，提高能力。

1966年7月毕业时，黄秀金充满了雄心壮志。她要在色彩的世界中高高飞翔。但是，这时候的北京"文化大革命"正值高潮。他们不能走向社会，只能留在学校里，3 年里不得不参与到"革命"活动中。

直到 1969 年，黄秀金才分配到北京毛纺织厂。虽然分到了工作单位，但在知识分子被打成"臭老九"的年代，整天干的都是体力劳动，还要接受改造。

当时，黄秀金有一个一岁的孩子。丈夫去了四川省落后的"三线"地区，在那里待了 9 年，黄秀金一人带着孩子，还要参加艰苦的劳动改造。开始，因为有孩子，她被安排到整理车间，挑选正品和废品。她是个非常要强的人，无论干什么事情都想干好，加上好奇心又强，就下决心将工厂中所有车间的技术都掌握到手。她主动要求转到厂里最艰苦的车间——织布车间。经过两个月的刻苦钻研，她的技术很快就赶上其他技能工了。之后，她又去了熨烫车间、抽丝车间，工作也非常出色。到 1973 年为止，整整接受了 3 年的"劳动改造"。这时"文化大革命"中解体的北京纺织科学研究所重建。听到这个消息，黄秀金高兴得立刻找到领导提出调动要求，并很快得到了批准。

从那以后到 1986 年成为黄秀金的黄金时期。她在色彩王国中孜孜不倦地研究和探索，接连推出很多作品。其间拿出的 200 多幅作品中，近 50 幅作为北京、天津、上海的纺织品进出口总公司的花布图案，出口日本和东南亚多个国家。

"那些作品是名副其实的艺术品。既有线条粗犷，色彩浓郁，散发着北国自由奔放的气魄，又富有南国细腻、淡雅的情趣。色彩亮丽、风格多样化的作品，笔法非常精致，如果不仔细观察，很难相信是画出来的。"

在研究所，黄秀金的作品采用率每年都超过了 80%，在纺织研究系统非常有名。

1973 年，她承担了华罗庚"优选法"展览会（北京）的设计工作。

1974 年，6 件图案入选全国花布样品选定会（西安）。

从 1974 年开始，每年都有作品入选广州交易会，其中儿童花布图案获得中国进出口产品广州交易会优秀产品奖，花手巾设计图案获得北京市纺织系统图案设计大赛一个一等奖，两个二等奖。

1975年，作品入选全国花布样品选定会（无锡）。

1976年，4幅作品入选全国旅游产品展示会，并负责参加亚运会中国代表团的体操服设计；还参加了《动物图案与变形》《花纹图案与变形》等书的撰写工作。

1977年，5种图案设计入选全国花布样品选定会（成都）。

因而她作为纺织研究系统先进工作者声名大振。她埋头于图案设计之余，1985年5月，承担了全国纺织品科技会（浙江）的展览厅设计、国际化纤会（北京）会场及展览厅设计。黄秀金取得这些突出成果之后，她的同事们半开玩笑地说："你们朝鲜族真聪明。"赞赏之色溢于言表。

1982年，黄秀金调到纺织工业部纺织科学研究院，筹备中国服装研究中心。黄秀金设计漂亮的时尚服装的梦想成熟了，心气也高了。她一心扑在工作上，节假日也不休息，奔波忙碌准备着新的事业。可是，由于纺织工业部和轻工业部之间业务上的纠纷，服装研究中心被取消。正在实现的梦想破灭了，黄秀金心痛不已，心绪难平。

以后干什么？黄秀金陷入了沉思。一天晚上，她忽然想起大学时期一位教授说起过的唐代扎染。她的视角总是那么新颖、敏锐。

那是1983年，中国开放门户后，外国人蜂拥而入来中国旅行。她有设计旅游纪念品的经验，还获得过奖项，所以信心十足。特别是她非常清楚外国人喜欢中国的民间工艺品。她相信，扎染纪念品一定会深受外国人的欢迎。她找到领导提出要承担扎染研究课题。

研究院批准了她的申请，给了她2万元研究经费，还配给1名助手，让她先试一试。

要想了解黄秀金的扎染世界，首先要了解一下扎染究竟是什么。

扎染是通过缝补的方法，在织物上以扎、缚、缀、夹等多种手工处理方式获得的图纹印染效果，给人感觉如天然景物覆盖在织物上。

制作工艺精密、优雅，多用在制作高级服装、头巾、手巾和室内装饰品上。

黄秀金首先开始收集整理国内有关扎染技法方面的资料，对各地区、各国的特点进行了深入的研究。

根据世界各国的资料，扎染首先是从亚洲的东南亚国家和地区开始传开的，现在几乎扩散到了世界各地。印度的扎染以品种多样闻名，日本的扎染表现风格独特、色彩美妙、表现方法多样而令世人瞩目。美国西部和墨西哥还有扎染工艺中心。美洲扎染技术传播到南美西海岸和阿根廷地区⋯⋯

从现代工业高度发达的欧洲国家的动态看，很多消费者喜欢民间制作的乡土气息浓厚的扎染产品。

黄秀金深入研究了国际扎染的历史和现状，同时也对国内资料做了认真的收集研究。

根据各方面的考证资料，扎染早在我国唐代就在民间广泛流行。而且在四川省东部平原和云南省布依族、彝族、苗族等民族至今仍保存着 1300 年前的扎染工艺技术。绝大多数都是比较简单的，蓝色单色图案，是比较落后的传统制品⋯⋯

令人痛心的是，拥有几千年扎染历史的我国，现在不仅落后于世界现有水平，而且没有得到进一步的挖掘、发展。她下定决心一定要在扎染工艺研究方面做出自己的贡献。

黄秀金夜以继日地工作着。她吸取国外扎染艺术的优点，以及国内民间流行的扎染的长处，开发了自己独特的技法。经过半个来月的奋斗，她首先拿出了数十种实验产品。看到她的产品，纺织科学研究院的杜院长（我国织染权威）和其他研究人员称赞道："好得出乎意料。"时任纺织工业部部长的郝建秀非常满意，鼓励她继续研究。

这一研究成果后来转让给了营口市第七针织厂。1984 年，黄秀金领着一名工人和一名技术人员来到营口，对他们进行了几个月的技术指导，使得生产处于不景气濒临倒闭的这家工厂起死回生，产品还出口日本。这项扎染技术使她获得了辽宁省科技成果优秀奖，她设计的扎染连衣裙获得辽宁省服装大赛一等奖。

这里还有一个以我们的思维方式很难理解的小花絮。

由黄秀金负责历尽千辛万苦制作出来的这一扎染作品，转让给工厂让她挣了2万元。研究所在分这笔钱的时候，本来就是给黄秀金一半也毫不过分，可实际上却采用了平均分配的方式，连普通办公人员都有一份。更可笑的是，连黄秀金缺勤、迟到、早退都计算在内，扣除了一些钱。黄秀金独自一人带孩子，孩子病了有时就会迟到、早退。这样七扣八扣最终到手的仅有80元。反倒是那些根本不知扎染为何物的办公人员，因为准时上下班，都领到了200多元。这一来，黄秀金能不怒火中烧吗？愤怒，郁闷，无语，她真想冲进领导的办公室大闹一场，但一直作为被改造对象而备受压抑的黄秀金不能去理论、去发泄。她以最大限度的忍耐强压住了涌到嗓子眼的怒火，把苦水咽到了肚子里。因为忍耐、坚持是中国人的生存哲学！

这样的事情数不胜数！

说起来容易，实际扎染的实验、研究殊非易事。最难的是工序极其烦琐，整个过程都是手工作业，辛苦异常。

黄秀金的扎染技法主要有缝结法、塞结缝法、利用工具结缝法，以及综合运用这三种技法结缝法等几种。

我们看一下其中之一的缝结法。用铅笔或彩色粉笔在精心挑选的织物上设计好图案后，按着轮廓用针线缝好。拉紧缝好的线头，将凸起的部分缠起来。缠的时候要保持好所缠线之间的距离，让花纹自然。然后上色。染色后，花纹图案就是缠线部分，颜色就是织物的本色。未缠进去的部分全部染上颜色，图案和背景之间就会出现自然过渡色。缝结法的特点是根据样式、需要和视觉效果设计、安排图案的形态和位置，生产出各种各样的产品。这一过程非常复杂令人眼花缭乱。

按着线条一针一针缝补固然非常辛苦，需要缝出更多褶皱时，针难以插入，更为费劲。特别是酸性染料的气味恶臭难闻，化学染料本身全都有一定的毒性，连续作业数小时就会恶心、头痛。太吃力的时候也不是没有过放弃的想法，可是每次看到清新、漂亮的扎染作品，疲倦就会一扫而空，浑身又平添新的力量，继续投入到工作中。

单色扎染成功之后，黄秀金回到原来工作的北京纺织科学研究所，带领人们投入到天然色扎染研究中。与做单色扎染时情况不同，研究所拥有了强大的技术阵容，同学也很多。趁热打铁，他们一鼓作气，在短时间内做出了150多种产品。天然色扎染图案能够表现出机器印花无法表现的比较抽象的美妙情绪，给人以梦幻般的感觉。在1986年5月4日举行的北京市青年联欢节上，这些作品得以在北海公园展出，人气很旺。《北京日报》介绍了这一研究成果，还刊登在《瞭望》杂志（英文版）上，介绍到了国外。1987年获得了北京市科技成果三等奖。

天然扎染主要用作旅游产品，连续做了6次技术转让，仅技术转让费每次2万元，加起来就有12万元。

回归故里

一过50，女人一般都喜欢沉浸在追忆和哀伤中。

"我有个习惯，动不动就哭。"黄秀金笑着对我说。

"那自然应该'归功于'黄先生富有艺术家的气质喽。搞艺术的和搞文学的人感情都比常人丰富、敏感，泪腺发达。我也是，看见别人哭泣，我也会跟着落泪。"

她脸色有些黯淡下来，沉思了一会儿，开了口："先说点题外话，不知为什么，和你相对而坐，就像见到老朋友一样，很想给你讲个童年时期的故事。我的爸爸和妈妈是封建婚姻的牺牲品。爸爸和妈妈没有感情，勉强一起过日子。虎威冲天的爷爷一去世，他们很快就离婚了。备受打击的妈妈病魔缠身，后来改嫁到很远的地方。爸爸也结了婚。我一直在奶奶膝下，深受呵护，和妈妈没有那种深情厚谊。妈妈来看我，我也不管不顾，一走了之。妈妈哭得非常伤心。但的确血浓于水，上着学就突然特别想妈妈了。好像是小学三年级时候的事。老师让我们写信。我如实地写出了思念妈妈的心情。老师夸我信写得非常感人。然后问我知不知道妈妈的地址。我眼泪汪汪地摇摇头，告诉老师我不知道。老师让我回家问问大人。

"一天，我见到舅舅就问妈妈的地址。舅舅非常高兴，给了我1块钱，让我照相。我想，这是给妈妈看的照片，一定要照好。就到小溪边沐浴、洗头，又跟朋友借了套漂亮的衣服，照了相，连同那封信一起交给了舅舅。过了不久，妈妈也寄来了照片，是她和改嫁后生下的孩子的合照。我跟奶奶说要去看妈妈，奶奶说等你以后长大了自己能挣钱了再去吧，那张照片还是撕了的好。我一向很听奶奶的话，就用剪子把妈妈的图像剪下来夹在书中，剩下的扔掉了。剪下来的妈妈照片一直保存至今。偶尔也会拿出来看看。过了几十年，照片已经褪了色，但它寄托着我对妈妈的深情和遗憾。

"初中二年级时，有一天，我见到了表姐，欣喜若狂。表姐却把我拉到身边告诉我：'你妈妈出事了。'我在路上痛哭流涕地跑到家中哭喊：'妈妈死了。我再也见不到妈妈了，我怎么办啊？'奶奶哭了，爸爸哭了，继母也哭了。小小的年纪心灵就受到重创，从那以后我就养成了动不动就哭鼻子的毛病。爸爸说我，我哭；没能及时缴纳学校要收的钱，也哭。反正总想哭。好在继母像亲生母亲一样非常疼我。小时候，我特别喜欢花，每天都从野外和路边摘下各种花卉插到房间里。还把叶子贴在墙上，看到漂亮的图画也会剪下来贴在墙上，但继母从不说三道四，尽心竭力让我保持快乐的心境。

"小学毕业的时候，我对学习并不用心，中学入学考试落榜了。当时，奶奶伤心哭泣的样子现在依然记忆犹新。我第一次自责起来，我决心一定要好好学习，让奶奶开心快乐。

"上中学以后，我好胜心大涨，在女生当中总是一二名。

"爸爸一生忠诚于教育事业，受他的影响，我也想当一名教师。所以，我提出不上高中，而是读师范。但爸爸坚决反对：'你喜欢画画，又有画画的才华，最好去延边艺术学校。'"

"等等，您老家是哪里？"我打断了她的话。

"哦，我 1940 年 3 月出生在延吉县（今吉林省龙井市）智新乡一个贫困的教师家庭。小的时候喜欢唱歌、跳舞，还喜欢画画。看树画树，看石画石，看鸟画鸟，看花画花。我进入艺术学校学了 3 年，成绩一直优异，毕业后留校工作。

"对一个人来说，机会好像非常重要。幸运落到了我头上。当时，中央工艺美术学院来延吉招生。200 多名学生应试，只有我一个人合格。

"说起哭鼻子的故事，长得有些收不住了。生在延边，长在延边，学在延边，我对故乡——延边有着特殊的感情。一到春天，就会想起鲜花装点的故乡的山，深粉红色的金达莱花，淡粉红色的杏花，白色的梨花，想着想着鼻子就酸了。在北京的街道上，见到说朝鲜语的人非常欣喜，还会把人请到家里一起畅谈……"

她的话确实很长。可通过她的讲述，我可以理解她的情感世界，通过她的情感世界，我多少能够理解，她为什么会离开生活了 28 年早已产生深厚感情并留下显赫成果的首都——北京，回到延边。

1984 年，黄秀金染上了血小板减少症。因为思念故乡，黄秀金没有住进北京医院，而是来到延边医院住了院。在住院的一个月期间，经时任州科协主席的舅舅介绍，见到了轻工业局局长，和他一起走访了延吉市内的几家纺织厂和服装厂。看到依然有些土气的产品，她感到非常遗憾：边疆和内地的差距实在太大了。回故乡做点什么的念头在她心中翻涌。可不知道回来后会出现什么状况，令她有些踌躇。

到了 1986 年，爸爸因病离世，来到延边的黄秀金重新走访了一些工厂，回故乡干一番事业的想法更加迫切。亲戚们劝她，有关部门的负责人也劝她。

黄秀金终于下定决心献身于故乡的服装业和纺织工业。一递交调动申请，研究所的负责人就瞪大了眼睛，吃惊地反问："啊，你是不是脑子转筋了？"

可也是，那时候，他们有一套在北京很难弄到的70多平方米的房子。丈夫擅长英语、日语和俄语，在纺织工业部纺织科学研究所负责收集信息。儿子在北京出生，已经读中学了，早已习惯了北京的生活。所以，真要调动哪儿那么容易呀。

经过反复斟酌，他们做好了牺牲准备，回到了延吉。他们只想着为家乡的建设做点什么，当文进燮市长询问他们有什么要求的时候，他们要求的仅仅是和北京差不多大小的一套房子。

文市长对黄秀金说，现在延吉市职工大学打算开设服装设计专业，在东北三省转了转准备物色美术学院毕业的朝鲜族教员，可一直没有找到，建议她去那里比较合适。

黄秀金欣然同意。周围的人觉得区区一个业余大学太委屈了，劝她不要去，可她认为经过一定职业锻炼的人来学习效果会更好。实际上，黄秀金是努力型的女性，她更重视实际而不是名誉和地位。

光彩夺目的扎染画

华罗庚教授说过这样的话：

科学的灵感，绝不是坐等可以等来的。如果说，科学上的发现有什么偶然的机遇的话，那么这种"偶然的机遇"只能给那些学有素养的人，给那些善于独立思考的人，给那些具有锲而不舍的精神的人，而不是给懒汉。

我问黄女士有没有后悔回到延边，她毫不犹豫地回答："不，一点都不后悔。在北京固然在天然色扎染方面能够取得更多的成果，但在扎染装饰画方面却没有一点用脑的机会。调到艺术学院是一个机会。把握机会非常重要。按着华罗庚先生所说，机会不能坐等，机会只能光顾那些善于独立思考的人，给那些具有锲而不舍的精神的人。"

她的回答令我欣喜，也赢得了我的信任。

1988年8月，黄秀金调到延边艺术学院。随着她的到来，艺术学院首次设置了工艺美术专业课程。她承担了色彩构成、风景变形、厨房设计、服装设计、广告设计、包装设计、装饰画等课程的教学任务，还亲自编写了色彩构成教材。

她还结合教学内容和实践，率领学生直接深入工厂承担产品的商标设计、商业楼卖场装饰等。

她不仅是位教授，还是 名画家，她创作了具有独特风格和独特美术技法的作品。她用扎染方法创造出装饰画的新技法。她的扎染画作品采用了工艺美术手段和国画的构图形式，运用西洋油画的笔法特点和色彩，别具一格。日本的《扎染》杂志以"黄秀金具有中国独创技法的扎染画"为题对她的扎染画给予了高度评价。

她创作了《鹤之梦》《鹤舞》《野菊花》《向日葵》等80多幅扎染画作品，发表在国内外多种报纸、杂志上，也参加了国内外各种美展，获得了高度评价。

扎染画《静物》于1992年延边朝鲜族自治州成立40周年纪念美展中获得三等奖。

喜欢花和动物的黄秀金非常喜欢走进大自然中。从早春春意萌发到秋天最后的野菊花悄然落叶，只要一有闲暇就会走进自然，感悟自然情怀，在大自然中构想色彩和构图。起初丈夫不放心妻子独自一人走进深山，前往辽阔原野，因而陪她做伴，但现在已经成为习惯，乐此不疲。一有机会就会扎好鞋带，跟着妻子出行。不同季节开放的各种各样的花的模样，树枝伸展的形态，草木的色彩，无法形容的奥妙虫鸣，鸟儿的啁啾……激发起黄秀金不尽的创作欲望和灵感。

所以，堪称其代表作的《向日葵》《鹤之梦》《马蹄莲》等作品可以说都是自然和画家对话的产物。

1992 年，黄秀金在韩国汉城的西美画廊举办了个人展，1996 年 6 月又参加了韩国科技团体总联合会（会长崔亨燮）主办的 1996 世界朝鲜民族科技工作者综合学术会议。6 月 29 日，韩国科技会馆国际会议场，为黄秀金提供了介绍"用传统扎染和手工染色技法尝试的新绘画"的场所，她以"扎染染色工艺及其艺术性研究"为题发表了论文。韩国国会闵光植委员、韩国科技团体总联合会郑助英副会长、首尔大学美术学院崔万林（音）院长、韩国 RASARA 时尚设计学院金昌俊院长等知名人士和美术界人士观看了画展并给予了高度评价。

第二天，《韩国日报》等多家新闻单位全都刊登了黄秀金的照片及其扎染画的代表作品，做出了很高的评价。对其扎染画，《韩国日报》写道：

> 扎染是一种传统的染色技法，染料渗透到用线扎起来的布里形成各种各样的图案。20 多年来，她用扎染技法创作的作品经历了丝绸底样，多色染料定色，用线缠绕、挤压和绑紧，染色，拆线，碾布等阶段。传统扎染技法没有定色阶段，只能染单色，相比之下，黄秀金加入手工的技法优点是，可以华丽、形象地展现各种各样的花卉和动物。
>
> 而且根据韩国画的构图和线条让华丽的色彩鲜活起来，染料渗入扎染部分，透射出古代壁画的氛围。

此外，黄秀金教授参加了中韩女画家作品展，1995 年在韩国举办的中国朝鲜族中坚画家作品展，在日本福冈市举办的国际艺术家画展等国际美展，国内美展参加得也很多。如，参加了东北亚妇女发展促进会主办的女画家作品展、中国少数民族美展、延边白头翁美展、三人画展、第一届延边女画家作品展等。

扎染画《鹤之梦》于 1997 年 4 月获得中国少数民族美展银奖。

为了更深刻理解黄秀金教授扎染装饰画艺术，更明确其价值和地位，我们在此引用著名画家石熙满先生的评价：

　　……黄女士在去年三八节推出的6幅扎染装饰画全都是杰作，摘下工艺品的帽子，与我的油画相若，作为美术作品也毫不逊色。有人认为她的作品是工艺品而不是美术，这是一种错误倾向，源于工艺品不属于美术品的观念。不管采用什么样的材料，只要作品优秀，拥有宝贵的艺术价值，就是优秀的艺术品。我们就将其视为珍品，将创作者视为伟大的艺术家。这种例子不胜枚举。从前，高丽时代的高丽瓷器如今成为珍贵的艺术作品备受瞩目，拥有一件高丽瓷器就可以成为富豪。伟大的艺术家毕加索除了绘画，还制作了很多雕塑品，他的雕塑（泥塑）价值与他的画相当。难道只有油画、水彩画才是艺术品吗？如果那些作品没有艺术价值，怎么可能视为艺术品呢？黄秀金女士的扎染装饰画是通过在织物上染色画出的艺术品，怎么可以看作是工艺品呢？

　　现代绘画中，创作作品的时候可以使用各种各样的技法，可以动用作为客体的铁、树、纸、布等制作艺术品。如果说黄女士的作品没有使用颜料，而是在织物上使用的染料，就将其视为工艺品，那么，油画中使用的颜料多用染料赤、青、绿，那么，油画也应该视为工艺品才对。我对黄女士的作品给予高度评价，因为它脱离了工艺品范畴，是作为艺术品创造出来的。在那次美展中，她拿出了6幅杰作，其中《向日葵》和《鹤之梦》最棒。这样的作品表现出了油画无法表现的效果。从美学角度看，黑白对照最鲜明，给人留下了深刻的印象。另外，黄女士在作品中使用的线条不是直线，而是粗糙的线条，这种线条在油画和水彩画中很难使用。她使用的线条拥有巨大的力量，体现出独特的效果。而且在色彩使用上，低俗的染料不是直接使用，而是巧妙地遏制住低俗的缺点，发挥其长处，这也是其独特的创作手法。

……

不仅在我们吉林省，就是在全中国，黄女士都是权威的扎染装饰画专家。如上所述，我认为，黄女士应该清楚地意识到自己已经取得了权威地位，应该大胆地挺进中国美展、世界美展。非常期待她明天的艺术世界……

石熙满先生通过具体、有说服力的分析，对黄秀金女士的扎染装饰画给予了高度评价，热情地表达了对晚辈画家深深的喜爱和巨大的期待。

几年来，黄秀金教授也抽空撰写了几篇有分量的论文，发表在国内外有影响的杂志上。这些论文有《中国扎染的独特技法》《天然色扎染新工艺》《论中国朝鲜族服装色彩》《扎染工艺及其艺术性》《发展延边服装工业的几点建议》等。

如今的黄秀金教授是幸福的女性。不仅事业成功，家庭也很美满。丈夫非常优秀，对她呵护备至；儿子1米80的大个儿，体格健壮，在延边艺术学院任教；漂亮的儿媳妇心地非常善良。无论哪方面，事业型的黄秀金教授都很圆满，她每天奔波忙碌，不是参加各种社会活动，就是搞创作。

"一直以来创作了很多花卉作品，今后打算用超现实主义手法、变形手法创作人体作品，也创作自然风光作品。"

不仅如此，为了适应延边旅游热日趋火热的形势，黄秀金教授还打算开发旅游产品，已经与相关部门进行了沟通。

我和她道了别，因为相信她的扎染旅游产品能够在延边的旅游胜地开花结果，我心情愉快地期待着令我们自豪的女科学家、女画家取得更大的成果。

1997 年 6 月

陪伴一生的笔记
——记中国宇航研究所高级工程师张贞子

　　我的奶奶故事讲得很好，小时候，从她那里我听过很多小妖、鬼怪、聪明的长工的故事。

　　星光灿烂的夏夜，大人们围坐在巨大的驱蚊火周围，我也跻身其中，仰望点点繁星，丝绸般绵延的银河，以及阴晴圆缺的月亮，那种感觉非常美妙。

　　一天晚上，我缠着奶奶让她给我讲月亮国的故事。那时候，我相信奶奶对世间万事的秘密无所不知。

　　"那月亮中不是有影子似的东西吗？那是青翠的桂树。漂亮极了。就像我们前后山挺拔的松树一样。桂树林中有一群白色玉兔，相处非常和睦，从不打架……"

　　我问奶奶什么时候去看过？奶奶说自己也是听自己的妈妈说的。自从宇航员们去月宫旅行回来之后，这些流传数千年的美丽故事就销声匿迹了。因为再没有孩子相信了。

　　也许是因为这个缘故，我觉得研究天空的人最神秘，也非常尊敬他们。

　　当我听到中国航天工业部研究火箭和人造卫星的科学家和工作人员有27万名的时候，我大吃一惊。（呀！居然和我们延吉市的人口不相上下呀！）尤其是听说如此庞大的队伍中还有几位我们民族优秀的宇宙研究人员的时候，更是兴奋不已。

　　（我要采访他们！）

在 18 层公寓

去年一个炎热的夏日，我来到航天工业部家属楼寻访女宇宙科学家张贞子高级工程师（1940—）。她研制的太阳敏感器成功地运用到 4 种卫星中——通讯卫星、自然考察卫星和 2 颗科学试验卫星上。到了人民大学前知春里林立的 18 层公寓的时候，天色已经灰蒙蒙。

不巧的是正赶上停电，当我好不容易爬上 18 层最顶层，出现在张女士面前时，已经气喘吁吁、大汗淋漓。张贞子女士非常感动，热情相迎。虽然早已年过半百，但看起来也就像 40 多岁的样子，而且像艺术家一样漂亮。说话轻声细语，双眼皮透着笑意，行为举止优雅。这样一位女性 20 多年来一直钻进实验室里拼搏奋斗着实令我吃惊不小。房间不大却很雅致。我和她相对而坐。我一坐下来，就迫不及待地刨根问底，询问遨游蓝天的神秘的人造卫星。一边听一边问仍然一知半解的神秘世界……

我首先让她讲讲她研制的太阳敏感器。

所谓太阳敏感器就是测定宇宙空间飞行物状态的敏感器。

用来测定卫星和火箭与太阳的相对方向和位置，是卫星中不可或缺的重要部分。

从 1968 年开始，研究所就非常重视太阳敏感器的研究。为了填补国内的这一空白，张贞子一头扑在研究中，其过程艰苦卓绝、催人泪下。外国将其作为机密，国内无处可学，设备落后，加上"文化大革命"时又遭遇变故……

用于人造卫星上的太阳敏感器结构要简单，重量轻盈，尺寸要小，即使受到宇宙粒子辐射线的辐射材料也不能变质，在高真空紫外线辐射下，透过率也不能下降。

而且由于设置在卫星表面，电子回路设计要考虑到在 -40℃到 65℃温度环境中，性能不能有变化，在设计的时候，既要考虑地球反射光线的影响，发射时即从火箭上分离的时候不能受震动的影响，还要考虑到残光的影响、宇宙尘埃颗粒等的影响……

实际上哪怕出现头发丝的几十分之一的误差都是不允许的，必须准确无误，要求极其严格、苛刻。几十年期间，张女士在研究这种设备的研制室里神经一直处于高度集中状态，只要放下碗筷，就会一头扎入实验室里。心中只有这一个目标，除此之外，外面的世界究竟发生了什么，如何精彩，全然不知。就这样送走了青春岁月，也度过了中年时光。

让我们看一看光学镜片的选择吧！

通常，光学玻璃在宇宙中遇到粒子辐射就会变成黑色或是褐色。使用这样的光学镜片，太阳敏感器必然失败。而石英玻璃热膨胀系数小，不仅对周围环境温度变化有着很强的适应性，抵御辐射能力也很强。为了开发石英玻璃，张女士东奔西走，与建筑材料研究院、石英研究所联手，开发出了紫外线不能透过的、具有抵御辐射能力的石英玻璃。经过数百次的实验，最终将半圆形柱面镜玻璃和平面玻璃结合起来，能够增加太阳能，由曲折率引起的测定角误差也达到了 0.02 度。

从 1970 年开始，我国送上太空的卫星虽然已有 30 多颗，但装有视野宽阔、拥有高精度太阳敏感器的卫星则是在 1987 年首次升空的。

太阳敏感器的发明具有重要的意义。过去人造卫星调整状态必不可少的附件回转仪经过一段时间以后精密度就会下降，从而对人造卫星调整状态造成影响。这种影响可以参考安全性好、精密度高的太阳敏感器发出的信号随时修正精密度，提高人造卫星调整状态的准确度。因而太阳敏感器成为人造卫星和宇宙飞船不可或缺的部件。

都是一些高端的高科技名词，其发明过程艰涩费解，不过，在翻阅她的工作报告书的时候，我看到了宇航研究所学术委员会的评议，对她的研究价值有了些微的了解，发出了由衷的赞叹。

　　……该太阳敏感器在国内首次采用了柱面镜和整块玻璃

结合的方案，成功地解决了关键的技术问题，是我国第一个大视野三轴稳定数字式太阳敏感器。大量的实验证明，方案先进，设计和工艺都能运用于实际中。该敏感器研制成功为今后研制大视野高精密度太阳敏感器奠定了坚实的基础……

"真是了不起。一个女性能够研制出如此尖端的东西。您觉得走过来的人生之旅什么时候最开心？"

听到我贸然的提问，张女士莞尔一笑，回答道："我的研究发明在4种卫星上都可以应用时，那种喜悦就不用说了。最开心的时候是看到实验性能和飞行实验传下来的数据一致的短暂时刻。因为那一瞬间是用我一生的研究、无休止的实验、奋斗、失败、孤独、泪水……换来的。无法忘记。

"人造卫星发射45分钟之后，就会从那个卫星上传回数据。那45分钟就像几年一样漫长。忐忑不安，极难忍耐，每一分每一秒自己的血肉仿佛都在被榨干一样。信号从空中一传回来，地面指挥所就会立即核对结果一致与否。那一瞬间，我像孩子一样放声痛哭。那哭声只有那些失败和辛苦早已成家常便饭的科学家才能理解。那是我一生中最喜悦的泪水。

"在成功的日子里，我经受了失去丈夫的可怕打击，他是一位出色的宇宙科研学者。"

张女士从抽屉里拿出丈夫金奉先（音）先生获得的奖状和国家发明专利证书让我看。他也是宇航研究所出色的科学家。在剜心刺骨的痛苦和悲伤、生活的孤独中，张女士以超人般的毅力推动着研究事业。

"工作岗位和实验室是我唯一的希望和寄托，是我开心之源。"

1965年，张贞子从长春光机学院毕业后就分配到了航天工业部研究所从事研究工作。

1979年，研究开发成功轧钢用的高温探测仪。1980年完成红外线辐射测温仪，提供给本溪、鞍山等地，取得了巨大的经济效益。1984

年发明了中等精密度大视野数字式太阳敏感器，获得国防科委重要科技成果三等奖。1986年，因在航空航天工业部"八五"计划期间预备研究中做出出色贡献而获得先进工作者荣誉称号。1988年获得国防科委重要科研成果一等奖。

她还发表了《太阳敏感器的研究开发》《论人造卫星姿态控制系统》《中等精密度大视野数字式太阳敏感器研究开发》《关于太阳敏感器的材料使用和延长寿命的实验》等论文。并两次前往韩国，一次前往朝鲜进行学术交流，受到了热烈欢迎。

陪伴一生的笔记本

通过交谈，我才惊讶地发现，张女士和我是老乡，都是延边人。她1940年12月6日出生于吉林省安图县。在偏僻的安图县北兴山沟念小学的时候，一到冬季，每天都要抱着烧炉子的木柴上学校；在厚厚的雪地里摸爬滚打的幼年时期，令她无比怀念。

"那时，我的班主任是任玉顺老师，脸宽，高个儿，非常文静。小的时候，在我的眼里，她就像神仙一样，令我非常尊敬。我忘不了。现在怕是已经成了白发老奶奶了吧。离开故乡后一直没有回去的机会。"

小时候，张贞子聪明伶俐，学习非常好不说，舞跳得也很棒，深受老师们的喜爱。小学二年级的时候，她在全县统一考试中拿到了第一名，这对她是极大的鼓舞，她学习更刻苦了。无论病得多厉害她也从不缺课。

一天，张贞子去山里植树，不小心滑了一跤，手被镰刀割了个很深的大口子。不巧的是第二天就是期中考试。手上虽然抹了药，可依然肿得老高，而且疼痛难忍。妈妈看到她疼了一宿就劝她不要去考试了，可张贞子执意上学用左手参加了数学考试，还得了100分。

上中学的时候，她特别喜欢化学和物理，学得也很好，还被选为课代表。张贞子有一个独特的兴趣：喜欢收集科学家的照片、名言和事迹，贴在笔记本上。为了收集这些资料，她找同学要，去书店买，托别人弄来丢弃的报纸，剪贴或者抄写。老师和好友知道她的这个爱好之后，看到科学家的资料就会保存起来送给张贞子。走出偏僻的明月沟，读延边高中、吉林高中的时候一直没有中断这种收集。

精心制作的这个笔记本，她视如珍宝。只要有空闲就会拿出来一遍又一遍地阅读。她用科学家的名言约束自己的行动，从那时起就树立起了理想：将来成为一名科学家，将自己的一生毫无保留地奉献给科学研究事业。

张贞子是独生女，从小就备受呵护，上学以后也特别爱哭。一次，老师让她主持娱乐会，她却站在那里大哭起来。后来，读了科学家的名言和自传，认识到哭泣是软弱的表现，便下决心改掉这个毛病。以后，无论遇到什么样的困难，她都咬紧牙关不再哭泣。

通过收集和学习科学家的资料，张贞子提高了勇气，培养了毅力，学到了系统的学习方法和态度，掌握了干练的思考方式，这些对她后来从事科研工作提供了巨大的助力。

从学校毕业参加研究工作之后，张贞子将那个笔记本放进自己的抽屉里，一有空就会拿出来翻看。几十年来，紧张的研究、实验、论文之类的告一段落之后，她就会习惯性地拿出那个笔记本，笑着翻阅，有时也会反省自己。痛苦的时候会拿出来，孤独的时候也会拿出来。实际上，30多年来，这个笔记本一直没有离开过她身边，陪伴着她，鞭策着她，给予鼓舞，给予安慰，是她最钟情的"爱人"。

笔记本是个16开的大手册，随着岁月的流逝，手册起了毛边，褪了色，封皮也已泛黄，原来的样子已经不甚分明。

我捧起笔记本，不知不觉便陷入其中，读得"废寝忘食"。

其内容主要是初中、高中时期写的日记兼资料集。扉页上贴着中国科学院院长郭沫若先生的肖像，下一页大字写着斯大林的名言："伟大的目的催生伟大的精力。"

读着 1958 年 1 月 25 日（星期五）抄录的科学家名言，张贞子的抱负、理想、志向、性格和兴趣等一目了然。下面是这一天的全文：

学习是伟大的劳动！

路，只有行走的人才能征服。

数学是锻炼人头脑的体操。

——加里宁

在科学上没有平坦的大道，只有不畏辛苦沿着陡峭山路攀登的人，才有希望达到光辉的顶点。

——马克思

没有比自由劳动更正确的幸福之路。

——高尔基

荒废的时间一去不复返。

——托尔斯泰

要锻炼意志，就要完成规定的任务，无论它需要什么。

——乔尔特洛夫

理解是记忆的根本条件。

——乔尔特洛夫

几何科目要求非常严谨，不能错过任何一点提高兴趣的机会。

——帕斯卡

科学只会垂青那些毫无保留地献身于科学的人。

——巴甫洛夫

这篇日记中，她自己的话只有两句："学习是伟大的劳动。""科学，伴我同行。"不过，这两句话却是她选择一生之路的悲壮誓言。虽然她没有详细披露自己的内心世界，但科学家们闪光的名言表达了她的心声：自己将来要追随他们走过的路；那不是一条平坦的大道，而是一条充满荆棘、艰难险峻的路；无论这条路多么险峻都要为之奋斗一生，为国家做贡献。那时，她还是一个只有17岁的多愁善感的少女，但却能够用如此成熟的思维方式解剖自己、义无反顾地选择自己的人生道路。

之后数十年间，尽管遭受到反反复复风云变幻的政治运动和生活困难的巨大而又可怕的冲击，但张贞子在自己幼时选择的道路上毫不动摇，没有丝毫的退缩。

1958年，前所未有的"反右政治斗争"席卷全国。无数学者在这熊熊的烈火中遭到批判、斗争，备受折磨。大街上、办公室里、学校走廊两侧，贴满了大大小小的大字报，批判声、口号声令人不寒而栗。"大跃进"的狂飙横扫全国角角落落，千军万马齐炼钢铁。连学校的砖围墙也被推倒，建起了熔矿炉。科学和知识靠边站了，共产主义金桥仿佛一夜之间就能建起。知识和知识分子的地位跌入谷底。在那个时代，在那种岁月，年仅17岁的张贞子却以清晰的头脑做出判断：只有科学才能救国。她崇敬科学家，希望走上这条艰难、险峻之路。多么不简单啊！懵懵懂懂、稀里糊涂度过那个时代的我更是将惊诧的目光投向了她。

我们再看看她的一篇日记吧。

1958年1月26日

1958年会出现什么样的科学发明呢？

1. 苏联博士斯帕雷高茨预言1958年万有引力问题能够有所突破。

2. 有人提出整个太阳系是由一个气云形成的假说。该气云的粒子运动速度出现差异后造成气云逐渐分解。速度慢的粒子留在太阳系中心形成核，核中有利于热核反应，形成了有利于太阳生成的条件。速度快的分子沿轨道运动中集中形成流星……科学家们将仔细研究这一假说……

3. 物理学家、苏联科学院通信院士金兹布尔格认为：第一，世界上科学技术方面最重要的问题，即热核反应的控制问题有望达成初步的重大成果。第二，如果说1957年是征服宇宙的发端的话，1958年将成为这种飞行带来科学成果的一年。

4. 地理科学博士、南极综合考察队队长米哈伊尔·索莫夫1957年末到达南极，宣布"开拓极地考察站"，有望解决现代地理最重大的问题——南极是大陆还是冰块覆盖的群岛。

……

第一颗人造卫星1月4日掉入致密的大气层销毁了。卫星用96.2分钟内绕地球一周，与地面的轨道距离最大为950公里，存在了92个昼夜。这期间绕地球公转1400圈，运行约6000万公里路程，即飞行的距离相当于火星到地球的最近时的距离。

意义：

该卫星的观察为研究大气层高层及人造地球卫星的运行规律提供了宝贵的科学资料。

看了她日记本上这一天的笔记，我又是大吃一惊。小的时候她的眼光已经瞄向了高科技。特别是对宇宙科学、人造卫星产生了特别的兴趣，非常关注。

啊，她将来的目标就是研究太空啊！

1958年1月29日日记中，她又写下了第二次升空的人造卫星最大高度为1670公里。她还兴奋地写下了苏联科学家研制出了世界第一辆太阳能汽车。2月1日她记录了美国发射的人造卫星绕地球公转1292圈……

她的日记本中关于人造卫星的内容很多。

笔记本的每一页都记满了各种各样的知识和发明笔记，可对狂热的"大跃进"时代那些政治运动、社会活动、劳动大军却没有只言片语。小小的年纪，她就已经站在更高的层次上憧憬着未来的科学世界，表现出独特的气质和眼光。

她的笔记本上贴满了众多我们熟悉和陌生的科学家的肖像画。全都是从报纸或期刊上剪下来的。有的旁边还写上了该科学家的主要发明和贡献。科学家的名字和发明成果下面画满了红线，随着岁月的流逝有些红线已经模糊不清，于是本人又重新用红笔做了勾勒，这种痕迹宛然。

从俄罗斯伟大的天才科学家、自然科学的创始人罗曼诺索夫到门捷列夫（发明元素周期表），法国的拉瓦锡（证明空气是各种气体的混合物），德国科学家欧姆（电流、电压、电阻关系研究）和瓦特（发明蒸汽机），英国人斯蒂芬森（发明火车），意大利物理学家、天文学者伽利略以及牛顿（研究动力学基本法则、万有引力定律等），我们可以通过笔记本见到无数科学家。能够通过她的笔记本一一熟悉无数伟大科学家的面容，是一件多么有意义的事情啊。

她在笔记本的最后一页用粗大的笔体写下了似乎是高尔基说过的话，并画上了红线。

　　我拥有的一切都是书籍带来的，爱书吧，它是知识的源泉！

张贞子笔记的第三部分（笔者的分类）是令人忍俊不禁的有趣文字。有的部分读起来令人捧腹。

　　张贞子有成为未来科学家的资质……新星般闪耀的双眸是智慧的财富……百折不挠一定会成功实现未来理想的人，张贞子……集智慧、聪明、美丽于一身的招人嫉妒的女孩……在学习方面是出色的探索者，舞蹈方面是人气演员，生活方面是快乐性格的所有者……

这是中学毕业时同学们给她写的留言。年轻的朋友对她的评价和预测是如此的公正、准确，不能不令人惊叹。

她成功的底蕴和秘诀是什么呢？我无法概括总结出来，只能老老实实地抄录几句话奉献给大家。

　　已经失误或失败的事情，总结出问题出在哪里之后就会撇到脑后不再理会，继续向前。

这可以说是她的座右铭。正因为她性格如此，才能在如此坎坷曲折的人生道路上，奋战在紧张、孤独、严谨的科学研究室中，并大获成功！

"我在中小学心无旁骛，系统而又耐心地学习了教科书和参考书上的知识。成绩一直保持在一二名。当时系统打下的基础知识，练就的分析能力、思维能力和恒心对后来的研究工作帮助极大。基础知识真的比什么都重要。有志于科学研究的学生更要努力奠定系统的知识基础……"

离开的时候，她再次重复了上面的话。

夜虽然深了，万家灯火却如繁星点点，北京的街道俨然已成为不夜城。

1992 年 8 月

水利水文"裴博士"

——记水利水文专家裴正国高级工程师

采访结束，裴正国（1941—）已经走了，但感觉他好像依然坐在我面前。

这真是一个非常另类的人。说不上哪里总有与众不同的地方。

裴正国个性非常强，是个我行我素的人。能够行使权力的院长一职，别人是苦求而不可得，而能力出众、人心所向的裴正国却执意推辞。他认为自己不是"那块儿料"，首先，自己那直筒子性格无法妥善处理上下左右复杂的人际关系；其次，自己满脑子装的都是计算机、数学公式、工程设计之类的，行政工作会忘得一干二净。这是他"毫无半点愧疚之色"的据实相告。

那你想干什么？上级领导问他。他回答：总工程师虽然也不好干，好像多少还能应付一下。领导班子经过深思熟虑，满足了他的愿望。

几年来，那件事——令人头疼的总工程师工作做得很称职。不，是非常出色。

这时我想起了他妻子崔仁淑工程师的话，不由自主地笑了。

"……他有很多独特的地方。有个习惯是，上下晃动长长的脑袋。这时候一定是在承担重大设计的时候。还有个习惯是枕着双手仰望天棚。这时候是在进行数学运算。一起生活了几十年，现在能够理解也习惯了。每个月拿到工资往我手里一塞，然后什么事就都不管了。

"你说看电影吗？基本上没有。从不散步，也不逛公园。什么西市场、百货大楼、国贸大厦……听倒是可能听说过，恐怕从来都没有进去过。那样的地方，对他来说无异于禁区。人虽然忠诚，但了无情趣。上班的时候，我也一定要像照看孩子一样仔细察看。不然可能就会连衣服都不换，或者穿着拖鞋就出去。家里有好几面镜子，可他从来也不照一照。匆匆忙忙洗把脸，用手巾一抹就完事……"

那光景不难想象，短短的头发也没必要梳理。

"……有的时候真想哭。有一次，要提交珲春堤坝报告书，任务非常紧急，连续3天没睡觉终于赶出来了……"

啊，守在身边的妻子会是怎样的心情啊？大雨滂沱依然能够酣然入睡的人啊，你们可曾想过我们的前面还有这样的奋斗者、牺牲者吗？！

"经过连续3天夜以继日的辛苦，直到提交报告书以后才吃下一碗饭。可他却说眼睛好像要冒出来一样什么也看不清了。我不知道有多伤心……这样的事多得不计其数。

"有的时候，因为亲戚或孩子的事情，想跟他商量一下，可他因为摇头晃脑解算数学公式，只是挥挥手挡住我要说的话。意思是让我随便处理。他要把家中的权力全都给我。搬运或者拿进重物时让我吩咐他干，这样的事情对他没有什么妨碍，只要不说分散他精力的话就成。哪有这样的一家之主啊。现在老了，也就习惯成自然了……"

这个人就是延边水利水电勘测设计院高级工程师裴正国。

吉林省有位领导称他为水利水文"裴博士"，有的领导则高度评价他为"我省的资源"。很多人都非常认同这种评价和称呼。

这是对从事延边水利水电工程规划和设计工作34年的裴正国所表现出来的天才般的才干、火热的干劲、惊人的探索精神和取得的显赫成就给予的概括和公正的评价。

裴正国家庭条件非常困难，学习虽然非常出色，但却没能上大学，中专毕业后，年纪轻轻就参加了工作。

60年代初，中国社会只注重以阶级斗争为纲不重视学问，年仅19岁的正国深感没有知识就无法搞好设计，他毅然选择了自学之路。心气够高的他一下子就选择了两个函授大学——北京水利学院和延边大学数学系同时开始学习。经过 5 年不懈的努力和坚持，他拿到了两个大学的毕业证。正国自学了日语、英语和俄语，学习了国外的先进技术。通过自习，他在计算机开发和应用方面也做出了巨大贡献。

34 年间，他设计了 8 个中型水库，2 个水力发电站，1 个 10 万亩灌溉区，1 个国际界河防护工程等。制定了中型流域规划及水力资源区域规划、农村电气化县规划以及小型水力发电所发电规划。

1986 年，在美国路易斯安那州举行了一个名为"洪水频率与风险分析"的国际专题讨论会，裴正国应邀前往美国用英语发表了论文《随机场抽样原理确定特大暴雨的点面关系》，很受欢迎。

1988 年 12 月，47 岁的裴正国成为高级工程师。

他的一生都过得很充实。他不懂屈服，目标确立之后就会一往无前，即便有巨石阻挡，也要将其打穿。不会说谎，不会奉承，只想诚实生活的固执男人。从不睡午觉，非常勤勉，像蜜蜂一样只知道干活。不管干什么不成功决不罢休，无论前面是荆棘丛生，还是刀山火海，他都会勇往直前，总是那么粗犷、孤傲、自信……所以，总是被人贴上骄傲的标签……

裴正国是我们民族有抱负、精力充沛、孤傲、个性十足的男子的典型。

"都能做"的孩子

1941 年出生的正国是在吉林省海龙县（今梅河口）第二区二道江村和磐石镇念的小学和中学。

小时候，他就说无论什么事情他"都能做"。所以，"都能做"成了他的外号。有人说，他长大了一定能干大事；有人说他吹牛。对"都能做"这句话及其主人的评价就是这样正相反。小时候的这一"优点和缺点"像影子一样伴随着他的青年时代、壮年时代。"三岁看老"这句话也许就是这么来的。

小时候，他的自信心极强。老师们都说正国的脑瓜儿不一般。实际上，不是脑袋瓜儿比别人特殊，而是更喜欢思索，喜欢钻研概念，喜欢推理。

1948年，他进入小学，那年冬天格外寒冷。他没有棉衣，家里没让他上学。3天时间，他闷在家里上上下下翻看着教科书。之后他也保持着从后面开始翻阅教科书的习惯。天气稍暖和后他来到学校，老师训了他一通。斥责他哪有天冷了就不来上学的学生，这深深地刺痛了他的心。

过了一阵儿，老师问谁能读读课文。好胜的正国像别的孩子一样立刻举起了手。老师惊讶地看了看正国，并点了他的名，想看看他的表现。出乎意料，虽然有些磕磕绊绊，但总体读得还比较流畅。开始，老师有些怀疑地询问是不是有人教过他，正国摇了摇头。想到正国家里也没有人能够教他，老师又问他没有学过的课文他怎么会读。正国挠了挠头答道："最近天太冷，没法出去玩，躲在被窝里太无聊，就按着老师教过的字母拼读，结果就成话了。很有意思。所以，我一篇一篇地把课文都读了下来……"

老师又让他读后面的课文。果然都能读下来。老师大为吃惊，兴奋地直拍正国的头。从那以后，老师逢人就夸正国是个举一反三的学生，很快全校都知道了。

实际上，不是正国有什么秘诀，而是他有一种习惯，不满足于单纯熟悉老师平时教过的内容，一个字是由什么字母构成的，为什么那么读，他都要一一弄清楚。正因为如此，他比别人更快地掌握了朝鲜文字的拼读法。老师的称赞让他迈出了为今后成功而奋斗的第一步，也让他树立起了无论什么事都能做成的自信心。学算术的时候，学自然的时候，他也都喜欢深抠概念，探究理致。有的时候会因为他过于细究老师的话或村里大人们的话而遭到责难，但这并没有改变他喜欢刨根问底的习惯。也正因为这种习惯，他没有忘掉学过的公式和定理。

中学的时候，他听老师讲过德国数学家高斯小时候用巧妙的方法先于别人算出 1 到 100 的合计的故事。

之后，正国在和同学们玩的时候说自己也想到过那种方法。孩子们哗然："你怎么可能与世界著名的天才数学家相比？太过分了，太自高自大了。"认为他吹牛，还告到了老师那里。但问心无愧的正国却满不在乎。因为喜欢数学游戏的他，实际上那时确实有过类似的想法。（岂有此理，难道著名数学家能想到，我就不能想到吗？）正国独自喃喃自语。

正国对数学、物理有着浓厚兴趣，喜欢做数学游戏和解难题。解开别的孩子解不开的难题获得老师的赞扬在他看来是莫大的荣耀。

几何老师听到学生们的反映之后，意味深长地说：我们当中有像高斯那样头脑聪明的人，也有头脑稍微笨拙的，不过，只要多动脑，也会像高斯那样思考问题。老师特别喜欢这个出色的几何课代表正国，说我们中国凭什么就出现不了高斯那样的数学家，鼓励学生们都要像正国那样树立远大抱负。老师的理解和支持成为正国力量的源泉。正国总是全身心地投入到学习之中。与别人不同的地方是，他思索的时间比看书的时间更长。他习惯躺着用脑心算，而不是在书上解题。枕着双手平躺凝视天棚，这样的时候就是正国解难题的时候。

随着时间的流逝，不仅老师，学生也说正国什么题"都能解"。

这种"都能做"的自信也曾遭遇过一次重挫。

那是中学时候的事情。一放假，孩子们都回家了，只剩下他一个人留在宿舍里。一天，阳光突然透过窗户射进屋内，在书桌上形成了阴影。正国脑子里蓦地浮现出数学课学过的一个概念。经过书桌两角的光线与书桌边构成三角形，只要知道光线经过的桌角度数，就能算出书桌边的长度。那么反过来就可以计算太阳和地球之间的距离。他脑海中转的就是这一雷人的想法。书桌的长度很容易测量，但光线和桌面形成的角却很难精确测出。正在进行"伟大发明"的正国每天对付吃点饭就会钻进宿舍里想方设法用量角器测角、计算，一个假期就这么过去了。结果他没有成功。这次失败对他那冲天的自信心是一个沉重的打击。

筋疲力尽的正国枕着双手呆呆地望着蓝蓝的天空飘着的朵朵白云。好失落啊。他满脑子都是角、光线、三角形、距离……（从一点发出的两条光线明明会形成角的……？）

后来学了物理课他才知道太阳光线是平行线，从而明白了自己失败的原因。

"失败是成功之母"，正国明白了合乎概念，并不一定都正确。实际情况不知道有多复杂。那次失败让他懂得了很多道理。那之后的数学课，他轻松地掌握了曲线是由无数短直线构成的微分概念。对哲学和辩证法的兴趣也越来越浓了。失败让他进步了一大步。

裴正国闪光的 60 年代初

1959 年，裴正国中专毕业分配到延边水利水电勘测设计院，当时他只有 18 岁。

本来就有很强的探索精神，参加工作以后，热情更加高涨。

他参加工作第二年，大兴沟发生了大洪水。他和别人一道沿着嘎呀河进行调查研究。需要计算洪水，但当时我们国家刚刚建立水文站，几乎没有积累下观测资料。听说石岘水文站有点资料，裴正国经过几个月研究，向领导提交了洪水计算公式。

设计院有一位解放前毕业于哈尔滨工业大学的金处长，他看到这个"菜鸟"的计算方法，开始认为不对。但从不轻易变更自己想法的裴正国找到自己的顶头上司延科长，详细说明了自己的计算公式如何如何正确。延科长认为这个"菜鸟"说得有道理，就找到金处长说明了情况。金处长重新拿出裴正国的材料仔细看完，拍着大腿说，这个计算方法很独特。之后，金处长多次在会议上称赞裴正国，院里的人都认识了他。领导的支持和鼓舞让年轻的裴正国更加发愤图强。

1962年，我国开始逐渐重视起水利事业。中央水利部水文研究所著名的水利专家陈家琦提出过一种洪水计算方法。这时，苏联专家罗斯托莫夫也提出了自己的洪水计算方法。裴正国对两种计算方法都进行了深入、细致的研究，他发现二者并不很适合延边这个特殊地域的洪水计算。于是，他对洪水计算进行了广泛、深入的研究。然后，大胆提出不同见解，推出了自己的洪水计算方法。

1962年到1963年两年期间，他撰写了很多论文。他用汉语写出了20多万字的论文，包括：《小汇水面积洪水计算意见》《关于修正今后小汇水面积洪水径流计算中延边地区暴雨公式的建议》《推算暴雨中洪水高峰流量的经验公式的形式及暴雨与洪水统计参数CVCS间的关系》《暴雨与最大流量统计参数间的关系考察》等。

21岁时，裴正国写出了长达40页的论文《暴雨与最大流量统计参数间的关系考察》，在该论文中，他大胆地论证了自己不同的计算方法。

他是这样阐述自己不同意见的：

> 几年来，我们自治州多个河川流域连续发生了大大小小的洪水，给农业生产造成了严重的损失。"知己知彼百战百胜。"与洪水抗争，就要掌握洪水的规律。从我州的情况看，拥有较长时间洪水资料的水文站和水文网并不多，要用水利统计方法设计洪水非常困难。拥有短期水文资料的流域通过与拥有长期水文资料的水文站相关联进行研究的方法可以扩充资料。不过，相关法并不适用于所有的流域。因此，目前设计规划过程最流行的是用较长的暴雨资料进行洪水设计的方法。迄今为止，利用暴雨进行洪水设计的方法和水利统计法几乎是在没有什么关联情况下发展的。只有在处理暴雨

频率和洪水频率时，才会假定二者的频率相等。有关暴雨和洪水间，暴雨和洪水统计函数间的关系方面的论述并不多，水利统计法和用暴雨测定流量法并没有形成很好的结合和统一……

鉴于这种状况，裴正国大胆提出了自己的研究结果。1963年春，他在进一步深入研究"暴雨频率和洪水频率的关系"之后，通过分析偶然现象之间的联系，提出了暴雨频率和洪水频率之间的关系。

……自然界存在无数偶然现象。这些现象之间有着普遍的联系，而不是孤立、彼此之间毫无联系的。从偶然现象中的普遍联系中，我们可以发现大量偶然现象之本体的某种必然趋势。不过，由每个偶然现象引起的现象又必然是偶然的。……

水利统计中从数学关系上可以获得数十种分布曲线。但是，偶然现象间的联系极其复杂，人们在认识这方面规律时还有很大局限。要严格证明各种曲线还很困难。不过，现象间的联系尽管非常复杂，但设计这种曲线的可能性是存在的。现象间的联系和分布曲线互有关联表明，可以满足这个世界上所有偶然现象的万能分布函数是不存在的……

年仅22岁，而且只念过中专的一个青年，能够拥有如此丰富的唯物辩证法知识、特殊的想象力、清晰的思维和分析能力，而且还有深厚的高等数学知识，不能不令我震惊。

那个时候，整个国家都沉溺于阶级斗争和政治，以致没有人能够欣赏、爱护我们身边，不，在这种偏僻的角落孤军奋战的年轻人才。这不能不令人扼腕叹息。如果给他插上翅膀的人能有现在的十分之一，他也能在新的高度，在科学研究领域做出更大的贡献。

他几十年来的研究资料和无数论文草稿尘封在某个角落散发着浓重的霉味，看着这些材料，我的心情说不出的沉重。另一方面，也有一种黑暗洞穴中采金的感觉。

毕竟还有一些值得感谢的人能够理解他、欣赏他、接受他。

那是确定安图水库洪水设计的时候。裴正国起初使用我国流行的推理公式计算，结果远大于本地区历史洪水资料。于是，他着手分析其原因。原来，在对推理公式中的各个变数的定量方面，现行推理公式缺乏完整性。他发现，在缺乏精密的观测资料，只有洪水调查资料的地区，很难适用这种方法。他从自己的研究实践出发，简化了中国水文研究所的方法和苏联专家罗斯托莫夫的方法。用洪水调查资料推算了流域特点对洪水产生影响的大小。利用暴雨和洪水统计变数间的关系计算出了洪水的统计变数。

多年来，一直关怀、支持裴正国的延东燮科长，瞒着他将他的这种大胆的论文寄给了水利科学研究院水文研究所专家陈家琦。

尽管自己的学术研究和工作非常繁忙，而且来自全国各地的资料堆积如山，但陈家琦还是非常耐心地阅读了一个少数民族青年技术员的论文，不仅修改了论文，还写了封热情洋溢的信激励裴正国。

下面是信中的一段话：

> 裴正国同志在安图水库洪水设计过程中，积极研究各种方法，为让水库洪水设计数据更加切合实际绞尽脑汁，同时对现行计算方法苦心钻研、探索和改进，甚至创造出了一些新方法。这种努力和劳动将对我国水文计算事业产生一定的作用。
>
> 需要指出的是，裴正国同志实施的通过暴雨统计变数改善洪水统计变数的工作，无论是在应用上，还是理论上都有一定的价值。裴正国同志在水文计算、水文统计方面掌握的基本理论水平非常高。这证明，几年来，我国技术队伍特别

是青年科学技术人员在迅速成长……

这是 1963 年 1 月写的信。30 年漫长的时光流逝，信纸已经发黄，字迹已经模糊，但裴正国却像宝贝一样珍藏着这封信，时而也翻看一下。专家的一两页书信内容深深地印在裴正国的心坎里，成为不断推动他前进的力量源泉。前辈对后辈的影响何其巨大！

60 年代初，堪称裴正国论文如喷泉般涌出的黄金时期。这一时期，他撰写了数十万字的论文，完成了两个函授大学的学业顺利毕业，在恋爱方面也获得了成功。真是忙得不可开交的岁月。他对辩证法有着浓厚的兴趣并且想方设法将其应用到数学中，看到这一情况，他的恋人给他买了《自然辩证法》一书作为订婚纪念送给他，表达了对其事业的大力支持。

"文化大革命"抹杀了他才能爆发的 60 年代后期，在那场恐怖、肆虐的 12 级台风之中，纵有通天的本事也无法施展。

找回失去的时光

光阴一去不复返。和中国广大的知识分子一样，裴正国也失去了整整 10 年的时光。10 年能够做多少事情啊！在岁月的波澜中他也沉静了许多。而他的目光更加深邃，更富于思索，他也更加成熟。

社会步入正轨之后，知识分子要做的事情实在太多了。众多的事情堆积如山。裴正国这个人本来就不是甘于寂寞的人。只有奋斗才能让他感受到生活的乐趣。明明无法找回的东西也执意要找回，这就是他的性格。

到了 70 年代中期，裴正国还只是个 30 多岁血气方刚的中青年。他又投入到洪水研究中。一做起事来经常废寝忘食。虽然整个社会"文化大革命"的"洪水"已经过去，但阶级斗争为纲还是成为主导，科学的重要性依然被死死地压在了谷底。

裴正国真的无法理解。"文化大革命"搞得再热闹，无论阶级斗争抓得再紧，洪水才不管那许多，照样嚣张肆虐、横行无忌，吃亏的是百姓，是国家。因而不管形势如何，研究洪水规律，减轻国家和百姓的损失才是正道。不问政治的帽子想扣就扣吧，我就要成为那种"不问"。

这样想过之后，裴正国又投入到研究中去。继 1974 年 7 月发表论文《洪水计算规范中若干问题的讨论》之后，1978 年撰写了《概率场回流论》，1979 年撰写了《复式断面流量计算》《函数矩形瞬间单位线的分析》等很有分量的论文。

在"农业学大寨"的政治口号响彻云霄的时候，裴正国也没有改变。行就是行，不行就是不行。有些人惧怕政治风向，明知道不行的，也会含糊其词地放行，但裴正国却一是一二是二。

在讨论亚东水库龙北灌溉区建设问题时，裴正国认为，由于没有水源，不应该建设龙北灌溉区。水库能够流入多少水量、有多少水量才能满足灌溉区用水是个十分复杂的问题。虽然可以大体推算，但水文规律因地域不同而不同，灌溉区的土质也随地域不同而不同，要计算准确的水量并不容易。但是，裴正国对水文进行了多年的研究，也掌握了该地区的一些水文观测资料，非常清楚水量不足。在这种情况下建设灌溉区会给国家造成巨大损失。当时，全中国都笼罩在农业学大寨的浓重政治氛围中，言语稍有不慎后果难以估测。那时的情况是：主张越"左"越欢迎，行动越"左"越革命。相反，实事求是的人往往被打成"右倾"，这可是几十年的历史教训啊！

裴正国是提倡"实事求是"的人。他徒步考察了龙北灌溉区百余里的灌溉水路，仔细调查了土壤状况，重新调查了整个地区的干旱情况，对自己的结论进行了重新检验。有了科学的根据之后，他无所畏惧。他坚决反对龙北灌溉区的建设，并且找相关领导们说明道理。可是，单凭一人的肩膀如何撑得住已经倾斜的立柱！这项灌溉区建设项目上面几乎早已经板上钉钉，设计图最终还是交了上去。该工程需要投资数百万元。眼看着要造成数百万元的损失却束手无策，裴正国真想大哭一场。钱是国家的钱，人民的血汗。他恨自己，眼睁睁看着国家的财产、人民的血汗就要打水漂，自己没有权力，不能阻止。他痛心不已，写下《备忘录》交给党委会。文中一一写明该工程将会造成的严重后果。这是他通宵达旦含泪写下的文字。

但是，该工程的 100 万元巨额资金还是划拨下来，高举农业学大寨旗帜的建设大军浩浩荡荡地进入建设工地。虽然大家都高喊口号、鼓掌欢呼，裴正国却好不容易遏制住自己的冲动，没有冲上去伸开双臂拦住浩浩荡荡的建设大军。

台风令人无奈。猛烈的台风带来的是严重的后果。

不久以后，没有水源的龙北灌溉区建设宣告中止。近百万元的金钱埋入泥土之下，数万民工的血汗付诸东流。

按说，坚持正确主张的裴正国应该获得表彰，缺乏科学态度盲目行动的领导应该受到处罚，这才合乎公正原则，可历史却往往不是这样。裴正国反而被批自高自大，入党时也有人在背后说三道四。直到几年后，当时主要领导才在退休的时候说了实话，承认裴正国当时的建议是正确的，自己看到了那份备忘录，在施工后重视起裴正国的意见。

这不过是一个例子。裴正国就是这么一个直筒子，看到说空话、歪门邪道就会暴跳如雷，根本无法容忍。有些事情可以委婉地解决或者先忍一忍再提出来可能会取得更好的效果。他不能。这也许是裴正国永远无法改变的独特性格。

裴正国的"黄金时期"

如果说 60 年代初是裴正国人生活力十足的青春时期的话，那么，80 年代可以说就是他研究工作取得累累硕果的黄金时期。不知不觉他已经步入中年。在改革开放的春风吹拂下，尽管人到中年，但他依然四处奔波，没有睡过一个安稳觉。

经过多年研究写下的论文《复式断面流量计算》刊载在吉林省水利学会第四届学术年会论文集中。

接着，吉林省水利学会水文专业委员会第一届学术会议召开，专家们对裴正国的这篇论文给予了高度评价，特地写入会议概要中：

　　……延边水利水电勘探设计院的裴正国从理论分析角度，提出了复式断面的临界水深、划分计入复式断面分界面的剪断应力流量的计算方法和确定零点应力断面面积的理论方法。这是非常宝贵的材料。该论文对改进和提高复式断面的流量计算有着重要意义。希望有关编辑部进一步补充实际测量及实验材料，验证这一理论，广泛普及和应用到水文站和洪水的调查工作中……

此外，他还接连发表了《相关法的改进》《下流水能理论埋藏量计算法的改进》《概率场合流论》《概率场水文分析》《时间变化单位线分析》等论文，成为水利水文系统的人气人物。

1983 年，他成为全国少数民族地区先进科技工作者。

论文《以概率场样本采集原理确定特大暴雨的点和面关系》堪称其洪水研究的高峰。该原理从数学角度研究概率场的整理，可以应用到尖端科学上。

1986 年，在美国召开了名为"洪水频率及危险分析"的国际专题研讨会。

要参加这次会议，就要在 1985 年 4 月末之前用英语写出论文提纲发到美国。可是，远在偏僻延边的裴正国并不知道这个信息。正好东北水文领域权威王本明教授想到了裴正国的研究成果，写信让他将论文翻译之后发过去。只剩下一个月的时间了。裴正国又一次发挥了

"都能做"的精神，决心争取这次机会。他拿定主意要把凝结着自己心血的研究成果《以概率场样本采集原理确定特大暴雨的点和面关系》发过去。他俄语和日语还不错，可英语水平只能勉强读读字母。他准备借助念中学的儿子的英语能力。虎父无犬子，儿子也像爸爸那样学习好不说，同样有着什么"都能做"的那股劲儿。儿子胸有成竹地答应了爸爸的要求为他翻译了论文。可是，毕竟是中学生的水平。无奈之下，只能找到儿子的英语老师说明情况帮着修改译文。但是，由于写信封地址时，位置没有写好，从美国发来的会议邀请信没有发到延边，因为写的是东北水文设计院"延边收"，信件发到长春辗转才到了裴正国手中。因而"延边"成为裴正国的又一个外号。

收到国际会议邀请信，裴正国像做梦一样。正所谓"不断攀登，终能登顶"。

就要赴美用英语发表论文了，可是他的英语水平糟糕透顶。"怎么办？"那时各种事情让他忙得不可开交。珲春灌溉区项目要收尾，上级组织还要求他担任院长一职。

处理完所有的事情，他就去了省里开办的"出国人员英语学习班"。到那里一看，学习班已经开始两个月了。别的人都在上中级班的课程。年纪大，基础差，参加得又晚……对他而言困难重重。年纪不饶人，以前一遍就能记住的东西，现在要背上两遍、三遍。

在这说长不长、说短不短的半年英语学习期间，他第一次遭受到了心理上的重大打击——"都不行啊！"深切感受到英语学习的艰难。

他拼死拼活地埋头苦修。挑战自己的意志，挑战自己的生命。食欲不振、嘴唇肿胀，身体消瘦。不过，刻苦的努力终于见到了成果，半年挺了下来，他终于通过了。

飞机翱翔在辽阔的太平洋上空，他抑制不住内心的激动。他怎么也没想到这种好运会落到自己头上。尽管自己是个自信心爆棚、自认什么"都能做"的人，但这一瞬间，他感觉到自己不过是太平洋中的一颗小水滴而已。

大会期间，他成功地用英语发表了论文，并受到好评。

中专毕业的裴正国成为高级工程师、登上国际舞台的专家，他的奋斗之路不值得后代人效仿吗？他的奋斗精神正是我们重视知识的民族精神的体现，他所走过的自习之路正是我们民族前辈知识分子走过来的路。

从美国回来，裴正国认识到世界已经进入到计算机时代，为了赶上时代的步伐，他又开始动脑筋了。最终他将计算机技术应用到自己的设计中，实现了最优化设计。他总是对同事们说："今后，离开计算机很难吃设计这碗饭。"

水利水电专业的 CAD（计算机辅助设计的略称）系统虽然全国有多家大学、科学院及设计院开发过，但都处在探索阶段，并没有普及。他早在 1990 年就开发了《混凝土堤坝 CAD 系统》和《土石堤坝 CAD 系统》。这种系统都不成熟，很难直接应用到设计中。计算机在运转时稍有差池就会中止。这时候，裴正国只能看着别人的程序，一字一字地拆解、改动，重新运行。他在计算机室里花费了大量的时间，如果没有人进来或找他，他经常连饭都忘了吃。

通过他的第二次开发，CAD 系统可以运行了。1991 年满台城水力发电站被列为全国第二届电气化县建设主要工程，需要紧急设计。围绕着交给谁来设计，包括设计院在内的设计领域展开了激烈的竞争。结果延边水利水电勘探设计院以能够按时拿出设计的优势争取到了设计任务。

设计任务是到手了，却没有人挺身而出。这时，裴正国利用 CAD 系统为满台城水电站设计了碾压混凝土坝体。其断面通过最优化设计最适合，速度也无与伦比。裴正国率领同事们花了两个月时间结束了坝体设计。碾压混凝土坝体是一种新技术，该坝体在我国是最北部的碾压混凝土坝体。一共只用了短短 3 个月的时间，他就拿出了中型工程的初步设计，名扬全省。如果没有计算机的帮助，这种奇迹是无法创造的。在年度总结的时候，一度担心无法按时拿出设计而忧心忡忡的院长意味深长地说："千军万马易得，一将难求。"这是对一个科技人才劳动价值的坦诚告白。过去，我们对科学家和科技工作者价值的评价太吝啬了。

裴正国主持的"安图县电气化设计"获得了吉林省一等奖。1983年，国务院提出在全国建设100个电气化试点县，建设适合我国国情电气化县是前所未有的事情，正处在摸索经验阶段。国家水利电力部农电司主要领导将"安图县电气化设计"作为吉林省代表性实例进行审查之后给予了高度评价："你们的报告非常出色，周密且符合提纲要求。我们看了几个省的十几个报告，还是这份报告不错。"

于是，吉林省又将安图县电气化设计当作典型向全省普及。该设计工程于1989年竣工，根据3年间所表现出的效果，吉林省政府将这一设计评定为优秀设计一等奖。这是迄今为止延边朝鲜族自治州数十个设计部门获得的省级奖项中首个设计一等奖。此外，《敦化市水利区域划分》《长白山地区小型水利发电站开发方针和策略》和《微机优先系统》还获得吉林省二等奖和三等奖。

我国著名数学家华罗庚先生说过："在寻求真理的长征中，唯有学习，不断地学习，勤奋地学习，有创造性地学习，才能越重山、跨峻岭。"

裴正国深知人生短暂，他把自己的所有时间都用在了钻研在别人看来是那样枯燥、无意义的数学计算、数学公式、概念和定理上，通过坚持不懈的学习，创造性的思考、分析，在水利水文领域成为公认的专家。正如高尔基所言，人生既可以熄灭也可以燃烧，为了使它燃烧成熊熊大火，他在永无休止地奋斗。

1994 年 7 月

永不干涸的"清泉"

——记延边大学师范学院副院长李京淑教授

我的故乡青山脚下有一口小泉眼，一年四季都流淌，年年岁岁不干涸。1998年，过了40多年再回到那里，山变了，村子变了，人变了……我住过的房子早已倒塌，可柳树下的那口汩汩喷涌的泉眼依然没变。

奇怪的是，每当我想到那生机盎然的生命源泉——小泉眼时，我的眼前就会浮现出一个女人的面容。

白皙、没有血色的脸庞像椭圆形的栗子树叶，修长的个子，看起来瘦削的身材，思索型却又充满热情的双眼……

从这个女人身上怎么会喷发出那么强大的力量呢？毫无疑问，她一定汲取了小泉的气运。

她，就是全国政协第九届常委、延边大学师范学院副院长、有机化学教授李京淑。

1941年9月11日，李京淑出生于龙井市东盛涌乡延东村一个农民家庭。经过苦学，1964年8月，从延边大学化学系毕业。其后34年漫长的岁月一直在该大学化学系从事教学工作。先后承担了有机化学课、有机化学选论课、有机化学实验课、文献检索法课、高等有机化学课等课程的教学任务。

一片丹心

1971 年 12 月 22 日中午。

延边大学化学系实验室发生了一起严重事故。

"文化大革命"后期，第一次招收的试点班学生这天在实验室里做二氯乙烷合成实验。实验室里斜躺着 150 大气压氯气钢桶。教师们都吃饭去了，3 名学生在继续实验。一名学生去打开氯气钢桶盖子，但用力过猛桶口大开，强烈的氯气将装饰在氯气钢桶和反应器之间的 6 个安全瓶（1 万毫升）全部炸碎。这造成了相当于 12 马力的强悍冲击力。在旁边屋子里的李京淑老师刚刚结束工作正准备去给孩子喂奶，听到学生的尖叫声大吃一惊，赶紧冲了过去。跑进旁边的实验室一看，3 个学生正不知所措地呆立在那里。

氯气是毒气，在第二次世界大战期间，德国法西斯就是用氯气来毒杀无辜民众的。李京淑老师非常清楚那种化学毒品的危害性，她将学生们推到走廊。她想戴上防毒面具，可也许是着急加上慌乱一时间戴不上去。李老师将面具丢在一旁，再次冲进实验室里。如果时间再延迟一些，氯气桶内那么多的气体全部爆炸的话，这个实验室内就会充满氯气。因为是冬天，玻璃窗都已经用纸封死。要赶紧把窗户拆开将毒气排放出去。不知道是什么精神，又是从哪里来的力量，她用双手将 3 个窗户全部拆封打开。但是，可怕的氯气并没有很快排出去，室内气味刺鼻难忍。

李京淑好不容易跑到走廊，本来是要去托儿所给孩子喂奶，却回到了自己家倒下了。整整在延边医院急救室抢救了 3 天才艰难地苏醒过来。可是，由于中毒时间太长，中枢神经和呼吸道受损。李京淑大学时期是田径运动员，体重超过 60 公斤，可由于氯气中毒后遗症，全身染上了气管炎、胆囊炎、心脏病、胃病、结肠炎等多种疾病，成了慢性病患者。

　　李京淑本来就很好强，事业心也很重，并没有因为自己是患者就待在家中休息。那时候，正是知识分子被打成"臭老九"、改造对象的时代，她这种英雄事迹别说报纸了，连黑板报上都没有刊载。

　　那时，哈尔滨建筑工程学院毕业的丈夫在长春工作，二人两地分居，李京淑独自一人抚养两个差一岁的孩子整整9年。他们寄居在别人家一个经过修改的房间里，连一个补充营养的鸡蛋都买不起，治疗也不充分。虽然医生说最少也要治疗、休息半年，可才一个月，她就上班了。当时管理、改造大学的宣传队为了改造知识分子的世界观，挖防空洞的劳动和别人一视同仁，还让他们种校园里的地。那时候，耿直的李京淑在"改造世界观"上猛下功夫，无论如何都要消除"知识分子的弱点和气味"，因而没有任何不满和要求，咬着牙坚持奋斗。

　　艰苦奋斗了几年，她在给1979级学生讲有机化学课的时候终于昏倒了。这时候，学校秩序已经得到整顿，知识分子政策得到落实，组织上派她到疗养院休养4个月。因为疲劳过度，她从疗养院回来心脏病发作又进了急救室。大家都以为这次她没救了，陷入悲痛之中。可经过3天的抢救，她又一次醒了过来。果然像汩汩清泉，是一位生命力相当强的女性。

　　当大学真正恢复了大学的样，大学教授也获得了知识分子应有的地位和价值，李京淑如同雨后的榆树一样，焕发了勃勃生机。

　　1982年，她因为各种疾病遭了不少罪，但为了提高自己的知识水平和教学质量，又去了北京大学进修高等有机化学。要研究高等有机化学，就必须懂得高等数学。在别人休息的时候，她钻进图书室自学高等数学。名胜古迹、北京的商业街没去过几次，从早到晚刻苦攻读，取得了优异成绩。

　　因此，回来以后，她承担了研究生高等有机化学的教学。

　　15世纪德国宗教改革家路德说过："推动世界的动力是希望！如果没有收获的希望，农夫不会播种。如果没有获利的希望，商人就不会开始做生意。胸怀美好希望是实现梦想的捷径。"

这是流传很久的至理名言。李京淑的人生追求和希望是什么？是什么样的希望支撑着她羸弱的身体放射出无尽的光和热？

上大学的时候，她暗下决心以后要进入化学研究室搞研究，实现自己的价值。选择延边大学也是因为"综合大学"这4个字。因为她坚信综合大学毕业后可以不用当老师。

但是，毕业时落到学习特别好的她头上的职业却是延边大学化学系教员。真是没有想到的事情，她很苦恼，也要过赖皮，但最终还是"输给了"组织安排。

对这位忠诚于组织的女大学生而言，职业虽然不尽如人意，但不久就扎下根来，喜欢上了自己承担的工作。她开始真心探索培养高等人才的这项事业来，并且下决心一生要在这个岗位上开花结果。这种美丽的希望驱使她战胜了疾病的痛苦，每天都能站到讲台上。

没有经过研究生阶段的学习就成为大学教师，李京淑总觉得自己知识欠缺。要培养大学生，就要有深厚的知识。要掌握渊博的知识，就要大量阅读先进国家的科学书籍。这就需要掌握多种外语。认识到这一点，李京淑在别人都卷入到"文革"旋流中，排斥、蔑视知识的年代，珍惜如流水般逝去的时间，自学了日语。她觉得学了没有坏处，知识始终都是力量。她身边有很多擅长日语的老师。她拜他们为师，一直坚持学习日语。

当时，运动中总是成为批判、排斥对象的著名化学教授姜贵吉先生经常告诫她，知识就是力量，就是希望；没有知识，社会就会倒退，教师就会像干涸的湖水失去生命力。大学时期崇拜的老师，现在是在同一个系里教书的教授，他说的话，对李京淑而言不亚于"最高指示"，她将这话铭记于心，并付诸实践。那时候，即便仅仅只是拥有这种想法也会被认定是反动思潮，是非常危险的。

从1979年开始，李京淑又开始自习英语。她不是以留学为目的，而是为了阅读与专业有关的英文参考书，为了提高自身素质，搞好教学。

高等院校的秩序不断得到整顿，对教学的要求也越来越高，随之而来的是有机化学教科书的内容也有了非常大的变动。大学生们也不再是以前的"工农兵学员"，而是正规高中毕业生通过国家统一考试录取的学生，有很强的求知欲，提问水平也很高。这种大好形势也给教师增加了无形的压力。李京淑去图书馆翻阅汉文参考书，但可读的材料不多。虽然可以看日文、俄文参考书，但看不了英文参考书。要了解世界先进水平的科学研究成果不懂英语是不行的。李京淑一面同病魔抗争，一面参加了一周3次的业余初级英语学习班。备课、学英语，半夜一点之前没睡过觉。一旦开启学习模式，魂就被书勾走了，连买菜的"义务"都会忘记，偶尔还会遭到丈夫的取笑，但这种毛病却没能改掉。走路背单词的时候，熟人，甚至亲近的亲戚都不认识，经常引起误会。有人怀疑，甚至认为她精神不太好。

经过这种艰苦的学习，除了汉语和朝鲜语外，她还学会了日语、英语和俄语。有机化学虽然非常难学、复杂，但由于重点和难点划分清晰，知识传授妙趣横生而又条分缕析，学生们感觉就像艺术享受一样。在教学过程中，如果出现以科学家命名的化学反应，她就会饶有兴趣地介绍那位科学家的学习生活故事、奋斗精神、成功秘诀等，激发学生的学习兴趣，让他们学习科学家们科学的世界观和方法论。课余时间她也不休息，采用不同的方法对不同的学生辅导不同的内容。

她从事有机化学教学30多年，每年都要重写教案，而不是沿用以前的。有人不理解，问她，闭着眼睛都一清二楚的教科书，干吗还要那么辛苦操劳？

每当这种时候，李京淑都会非常严肃地说服对方。

世界科学正以我们无法想象的速度飞速发展。有机化学研究也是日新月异，学生的水平也在年年提高，我们教员如果只是满足于过去的东西，教授一成不变的东西，教学质量就会下降，我们的后代就会落伍。

李京淑不仅深入钻研教学内容，在教学方法上也进行了大胆的改革。

教科书上，像缩合反应这样的难点集中在一个章节。李京淑认为，教科书的体系是写书时的体系，知识传授的体系一定要符合学生的实际接受能力和智力发展的实际需要，因而她进行了大胆的教学改革。她将集中的难点分解成若干章节，讲课之后将传授的知识重新归纳、总结，这样一来，学生接受起来就容易多了。

学生是她心中的"上帝"。李京淑是要为国家培养人品好、有良知的高级人才。

新生入学之后，她为了更深入地了解自己负责的学生，抽空找到相关部门查看学籍簿对照每个学生的相片和名字，了解他们的特点。不少人认为大学是以已经成人的学生为对象，讲完课回家搞自己的研究就行了。但是，李京淑从实践经验出发，认为大学时期青年人正处于从未成熟走向成熟的过渡阶段，教师应该帮助学生树立科学的世界观，成为他们的榜样。

一次，一个学生有机化学考试不及格就不想再努力学习了。李京淑找到那位同学给他讲述了有趣的故事。

世界著名的有机化学格林尼亚试剂发明家格林尼亚到了20岁还没有确立生活目标，光玩不学习。一次，在一个舞会上，他邀请一位美丽的少女跳舞遭到了冷遇。他痛感没有知识就会遭人蔑视，决心化羞耻为动力。他结束了放浪不羁的生活，离家埋头于科学研究取得了成果，后来，还发明了格林尼亚试剂，获得诺贝尔奖……

"法国心理学家爱米尔·库埃说过这样的话：

"'无论什么，只要你认为能做，总能实现目标。没有信心，地老鼠堆起的土堆也会像泰山一样……'

"怎么样？这话特有意思吧？美国第32届总统富兰克林·罗斯福说过，与其看着自己的缺点而悲伤，不如找出自己的优点用心培养。正如地下埋藏着丰富的矿藏，人的精神世界越挖掘越能发现闪光的才能。努力才能让才能闪耀。确定一个目标，不懈努力，就能成功。"

那位学生被老师渊博的学识和热情的关怀深深打动。经过刻苦努力，他的成绩有了大幅度提高。

还有个学生反应有些慢。在一次有机化学考试中只得了40多分。他比别人付出了数倍的努力，成绩却如此之差，信心受到重挫，因为自卑而变得郁郁寡欢。

李京淑认为，那名学生努力精神非常可贵，但是学习方法有问题，就找到那名学生告诉他学习方法和笔记方法。

"有机化学会连续出现无数反应，再聪明的头脑也无法全都背下来、将它记住。最好的办法是将类型相似的反应放到一起，领悟那是什么反应。有机化学系统性很强，教科书中的很多内容是在功能阶段上进行的整体叙述，因而在学完一个章节的时候要与前一章节学过的内容相比较，归纳出相同点和不同点。

"孔子的弟子子思讲过这样的话：

"'别人一次就能做成的事情，我会反复做百遍。别人做十遍，我做千遍，别人做千遍，我做万遍。只要努力，愚者也会变聪明，软弱的也会变坚强。'这话告诉我们努力就能成功的道理。要有信心……"

那名学生受到启发，将研究有机化学立为一个目标，按着老师教的学习方法学习非常刻苦。李京淑老师也坚持不懈地给他做辅导。那名学生终于以优秀的成绩本科毕业，并成为有机化学研究生。

李京淑的丈夫陈昌国是在延边非常难得的建筑设计人才，他在"文化大革命"中含冤受屈被打成"朝鲜特务"，遭到批判斗争，性格变得暴躁、固执，偶尔与领导发生争执，有了过节。有些事情该忍得忍，也要有交际能力，但他没有。他总是借酒浇愁，肝硬化越来越严重。到1991年去世为止，丈夫先后8次住院抢救。最后4次极为严重。咳血，加上腹水昼夜挂瓶，躺在病床上不能动弹。李京淑老师将病房当成了办公室，一面护理丈夫，一面将书放在膝盖上写教案，检查作业。有课的时候，托付护士照看，自己匆匆赶到学校上课。在这种状况下，她一节课都没有耽误。

吉林大学化学系黄化民教授和东北师范大学化学系张振权教授在

评议高等学校优秀教学成果奖时，读了李京淑撰写的论文《基础课教学中知识传授和品德教育的体会》之后大为感动，写下了很高的评价：

……

在大学教学中，没有局限于知识的传授，为了培养有理想、有道德、有文化、守纪律的高等人才奋斗了几十年，她的经验值得所有高等院校教师学习。李京淑老师开拓了教学新路。

……

多年来，她为学生编写了很多教材。在《石油化学专题》《腐蚀酸类肥料》《有机化学》《有机化学实验》《有机化学自学指导及问题解答》等教材中撰写的文字达几十万字。

收获的喜悦与流下的汗水成正比，此话不虚。

她在教学工作上的献身精神，对学生和工作的高度责任感，以及教学和科研方面的突出成果，为她赢得了一个又一个的荣誉。

1986年，延边朝鲜族自治州"三八红旗手"，1989年吉林省优秀教师，同年的吉林省普通高校优秀教学成果奖，1991年吉林省省直先进工作者，同年的延边朝鲜族自治州劳动模范，1992年吉林省教委科技进步二等奖，1995年曾宪梓教育基金会高等师范院校教师奖三等奖，1996年中华总工会"全国优秀女职工志愿工作者"。1997年她的事迹收录到《世界名人录》和《中国教育专家辞典》等。1988年成为有机化学副教授，1994年成为教授。

保持初心

职位高了，工作更加繁忙，可了解李京淑的人都说，正如庄稼越是成熟越是低头一样，李京淑职位高了，名气大了，但为人却更加谦虚，对自己的要求更加严格。

1989 年 3 月，李京淑担任了延边大学化学系有机化学教研室主任。为了回报组织的信赖、希望和期待，她将教研室全体老师团结在一起，改革了教学内容和教学方法，取得了突破性成果。因而，她的有机化学课被评为吉林省优秀课程、重点学科。

无论组织上交给她什么事情，她都能完成得非常出色。

1993 年 9 月，她成为延边大学化学系主任。当时，化学系在延边大学是有名的复杂多事的一个系。李京淑找校长谈话，谢绝这一任命，结果反而被说服，担起了系主任的重任。她的公正、严格、始终如一的工作态度、探索精神、献身精神感动了全系教师。支持的人多了，她也有了干劲儿，产生了信心。矛盾一个一个解开，整个系变得太平了。那年，他们化学系被评为吉林省优秀教学系、延边大学先进集体。她的领导艺术和水平得到了大家的公认。因而 1996 年 9 月起成为延边大学师范学院副院长。这个学院在延边大学几个学院中是最大的学院。原延边师范专科学院 6 个系和延边大学 10 个系合起来，共有 2000 多名学生和 400 多名教职员，问题也很多。为了协助院长做好平衡工作，以及做好自己分管的科研和研究生培养等工作，她倾尽全力。经过深入的调查研究，在学习先进大学的经验基础上，大胆推出了三级管理体制下师范学院科研工作有关规定。

1993 年 1 月至今，她兼任延边朝鲜族自治州政协副主席，1999 年 3 月，当选为全国政治协商会议第九届委员会常务委员。虽然很想安安静静地搞教学和研究工作，但肩负的领导责任与日俱增，她也经常感到难受，感到苦恼。但是，这些工作都是组织交给她的神圣责任，每次去北京开会的时候，都要熬上几个通宵，收集、整理需要解决的问题，拿出提案和书面发言稿，在小组会议上大胆发表自己的见解。最头痛的是各种会议太多了。

不过，顽强的李京淑无论工作再忙、身体再疲惫都坚持本科教学和研究生教学，还带着一名硕士研究生，科研也没有放松。

李京淑教授的遗憾

成为硕果累累的学者，是李京淑教授从小形成的念想、夙愿，也是她迫切的欲望。可是，34 年繁重的教学任务和各种领导责任让她不能一直待在实验室或书桌前。她总是埋怨自己在科研方面没能取得更多的突破性成果。

氯气中毒的经历令她的身体难以适应化学实验。每次医生给她看病的时候，总要劝告她：要想活得久一些就要离开化学，离开实验室，去图书馆或者研究部门搞行政。想活得久一些是所有人共同的愿望，李京淑也不例外。这个问题，她也做过认真思考。就算自己放弃喜爱的工作，放弃自己一生为之奋斗已经开花正在等待结果的希望和目标，多活几年！不，那不是幸福，而是痛苦！那样活没有价值。即便少活几年也不能离开化学……

她在从事教学工作的同时，也一头扑到科学研究实验上，取得了巨大的成果。

她的研究方向主要是"杂环药物合成化学"和"天然物化学"。

她与姜贵吉教授一起研究撰写的论文《利用合成氨工厂的废气制造腐蚀酸氨》刊登在《吉林石油化学工业》杂志上，后来又在全国腐蚀酸会议上发表。

《黄腐酸—白金聚合物的合成》（合作）在第二届全国生物有机化学学术会议上交换。与乔俊英（音）先生等合作研究的一种合成剂和紫外线吸收剂转让给延边农药厂和和龙县化工厂，投入生产。

《1-（2-苯并噻唑基）-3-苯基吡唑啉类化合物的合成》（高等学校化学学报，1990 年 2 期），《6，7-二氧亚甲基-3-硫杂-1（2H，4H）吖啶酮的 Beckmann 重排及硫杂吖啶并六员杂环的合成》（有机化学，1991 年 6 期）等 20 多篇论文发表在国家级刊物和省级刊物上，其中 3 篇刊登在 CA（美国化学文摘杂志）上，《马兜铃酸化学研究进展》

和《马兜铃酸 A 衍生物的合成》等在国际学术会上发表。

结束采访，我不由自主地再次端详了一下她那细长、没有血色的面孔。

像她这样重病缠身，9 年独自带着两个连年生的孩子，伺候 8 次住院后离世的丈夫，参加不计其数的社会活动……哪来的劲头取得那么多的成果。

这个女子真的是不会干涸的清泉，一个既平凡又不平凡的女子！

她也有普通女人都有的可怕烦恼。尽管是大学教授，全国政协常委，大学副院长，在事业上取得了显赫成果，但毕竟也是孩子的母亲，孩子的奶奶，一个家庭的"舵手"。丈夫去世后，李京淑偶尔也会沉浸在思念之中。丈夫是延吉体育馆、自治州图书馆、延吉市少年宫等漂亮馆所的设计总负责人，70 年代和 80 年代初也很有名气。当时，有这样一个丈夫她不知道有多自豪！在事业上期望丈夫比自己更成功不仅是李京淑，也是我们朝鲜族女性共同的善良心愿！在组织的关怀下终于相聚到延吉时，置办久违的温馨家居时，李京淑觉得自己就是这个世界上最幸福的女人。她感激丈夫，能够离开自己珍惜并且能够发挥自己才干的工作岗位，调到妻子和孩子身边。因为妻子太热爱延边大学，热爱教学工作，丈夫便"牺牲"了自己。曾经感激涕零的"牺牲"如今令李京淑剜心般疼痛。那时候，如果身为妻子的我"牺牲"自己跟着丈夫走，会不会挽回丈夫的性命呢。丈夫一走，最开心的时候无人与其分享，最困难的时候没人听她诉苦，内心怎么能不感到孤寂。身为家庭主妇，她要处理家庭中的大小事情，洗衣服，买菜，做饭，接送上幼儿园的孙子……她忙得不可开交。

"丈夫性格也很强势，女儿和儿子也随父母性格太强。你看我好像可怜巴巴的，其实很固执。想要干什么非干成不可。所以，我们家缺少温柔、平和的气氛。我看到别人家大气、悠然、温馨的家庭氛围就羡慕不已。那可是金子也换不来的幸福啊……"

不知不觉李京淑已经 60 岁了。一生辛苦和奋斗如家常便饭，而且不屈不挠，克服各种难关获取果实，如果有一个"温馨的家庭"能够支撑她，她一定会如虎添翼，一飞冲天。

人生本来就不公平。有人实在太"幸福"，过度安逸；有人实在太忙碌，吃尽辛苦。

在她面前，要做的事、该做的事仍然堆积如山。道路虽短，事情没头。但她像燃烧的晚霞一样，释放出全身的能量，奉献给为民族和后代的事业。为了提出哪怕几件有利于民族的提案而倾注心血。现在她正在研究从木通（药材）中提炼马兜铃酸 A 合成衍生物制作有效的抗癌药物。作为师范学院的副院长，她也在为学院的科研、研究生培养、研究设备的引进等问题能够取得大幅度进展而绞尽脑汁。

……

人们都喜欢说"女人是弱者"，而且像定理一样笃信不疑。可我采访过李京淑后却感觉，她就像具有旺盛生命力的"清泉"，无论多么严重的干旱、酷寒都不会干涸的"清泉"，因而我很想大声呐喊，世界上最顽强、最有忍耐力、最有生命力的还是女性。

1990 年采访

1999 年补充采访

心系蓝天
——记空军现代化尖兵、高级工程师李光男上校

他是天才

春夏之交，翠绿、华丽的 5 月，温馨的 5 月，空军现代化尖兵、科学发明家李光男（1950—）应邀回到故乡延吉市。故乡人给予了隆重的欢迎。李光男的名字早已经通过中央人民广播电台和中央电视台的电波和画面传遍了全国各地，也传到了故乡人的耳中。故乡人听着他的报告流下了热泪。生平第一次听到如此动人心魄的报告，掌声连绵不绝……进入商品经济时代以后，和全国其他地区一样，延边也前所未有地渴求雷锋精神。在这种情况下，故乡的儿子、我们民族的光荣、高级工程师李光男上校出现在我们面前，怎能不激动万分！

我很荣幸地两次获得了与李光男及妻子金海月彻夜长谈的机会。

朴实、敦厚、毫无架子，中等个儿，宽脸，眼神善良、温柔又富于思索，彬彬有礼的行为举止，敏锐的洞察力，明朗且有分寸的分析能力，渊博的知识，出色的思维能力和与众不同的思维方式……

李光男无疑是我们这个走向现代化的时代、我们民族诞生的又一位值得骄傲的儿子、出色的科学家。我不由得在心中呐喊："李光男是我们时代、我们故乡诞生的天才！这个世界天才是存在的！"

1994 年 4 月 2 日，空军政治部下发通知号召开展向沈阳空军某师技术部特种设备主任李光男学习的活动。《人民日报》《解放军报》相

继报道了他的事迹。中央及多个省市电视台也纷纷做了报道。

1970年，农民的儿子李光男在延吉市长白乡工化村入伍。24年军旅生涯，他从一名初中毕业生成长为高级工程师、公认的技术专家。他先后数千次排除飞机故障，成功地进行了22个项目的科学研究和技术革新。其中14个项目获得部队科技进步奖，为部队创造了6000多万元的直接经济价值。不，他创造的军事效益不是可以用几千万、几亿计数的。他记住了800多个飞机零件和数万个数据，被誉为"活机器人""数据仓库"。

他成为航空宇宙飞行工业部和空军部队的顾问，成为在全国掀起精神冲击波的名人。

从一个初中生到高级工程师，从初中毕业生到顾问、技术专家！

这难道不是惊天奇迹吗？这难道不是天才吗？

天才能够穿越地狱破空而来

李光男治学的故事没有手帕听不了。

科学家威廉·布莱尔说过："修凿可以使道路平直，但只有崎岖的未经修凿的道路才是天才的道路。"

罗曼·罗兰则说："障碍创造天才。"

特别是马克思总结科学研究之路时指出，在科学的入口处，正像在地狱的入口处一样，必须提出这样的要求："这里必须根绝一切犹豫；这里任何怯懦都无济于事。"

24年里，李光男在任何困难和诱惑面前都没有犹豫不决，更没有怯懦地退缩，义无反顾地朝着既定目标奋勇前进。

1970年，李光男参军来到了空军某师。这是我国最早成立的英雄辈出震惊世界的英雄部队。抗美援朝战争时，我国的飞行员虽然都是"菜鸟"，只飞过二三十个小时喷气式飞机，却勇敢地与世界强豪美国空军交锋。共击落 64 架飞机，击伤 24 架飞机，创造了辉煌的历史。战斗英雄张积慧击毙美国"王牌"飞行员戴维斯，震惊世界。原空军副司令员、朝鲜族的骄傲李永泰独自击落 4 架敌机，被称为"空中坦克"，成为战斗英雄。李光男被编入这一英雄部队既感到自豪，也感受到了沉重的责任和压力。因为"文化大革命"没能上高中，作为一名初中生入伍成为空军地勤，他的汉语并不好。

他深深感到要想成为一名合格的机务兵，没有知识是不行的。特别是不懂汉语在部队就学不到知识，因而他付出了数倍于别人的努力去学习。

新兵部队纪律非常严格，晚上一到就寝时间就会统一熄灯。因此，他一到熄灯时间就去盥洗间学习，而且还弄来大量参考书用心钻研。他小时候就有个与众不同的习惯，经常向老师刨根问底，现在依然采用这种方法学习。他还采用反其道而行之的方式，反过来学习、背诵老师教过的知识和教科书上的知识内容，巩固自己的记忆。

教导队毕业考试有一项"飞机实际温度操控系统"。线路上有两个蓄电器，其作用老师没讲，教材上也没有。他按照要求写完答案之后，运用平时从参考书上学到的知识对蓄电器的作用进行了详细说明。判卷的人认为教材上没有的内容怎么可以随便乱写呢，就扣了他 2 分，这样他就得到了 98 分。李光男不服，队长来了之后就说了这事儿。队长重新仔细查看了他的试卷，笑容满面地说："谁给扣的分？应该加 5 分才对！"说完给了他 105 分。105 分，求知欲旺盛的青年李光男，从这 105 分中获得了勇气，将其作为了跨上新台阶的一个起点。

1971 年 6 月，李光男成为机务中队的电气兵。在实践中，他体会到飞机的所有部件就像大海深处的奥秘奥妙无穷，越发觉得知识的不足。

70 年代初期机务中队宿舍的学习条件非常糟糕，加上如果露出学习技术的苗头就会说你不突出政治，甚至有可能遭到批判。但李光男想的是，如果没有技术，怎么能为人民、为国家做贡献。每天晚上，他都偷偷钻进部队的储藏室里。夏天被蚊子叮得浑身是包，冬天没有暖气冻手冻脚，甚至出现浮肿。特别冷的时候就到储藏室外面跑几圈，身子跑热了再回去学习。读书是他唯一的乐趣，书读得越多，他的精神越健康，头脑越聪明，胆子也更大了。虽然在部队里吃住在一起，但在别人无法理解的那些日子里，这位无名的朝鲜族青年自学完高中、大学的数学、物理、化学等全部课程。吃透了空军工程学院的《电气工业学讲义》、清华大学的《晶体管电路》等几十本书。他读书并不盲目，读书时经常使用联想学习法。就这样他打下了可以攀登知识高峰的坚实基础。

"不断学习就能到达彼岸，借助抱负的云梯才能青云直上。"有着丰富的想象力，又有知识的积淀，他非常喜欢构想设计方案。

飞机这一钢铁战鹰是人类现代高科技成果之集大成，也是一个国家综合国力的象征。从1914年最早的空战到1991年1月17日战争史上最大规模的空袭，77年间，航空武器装备的战略性地位受到人们的日益重视和关心，特别是今日的空军已经成为现代战争的决定性力量。

李光男告诫自己："负责机械事务的战士一手托着国家巨额财产（根据类型不同，一架歼击机少则几百万元，多则几千万，甚至亿元以上）；一手托着飞行员的生命（出现头发丝般细小的误差就可能造成飞机故障，甚至坠落），责任极其重大。我要用双手将其送上蓝天。"

这种高尚的精神令李光男废寝忘食地钻研业务。

刚刚分到机务中队当电气兵的时候，战斗机的启动问题成为训练中的大问题。可是工厂的高压机动车正处于试验阶段，部队只有一辆试验用车。因为每次飞机起飞时都会出现发动问题，那辆高压机动车成了宝贝。飞行训练一结束，李光男就会偷偷分解那辆高压机动车，仔细观察之后，将自己的想法惴惴不安地讲给大队特种设备主任听。主任瞟了他一眼，就像没听见一样。言外之意，你真是初生牛犊不怕虎。但李光男没有气馁，不管白天黑夜只要一有空就琢磨。设备齐全后，他在中队党支部和领导班子的支持下，去实验场做实验。摁下按钮之后，两台发动机同时轰隆隆地运转起来！而且居然只用了 30 秒。这比原来的发动时间提前了 56 秒。56 秒！空战有时 1 秒钟就能决定胜负。他制造的这台升压发动电器零部件远比原工厂的简单，原理也更加明确，既经济又实用，修理起来也很方便。盒子的外观也很精巧，不亚于工厂的正式产品。主任非常惊讶，他瞪大眼睛久久地注视着这个执着的新兵蛋子。

后来，新设计制作的这种高压机动车在全团普及。这样就从根本上解决了飞机的发动难题。作为奖励，他获得了一本蓝皮手册。一股暖流涌上心头。在别人眼里可能是毫不起眼的东西，但对他而言却如生命般宝贵。

这本用自己血汗换来的蓝皮手册，他视如珍宝，一直珍藏着。几年后，与金海月订婚时，将这个宝贝疙瘩送给了未婚妻做订婚纪念。他的妻子知道这个手册的来历之后一直珍藏至今。

不过，这第一次发明却在他的心中留下了永远的痛。就在实验进入最后的紧张阶段时，他收到了一封电报：父病危，速归！部队让他赶紧回家。可关键时刻他无法离开。他想等实验一成功就立刻回去。那样，爸爸也会非常开心。可是，就在实验成功的那天，车票还没有买，家里又传来电报，爸爸于凌晨 2 时离开了人世。孝顺的李光男悲痛万分，浑身瘫软，放声痛哭。他朝着故乡的方向俯身叩拜，祈求爸爸宽恕。

那天晚上，他彻夜未眠。

父母是人生的第一位老师，家庭是人生的第一所学校。新中国成立前上过几年学的妈妈土改时是农村妇女干部，懂得不少革命道理，总是教育子女要成为善良、正直的人。

大哥出了车祸，惨死在日本鬼子的车轮下。愤怒的爸爸砸了鬼子沾满鲜血的车，被日本鬼子抓起来严刑拷打，灌了 7 天的辣椒水。这样操劳一生的农民爸爸总是谆谆教诲："光男，在部队一定干出个样来，为国家做贡献。国强才不会被人欺负……"

这样的爸爸突然离开了人世。新中国成立前经受了种种苦难，20年来又精心养育子女，还没用自己挣的钱给他买一套好衣服，敬上一杯好酒，就这样撒手人寰！想着走上永远的不归路、进入另一个世界的爸爸，他一遍遍地祈求宽恕。

1974年，他晋升为特种设计师，第二年组织上又派他到空军第二航空机务学校（今空军第二航空学院）学习。

毕业的时候，教员对他说，力臂调节器故障频频是现今威胁飞行安全的最大难题。

回到部队以后，李光男废寝忘食投入研究中。

1976年初春的一天，师里的一架飞机力臂调节器出现故障造成严重事故。当时身为特种设计师的李光男如坐针毡。从机关了解到这种事故其他部队也多次发生，这激发起他强烈的责任感和使命感。从那时候开始，他便走上了航空科学研究之路。

经过充分的论证，他决定采用国际上比较先进的可控硅技术解决这一难题。这属于国际电器技术的尖端领域。

设计方案送到第二航空机务学校，回复认为构想非常大胆。多名极其关爱弟子的老师找到学校领导汇报了具体情况。于是，领导们决定利用组织全国电子技术第一期讲习班的机会，多空出一个名额给李光男，让他再学习两个月左右的时间，同时完成设计。得到这个机会，李光男不知道有多高兴。组织的信任、关怀和支持令他激动万分，立刻做起动身准备来。

可是，事与愿违，有人向部队领导告状，认为李光男采用不正当的手段以那个学校的名义通过设计方案。没有能力、缺乏知识的野心家总是通过诋毁别人寻找自己的位置，维持自己的生存。这样的人到处都有，他们像泥鳅一样总是浑水摸鱼。悲哀的是这种人的"阴谋"却总能找到市场。

李光男大怒。他怒发冲冠。（想扳倒我？不行！门都没有！我绝不退缩！）嫉妒、谣言没能扳倒他。他没有气馁。咬紧了牙关。鲜红的血液一滴滴落在手背上。

印第安人有这样一句谚语："野兽有野兽的伎俩，猎人有猎人的方法。谁能取胜还要看最后的结果。"

没能前去机务学校，李光男困难不少。

他没有专门学过电子科学，对深层理论更是一无所知，只能靠自己摸索。他找到一位当地的专家孜孜不倦地学习。"学习"这个单词虽然简单，但实际困难多多。第一次设计时，因为白天没有时间，只能利用晚上的时间。熄灯号响起后，别人都沉入梦乡，他则蹑手蹑脚地钻进没有暖气的储藏室里。手冻木了，脚冻得没有了知觉。每天直到有人敲门他才知道天光已亮。

他就像发狂了一样不知退缩。上下级的人这才理解他，伸出了援助的手。李光男只要一有空就往第二机务学校跑。17天后终于成功了。17天，金灿灿的17天！为了获得电子核心零件，他从北京到上海，从无锡到苏州，马不停蹄。那时候，他的工资52元，几个月的工资"挥霍一空"。

因为这个设计，他欠下了306元巨额债款。每天用廉价的汤饭对付，体重降了5公斤，视力降到了0.2。

晚上，听着李光男妻子海月讲述当时经历的艰苦生活，我感到嗓子眼里好像堵上了什么东西。那时候，他们两人两地分居过着牛郎织女的生活。海月不仅要抚养孩子，还要赡养婆婆，接到丈夫来信说明因为欠债不能汇款的情况也没有告诉婆婆。可瞒得了一个月，时间一长，当时工资只有35元的海月勒紧裤带勉强度日的样子，以及寒酸的饭桌，怎能瞒过婆婆的眼睛。在婆婆的追问下，海月含糊其词地说了一下丈夫现在在部队需要很多钱无法汇款的事儿。心急如焚的婆婆找到子女们告诉他们李光男现在过得很苦。亲戚和兄弟们凑了60元钱相助。

李光男为国家和部队拼死拼活搞科研，为什么不向组织申请资助经费呢？在那个不爱惜科学和科学人才的时代，在那个空洞的政治口号价值高出数倍数十倍的时代，你能怨哪个领导，怨哪个人？

那年冬天，李光男连续两个月泡在实验室里。国外产品性能试验一般做 10 万次就可以了，可为了保证质量，李光男做了 104 万次，光用于记录的纸就用了 4000 余张。经过 5 年的艰苦奋斗和呕心沥血，李光男终于研制出了"某型飞机力臂调节器可控硅控制箱"。由此解决了多年困扰部队的一个难题。

1980 年进行了试飞。这成为他首次上空项目。飞机升上天空时，他的心情难以形容。别人吃着早饭，他却像热锅上的蚂蚁坐立不安。

负责操纵试飞的副参谋长着陆后，说了句："不错嘛！"李光男这才长舒了一口气。

在外国人制造的飞机上，抽出"绝对重要的部件"，替换成自己亲自设计制作的电子产品时，在祖国的蓝天上大显身手并安全着陆时，那种喜悦，李光男用一句"10 天不吃东西也不饿"来形容。

听了他的故事，我突然想起获得诺贝尔奖的德国医生福斯曼。两人都像是"科学狂人"。

1929 年，25 岁的德国医生福斯曼令人震惊地公开宣称要用自己的身体做心脏导管实验。同事们都认为他疯了。

第一次实验的时候，他的助手过于恐惧实验中途逃跑。几天后，他又做了第二次实验。这次他没有找到助手，就让护士在身旁照看。导管插入血管中 50.8cm 的时候，他发现导管头进入到右心房，顿时欣喜万分。可是，他想到如果不拍下 X 光照片的话，谁都不会相信导管进入到了心脏，于是，冒着生命危险，带着插入心脏的导管，经过走廊，慢慢上了两层楼，拍下了世界第一张心脏导管 X 光照片。福斯曼因为这项发明获得了诺贝尔生物医学奖……

为了人类，科学家的牺牲精神和勇敢在这个世界是无与伦比的。他们给人类带来了无限光明，自己却清苦一生。这世界居然如此的不公平，怎能不令人感到悲哀！

李光男负责的特设业种包括 800 多个部件，1 万多个数据，他全都背下来了。

飞机上的所有螺丝帽的厚度，管和线的连接点，他都了如指掌。甚至数十种燃料，闻一闻味，看一眼颜色就能知道有无异常。战友们都称他为"活电脑""数据库"，同行业研究单位的权威们也赞不绝口，称他为"专家"。

一次，一架飞机在空中加大马力时，右面的发动机骤然抖动了几下就停止了转动。这起事故令空军机关大为震惊，同类型的飞机全部禁飞。有关部门组织专家花了整整3天时间调查事故原因，但无功而返。这种状况怎能不令人心急如焚！李光男尽管不是调查组成员，可他又怎么可能袖手旁观呢？他从自己的经验出发，分析是因为接触不好的电位器3号线因震动断开。经调查组专家调查果然如其所言。

还有一次，控制飞机推进力的喷口出现了脉动故障。很多新型歼击机遭遇"禁飞"命运。李光男只用了一次试验，就通过听音找到了故障原因。原来，是转速控制箱的一个凸轮安装出了错。

李光男虽然精通航空保修技术，可他却觉得自己现在掌握的还远远不够。

1983年，他们的部队去外地执行任务。临出航，飞机的电源系统被火烧毁。机动车内部线路连接有误。即便是特殊设备人员，只看接头也很难判别内部回路的故障。可又不能因此影响执行任务。他连续几天熬夜苦战，制作了可以检查11个项目的电源检查器。从那以后，电源系统再也没有出现问题。

1986年1月22日，李光男被任命为沈阳空军某师历史上最年轻的飞机机械服务处特设部主任。这天，他在日记上写下了这样的话："今天，我更加深刻地意识到，要进一步拓宽自己的知识面，在业务上向'自由王国'迈进，加强业务上的合理性和现代化。"

因为国家的科技土壤贫瘠，生产的有些部件不符合规格。这影响了飞机的出勤率。部队上非常着急却又不知所措。这一急躁症诱发了项目的创造。李光男制作了飞机发动机转换箱，改变了各种类型的发动机状态的回路，统一使用这种转换箱之后，不论哪种规格都可以兼用。该项目不知道为军队和航空工业系统带来了多么大的经济效益以及社会和军事效益。

还有一次，飞机发动机的喷口出现了故障。时任机务处特设主任李光男迅速提出可行性对策。根据这一对策，两架飞机做了试验均获成功。经过技术鉴定，100多架飞机采用了这种对策。

李光男在科研中找到了自己的位置。从此以后，他以一年完成一个项目的速度完成了《X类型地面电源检查系统》《X模型飞机发动机仪表定位仪》等9项与部队训练密切相关的科研成果。这些成果全都获得了全军科技进步奖。这些项目填补了国内航空领域的空白。

1987年，37岁的李光男得到航空宇宙飞行工业部和空军的联合聘请，成为新型飞机顾问。这样，他就成为全军特设领域唯一一位顾问。

赶走死神的男人

"生的伟大，死的光荣。"这是毛主席为刘胡兰烈士写的题词。

很多人都认为这话是历史的遗物，早已失去了其价值，唯有李光男始终认为这句话是对人生的最高评价。

在李光男眼里，这个世界再没有比工作、奋斗、创造更大的幸福了。"青春有限，智慧无穷，应该在短暂的青春时节学到无穷的智慧。"他以此来鞭策自己。

1987年，我国某高空高速歼击机原发动机生产停产，开始生产新发动机，可与飞机电路不配。而且发动机的操控有不足之处，造成了数次严重事故，导致飞行连续中止。发动机是飞机的心脏。发动机运转有安全隐患，飞机就不能飞行。当时，李光男只是一名普通的特设专业主任，与这件事情并没有直接关系。可是，部队面临这种严重的困难，他感到寝食难安。这种飞机和发动机都是中国人自己制造的国产品。自己国家的国产品有缺欠时不应该袖手旁观，而应该加以完善，这是一个军人、一个中国人神圣的职责。在严峻的现实面前，具有强烈责任感的李光男无法继续坐视不理，主动承担起提交设计方案的任务。

一年期间，他风餐露宿，经历了本可以避免又不为人知的辛苦。无数次的失败，无数次的奔波。用巴尔扎克的话说是："困难对天才而言是一种台阶，对有才气的人而言是一种财富，对弱者而言是一种深坑。"

经过 365 天艰苦奋战，李光男设计出了飞机"发动机转换箱"，安装到 10 架飞机上。试飞获得了成功。发动机转换箱的作用巨大。没有它，空军、海军航空兵众多的飞机就无法升空。一架飞机与一家中型国有企业相仿。百架、千架飞机起死回生相当于挽救了百家、千家中型企业。他在计算自己收入的时候总是不合格，可在计算国家和人民的经济效益上比电脑更准确、更迅捷。

1989 年 5 月 12 日，一个永远无法忘记的日子。这一天带给李光男自己及其家人、亲戚以及部队的是可怕的痛苦。

这一天，"阎罗王"派来了纠缠不休的勾魂使者试图带走李光男。

李光男将倾注多年心血成功设计定型的"X 发动机转换箱"及量产方案带到北京做了汇报，之后携着极度的疲倦和成功的喜悦急匆匆赶回部队。在沈阳重新换乘大型客车返回部队途中，忽然感到胸口发闷，胃部像要爆裂一般疼痛，还出现了呕吐。他想可能是连续 3 个月不分昼夜忘我工作造成的疲劳和长期在外奔波导致的胃病吧。他哪里知道这是心脏病发作的症状啊！胃部阵痛转化成了心痛。全身大汗淋漓，神志开始恍惚。李光男意识到自己现在正在走向死亡边缘，拉住了旁边人的衣襟。请司机让自己下车。

车停了。旁边的人帮他把仪器包裹拿下车。可他一下车就一头栽倒在地晕了过去。世上还是好人多。司机看到这种情况，立刻表示不能见死不救，重新拉着他高速驶向附近的苏家屯医院。尽管客车绕了一大圈，但坐在车里的数十名乘客没有一句怨言，守护着他的生命。司机和车长口袋里都没有多少钱。司机用自己的车牌号为一位陌生的解放军战士担保医疗费。值班的副院长经过仔细检查认为是大面积急性心肌梗塞、心源性休克和心律不齐同时发作，生命垂危。医生们打破了医院的惯例，成立了抢救小组，用最好的药物急救。医护人员寸步不离地守在他身边，观察着他的病情。

李光男连续昏迷了三天三夜。心肌梗塞的面积不断扩大，血压降到30mm/Hg。部队甚至准备了后事，连寿衣都准备好了，还领来了李光男的妻子。身为医院护士长的妻子比谁都清楚丈夫病情的严重程度，她望着昏迷不醒的丈夫放声痛哭。

经历了9年漫长的牛郎织女生活，吃尽了种种甘苦，刚刚结束两地分居的生活，怎么会这样呢？老天怎么这么不公平呢？她很早就失去了爸爸，和妈妈一起连苦房的活儿都干过，丈夫可是家中唯一的顶梁柱。如今，如果失去这个顶梁柱，我们可怎么活呀？她失声痛哭。凄惨的哭声令病室里外的人全都潸然泪下。

"光男，你不能走！部队，我们都离不开你！"

闻讯赶来的师部领导和战友望着昏迷不醒的李光男哽咽着，呼唤着。

虽然儿媳瞒着婆婆，但年近八旬高龄的光男母亲还是从别人的面部表情中觉察到了某种不祥的征兆，她像失去理智的人一样背着一岁的孙女三天三夜一口饭都不吃站在家门外。生下10个子女失去了5个，在这5个子女之中又是最疼爱的二儿子遭遇如此不幸，对老人家是个非常沉重的打击。感觉到儿子生命垂危后，母亲甚至想到了死在儿子之前。

当时，同住医院的一位不知名的心脏病患者将一针2000元的进口急救药拿出来用于治疗李光男。

按以往的病例，这种病活下来的概率连20%都不到。

特殊钢材锻造的英雄李光男奇迹般地活了下来。他苏醒后一睁开眼间的就是："我的包在哪里？"包中有"转换箱"的设计图。既涉及秘密，也倾尽了自己的心血，因而在他眼里像生命一样宝贵。妻子因患严重的产后病刚刚结束治疗，可她却乘早车到医院护理，又坐晚11点的车回家忙着家务。这样整整折腾了3个月，头发都白了。

李光男从别人那里听说这种病活不过三五年。那一瞬间，他想到的不是现在可以活得稍微轻松一些了，他说："经过了死亡的考验，我更加懂得了人生的宝贵。我要紧紧地把握住生活的脉搏，让自己短暂的生涯放射出更多的光和热。"

刚刚可以由爱人搀扶在走廊走上几步，李光男就又想到了还没改完的"转换箱"设计图，于是，他又坐立不安起来。（部队正等着我拿出最后的设计，我怎么可以这样安安稳稳地躺在病床上呢？）

当时，由于李光男是主动脉出现梗塞，只能靠小动脉维持。脚掌、手掌都脱掉了一层皮。

李光男哀求妻子把家里的专业书籍和技术资料带来。按常理，他的病应该在床上静卧一个月，所以，妻子坚定地予以回绝。这一来，丈夫像发了怒的老虎一样冲着妻子暴跳如雷（结婚后第一次这样）。他冲着旁边的医生和护士也发起了火，像孩子一样烦躁不安。

没办法！这样下去反倒可能影响治病。金海月极力劝说丈夫等病情稍好一些后再工作，身为护士，她非常清楚丈夫的病。看到发火也无济于事，李光男拉住妻子的手恳求道："我不是不听你的话。数百架飞机在机场沉睡，从空军领导到飞行员全都坐卧不宁，我怎么能安安稳稳地躺在病床上呢？留给我的时间也不多了，一定要抢时间才行！"

妻子非常清楚丈夫的犟脾气，她不得不答应了他的请求。李光男兴奋得一下子就从床上爬了起来，紧紧地搂住了妻子的腰。"感谢，实在感谢，谢谢！真不愧是我的妻子！"望着丈夫，海月眼中热泪滚滚。尚未脱离危险，李光男就争分夺秒地投入到科研中。

经过一个月的苦心钻研，他在病室里改进了飞机发动机转换箱的设计。该成果随即普及、应用到部队，数百架沉睡的战斗机重新在蓝天上翱翔。

飞机的地面起落架如果收得不好，部分仪表就会受损，甚至整架飞机都有可能报废。因为这种事故，每年空军都要蒙受数千万元的损失。这庞大的数字像铅块一样沉重地压在李光男的心头。1990年年初，刚出院不久，李光男又开始啃起了"硬骨头"。

出入机场，翻阅资料，描绘设计图。投入到实验中的李光男根本不像一个病人，他的全部精力都放在了设计上。

机场是高分贝噪声区，正常人都难以忍受，何况一个严重的心脏病患者，李光男所承受的痛苦难以言表。但是，为了获得正确的实际资料，李光男几乎天天跑到机场上下飞机。飞机发动机的噪声令他胸口发闷，头痛难忍，浑身直冒冷汗。旁边人扶着他劝他回去，他从口袋里拿出5粒"速效救心丸"塞进嘴里，执意坚持到最后……

李光男的探索之路并不平坦。机场，办公室，家，人在哪里，哪里就是他的实验室。关注他的领导和战友劝他要劳逸结合，他却半开玩笑地说："我的病是急病，弄不好就会连'拜拜'都来不及说。"根本不听劝阻。经过20多次反复失败，李光男终于获得了成功！他研制的"飞机起落架自动控制装置"从根本上解决了我军各种飞机共同存在的难题。

即便是在身患严重的心脏病危及生命的日子里，李光男仍然以这种不懈的追求和顽强的拼搏保障了飞行训练的正常进行，同时还解决了8项科研课题。

金钱和李光男

在金钱万能的时代，在物欲横流的时代，不少中国人无法理解李光男对金钱的淡薄，这是很自然的事情。

有了钱，就可以拥有房子，拥有别墅，拥有汽车，可以过上奢华的生活。"有钱能使鬼推磨"……

李光男创造了无以数计的经济效益，那么，他拥有什么呢？

1988 年冬天，李光男的大哥来到部队看望李光男和家人。走进弟弟家，大哥惊呆了。一台黑白电视机成为这个团级干部家中最值钱的东西。分手时，大哥给了李光男 2000 元钱，并说道："几次让你退伍，你都不同意，我还以为你在部队当干部享清福呢。"

几年间，李光男为部队创造的直接经济效益达 6000 余万元，军事效益大得无法推算。为了科研，他不惜搭进去 1 万多元钱，过着清贫的生活。但是，这一切并没有动摇一个普通共产党员献身国防现代化事业的坚定信念。

李光男对金钱、权力和人生的思考及思维方式，从他众多的日记中择其一篇即可窥其一斑。

1990 年 5 月 1 日

为心脏病发作一周年而记……

在现今社会，有的人看到权力就会冒头，看到金钱就会伸手。有人劝我：尽快脱下军服，下地方，发挥特长，赚它一把。他们说，如果我早一点去地方的话，病也不会复发，让我不要再做傻事了。的确，家庭生活不能没有钱，学习和工作也离不开钱。看病，用药，也都需要钱。这是事实，也是现实。但我的人生不能为钱而奋斗。社会要发展，国家要强盛，人民需要安乐的生活。过去，现在，将来，最需要的是革命年代的牺牲精神和新时代的雷锋精神，需要千万个"傻瓜"和共产主义者无私奉献的奋斗精神。这是我人生坚定不移的唯一目标，是我人生的全部意义，任何人也无法动摇……

他的确有很多赚钱的机会。他也有好几次成为富翁的机会。

他病中的某一天，某地方医院的张院长来探病，闲聊中谈到了制作婴儿助产器的设想，其中自动化部分他们做不了。如果能够制作"助产器"，不仅能够达到国际先进水平，而且也将是中国助产医学技术领域的一大突破。

　　开始，他只是听听而已，张院长回去之后，这件事一直萦绕在李光男脑海中。"助产器"对新生儿非常有益吧？产妇长时间无法分娩就要用产钳夹住孩子的脑袋，会对新生儿的智商产生很大影响吧？妻子生头胎的时候因为多种原因四上产床最终依然难产，吃尽了苦头！我们这一代这么过来也就算了，可怎么能让这种情况影响到我们的后代呢！后代只有比前人更聪明才能实现现代化呀！

　　读过《红舞鞋》这本书吗？无论是谁，只要穿上那双"红舞鞋"就无法脱下，还会一直跳下去直到力竭身死。李光男就穿上了这样一双神秘的"红舞鞋"。虽然生命随时都有可能终止，但他依然不停地跳啊跳。他还不分昼夜地研究、设计、实验，终于制作出了那种"助产器"。医院对100名产妇进行了临床试验，顺产率从30%提高到93%。该方法引起医学界的轰动，获得了1991年度国家发明专利和辽宁省科技成果奖。听到这个消息，全国医疗系统纷纷前来求购，甚至一些外国商人和医疗系统也来信来访，对此表现出了浓厚的兴趣。

　　1990年5月，一家生产航空蓄电池的工厂因为技术问题导致产品积压，濒临破产。李光男不仅带病亲自前往该工厂为技术人员讲课，而且还根据自己掌握的信息提出了20多条建议。工厂方面感激不尽，打算给他报酬，但他坚辞不受。这几年间，他给予了50多家工厂技术帮助，但没有收取一分钱报酬。

　　1991年，李光男取得了两项价值巨大的科研成果，领到了1600元奖金。这是李光男第一次获得科研奖金。师部让他留下1000元，其余的分给研究组其他成员，可他只要了300元，而且就连这300元也捐给了灾民。

　　一次，一架新式飞机发动机出现了故障。工厂花了一个月时间也没有查出问题出在哪里。他们找到了患病住院的李光男。李光男一听，吃下救心丸就动身了。经实验发现，当低压转盘达到98%时，喷口出现了问题。他指示拆开回转控制仪器。厂长露出讶异的神色。可拆开一看，就是那里发生了故障。

不久前，航天工业部要购买他的发明专利。他答复来访的专家要免费相送。专家大吃一惊。这可是货真价实的专利呀！

李光男从没有享受过专利权。他说："我这样做不是因为高尚。我的技术能在实际当中开花结果，还有什么比这更令人欣慰的事呢？说实话，只要我的心血能够开花结果，哪怕花钱我也干。"

辽宁省、广东省10家单位用丰厚的薪水和优厚的待遇聘请他。一些国家的公司通过别的专家了解了李光男之后，也通过各种途径聘请他到国外，或用优厚的待遇希望他兼职做代理人。

但是，李光男的回答非常简单："我离不开军营和机场。"

"一个人活着能做些什么？说一千道一万，人生不能没有意义。我欣赏这样一句话：'名利如流水，事业重如山。'百万富翁的人生未必一定有价值。唯有事业如长生不老的青山始终郁郁葱葱。"

这是李光男发自肺腑的实心话，是他对人生的理解，是他的价值观、人生观。对他的生活和处事方式，人生观达不到其高度的人永远也无法理解并给予公正的评价。

为了更好地理解作为一个人的李光男，作为一名革命军人的李光男，作为一名科学家的李光男，作为一名共产党员的李光男，我们再引用一篇他的日记。

这篇日记是他在患上广泛性前壁心肌梗塞昏迷3天，经过15天的危险期，奇迹般活过来之后在病床上写下的。在抄录这篇日记时，笔者为之感动不已，泪流不止。

5月29日

这几天，通过医生、周围的患者以及妻子，我知道了5

月12日我得了广泛性前壁心肌梗死，是人民大众把我从死亡线上挽救回来。真没想到这么年轻就体验到了人生苦短。人的生命是短暂的，军人的价值在于贡献。我要铭记雷锋的名言："人的生命是有限的，可是为人民服务是无限的，我要把有限的生命投入到无限的为人民服务之中去。"这正是我的理想和奋斗目标。为了实现这种抱负，我要利用不知还剩多少的时间，全力以赴早日完成在北京确定的项目，总结对后世有用的飞机修缮理论和经验，编辑成册。不能把这些东西带到那个世界去。与此同时，积极配合治疗，延长我的生命，多做些工作，让我有限的生命为机械维护和共产主义事业做贡献……

李光男的债务

有一首歌一度风靡中国大地，是著名解放军女歌唱家董文华演唱的《十五的月亮》。内容是在前线流血的战士，军功章的一半属于在地方扛起家庭重担的妻子。

每当看到漂亮的妻子脸上早早爬上了皱纹，头发花白，李光男就会感到内疚，感到剜心的疼痛。

9年两地分居的岁月里，独自经受了怎样的辛苦操劳啊！患病期间经历的辛苦，过年时，生日时，一家人也不能和和美美地团聚，只能在工作间、实验室吃妻子拎来的生日饭、年饭，妻子难产的时候也没能在身旁守候……

繁忙的军务，沉重的科研任务，令他不能正常休假。因而偶尔穿着军服突然回家，迎接他的不是孩子惊喜地扑上来，喊着"爸爸！"搂着他的脖子亲他，而是很生分地望着他，然后就是"哇——"地大哭起来，并且马上躲到妈妈的身后。见到这种情景，身为爸爸，李光男顿时觉得鼻子酸酸的，心痛不已。

岂止这些，极为尊重的父亲临终时李光男没能守候在身边，母亲和岳母花甲宴也未能参加。

……

李光男的确欠下了妻子、子女、父母、兄弟太多的债务，穷其一生也难以偿还。李光男是接受朝鲜族传统教育长大的，是重情重义的人。孝顺父母，热爱兄弟、子女。他有着比别人更加深厚的情感。他想和妻子在一起，想和孩子们一起欢笑、唱歌，也想和他们一起过年。他还喜爱音乐。可是，研究工作让他变成了这样一个人。

谈到这种债务的时候，李光男流下了热泪。李光男的妻子哭得很伤心。泪水，泪水！泪水表达的情感是语言无法替代的。这世上还有什么比眼泪更令人感动、更宝贵的东西呢？

"男人是天。"在母亲的教养下长大的李光男妻子金海月同样是我们民族培养出来的贤淑、善良的女性。

她牺牲自己，理解丈夫，谅解丈夫，用全部身心撑起了沉重的家庭支柱。

"人怎么能够为金钱而活，人生应该有更高的追求。"

这是李光男的话。这是李光男的追求！

大概正是这种高尚的追求推动着李光男成为一名优秀的科学家，优秀的发明家，优秀的军人，优秀的共产党员，优秀的民族之子吧！

1994 年 5 月

附录一

采访科学家的日子里

失望就是死亡

中国历史上鼎鼎大名的曾国藩说过：在治学方面，不能满足于领悟，感到迟钝的部分，即因为困难而受到阻滞的部分，要多加思索。在中国历史上，曾国藩以学问深、智商高而闻名。这样一位知识分子能够说出这样的话，恐怕也说明，他在治学中也遇到过令其"迟钝"的部分，而正是通过深入钻研、思索、研究，他最终达至顿悟获得成功。

几年前，我采访过著名学者金日光教授，他是我国化工部十大功勋者之一、北京化工大学学术委员会主任、博士生导师，他发明了世界第四统计力学理论。采访的结果令我大为感动。"文化大革命"时，金日光教授被打成"朝鲜特务""日本特务""反动学术权威"，关进"收容所"，失去了所有的自由。那时，他在心中数百次地呐喊："对科学家而言，失望就是死亡。"以此告诫、安慰自己。也有一个自由：可以学习毛主席语录和毛主席著作。就是这一个自由拯救了这位科学家，让他开创了伟大的"第四统计力学理论"。

金日光教授读书时有一个习惯，就像曾国藩那样，遇到迟钝、阻滞的地方，就会深入钻研、思索、研究。除了写检查、挨批斗的时间，就是反复阅读毛主席著作，不断思索。《矛盾论》怕是读了有数百遍了。停电的夜晚就到路灯下，不顾蚊虫的叮咬研究《矛盾论》。因为他读得太痴迷，监视的人觉得这个人怕是神经出了毛病就不再管他了。金日光脑海中猛地冒出这样一个想法："毛主席的对立统一理论既然是对所有事物的普遍真理的话，岂不是也可以适用于自然科学？"10亿多中国人每天学习都没有想到的问题，弄不好就会闯出大祸的敏感问题，金日光像个傻瓜一样提了出来。这是灵光闪现。金日光在这个"迟钝"处扎下思索的根须，经过反复的呕心沥血的研究，1978年，终于用数学方程式解读了《矛盾论》，成功地推出群子理论。他每天晚上偷偷演算的草纸有几麻袋。

导师唐敖庆院士反复强调"持之以恒，必得硕果"，还给金日光题写了这8个字。金日光一生铭记在心，进行了不懈的奋斗和努力。居里夫人是他的偶像，她历经4年从几万吨的沥青矿渣中提炼出十分之一克纯粹的镭，获得诺贝尔奖。他还像曾国藩那样，盯着"迟钝"处不放，反复思索、计算，思索、计算，获得灵感，看到可能性，拿出水滴石穿的劲头，锲而不舍。正是这些因素让他取得了丰硕成果。

当时，他笑着对我说：没有"文化大革命"，我哪有时间将《矛盾论》读上几十遍、几百遍，反复阅读，反复思索啊！所以，有时坏事会变成好事。那些一个又一个傻瓜似的天才，让我获得了无数次的感动，给了我力量，我也像傻瓜似的寻找着傻瓜似的人们，摸索前行，千万里。

"当时，在那种令人可怕的监视下，在经受数年的批判斗争下，先生是怎么做到不失望、不怨恨，反而研究起毛主席的《矛盾论》的呢？"

"也不是没有怨恨过。望着毛主席的肖像，我心想，这位老人家供钱让我们朝鲜族农民的子女上大学，哪能就这么扼杀我们呢？不，不会的。这样一想，就觉得看到了一些曙光。'科学家的生命是研究，失望是敌人。'我在心底里这样呐喊着，摒弃了杂念，投身到研究中。"

言之有理。

结束采访回到旅馆的当天晚上，我辗转反侧，夜不成寐。我在采访手册上写下这样的文字：

他是一个天才。并不是每一个努力、奋斗的人都会成为天才，但是，天才只能诞生于像傻瓜一样努力奋斗的人群中。自然科学家如此，社会科学家、作家、艺术家也不例外。

1996 年 12 月 6 日晚

孤独孕育成功

一天，我去书店，一本书引发了我的兴趣。是美籍画家兼作家刘墉撰写的《迎向开阔的人生》，抒写人老了也希望能够迎来开阔的人生。正读得津津有味的时候，我的视线驻留在描写孤独的文字上。从很早以前开始，我就非常关注有关孤独和成功方面的文章，读后自然留下了深刻印象。

有一位作家曾被撵到北大荒，经过艰苦的劳改后返回。

"你一定吃了很多苦，很孤独吧？失去了那么多宝贵的时光。"

刘墉问。那位作家回答是否定的。

"不要认为那是我空白的 7 年。告诉你！我过得很充实，也想得很多，以前没时间想的，那时候都想了。身在北大荒，你不面对自己，还面对谁，你面对的是存在、面对的是生命！有什么比一个人面对生命，更能产生震撼……"

就这样，这位作家在 7 年可怕的孤独中领悟到生命的宝贵，之后可以写出更加优秀的作品。

一天，我正在看电视，电视上的画面深深感动了我。世界三大男高音独唱歌手之一的卡雷拉斯突患肺癌，在接受 14 个月的住院治疗之后奇迹般地重返舞台。他说的与那位去过北大荒的作家不谋而合。

"孤独，孤独让我第一次反思自己，回想过去，畅想未来，感悟到生命的可贵。"

这种顿悟令他的生命更加熠熠生辉。

过去我寻访的科学家们的身影一个个浮现在眼前。应欧洲分子生物化学研究中心的邀请，我国离心机专家金绿松前往德国海德堡市的时候，外国的部分离心机专家对他说：离心机研究已经到了画上句号的时候，不可能取得新发现，劝他变换研究项目。他觉得：对科学家而言，盲目崇拜和顺从无异于自杀，于是，他主动走入孤独中。他在研究室里备好吃的，置好床铺，之后，每天泡在研究室里进行实验研究。饿了就吃块面包对付一下，深夜困了就躺在桌子旁边准备好的床位躺下眯一会儿，起来继续研究。3个月过去了，那实际上是不眠不休的日日夜夜。1982年1月30日凌晨2时30分，一种名为"自抽连续流动离心原理"的新理论终于问世。接着，他又制作出相应的样品。岂止他一人，对将自己培养成为科学家的这个国度，我们朝鲜族老一代自然科学家们怀着无比的忠诚在充满冤屈的环境中，战胜孤独，不放弃希望，最终走上成功之路。

我静下心来思考过孤独。孤独能够制造无我之境，让一个人在远离外界的空间中专注于一件事。我终于明白了一个道理：不能战胜孤独的人，等待他的将是失败或死亡；将孤独视为难得的机会而顽强奋斗的人，终将获得成功。孤独可以创造奇迹。从某种角度看，作家的作品也是与孤独交锋的果实。

1998 年 11 月 30 日

都能做！

有一位敢拍着胸脯豪言"都能做！"的科学家。是大话吗？是不够谦虚的浮夸吗？不是的。我采访的老一代科学家小时候全都说过："别人能做的事情我能做，别人做不了的事我也能做。"由此也会招来其他孩子的嘲笑。

总是觉得自己不如别人，自己做的事情不值一提，看低自己的人很难做成人事。别人做的事情我也能做，别人做不了的事情我一定要做成。有了这种勇气，才能勇于挑战、冒险、创造和发明。

从前，战败的赵国迫于无奈，派宰相平原君前往楚国请求派遣援军。平原君要选拔20名随行的食客，但他只挑出19名，剩下一名怎么也挑不出来了。这时，一个叫毛遂的人自告奋勇，站了出来。平原君并没有看上他，拒绝道："有用的人才就像锥子，即便装进袋子里，那尖尖的锥子也会立刻脱颖而出。可公跟随我已经3年，我却连你的名字都没听说，你还是退下去吧。"

但是，毛遂并没有退下。

"从现在开始，就将我放进那个什么袋中吧。如果早以前就将我放入其中的话，别说是锥子尖，整个锥体恐怕都会脱颖而出。"

这种漂亮的反击手段打动了平原君的心，他将毛遂纳入20人名单中。之后，在与楚王会面的场合，毛遂辅助平原君，表现机智灵活，平安无事地将谈判导向成功。他的勇气和自信名垂青史、流传至今。

著名的音乐家伯恩斯坦对年轻的音乐家说过这样的话：

> 要想成为伟大的演奏家，苦练固然重要，但更重要的是登上舞台，面对来自无数观众的压力，能够将所有的恐惧和担忧抛到脑后。这样内心才会产生一种特殊的力量，产生一种无所不能的勇气。这种力量会让你成为一名大演奏家。

这种力量就是带你走向成功的自信心。总是担忧、犹豫、缩手缩脚的人，即便聪明也很难获得成功。

我国鱼雷研究领域唯一的国家级科技进步一等奖获得者，我国××型鱼雷总设计师、朝鲜族老一代科学家刘泳哲就是如此，他为解决国家鱼雷发展的关键难题并使其接近世界先进水平做出了巨大贡献。

在一封写给朋友的信上，他写下了一句热情洋溢的话："为我们光辉的民族扬威抖擞，为我们民族的辉煌发威吧。"但祸从口出，"文化大革命"时，因为这封信，他被打成"特务"，戴上了手铐脚镣，受尽了牢狱之苦。1971年，在入狱三年零一个月后勉强获释，重新回到了鱼雷研究室，但并没有得到组织上的重用，他本人精神和肉体上遭受的严重创伤也并没有恢复。可他并没有失望。

一天，鱼雷实验正在紧张进行。制造出来的鱼雷一发射就会下坠。周围的气氛变得紧张起来，领导和技术负责人一个个坐立不安。这时，陷入沉思中的刘泳哲突然站了起来。

"给我一点儿时间。我一定找出原因，找到对策。"刘泳哲挺直了腰板信心十足地对总负责人说道。他的这种勇气令总负责人感动不已。

"干吧！坚定信心，大胆研究。我们等着你。"

总负责人甚至为他撑起了腰。那个时候，在那种艰难处境下，他自己都不知道怎么会有那样的勇气。也许是因为平时就一直坚持不懈地探索，在关键时候才会爆发出冲天的勇气吧。他当即回到住处，不眠不休地投入到鱼雷初期弹道的计算和分析中。

奇迹终于出现了。根据他计算的数据，重新设计制作了鱼雷。发射试验一开始，鱼雷就像箭矢一样飞向目标。命中。由于这次成功，遭到排挤的刘泳哲开始承担起一个又一个重任，晋升为高级工程师、总设计师，成功地完成了各种类型的鱼雷设计，无数荣誉落到他的头上。

在采访朝鲜族老一代自然科学家过程中，我深深感到，他们的成功固然是聪明、奋斗、忍耐等等无数因素的组合，但最重要的恐怕还是与众不同的勇气和自信吧。有才气却没有勇气，那种才气可能还没有闪光就香消玉殒了。当然，没有才气的勇气也无济于事。有了出众的才华，强悍的勇气、自信，成功的大门就会在面前敞开。

2001年12月30日

选择与别人不同的路

　　宋朝著名女诗人李清照的父亲李格非写过一篇名为"墨不是刀"（《破墨癖说》）的文章，给我留下了极为深刻的印象，我抄录下来反复阅读、思索："人们都说李廷珪的一袋墨值黄金多少，视其如宝。我不以为然。有人说那墨边缘纤细而坚硬可以割物。可是，想要割物，用刀就行，何必用墨？还有人说那墨掉入水中几天后捞出来，依然不会腐烂，不会消散。可何必要将墨泡入水中呢？还有人说，一般的墨不到20年就会变质，李公的墨百年之后也不会变。我认为这什么都不是。墨用两三年就行了，何必放他100年？还有人说他的墨特别黑。我笑着说：天下本就没有白墨。我将李公的墨和普通墨混在一起让那人分辨，那人挑不出来。"这是对盲目崇拜权威的传统观念和行为所做的大胆否定。早在宋代就出现了这样的人，遗憾的是，如今信奉"百年不腐之墨"者大有人在。这是某某朝代某位皇帝用过、吃过的东西、药、宫廷秘方……电视画面里这样的广告铺天盖地。只要是几千年前圣人所言，那就是不可违逆的"大智慧"。越看，越听，越是疑窦丛生。难道两千多年的岁月都白白流逝了？难道现代医药不能超越几百年、几千年前宫廷吃过的药？因为什么我们只崇拜"从前的"，而不相信今天、不相信自己呢？

　　科学家们的成功秘诀就是大胆怀疑、否定"过去的""别人的"，甚至"自己的"东西，从零开始。过去就是过去。从前的就是从前的。当然，我们应该从过去的、圣人的成果中吸收好的东西。不过，我们要大胆地站到伟人、圣人的肩膀上，看得更高一些，更远一些，创造、发明新的东西。我们要向科学家学习这种观念。

　　我国最早开发铸件凝固数据模拟技术的金俊泽教授，从1987年开始经过300多次的试验失败，终于试验成功"电磁铸造法"。这是对我国5000年铸造历史的挑战。电磁铸造指的是利用电磁感应原理不用铸型连续铸造的技术。即，在电磁场力的约束下，形成不同形态的液柱并强制冷却成型，因与铸型没有接触，表面光滑如镜。由于是在强磁场的作用下凝固，内部组织致密，强度和可塑性大幅提高。

从年轻时候开始，金俊泽就喜欢走别人不走或不愿走的那种崎岖的"路"，并且主动选择那样的路。在进入大学机械系选择专业的时候，别人都认为铸造专业又脏又累，避之唯恐不及，他却认定落后之中必有可攻之学，在3个志愿栏里写的全都是"铸造"，所有的老师都为之惊愕。大学毕业后，他被分配到了大连理工大学铸造专业，这里有40多名教师。有铸造合金、铸造设备、铸造工艺等3个教研室，没有人愿意去艰苦的铸造工艺室。金俊泽本来分配到大家都想去的铸造合金教研室，却自告奋勇要去铸造工艺，再次让人们大吃一惊。

他的这种与众不同的奇异选择，为他创造了成功的一个机会和条件。

"修凿可以使道路平坦，但只有崎岖的未经修凿的道路才是天才之路。"金俊泽用自己的实践证明威廉·布莱尔的这一名言是真理。也许正因为如此，爱因斯坦的妈妈才会让自己的儿子变成与众不同的人吧。

从小开始，我们就处在各种竞争之中。而选择别人没有选择、不愿意走的路，不去和别人，而是和自己竞争是非常值得肯定的。

2000年1月

难忘的一张照片

采访完朝鲜族著名的育苗专家金润植教授，我向站在门口的教授鞠躬道别。预感到有可能再也无法相见，我的眼圈不禁一热。

如今他去那个世界已经多年，当时那温馨的旧房，小小的绿色庭院，永远的一张证件照一直萦绕在心中，久久难以忘怀。想到那张照片，就会浮想联翩，胸会闷，心会痛。而且……

1949 年朝鲜族大学延边大学一成立，1942 年从日本学成归来的金润植教授就应邀投身到教育事业中，先后在水床苗—综合性育苗—旱育苗—塑料薄膜育苗—塑料大棚等一个又一个更高层次阶段的育苗实验中取得了成功。当笔者问起他实验过程经历的艰难困苦时，他笑了笑，回答很简单："科学研究本来就是辛苦的事。"

金润植教授曾辗转我国西北和东北地区多所高校和农科所，做过无数次学术报告，仅日本就 3 次应邀前往发表学术报告。所以，我想他在各地照的照片一定很多，向他提出看看相册，准备挑几张生活照出书时用。他的回答同样简单明了："相册我一本都没有。"

相册，每个人都会有几本，现在更是近乎泛滥的相册，这位科学家却一本都没有。看似早已过了古稀之年、热心肠的师母马上明白了我的意思，打开抽屉，从一个旧信封里拿出一张 2 寸证件照给我。看来是因为经常有人要照片，事先准备好了一些。信封里只有各种聚会的集体照，生活照一张都没有。那个信封是他留下的一生痕迹的全部。这禀性真是令人难以置信，让人无法理解。当我问到去过无数风景区，到过无数试验田，怎么连一张照片都没照时，他的回答还是那样简单："没想到。个儿矮，长得也不够英俊，就算在漂亮的风景区照了相，还能变帅吗？和名人一起照相我就能成为名人吗？"

我脑海中忽然冒出个荒唐的想法：这位的追悼会悬挂的遗像怕也是这张证件照放大的吧。埋没在相片中的我，以及这个时代的人们，真的能够理解这一张照片包含的意义吗？

还有，陪同我前往教授宅第的高先生说：我们教授虽然是知名教授，但家居非常简陋，记者老师可能不会理解。由于外国客人也经常来访，学院领导几次打算让他搬到公寓楼，但都没能实现。

我有些不敢相信，可事实确如其言。老教授的家的确很简陋。是一个没穿"衣服"的砖瓦小平房。有拉门的两间火炕屋里，旧被、书桌，靠墙有一把古色古香的椅子。令人联想起旧时代。

　　穿着20世纪70年代是我们国家干部统一装的灰色华达呢中山装，个子矮小、身材瘦小的老人，这就是我采访的老学者。过了半小时，话聊开之后，我开始了冒昧的提问。教授3次出国，也去过日本，怎么现在还丢不下20世纪70年代的统一服装呢？他的回答很诚恳。

　　"绅士派头的西服和领带我都有，那些我们老年人穿着不舒服。我一出门就是山里、田地、泥路，西服相称吗？出国的时候，怕有损国家威信，不得不穿，平时还是这套衣服合适。"

　　气氛热烈之后，我又提出了第二个问题："您为什么要让出好不容易分配给您的公寓呢？"

　　老教授笑了笑没有回答，起身打开了老旧的玻璃窗户。刹那间，一股浓郁的香气和青草味扑鼻而来。啊！寒酸的房屋却有着多么富裕、优雅的漂亮庭院啊！茂盛、诱人的芍药，挺秀的鸢尾花，散发幽香的丁香花，不知名的各种小树，以及梨树、李子树、草莓藤蔓……金教授数十年栽种、移植、杂交……倾注心血打造的绿色庭院，是他的爱人、他的乐土。

　　离不开这里，还需要什么理由和解释吗？

　　这是他的话。

　　"开门见地，出门见绿。青翠的树木，欢快的鸟儿，潺潺的溪水，令人感恩戴德。再亲密的朋友能像这个庭院一样陪伴我，令我开心吗？高大的楼房虽然像西服一样漂亮，但却没有中山装舒适。像监狱一样潮湿、枯燥。现在我已经是奔80的老人了，能够安静地看看书，做点儿研究，能和年老的夫人相濡以沫，就是最大的幸福。欲望越少，离幸福越近。"

　　他的夫人是小时候父母指定的，结婚前一次面都没有见过。可赴日留学时没有抛弃夫人，归国成为教授，一直到现在为止，始终不离不弃。有年迈的夫人陪伴在身边，他感激不尽，也感到非常舒坦和幸福。

　　他真挚的故事感动得我涕泗横流。

真情的话语感动得我流下了热泪。当今社会物欲横流，人们都想将金钱和权势代代相传，他的做法，我们的后代能够理解吗？会不会当傻瓜看待？

我感动不已，思绪万千。回来的路上，回来之后，撰写他的事迹时，我都泪流不止。有智慧的人会摆脱传统和因袭的泥潭，不断地实验自己，训练自己，认识自己，最终实现自我。越是远离贪婪，幸福越会走近自己。老一代的知识分子通过自己的行为给我们昭示了这个道理。从他温暖的火炕房，青翠的庭院，一张照片，我们领略到了庄子的那种放空心境享受人生的"智慧"。快乐的人生决不在于高高的官位，堆积如山的金钱，宫廷般的别墅，豪华的汽车，也不在于美丽的情人、"皇宫"里的山珍海味。

摒弃贪念，幸福不远！

2002 年 12 月 30 日

奉献的人生，接受的人生

为他人、为国家，进而为人类奉献自己、贡献自己，这样的人生要比从父母、子女或是其他人那里接受某种享受的人生更充实、更有价值、更有味，听到这样的宣传时还没有感受到，但通过采访众多的科学家却深深领悟到了这个道理。

为了国家的振兴，无数科学家在研究国家需要的某一研究项目过程中献出了生命，沉重的使命感和责任感使然。我国培养的 20 世纪 50年代、60 年代大学生都是刚成立的新中国这个落后、广袤大地的"宝贝""人才""希望"。贫穷的国家如果不提供免费学习的机会，一贫如洗的朝鲜族农民怎能涌出送子女上大学的念头？我们这个时代的知识分子，不用交学费，不用交餐费，托国家的福，托党的福，完成大学学业，因而无论哪里，只要国家需要，哪怕数千里之遥，西北也好，东北也好……他们都会二话不说，抬脚就走。即便不合心意也没有怨言，没有不满，不，是会自愿前行。能够扎根在最艰苦的地方，为国家奉献一生，这被视为理所应当的事情，是一种荣幸。现在虽然无法理解，可在那时就是那样奉献自己，奋斗不已。

在遥远的西域大地，在新疆乌鲁木齐，高级工程师李政洙被誉为"西域大地地质活词典"。在采访他的时候，我的心里直流泪。他50年代大学毕业，为了探测、开发国家迫切需要的矿山资源，在连车道都没有的西域大地，坐在货车上穿越沙漠，翻越山岭。直到退休时，数十年里，奉献出自己的青春、中年、老年，也可以说是自己的一生。在人迹罕至的荒凉沙漠，在大雪覆盖的天山山脉、昆仑山脉，在被称为火炉的塔里木盆地……遭遇野兽，或者断水……数十次险些丢掉性命，为国家开发了无数资源。水土不服的妻子身患重病，体弱不堪，子女和其他民族结婚……可他没有一句怨言。他思念故乡并表示，到老了不能工作就回故乡生活。子女生在这里，长在这里，等于在这里扎下了根。说这话时，他的表情不无伤感。

我在新疆伊犁发生交通事故住了两个月院，在治疗时偶然遇到的朴泰龙高级会计师也是20世纪60年代乘坐货车来到这里志愿投身西北林业的。总想着回故乡，回故乡，但数十年，也就是自己的一生都奉献给了新疆林业建设。他家是伊宁市唯一的朝鲜族家庭。孩子们都说这里最好，他现在仍然惦记着回故乡。他在说"现在已经成了新疆鬼"的时候，脸上同样流露出怅然之色。他们全都觉得把自己奉献给国家，这种人生有价值，充实，有意义。能够多少报答国家的培育之恩，贡献自己微薄之力，感到非常欣慰。

采访李政洙时我因严重的交通事故右臂不灵便，通过信件以及后来本人亲自来访才艰难地完成采访，也许正因为如此，稿子收入自然科学家纪实集时，我感慨万千。见到李政洙采访他的那一瞬间，我的脑海中闪过的念头是：如果不能让这样的人为世人所知，为我们朝鲜族后代所知，我将会受到良心的谴责。也许是采访实在太艰苦，撰写时又经过了无数次的治疗，无数次的感动，当《一代之星》出版并拿到手中时，泪水潸然而下。我真想高声呐喊："我也是奉献者！"

事实上，与我们的老一代科学家付出的艰辛和牺牲相比，我的艰辛微不足道。

2000 年 10 月

一代之星

不久前，我接到了新疆伊宁市朴泰龙先生的电话。虽然只是简短的问候电话，但那种深深的情谊，无法忘怀的记忆，令我潸然泪下。令我惊异的是：短短的一瞬间，诸多往事，恁般丰富的感情，不尽的泪水，变成一幅幅画面在我脑海中闪过。我顿感世上任何一种最新的电脑都无法替代和超越人脑。

20 世纪 90 年代初，我已经终止了小说创作，只要有时间就会去采访朝鲜族杰出的自然科学家。自以为在构筑一个"了不起的工程"，野心勃勃地东奔西走。

临近退休，我获得了一个参加在新疆伊犁哈萨克自治州首府伊宁市举行的全国少年报刊会议的机会。虽然年近六旬，但人老心不老，我独自一人乘机飞往陌生的西域大地。当时，有一位被称为"新疆地质词典"的朝鲜族优秀科学家住在乌鲁木齐。我打算在返回的时候采访他，为此我做好了所有的准备。

但天有不测风云，就在会议即将结束，在最后我们去游览哈萨克斯坦边境的时候发生了特大交通事故，5 人当场死亡。我侥幸逃过一劫，在伊犁州医院接受了 40 天的治疗。现在闻到羊肉味也会想起新疆，想起在我身边死去的同事和那家医院。现在，羊肉我连碰都不会碰。就在与孤独、痛苦和绝望抗争的艰苦日子里，我偶然见到了老乡朴泰龙先生，他在伊犁将自己的一生奉献给了新中国成立后的新疆林业建设。他家是伊宁市唯一一个朝鲜族家庭。世界说大也大，说小也小，见到他惊喜万分，也非常感动。

孩子们都在西域大地扎根，"回故乡"仅仅成了一种念想。思乡之情非常浓烈，虽然在这里吃过不少苦，但并不后悔，能够响应党的号召，将自己的一生奉献给西部林业建设，已经了无遗憾。他是先进工作者、高级会计师。虽然已经退休，但现在风采依旧。不过，不知为什么心中却多了一份惋惜和伤感。扎根在举目无亲的数千里之外奋斗一生的那种毅力和精神给了我某种勇气。无名的那颗"星"让我在两个月后回家的时候，在乌鲁木齐见到了"新疆地质词典"。

一直到那时，我的右手和右臂还不能运动自如，不过，尽管记录比较吃力，但并没有大碍。我在宾馆见到地质学家李政洙时，激动万分。新疆的面积占中国大地的1/6，他的足迹遍及东疆、南疆、北疆……在可怕的戈壁沙漠、死海，在白雪皑皑的天山，在火热的吐鲁番……漫长的37年间，经历了种种风霜雪雨、艰难险阻，考察了大量的金属、矿物质，为新中国建设做出重大贡献。

新中国培养的第一代大学生是国家的宝贝。国家的需要就是他们的志向，就是他们的理想。20世纪50年代初大学毕业，响应新中国的需要来西域时，李政洙坐火车到达甘肃之后，因为没有铁路，换乘卡车跑了整整6天6夜才抵达乌鲁木齐。在穿越无边无际的戈壁沙漠时，他突然感到强烈的孤独，越发思念故乡，但他觉得能够从事新中国最需要的资源考察工作是无尚的荣光。国家的关怀使他能够上大学成为知识分子，他自然将忠诚于国家视为其天职。如今头发白了，水土不服的妻子身染重病离去……他像青山一样变得沉默寡言。

望着他冒雨离去的背影，我不禁悲从中来，宛如与久别的兄弟再度别离。痛惜又要将其一人留下，泪水不禁潸然而下。用不着记录，他那坎坷波澜的经历毫无遗漏地刻在我的脑海、我的心中。

那颗"星"给了我力量，成为了翅膀。在我伤口还没愈合，因为脑梗天天打点滴的时候，我国著名的古生物学家安泰庠教授两次打来电话，邀请我采访中国科学院下属多个科学研究所声名鹊起的朝鲜族第一代自然科学家。我二话不说，终止了治疗直奔北京。必须记录下一代朝鲜族之星的命运，想亲力亲为的欲望，以及作为同时代的记者、作家的良知、责任感、使命感促使我战胜了病痛。

我在北京大学旁边租了个不到10平方米的"租房"，花了两个月的时间对"一代之星"们进行了采访。在超过35度的炎炎夏日，在只有一个房门的蒸笼似的房子里，我居然挺了过来。有一天，我去采访一位科学家，不巧正好赶上停电。他家在18层。那天37度，备受关节炎折磨的我爬了18层楼……

去年，去北京旅游，我去找了一下那个诞生《一代之星》的"租房"，却踪迹皆无，那里已经高楼林立。我感到一阵失落。仿佛失去了宝贵的历史遗址，深感惋惜。阅读了超过20万字的采访材料，采访了10多名科学家，整理了30多万字的采访材料……许多汗水，许多苦闷，成为无法忘怀的永远的"遗址"。

我与惜时若金的科学家们见了面。出国的安泰庠教授归国途中因心脏病发作突然离世。追悼会上，我暗下决心一定要完成《一代之星》。这成为动力，成为翅膀，我大把大把地吃着药，奇迹般地奔波于北京、天津、杭州等地。

我采访了玄光赫教授，40多年间他销声匿迹，一生奉献给绝密的核研究事业，为成功发射我国第一颗原子弹立下功勋。我采访了金日光教授，他在"文化大革命"时期被打成特务、反动学术权威，遭到批斗，却将毛泽东的《矛盾论》阅读了数百遍，并用数学语言证明对立统一法则是普遍真理，不仅运用于社会科学领域，也同样适用于自然科学领域。该理论后来被国际IUPAC大会命名为"第四统计力学理论"。在恐怖的监视中经历的种种磨难，他是笑着讲述的，我却感动得流下了热泪。

"我相信毛主席，相信党。新中国在那么艰难的环境中也没有收一分钱培养了我们这些知识分子，不可能就这么轻易抛弃。运动不会长久，而且我相信科学，没有失去希望和勇气。"

这就是一代之星们的精神，是他们的毅力，是他们的源泉。

我国遥感技术的创始人，微波遥感技术的开创者并建立研究体系的朝鲜族第一位科学院院士姜景山，在嫉妒者们的种种陷害、打击之下也没有失去勇气，经过艰苦奋斗终获成功。

岂止这些，我国被誉为"肿瘤医学之父"的金显宅教授凭借60多年的中国肿瘤医学研究和天才般的手术名扬世界。十年动乱期间甚至被关押到饲养实验用狗的"狗窟"里，但他的信念没有动摇。他没有答应美国的两次邀请，欧洲多个国家的邀请，将其一生奉献给了中国的肿瘤医学。所以，中国人民在他创建的肿瘤医院前树立了铜像称颂他的业绩。

我国著名导弹专家金寿福、鱼雷总设计师刘泳哲、无机化学专家姜泰万、女飞机设计师朴书玲、铸造专家金俊泽、离心机专家金绿松……

这些"星"让我整整在我国东西南北奔波了13年。其间，我虽然失去了金钱、健康和时间，但我更深刻地领悟到了他们对党和国家的无比忠诚、坚定信念、远大理念所蕴含的深刻意义。我发现了他们能够如此献身、如此坚持的"秘诀"，不能不令我大为感动，并加深了我对他们的理解和认同。

我们的一代朝鲜族知识分子全都是穷得叮当响的农民子女。一天，我的一个大学朋友对我说了这样的话：中学体检的时候，老师要求穿裤衩和背心。我朋友一直都不脱长裤，老师火了，我朋友不说话一个劲儿地哭，老师这才知道她没有穿裤衩，告诉她可以不脱。这话一直让我耿耿于怀，因为我也有过相同的处境。那时候，我们实在太穷了，全都是光脚走二三十里山路上学的一代人。刚刚成立的国家也极为贫困。但是，国家出钱供朝鲜族农民的子女上学，一直到读大学为止，还送他们留学，培养成人才。

所以，他们对党和国家无比忠诚，可以奉献自己的一生。任何逆境都不会抛弃希望和信念，越是艰苦的地方，越是挺身而出。把国家的事情视为天职，引以为荣。与新中国同甘苦共生死，并随着国家的发展而成长，进步。

我和他们是同代人，为了让他们能够名扬后世我更加不遗余力。

我在连公共汽车、火车都没有见过的深山沟里长大，能够上大学得益于新中国的关怀和恩惠。在迎来中华人民共和国创建60周年之际，我感慨万千。能够出生于斯并将自己的一生奉献给这片大地，我感到无比的幸福。在战争时期，为了新中国，朝鲜族英勇奋战，洒下了无数鲜血。新中国成立后，我们引以为荣的民族之"星"也将自己的全部身心贡献给了中华人民共和国的建设。我们成为了这个国家当之无愧的主人。

令人遗憾并深感痛惜的是，由于人生的种种局限，没能采访更多的"星"。我非常想念、感谢他们，他们给了我奋发的力量、勇气，给我安上了飞翔的翅膀。我相信，会出现更多、更优秀的民族之"星"，为中华人民共和国贡献自己的才华和热情。

2009 年 8 月

千万里访星路

1993 年 11 月，结束了 30 多年的记者生活，我退休了。虽然已经将记者证上交给组织，但现在依然延续着没有记者证的"老年记者"生活。虽然没有任何人指示，完全是自己花钱买罪受，继续着终身记者的活动。

回顾 40 多年来走过的漫长路程，真是悲喜交加，百感交集。

退休前，我将业余时间断断续续创作、发表的小说集结成册于1988年夏天出版了中国朝鲜族第一部女性作品集，之后又出版了散文集《碧海红霞》、纪实文学集《枫叶时节》。

写小说的人突然放弃小说改写纪实文学，而且还是"枯燥""艰涩"的科学家传记之类的东西，有人就说我"写不了小说了就写纪实"，还有人当面或打电话劝我"不要写纪实"。原因是纪实是低层次的"第三文学"，写得再好也无法确立文学"地位"。

细细琢磨这话也不无道理，毕竟文学中小说和诗是核心体裁。不过，很多人不理解我为什么"自讨苦吃"去做"第三文学"，想理解的人也寥寥无几。我踏上了孤军奋战的"初行路"上。恐怕这也是我30年记者生涯养成的职业病、习惯、兴趣……但是——

有这样一件事，也许可以说是我的一个契机。"文化大革命"结束不久的1979年，当时我是延边日报社的记者。人们的思想尚未从"阶级斗争"的观念中解脱出来，我听说一个只上过小学的农民通过自学考上延边大学硕士研究生的消息。在那个科学和知识被视如草芥一切都围绕着阶级斗争打转的时代，这种通过自学学完本科课程的奇葩故事勾起了我"冒险"的冲动。为了实事求是地描写、反映这一事实，我转遍了那位研究生生活过的地方，甚至采访到了黑龙江省的渤海镇，江西、红卫等村。面谈的人就有50多人。为了采访一个人，我投入了前所未有的热情和干劲儿。结束采访返回时，为了赶火车，我抄了近路，在翻越镜泊湖后山的时候不小心滚了下去，摔伤了腿。

经过一个月的艰苦采访，我撰写了9000字的报告文学《研究生》发表在《延边日报》第二版。一个人的文章占据整个一个版面，而且还是堂而皇之地标明作者的名字发表在报纸上，这在那个时代是极为罕见的。不出所料，反响也非常强烈。第二天早晨一上班，走廊里贴出了不少用毛笔字写的评报，到处都有人在窃窃低语。大部分评报都认为写的是国家的阴暗面，是抹黑党……只有一篇写的是："好得很！"大大的毛笔字的落款是"汉文版×××"。虽然数字上对比悬殊，但那却成为争论的契机。我从那一张评报上获得了巨大的勇气。

靠卖血、做苕条生意赚钱买书学习，在知识遭到蔑视的那个时期，通过自学完成初高中和大学课程，考上研究生，这种美丽、感人的故事怎么是抹黑国家的"毒草"呢？我气冲斗牛，当即跑到编辑室主任那里，扯开嗓门要求举行辩论会。

其后，这篇文章转载到辽宁《海鸥》杂志，辽宁出版集团给予二等文学奖。

20世纪80年代，我去过很多地方，耳闻目睹的种种事情令我越来越深刻地感受到了朝鲜族面临的危机，我痛心不已，职业所拥有的某种使命感在心中燃烧。我们朝鲜族是坚强的民族，在失去国家后浴火重生。是勇敢的民族，在过去惨烈的战场英勇杀敌的将军、战斗英雄辈出。是多才多艺的民族，以歌舞、足球名扬全国。但今后中国要靠知识发展经济，如果朝鲜族现在不能用知识武装自己，早晚会被甩在后面，无法挺直腰板，找不到自己的位置。即便我成不了先驱者，却可以从职业视角加以关注。

果然，在中国的经济生活中，科技力量越来越起到支柱作用。这种作用对百姓的生活、社会的各个层面的影响与日俱增。文学界虽然高喊着眼于现实的口号，但对科学技术已经成为强大的社会现实，成为文化的一部分却视而不见。

1980年6月，我国著名文学家秦牧先生在一次会议上说过"让科学和文学恋爱、结婚"，这话在我的脑海中留下了深刻的印象。

当时，四川省举行了青少年科学发明奖颁奖大会，还邀请了诺贝尔奖获得者美籍华人杨振宁教授。

这位著名的科学家漫步在街头，在转完书摊之后，摇了摇头。每个书摊都充斥着武侠小说、恋爱小说，而科学故事、科学幻想小说之类的书籍全然不见。他感到奇怪，并发现当代中国的科学精神非常贫弱。人们请求他题词，他题写的是令人费解的"幻想与梦想不同"。意思是：幻想是建立在科学基础上的想象，梦想是神秘的巫术动作或陷入抽象恋爱的一种精神鸦片。这些话语引起了我的深思。

我们朝鲜族如果不想在时代的风浪中消失，就必须用科学和知识武装起来。聪明的民族生存的根基是知识。应该发掘已经闪耀的或正在闪耀的一代、二代民族科学家明星，将他们的传记传给后代。

我首先从我的女性同胞们开始。朝鲜族妇女历来就有"贤妻良母""能歌善舞"的美誉，并以此而感到满足。我却逐渐对这种赞美心生厌倦。于是产生了发掘知识层面高一层（副教授以上）的女性知识分子同胞传扬于世的奇葩念头，开始了采访。不仅东北三省，北京、天津、杭州、上海等地都留下了我采访女知识分子的足迹。直到 20 世纪 80 年代中期，女性高级知识分子还是凤毛麟角。偶然的机会，我遇到了在大连金州无纺布厂任副总工程师的女性知识分子同胞，见面之后才知道是丈夫的初恋。随着采访的深入，我被她的事迹所感动，我超越了女性本能的"嫉妒和猜疑"之类的情感藩篱，撰写了《海之珠》。经过两年的努力，1991 年 7 月，中国朝鲜族女性知识分子报告文学集《枫叶时节》在黑龙江朝鲜民族出版社出版。

在写这本书的过程中，我的视线从女性世界扩展到了男性世界。我为我国科学界星光灿烂的一二代朝鲜族科学家们所倾倒。这代人是贫穷的新中国独立培养的第一代大学生，从朝鲜族的角度看，是一贫如洗连车费都出不起只能靠国家助学金好不容易读完大学的一代人。是饥饿中的朝鲜族不惜牺牲一切也要供子女上学的高贵精神的果实。是一批具有高尚情操的知识分子，为了国家，为了民族，他们将自己的一生奉献给了祖国的科学研究事业。

在生活富裕、尝到了金钱的滋味、懂得享受的现今，很难再找到这样的"傻瓜"似的宝贝了。这些宝贝现在已经六七十岁了。璀璨的星星在一颗一颗地消失。现在的人无法理解的这些默默无闻的一代知识分子留给国家和民族的遗产——精神财富和物质财富，我们不去发掘、整理传扬给后世，谁去做？ 10 年或者 20 年后，我们再想寻找他们恐怕也已经无法找到了。这样的事情从文学角度看并不是什么高大上的工程，但总需要这个时代的作家有人去完成这项艰巨却又神圣的事业。

作为同时代的文人，一种责任感、使命感驱使我牺牲自己，不，与其说是使命感，不如说是一种不可名状的自责驱使我重新踏上采访之路。

寻找深藏于广袤辽阔的中国大地的朝鲜族科学家之路着实艰辛。

1993 年夏，我独自前往新疆伊犁哈萨克自治州参加全国少数民族少年儿童报刊会议，顺便采访有"新疆地质活词典"美称的科学家李政洙。却不料发生了特大交通事故身受重伤，在医院接受了两个月的治疗。伤势好转返回途中在乌鲁木齐停留两天。当时右臂还不灵便，稍坐一会儿也很困难。但想到错过这次机会再也无法采访到那位科学家，就说服前来护理的丈夫，打电话联系到了那位科学家。接到电话以后，李政洙马上赶到旅馆。足足 3 个小时的采访结束时，我浑身是汗，好像随时都会晕倒过去。李政洙先生见此情景非常感动，后来利用去沈阳市出差的机会，特意来到延吉看望我。

在采访航天部一位女科学家时，我听说她不大喜欢接受采访。我想，精诚所至金石为开，这世上没有敲不开的门，我决定去她家里。北京夏日的天气像蒸炉似烤箱，走点路就会让人心烦意乱。可屋漏偏逢连夜雨，正巧赶上停电，坐不了电梯。那位女高级工程师家在 18 楼。我望着高高的楼梯长叹了一口气。现在回去很难再来。机不可失！我下大决心，一步一步走上去。年届六旬的人，拖着饱受关节炎折磨的双腿，与其说是走，不如说是爬。看到我大汗淋漓的可怜样，那位女高工深为感动，热情地接受了采访。

去天津采访女飞机设计师朴书玲时，她一句朝鲜语都不会说，也听不懂。用朝鲜语说那些尖端技术术语都很难理解，何况用汉语。感情交流也不是很畅通，很多东西都没有理解。她的事迹报纸上也没有报道，没有可供参考的资料。回来后，投入大量的精力翻阅材料、反复研究，最终还是没能写出来。没办法，只好在第二年前往天津再度采访终于成文。

有的时候，抱着科学家们用英语、俄语、日语形成的一大摞材料，抱着尖端科学艰涩的学术论文资料，感受到自己的知识贫乏和无能，泪水不住地往心里流。当遇到无情的对象怀疑我是为了名声或是稿费前来采访的时候，我怒从中来，暗骂自己：

（又没有人强迫，你何苦来的？交通费、住宿全都花着自己的钱……）

而有的搞文学的作家一提到"使命感"或"为了民族"就深恶痛绝。如果确实只是为了自己，我不会写这样的文章，花钱买这种罪受，可这种心情无处诉说，我感到极度的伤心、孤独和冤屈。只能发出重重的叹息转身离去。

1995年12月，经过种种艰辛磨难，民族出版社终于出版了中国朝鲜族自然科学家报告文学集《如青山似苍穹》。这本书收录了著名地质古生物学家、理学博士、北京大学教授安泰庠，著名有机化学教授姜贵吉，世界朝鲜族第一代生物化学学者卢基舜等17名自然科学家的事迹。出乎意料，出版之后受到很多中小学生和家长们的喜爱。延边朝鲜族自治州教育委员会还将其批准为推荐图书。

不巧的是，这时我正好患上脑梗在接受治疗。看来，1995年一年内出版了报告文学集《诱惑的世界》、散文集《遥远的初行路》、报告文学集《如青山似苍穹》等3部作品，我是疲劳过度了。想往右走身子却好像总往左边偏，想看书，一行字变成了两三行。我想收手，想歇一歇，闭上眼睛静静地思索。

不过，理解、支持我的事业的人也有不少。在我想停下来的时候，他们在后面推着我，给了我助力，用温暖的手给了我强力的支撑。著名的有机化学教授姜贵吉先生一直支持我的工作，为我提供线索，帮助联系，每次科学家聚会都做宣传，每种书都给我写序言、题写毛笔字。他于1989年东奔西走倾注全部心血成立了中国朝鲜族科学技术工作者协会，发展了2000余名会员，是位了不起的人物。姜教授对我说，如今迈向21世纪的国际环境日新月异，要推动我们民族优秀的后代以前代朝鲜族科学技术人员为榜样，光照21世纪的清晨，攀登科学的高峰，收获成功的果实，他叮嘱我在这方面要发挥巨大作用。

1996年4月末，我正在治病期间，北京大学著名古生物学家安泰庠教授连续打来3个长途电话。他已经选定好了中国科学院下属研究所中数名崭露头角的朝鲜族科学家，并安排好了采访时间，让我速去北京。他希望我一定要写写他们，向朝鲜族后代宣传他们。

安泰庠教授迫切的希望和要求也给了我"奋发"的勇气。我终止了治疗，随即于5月初入京。一下火车，安教授就将上下午的采访日程排得满满的，连喘口气的工夫都没有。我分不清北京的东西南北，该坐哪条线，系统科学院在哪里，航天部在哪里，空间研究所怎么走，我一无所知。感谢我的两个女儿成了我忠实的向导。从天津出差到北京的大女儿和在北京大学读研究生的小女儿轮流陪着我打车寻访。国家地震局李裕澈司长与日本记者的谈话记录（日文）是大女儿翻译的，英文是小女儿翻译的。中国古文资料由儿子帮忙，儿媳负责打字。因此，以我的名义出版的自然科学家报告文学集可以说是我们全家人的努力和心血的结晶。如果没有安泰庠教授的热情支持和协助，我恐怕完成不了记叙中国科学院下属科学家的《一代之星》了。

谁曾想到，那样急切地把我召到北京，忙忙碌碌，又是招待，又是付车费，又是安排所有采访日程的安泰庠教授，他在出访平壤的回程中，竟然在延吉心脏病突发与世长辞！追悼会那天，在安教授的遗像前我暗下决心，无论多么忙碌、多么艰难，一定要完成这部书。

采访的两个月里，我在北京大学东门旁的出租房做饭休息。单间房只有一个门，只要关上门就像蒸笼一样难以忍受，开门的话，路上的灰尘就会飞进来难以睁眼。

在北京市内采访花的出租车钱就超过了千元，想起来也让人心寒。为了撰写这部书的25万字，我要阅读、寻找的资料百万字都不止。写一个人往往需要一个月时间。写了一个月，头痛病发作，打针；接着再写一个人，再打针。

感谢民族出版社于 1998 年 8 月出版了《一代之星》。

1999 年 10 月，经由延边作家协会推荐和支持，这部书获得第六届全国少数民族文学创作骏马奖（昆明）。少数民族文学骏马奖是我至今获得的奖项中等级最高的。我认为，借用美国著名作家福克纳的话说，这个奖不是给我的，而是颁给我写的这本书《一代之星》，更准确地说是颁给我写的中国朝鲜族自然科学家报告文学系列作品集的。是颁给十几年来"我"这个人的灵魂挥洒汗水，经受痛苦，用忍耐和劳苦浇铸的一片枫叶。

我想收手时，想痛哭时，想退缩时，科学家们品格高贵的灵魂让我挺直了腰板。为民族争光、为国家争光的这些科学家的勇气、智慧和牺牲精神给了我战胜困难的力量。从这个意义上看，我的成果以及我获奖的荣誉属于我们民族无数无名英雄、伟大的科学家们。

朝鲜族有坚韧不拔的意志，有文化、有知识、有智慧，一定不会消亡。即便到了最后同化的警钟响起，直至那钟声在最后的黄昏中回荡，我们作家仍然会继续抒写这个民族星光灿烂的故事。

去年秋天，我在去长白山的回途中，看到窗外闪来又逝去的路边通红、金黄的枫叶是那样的醉人。望着红红黄黄的枫叶，我浮想联翩，如果没有风霜雪雨的肆虐，没有痛苦波折的考验，没有战胜那种痛苦的可贵意志，这世上怎能出现那样的美丽！

科学家的奋斗、作家的隐忍堪与媲美，作家呕心沥血的作品堪与媲美，科学家辉煌的成果堪与媲美。获奖、著述只能换来瞬间的喜悦，瞬间流逝之后又是起点。余下的还是不尽的孤独和工作。

我再一次挥洒着灵魂的汗水，叮嘱自己继续我的事业。如果我们民族有更多科学之星在那天空闪耀该有多好！那是我美丽的梦想和愿望。这也是前辈科学家们的期待和愿望。

天上的一颗星

去冬，大雪纷飞的一天夜晚，我突然高血压发作晕倒，住了一个来月的院。我感到了死神使者已经来到我的床前催促时间。生活了漫长的 70 多年时光，我非常痛心，怎么要干的事情这么多？我想多活一段时间。我想做完还没有干完的事情，写完没有写完的文字。所以，我想向上天祈求多给我些时间。

夜深了。我靠在寂静的病房窗台，呆呆地仰望着天空。也许因为玻璃窗大，天空看起来非常辽阔。夜空格外晴朗，繁星点点。从前，奶奶望着星星说，好人死后就会成为天上的一颗星。60 年前听到的话语蓦然回荡在耳畔。我感到一阵空落落的，重新望向天空，一颗闪烁的星星羞羞答答、躲躲闪闪，吸引了我的视线。非常亮丽的一颗星。那一刹那，像那颗星般美丽的一个女性的面容在我眼前一闪而过。

啊，那颗星！肯定是她。宁静、谦虚、面容清秀的女人；总是让我感到歉疚、思念、惋惜，偶尔会浮现在脑海里让我痛苦的女人；对，就是她。她变成天上的一颗星，现在正安静地注视着我。

已经成为天上一颗星的女科学家，她的名字叫沈亚明。1991 年秋天，在杭州某研究所工作的许先生的关照下，我第一次与沈亚明女士相见，看到她那靓丽的容颜、苗条的身材，我不禁冒出荒唐的念头：她怎么没有选择艺术，而选择了科学之路呢？

因为据许先生介绍，沈亚明先生夫妇有着神秘的家庭背景，我更加好奇。她是朝鲜族有名的有识之士的后代，韩日合并后，他们失去了国家，来到了中国，将自己的一生奉献给了抗日斗争和中国革命事业。她的丈夫柳志青先生是早年江西师范大学著名教授柳子明先生的儿子，沈亚明教授则是与培养军官的黄埔军校齐名的国民党政治学校毕业生的女儿。两位交情深厚，又都想找同民族的女婿、儿媳，自然一拍即合，促成了这段姻缘。这勾起了我的好奇心，想要刨根问底的事情不少，但毕竟是许先生夫妇为大学同学我的丈夫摆设的宴席，我也不好喧宾夺主。沈老师朝鲜语说得挺不错，柳先生也许是因为母亲是汉族吧，完全不懂朝鲜语。他自己开玩笑说，自己身上留下的朝鲜族痕迹只有两点：一是特别喜欢蕨菜；二是喜欢辣椒酱。喜欢到了蕨菜季，就会独自进山采蕨菜焯一焯拌着吃。

夜深了，大家谈兴依然不减。几十年没见面自然有着说不完的话。见面之前，我已经通过许先生了解到在浙江大学化学系任教授的沈亚明老师参加了与日本、联邦德国某公司的谈判，因为从他们那里进口的机械发生了故障。她准确地计算出了事故原因，使谈判获得成功，得到了对方公司的巨额赔偿，名声大振。我小声向坐在身旁的沈老师索要相关资料。第二天上午沈老师有课，下午许先生早已经为我们买好了去上海、苏州的火车票，错过了再次采访的机会。我再次感到时间虽然不算少，机会却受限。因而，不管什么事情，想要成功就不能错过机会。即便有能力，失去了机会照样失败。我追悔莫及。虽然惋惜，但我们还是约好书信联系。

第二天，许先生夫妇把我们送到车站，令我们大吃一惊的是，沈亚明夫妇打车赶来了。一下课就赶紧跑过来，两人全都大汗淋漓。能够再次见到帅气的两位老师，真是喜出望外。我们约定下次再见长谈。可是哪承想，这次见面是第一次，竟也成了最后一次。

那天，沈亚明老师将厚厚的材料交给了我，里面有数不清的计算式、化学名词、英语文字，10多万字的材料让我无从下手，只好写信询问，回答都很简短。虽然有些失望，但她也应允等教学任务少了之后，大概在下学期抽时间去延边大学多学点朝鲜语，让我也帮着联系一下相关部门。所以，我联系了时任中国朝鲜族科学工作者协会会长的姜贵吉教授，让她加入了协会，在朝鲜文系学习的问题也轻松得到解决，很快我就寄出了回信。她写信表示感谢。相约见面之后谈谈自己的人生和家庭。

沈老师比我大一岁，1962年浙江大学化学系机械专业毕业后，以优异的成绩留校，一直从事教学工作，是德高望重的教授，她的丈夫柳志青先生同样是浙江大学教授，在地理系。

说要来却没来。等了一年，两年，她也没来。可能是太忙了，我想。要教学，还要忙于搞科研。上次来信说她正帮着山东省某地建水晶工厂，有些忙。那时，我也正忙着采访科学家们四处奔波，忙忙碌碌，那件事暂时也忘在了脑后。

她最终还是没有来。我很纳闷，就给杭州的许先生打了电话，传来的却是沈亚明老师因患癌症早已离开人世的噩耗。我的心不由一颤。深感痛惜，就好比借了故人的钱未能偿还的那种心境。可惜，歉疚。如果沈老师在信中能够好好提供资料；如果那天，我们退掉火车票多逗留一天；如果我不是这么懈怠，而去采访她一次，就能写出有关她的文章……无尽的遗憾和悔恨令我阵阵心痛。那靓丽的容颜时不时会出现在我脑海中，令我伤怀。

为了缓解痛苦、歉疚的心境，为了将那美丽女性的灵魂留下的故事，哪怕是一件留在人世间，我一出院就从尘封的资料袋中找出沈亚明——女科学家在杭州站交给我的信件和资料。为了写出在医院病房窗台与天上那颗星相约的文章，我用药物压住上下翻腾的血压，一张一张翻阅着10万余字天书似的"谈判资料"。

20世纪80年代，中国开始了改革开放，打开国门，从发达国家引进设备和技术。想快速发展经济，但缺乏技术人才。浙江省镇海石化总厂化肥厂等几家工厂从联邦德国某公司引进了机械设备n2压缩机，施工后发生了数起轴垫烧毁事故。中方公司向联邦德国某公司提出索赔。谈判开始了，对方一口咬定事故是由于中国技术人员操作技术低下产生的，而中方却拿不出准确的数据证明机械设备有问题。谈判僵持不下。查明机械设备故障原因的研究课题落到了浙江大学化学系沈亚明研究小组。负责研究小组的沈亚明与另外两名研究人员一起夜以继日查找、分析原因，计算数据。经过千辛万苦，终于拿出了准确的数据证明：联邦德国demag公司的设计有误差，而事故正是由这种误差导致的。让外方重新检查了机械设备，谈判大获成功。沈亚明老师参加了谈判的全过程，通过科学根据说服对方，使得中方公司获得了巨额赔偿，还获得了无代价的机械保修。

镇海石油化工厂发给浙江大学的信件对沈亚明等 3 位研究人员的功劳给予了高度评价。准确的计算令对方承认了自己的差错，并且让他们提出的机械设备改造、调整等方面的意见见到了实效。1986 年通过与外国谈判获得的赔偿和其他零部件价值合计为 729.1 万元。那年，尿素增产 1158 万元，因避免机械故障损失节约的金额为 600 万元……沈亚明研究小组在一个项目上取得的成果换算成金钱的话是如此巨大的数额。此外还有用金钱无法计算的价值。那就是国格、人格和尊严。

聪明的沈亚明精通朝鲜语、韩语、英语及日语，在与外国公司谈判过程中展示出高贵的人格、才能、素质和凛然正气，读着字里行间洋溢着赞誉之词的材料，不能不对她的逝去感到深深的惋惜，再也无法相见的遗憾刺痛着我的心。那化作天上一颗星的朝鲜族优秀女科学家——沈亚明！那朦胧、宁静、谦逊的姿态在我面前显得非常高大的女人——有人说谦逊是人生成功的第一把钥匙。她就是这种谦逊的学者。

她的人生故事已经成了永远的秘密，不过，不管怎么样，能够写下这么一篇不成熟的文字，寄给天上的那颗星，我的心情多少轻松了一些。

人生苦短，话题却多多。人生似乎总是债台高筑，留下无数的遗憾。卡耐基说过："再微小的事情，只要承诺，就要信守到令对方感叹的地步。"我如果也飞到那片天空的话一定要采访那颗闪耀的星——沈亚明。

2011 年 3 月 27 日

悼念安泰庠教授

在北京采访自然科学家奔波了一个多月，忙得头昏脑涨，为了松弛一下紧张的神经，我来到天津女儿家，却突然接到在北京大学学习的小女儿的电话。北京大学地质系著名古生物教授、理学博士安泰庠教授出访平壤归途，在延吉演讲时，心脏病突发离开了人世。明天学校举行追悼会，让我赶紧过去。我失魂落魄地上了火车。

这真是晴天霹雳。几天前，我们还坐在一起，领略到他那谈笑风生、雄心勃勃、风风火火的风采。

在黑暗的夜晚，望着阴暗的夜空闪烁的群星，我心潮起伏。

活跃在我国朝鲜族尖端科学领域中为数不多的星星中最大的那颗，那耀眼的星光瞬间消失，怎能不令人扼腕神伤。

1997 年 4 月，我在延吉接到了安教授的 3 次电话，是拿到我撰写的《如青山似苍穹》一书后打来的电话。那本书是写安泰庠教授等朝鲜族自然科学家的报告文学集。安教授接到那本书后，表示北京以及其他城市还有多名活跃在尖端科学领域的杰出科学家没有收录在书中感到很遗憾，要我一定续写第二集。

4 月 5 日，在北京朝鲜族科学家聚会时，他也打来长途电话。要我利用这个机会采访，并且进一步了解科学家队伍。我表示 4 月 27 日有作品研究会，无法离开，他听了很是怅然。

写自然科学家太艰难，是否写下一本书，我还在犹豫不决中，安泰庠教授千方百计说服我写下去，并在多方面都给予了大力支持。

5 月 5 日，我才得以离开延吉，坐了两天火车，7 日早晨到达北京。因为疲惫，我躺了一会儿，9 点，给安泰庠教授打电话，他似乎有些不高兴，口气不是太好，让我有些不安。他已经通知从 8 点开始排好了采访对象。航天部导弹专家金寿福高级工程师本来第二天要去实验基地，现在请了假在等我。

安泰庠教授告诉我按着自己的想法编制的采访时间表。从 8 点到 10 点是导弹专家金寿福，10 点到 12 点是生物研究所的金绿松教授，下午 2 点到 4 点是空间研究所的姜景山教授……按着这种方式，一天安排了三四名。我瞠目结舌，说不出话来。我反问他，我又不是写简历的人，两个小时采访一个人能行吗？安教授也有些歉疚，就让我和本人见面后重新约定时间。不过，他还是强调现在我要采访的人一共 7 名，时间都特别紧，不是要出国，就是要动身考察或实验。科学家就是科学家。科学家对数字和时间的概念丁是丁卯是卯，而作家是在情感、想象和虚构中塑造人物的形象，突出人物的个性，他们根本无法理解。

这些采访对象，都是安教授精心选择的，性情耿直，个性突出，可以看出他从好多方面做了动员工作，让科学家好好配合我的工作。接受采访的科学家无一例外地说安泰庠教授数次叮嘱，并开玩笑地说，在北京朝鲜族科学家圈子里，安教授被比喻为"首领"。

我在北京采访期间，安教授也去了趟辽宁省，还动身去了平壤。他是出于帮助朝鲜寻找石油的急切愿望前去考察的。虽然已是年过六旬的老人了，但仍是一片赤诚之心，东奔西走，总想为民族贡献些什么。他在中国南方、北京、延边等地建立的基金会表明了这点。

前往平壤的前一天，他让我到北京大学地质系对面的一个小饭店。因为太忙没能招待我，临行前要一起共进晚餐。

安教授有些兴奋，一点都不像一位老人。因为 7 点还有客人，将 1000 元放到我面前让我贴补采访费用。他已经了解到我已经退休，采访经费、交通费全都要自己负担。中国朝鲜族科学家实录第二册的出版，安泰庠教授，还有北京民族出版社朴文哲主任都付出了很多努力。

他们迫切希望，在中国科学界各个领域默默贡献的朝鲜族前代科学家的努力奋斗精神、惊人的毅力和爱国爱族精神能够传扬给我们民族的后代，能够世世代代传承下去。

这样优秀的科学家，这样优秀、热诚的前辈突然离开了我们，实在令人痛心。刚刚还在那天吃晚饭的时候说起 6 月要去韩国待几个月从事研究活动，然后去美国、日本进行研究活动，晚秋可能才能回北京。他这个旅程也半途而废了。

开始和结束都无法限定的是人生之路！可惜，可叹！像他这样在国内外有很高声望的古生物学家，我们民族中还会再次涌现出来吗？他是全国人大代表，科学家，同时也是社会活动家。这巨大的损失我们能用什么来弥补？教授临行前说好了从平壤回来之后就在航天部金寿福教授家聚一聚，痛痛快快地玩一场，并且托付金寿福教授的夫人吴淑子女士煮狗肉。追悼会上，吴淑子女士见到我失声痛哭：安教授托付的狗肉还在冰箱里，人却已经化成灰烬，离我们而去。我也抓住她的手泪如雨下。

从天津一到北京，我就在女儿的引领下，找到安泰庠教授的家时，已经来了不少教授。昏暗的房间——安教授生前的书斋，安静地坐在角落的师母拉着我的手潸然泪下，她问我生前承诺的有没有没有实现的。我呆呆地望着桌上放着的安教授的骨灰盒，只是点着头。

人生于世，空手而来，留下无数辉煌，无数业绩，而离开这个世界时，不带走一本书，一分钱，一件衣服，赤条条灰飞烟灭，人生路，明知道如此，仍然放不下贪欲的可悲人生，不能分享苦乐的吝啬人生……

宽敞的北京大学讲堂里摆放着小小的骨灰盒，挂着他的遗像。很多领导、教授、同事和弟子聚在这里，怀着沉痛的心情参加了追悼会。悲痛笼罩的讲堂里默默伫立哀悼的那些人在想些什么？想的是短暂的人生不想像他那样劳累吗？想的是人生路不知哪里是终点，要珍惜每寸光阴，活出精彩人生吗？……

安泰庠教授倾注其毕生精力研究的是这世上 99% 的人不知道也理解不了的无脊椎古生物三叶虫、微体古生物牙形石之类的。入选 1988年英国剑桥国际名人传记中心编撰的《澳大利亚及远东名人录》《世界知识阶层名人录》，美国名人研究所编撰的《世界名人录》评价他在科学研究方面是"世界杰出的带头人"。

北京大学一位负责人宣读的悼词评价安泰庠教授是我国微体古生物牙形石学的开拓者，世界该领域科学研究的带头人，对其科研成果以及社会活动取得的成果给予了高度评价。

所以，人们才会说人死留名嘛！

我的脑海中闪过这个荒唐的念头。

……如果说头脑生成理智，生成逻辑，生成科学，生成计算，那么，心胸生成感情，生成爱。正如感情无法代替理智，科学也无法代替感情。帕斯卡曾就人类的眼泪说过这样的话：一位母亲想到子女流出的泪水，从科学角度分析，不过就是少许的盐分和水分而已，但是，用情感和想象力去分析，那里饱含着爱的情感——从中可以找出天平所无法计量的精神重量。头脑和心胸的区别就在这里……

莫非科学家是思考的头脑，文学家是感悟的心胸？不，毫无疑问，安泰庠是二者兼备的学者。他用天才的头脑从只有通过电子显微镜才能看到的数亿年前的微生物化石诊脉出生物界的进化过程，地球环境变迁过程。他是地球的"名医"。他对将头发剖成几百缕，将眼泪分析成盐分和水分的科学绝对忠诚。同时又能从人性角度，用自己的心胸热情地拥抱更多的人，是个人情味十足的人。如果没有心胸感悟作为支撑，他用头脑思考的科学之路是否也不会成功？

思绪纷至沓来。在安教授动身前往平壤的前一天晚餐的饭桌上，我说过安教授从平壤回来再招待我也行，何必这么着急。安教授用筷子敲着桌沿开起了玩笑："世间事谁知道会怎么变化？你可是我请来的客人，如果怠慢了，惹得你家先生发怒怎么办？"人真的有预感吗？祝愿已经不能回归的安教授在天国取得更大的成果。

1997 年 6 月 15 日于北京

成功属于那些能够战胜压力、把握机会的人

有人说人压力与生俱来并且直到死去也无法摆脱。我读过美籍著名画家、作家刘墉先生的文章，有一段话给我留下了深刻印象。将一个空心钢球分成两半，再将两个半球粘在一起，抽空里面的空气。两个半球紧紧地贴在一起，用16马力的力量也无法将其分开。这个著名的"马德堡半球实验"证明了大气的压力。我们赖以生存的空气处于地面到60—300公里的高空之间。人类之所以感觉不到，是因为人体内部生成了可以抗衡大气压的压力。

想到这个问题，我的眼前就会浮现出科学院院士姜景山的身影。他正是那种战胜了大气压似的无形压力，并在那种压力中出色地把握机会获得成功的人。一天，我在观看中央电视台播放的电影《国家命运》时，想到了我国广大科学家在20世纪五六十年代战胜可怕的贫困和政治斗争压力，成功发射了中国第一颗原子弹、氢弹和人造卫星，其中就有朝鲜族优秀科学家姜景山、玄光赫等人才。那一瞬间，采访他们的那些日子不知不觉闯入我的脑海中。

姜景山院士说他的座右铭是"战胜压力、把握一切机会"。努力、奋斗是所有科学家的共同特点。这个世界努力奋斗却未能成功的人不计其数，其根本原因在于没能战胜可怕的压力，未能把握稍纵即逝的机会。"把握一切机会"，姜景山院士的话语在十几年后的现在仍在我的耳畔回荡。

机会？机会真的是科学家和我们人类获得成功的必要条件吗？出于好奇，我查阅着平时抄录的有关机会的名言。

> 等待会饿死活人。（意大利俗语）
> 岁月不居，时节如流。（孔融）
> 机会不来就创造机会。（斯迈尔）

机会如暴风，一旦过去，不会再来。（葛拉西安）

1% 的可能性，这是我要走的路。（拿破仑）

胜者踩雪造路，败者坐等雪融。（塔木德）

关于机会的名言不胜枚举，全都是胜者实践中总结出的经验教训。

姜景山院士就是用自己的意志、勇气和行动将这种名言付诸实践、站到胜者之位的人。14 岁时，学习非常出色的他和其他两名学生一起去了吉林高中，遗憾的是，吉林高中的入学考试已经结束。哥哥提醒他去北京上学，于是，他们 3 人没有回家，抓住了这个冒险的机会。到了大连没了路费，连买碗粥的钱都没有。当时，哥哥有朋友在大连工作，他们硬着头皮找上门去。在哥哥朋友的帮助下，他们购买了去塘沽的船票。

他们饿着肚子转了北京的好几家学校。汉语不熟练，他们就写汉字让人家看，经过说情，终于感动了一所中学的校长艰难入学。不过，距离开学还有 20 多天，吃住都成了问题。有人告诉他们去民政局看看。他们去民政局分配的某少年劳教所领取一天两顿的玉米饼。只要看到有学习的机会就会不管三七二十一抓住再说。姜景山连套内衣都没有念完了三年高中，并以最优秀的成绩争取到了留苏的机会。他进入有"无线电之父"之称的波波夫院士创建的列宁格勒乌里亚诺夫电信工程学院。在苏联学习了 6 年，归国后参加了我国原子弹的研究发射和人造卫星的研制，承担了运载火箭的定位课题。

"文革"时他被打成特务，在造反派可怕的监视中完成了首颗中程导弹的定位课题，获得了钱学森的高度评价。

姜景山说："要抓住机会。机会谁都有，但天上不会掉馅饼，坐等等不来机会。必须排除万难主动出击，寻找机会。"

1985 年，姜景山也获得了赴美留学的机会。机不可失。他去了美国堪萨斯大学，与世界著名科学家、微波遥感技术的创始人 R.K. 莫尔教授一起进行科研工作。短短的 3 年时间，姜景山和莫尔教授共同在世界上第一次提出了"遥感地物微波介电性现场测量方法"的新原理，产生了巨大的反响。在美国逗留期间，姜景山发表了16篇（其中独立完成9篇）论文。姜景山谢绝了美国优越的研究条件和待遇回到了祖国，却遭到研究所部分嫉贤妒能者的诽谤中伤，负责人不给他研究项目。逆境中，姜景山没有气馁，他在寻找机会。他来到湖北、湖南等地方拿到了机载彩色图像实时传输遥感试验成果、防范洪灾遥感应用试验成果等，经过无数考验终于晋升为科学院空间研究所所长。

如果在逆境中不是寻找机会、把握机会，他能取得这样的成果吗？姜景山——排除万难、把握机会、通过努力奋斗获得成功的朝鲜族第一位科学院院士，体格壮健，人格高尚，备受爱戴，又是那么谦虚、和蔼可亲的样子让我久久难以忘怀。

2012 年 10 月 20 日

与科学家和艺术家的会面

我家客厅的一面墙上挂着两幅字。来访的客人、亲戚和朋友全都交口称赞毛笔字写得好。对书法感兴趣的人评价那毛笔字有与众不同之处。每当这时，我都会自得地重复已经说了不下百遍的话："这幅字是我国著名有机化学专家、中国朝鲜族科学工作者协会创建人姜贵吉教授的亲笔。"

听了这话，全都惊讶不已。一位自然科学家怎么化身为了艺术家？这话可是有些外行了。采访自然科学家们就会发现，很多科学家能歌善舞，甚至还擅长各种运动。偶尔我甚至会想到：理性和感性不可分割，想象力能够催生发明和创造，而艺术可以让科学家的头脑得到休息，平静心情，进一步推动新的发明和研究。

姜贵吉教授从小就擅长画画，毛笔字写得也很棒，解放前还获得过"间岛省省长"的奖状，学习期间因生活太困难难以糊口时，书画功夫助了他一臂之力。给人画画拿到杂粮维持生计。不仅书法，网球、田径、足球等各种运动也是职业级的。

原以为科学与文学艺术是完全不相干的存在，其实不然。两者相互帮助、相互推动，似乎有一种美妙的纽带联结着二者。

我曾经看过爱因斯坦的文章，过了几年也无法忘记。他用了非常幽默、形象的比喻，对我有如醍醐灌顶。

有人问爱因斯坦："相对论是什么？"爱因斯坦想了好一阵子，做了如下简明而又巧妙的回答："一个人热恋某个对象的时候，也就是他陷入恋爱中时，感觉一小时就像一秒钟一样快。但如果是一个坐在燥热的火炉旁的人，那么，一秒钟就像一小时一样漫长。这就是相对论。"

他用如此形象的语言，通过非常容易理解的比喻，深入浅出地说明了相对论这个尖端、高深的学术问题。

几年前，采访金日光教授后，我将撰写的《一代之星》初稿寄给他。他看了之后满面笑容地赞扬我："金老师，我需要花3年时间讲授给硕士生们的群子论，你怎么采访3天就能将它写得这样有趣又通俗易懂呢？"

我笑着回答："说实话，我现在也不太了解您那复杂的群子论和第四统计力学。我不过是借用文学的想象力表现和传达您的研究成果、人格、个性和人生而已……"

我们再把话题拉回到两幅字上。这两幅字我一天要看好几遍，并且总能让我感动，引我思考。1998年7月31日，我撰写的中国朝鲜族科学家报告文学集出版首发式在延吉市北方宾馆隆重举行。全国各地前来参加中国朝鲜族科学工作者协会的60多名科学家代表和30多名作家、艺术家出席，是一场科学和文学的聚会、交流。中国朝鲜族科学工作者协会主席姜贵吉教授致祝词，并代表2000名科学工作者协会会员在会上题写了"与鹤长存"两幅字送给我做礼物。对我而言，这无疑是非常珍贵的宝物和财富，令我无比珍惜。题词写的是：

寿考祝南山，飞飞鹤正还。
乐哉君子福，春满益堂简。

姜贵吉敬上
1998 年 7 月 31 日

祝福我长寿的科学家、艺术家姜贵吉教授离开人世已经数年了。可惜的是，那样慈祥、正直而又热情的教授却未能长寿便匆匆离去。这是无可奈何的事。不过，教授 1989 年亲自建立的中国朝鲜族科学工作者协会却不断发展，会员已经远远超过 2000 名。人虽离去，留下的功绩却熠熠生辉。一生合成 400 多个化合物，撰写 130 多篇论文，拿到 4 个国家专利，培养 27 名硕士研究生（13 个博士生，10 名正教授，17 名副教授）……奉献了自己的一生，做出了无数业绩，然后悄然离去。现在我也会偶尔站在先生留下的墨宝前陷入沉思。而且也会重温他为我的两部中国朝鲜族自然科学家报告文学集撰写的序言。那两篇序言也是先生用毛笔写的。其中展现了渊博的知识、与众不同的文风、闪耀的智慧，越读越令人感动。

他在序言中引用了名言"一本书像一艘船，带领我们从狭隘的地方，驶向无限广阔的海洋"，对我给予了巨大的期望，但因为种种局限，很遗憾没能写出更多自然科学家的事迹。为此，我常常在字幅前自责，祈求谅解。

2012 年 10 月 23 日

无价之宝

在查找资料的时候，无意中发现了抽屉里一个用黄布精美包裹着的"宝物"。瞬间我大喜。拿出"宝物"看了半晌。这个"宝物"是两年前夏天，意外地从一名科学家那里得到的贵重礼物。

真的很出乎意料。事前也没有联系，拿到邮件，我先确认了一下地址。上面写着北京某研究所，下端写着吴贤淑。

虽然过了10多年，但一看到吴贤淑的名字，她那修长的身材、漂亮的双眼皮、清秀美丽的身影就已穿越时空，浮现在我眼前。当时，坐在对面的美女科学家给人的感觉是那样的沉静、温和，我不由心想："如此靓丽的美女怎么没有从事艺术，反而成为科学家了呢？"特别是给我留下深刻印象的是，北京大学的安泰庠教授向我介绍这位女科学家的时候说："她是天才女性，掌握了六国语言。"当时，掌握六国语言的科学家并不多见，所以，我的印象很深。

这样一位科学家突然给我寄来邮件，不能不引起我的强烈好奇。她比我大三四岁，应该早已经退休，现在在干什么呢？各种想法纷至沓来，我小心翼翼地拆开邮件。不大的一个纸箱露出来，里面是装在塑料袋里的灰色布料和同样是灰色的牛仔裤。然后，出现一个用棉花包得非常严实的包裹，一层一层解开，最后露出了一个有些褪色的黄色花篮，像塑料，又像陶器。我举起两端有两耳的花篮上下左右好一阵端详。科学家出于什么想法给我寄花篮呢？我百思不得其解。放下花篮，翻了下箱底，找到了一封信。信的内容令我潸然泪下。

信中写道：她的丈夫中国科学院物理研究所著名科学家风度翩翩的尹应龙先生在游览时心脏病突发不幸去世，她感到天昏地暗，悲痛不已，自感时日无多，突然想起自己一生第一次遇到的女作家老师，很想将自己放在箱子里数十年的"花篮"送给作家老师，那个花篮是在结束苏联留学生活回归时买下的纪念品，希望我能够珍藏。并且当时印象中我的个子较高，就买了这条裤子一同寄来。拿裤子比量了一下，长出了能有一拃。……我啼笑皆非。连普通个儿都不到的我，她第一眼怎么就看得那么高大呢？生平第一次得到个儿高的评价，我不由自主地笑了。我重新拿起篮子观察起来。翻过来一看，底下写着"1960 年 10 月于莫斯科"的字样。1960 年，足足 53 年，在她的箱子里沉睡了半个世纪的"宝物"神秘地从莫斯科到北京，又从北京旅行到了延吉这个山沟。刚刚还莫名所以的花篮摇身一变成了"无价之宝"。

过了一顿饭工夫，我平静了下来，找来透明的塑料布将花篮包好。金子、钱财都换不来也买不来的友谊的证物。印着一位女科学家奋斗足迹的宝物。

接受了"无价之宝"之后，不由自主地担忧起来。在逐渐老人的我手上，如果这个"无价之宝"消失了多可惜呀？夏天的时候，分散在各地的子女利用休假聚到延吉。从事的全都是社会科学或自然科学的研究工作，我将这个"无价之宝"拿出来，一五一十地详细说明"无价之宝"的来历和重要性，叮嘱他们要代代相传。即便如此，我还是不放心，又大致介绍了这位女科学家的经历。

吴贤淑小时候家里穷困潦倒，全家转过很多地方，延吉、牡丹江、齐齐哈尔、通辽、北安、沈阳等东满地区、北满和南满，后来爸爸也过世了，一家人陷入悲惨境地。在北安的时候，贤淑跟着姐姐上小学要步行 20 里。在风雪交加的冬天，偶尔憋不住尿，冻结的裙子贴在大腿上，她呜呜哭着，依然咬牙坚持上学。为了寻找活路，家里搬到沈阳之后，一直拿第一的贤淑因为贫困只能退学。从 12 岁开始去别人家当保姆，清扫房间，买菜做饭。主人出国后，贤淑跟着妈妈和姐姐卖过酱油，卖过糕点，还做过豆芽生意。直到解放，她才直接进入中学。不知付出了多少努力，中学毕业考试拿了全校第一。

她在报上读到化学家侯德榜从空气中提炼出氮气的报道后，马上找到化学老师。

"老师，请告诉我米的分子？"

"哦,是碳氢化合物。贤淑将来想成为一名有机化学家吗?"贤淑扑哧一笑没有回答。饱受贫困之苦的贤淑幻想从空气中提取出米来,化学学得特别热心,也拿到了化学最高分。

看到苏联植物学家李森科采用嫁接方法在荒凉的西伯利亚结出梨、苹果的报道,这位少女幻想家又对植物学产生了特别的兴趣。她四处搜罗有关植物学的书籍,孜孜不倦地学习。因为她要让树木结出面包。直到那时,贤淑也只是听说过面包,并没有吃过。所以,她的植物课的成绩也是最高的。

一天,她在报上看到朝鲜的一名女政治家在世界大会上发表精彩演讲的报道,她又想成为一名政治家,通读了马克思的《资本论》《政治经济学》之类的著作。她还对建筑学、艺术家……

到了高中,这位天才的女学生才从幻想世界中解脱出来,回到现实中。她的理想是有机化学。

通过不懈努力在毕业考试中拿到全年级第一的贤淑,在反复的淘汰考试中连续闯关,最终被选拔为赴苏联留学生,这次选拔只招3人,2名男生,1名女生。之后,进入留学训练班——北京外国语学院俄语专科训练班学习。俄语不合格还可能被淘汰。贤淑走在路上,吃着饭,睡着觉也在背单词。这次她还是获得了整个训练班的第一名。

去苏联之后,根据国家的需要,本想成为有机化学家的贤淑上了乌克兰加盟共和国哈利科夫农机化电气化学院。有句名言:要想钉下"成功"这颗钉子,离不开"坚持不懈"。俄语虽然有障碍,但贤淑还是挥动着"坚持不懈"这把锤子不停地钉着"钉子"。5年留学期间成绩一直是优等。摩托、卡车、拖拉机、收割机等摆弄得非常娴熟,拿到了驾驶证,而且还获得了工程师称号。

1960年10月,贤淑以优异的成绩学成回国。其后,一生只专注于一件事——农机研究,取得了无数成果,在国内外杂志上发表了很多论文。为了尽快掌握外国的先进技术,她挥舞着"坚持不懈"这把锤子勤奋地钉着"钉子",学会了英语,攻克了德语,她可以用6种语言——朝鲜语、汉语、日语、俄语、英语和德语翻译资料，撰写论文。两个孩子的妈妈，玩儿了命地工作、学习、研究、担任领导工作。

10多年的时光流逝，她的事迹依然历历在目。我们民族天才的女科学家！回顾她的足迹，全都是她99%的努力奋斗换来的。即使有天大的困难拦在面前，她也不会依赖谁，也不会抱有侥幸心理，一直坚持不懈自己开拓。她的座右铭就是"前路要靠自己去开拓"……

子女们全都为前代科学家的事迹所感动，保证今后好好保管这个"无价之宝"，传给后世。

虽然接受了这个"无价之宝"——花篮，但心情更加沉重，想法也更多了。我要反复叮嘱子女们，像吴贤淑那样开拓自己的路。

2012 年 11 月 30 日

附录二

金英今和她的纪实文学

任范松

汉城大学美学教授白琪洙在《美学》一书中说道："塑造或者从正面考察艺术形象时，可以从创作、作品、享受等三个侧面切入，即可分为艺术家的创作活动、其成果艺术作品以及品味作品的愉悦、享受活动。"作为品味、享受金英今纪实文学作品的读者，笔者试图用历史的、美学的方法对其创作个性、创作活动、艺术作品做一番观照、透视和诊脉。

金英今——优秀的女作家

如今，在我们前面，年过六旬的金英今仍然步履匆匆地行进在文学创作的道路上。她个子虽矮却魄力十足，相貌普通却神采奕奕，性格文静却热情冲天，身体羸弱却是创作上的强者，人生步入黄昏却用创作燃烧激情。因而，作为一个人，她的形象属于美的世界，充满了女性美的魅力。

纵观金英今40多年的文学生活，她是集现代学问、现代女性美和现代文学精神于一身的人。我们这个时代是知识信息的时代，是科学技术的时代。这个时代的作家只有用学问武装自己才会拥有对时代的发言权。从这个角度看，金英今是时代的幸运儿。

1938 年 4 月 16 日，金英今出生于吉林省珲春县五道沟村一个农民家庭。尽管家境贫寒经常忍饥挨饿，而且由于学费负担随时都有辍学危险，但仍然一心扑在学习上，成为山村里第一代中学生、大学生。延边大学朝鲜文系毕业后，金英今在珲春高中教朝鲜语文，后来到延边日报社、中国朝鲜族少年报社担任记者、编辑，将朝鲜语文知识运用到文化实践中，并得到了不断深化和提高。掌握系统的朝鲜语文知识并将其运用到实践中成为金英今作为女作家的优势，充实人生的资本和亮点。

金英今的人生是女作家的美丽人生，她将人生与文学紧密地结合在了一起。古希腊一位喜剧诗人说过："人能够活得堂堂正正，何其美丽。"活得堂堂正正的那种美丽强调的不是人的外在美，而是人格美和精神价值。如果说，人是"人类精神的技师"，那么，金英今就是创造艺术美的技师。为了实现技师的人生价值和作品的审美价值，她一生拼搏奋斗，燃烧着生命。"去农村采访途中，患上急性阑尾炎差点儿丢掉性命。出行万里之外差点儿因车祸去了另一个世界。"（《我的人生我做主》）金英今通过文学创作实现了生的意义、生的价值、生的希望，这构成了她苦心经营的美的生活之全部。因而她成为女性美的所有者。

金英今还是火热的文学精神的所有者。

她高尚的文学精神体现在对文学的情有独钟和坚持不懈的创作精神。她写道："一个出生在偏远山村，混入城里的家伙，所幸生命力旺盛才会活到现在。"她把自己的一生献给了文学事业，喜获丰收，她那像漂亮的"秋天的野菊花"一样开放的文学世界展现了其顽强的生命力和文学精神。

金英今文学精神的核心是作家的使命感。她总是怀着崇高的使命感呕心沥血地从事创作活动，将其视为美丽人生价值的实现。她"重新拿起已经微秃的笔，连续写下了一篇又一篇、一卷又一卷的文字"。这是源自作家使命感的力量、热情、自觉和勇气使然。"如果只是为了我自己，我是不会花钱买罪受，写下这些文字的"（《灿烂的探求之路》)。对读者、对文学事业的责任感她比谁都强。"我是基于这样的心境写作的,让我们这一代人不要忘记,更要让下一代人铭记在心"(《我们生活的这片土地》)。当自己的作品"拥有了读者,能和他们分享,和他们交心,我感到非常的幸福。第一次感到人生的璀璨"(《我的人生我做主》)。可见,金英今作家的使命感、人生的幸福观、美学的价值观立体的组合构成了她的文学精神。

在金英今的文学精神中最引人瞩目的是热爱民族、关心民族命运的民族意识。马克思指出:"古往今来,每个民族都在某些方面优越于其他民族。"(《马克思恩格斯全集》2 卷)这种优越性也会表现在审美活动中,"每个民族的主要光荣,从它的作家中升起"(约翰逊:《词典·序言》)。因为作家是用"民族的眼光"和民族意识观察事物进行创作的,作品就会升华为"民族意识、民族精神生活的花朵和果实"(《别林斯基文学论》)。立足于这种美学观,金英今怀着对我们民族的生活、命运、现实和未来的忧患意识投身到紧张的创作中。她讲述了自己的忧患意识:"进入 80 年代后,我去过很多地方,耳闻目睹的情况,让我逐渐深切感受到我们民族正面临的危机,这令我痛苦不已。"(《灿烂的探求之路》)她迫不及待地编写出了大型报告文学集《灿烂的探求之路》。其中篇篇都饱含着白衣民族的骄傲、自豪和忧患意识。

丰富多彩的文学世界

40 多年来,金英今以上述的文学精神展开积极的创作活动,是位感情饱满的作家、多产的作家,是文坛的"精神富翁"。她的文学世界多样而丰富。

1962 年,在《延边》杂志发表了短篇小说《鹅卵石》,步入文坛。她不仅喜欢写小说,也写了很多报告文学,长期记者生活进行的考察、调查和采访为她提供了丰富的素材。此外,她还撰写了大量散文,表现了对人、对人生的独特的爱，编织了对人生的梦想。

她的文学世界由大量的优秀作品构成。小说集《海边遇到的女人》（1988）收录了中篇小说《为了那一天》和12篇短篇小说。这部中国朝鲜族女性第一个小说集出版后，她又先后发表了《生日席"前奏曲"》《妈妈的"通行证"》《月儿弯弯，月儿圆圆》等10余篇短篇小说。她还出版了3部报告文学集《晚秋的枫叶》（1991）、《诱惑的世界》（1995）、《如青山似苍穹》（1995）等，共46篇，60余万字。报告文学集《一代之星》（1998）收录了12篇关于中国朝鲜族自然科学家的报告文学，初版发行了6000多册。报告文学集《灿烂的探求之路》（2003）收录了38篇报告文学，80万字。这是其纪实文学作品的集成。她在散文创作上也取得了丰收。散文集《碧海红霞》（1993）、《征程》（1995）、《回看历史》（1997）、《岁月流逝落叶飘零》（1998）、《欧洲纪行》（1999）等收录了10年间创作的散文，大多饱含着对时代和民族、生活和人、现实和未来的火热情感。特别是母女合作的生活和文学二重奏《母女看欧洲》人气很高。此外，她还在不同报刊上发表了各种体裁的新闻稿件300余篇，出版了15万字的历史手记《回看历史》。

经过读者群体的欣赏和评论家们的评判，金英今文学作品的艺术价值得到了肯定，在社会大众中唤起的美的波澜和魅力、积极的共鸣得到了认可。获得了全国少数民族文学骏马奖、全国青年报刊优秀作品奖、东北三省优秀图书一等奖、韩国长白儿童文学奖、韩国KBS子女教养散文海外部金奖等20多个文学奖。1996年4月27日，在延吉举行了女作家金英今文学研讨会，研究者对金英今给予了高度评价，认为她"作为一名'独行者'，悄无声息而又坚持不懈地丰富着自己独特的文学世界，作家以朴素的笔触和细腻而又真实的语言为提高朝鲜族文坛女性文学的地位做出了巨大的贡献"。"金英今堪称民族的骄傲、人民的作家"。

作家的创作个性也让金英今丰富多彩的文学世界呈现出独特的风格。

从审美角度看，金英今的作品从平凡中见崇高，歌之咏之。小说集《海边遇到的女人》、报告文学集《晚秋的枫叶》描写的都是在平凡的岗位上努力工作的教员等新人的故事，刻画了他们崇高的形象。积极的人生颂歌、爱情颂歌、时代颂歌构成了其作品的特色。这些颂歌也成为其作品的主旋律。

从人物形象上看，虽然从编舞家，到工程师、教授、医生、厂长、发明家等人物形形色色，但全都是成功人士、生活的强者、积极向上的知识分子。作品中没有出现与其对立的负面人物。作品的情节按着作家的思路平稳、成功地发展，很少曲折和变化。因而在风格上真实，和风细雨般清新、单纯，缺少激情和雄壮。作品充满了喜剧性的喜悦和笑声，而悲剧性的泪水和痛苦描写得相对少一些。

从艺术描写上看，女性的细腻、阴柔、沉稳、多愁善感的笔触和真挚、朴实的语言很好地展现了女性文学的风采。特别是通过塑造女强人形象揭示女性世界，在艺术手法上非常成功。

闪光的报告文学

在金英今多彩的文学世界中成就最大的是报告文学。纪实就是实际发生的真实的故事，将其升华为文学就是报告文学。将这种报告文学集结成册就是报告文学集。金英今 10 部文学作品集中包括《灿烂的探求之路》在内就有 5 部报告文学集。其报告文学在朝鲜族文坛中占据重要地位，为朝鲜族文学发展做出了划时代的、美学的重大贡献。那么，她的报告文学有哪些特点呢？

首先，作品将有厚重时代感和美学价值的民族题材作为审美对象加以讴歌。

马克思和恩格斯在《德意志意识形态》中指出："我们的出发点是从事实际活动的人，而且从他们的现实生活过程中还可以描绘出这一生活过程在意识形态上的反射和反响的发展。"也就是说，文学是现实生活在意识形态上的反射、反响和升华。这种美学原理要求我们作家开展对"从事实际活动的人们"的创作活动。特别是要求作家展示我们时代的有分量的报告文学，让那些走在时代前列的"人们"登上报告文学的舞台，让那些"星辰"的美学形象熠熠生辉。金英今顺应了时代的这种需要和我们民族的要求，让我们民族那些实际生活中的"星辰"出现在自己的报告文学中。从这点上看，金英今大气，有作家的勇气和胆略。她在《灿烂的探求之路》中写道："我们朝鲜民族失去了国家，来到中国，用血汗开垦了这片土地，艰难生存下来，是坚韧不拔的民族。在昔日惨烈的战争中涌现出了众多将军和战斗英雄，是勇敢的民族。歌舞和足球名扬全国，是多才多艺的民族。但是，今后的中国要靠知识发展经济，如果我们民族不用知识武装自己，早晚会落伍，难以堂堂正正地立足，找不到自己的位置。"我们拥有很多"决心为国家和民族奉献一生、取得更多科学成果的知识分子"，坦陈了自己对民族历史、现实和命运的见解。在此，作家分析了我们民族的科技人才在知识经济时代大显身手的必要性；通过报告文学将我们后代需要学习的科技领域的"星辰"形象化的目的性；用报告文学记叙"一代朝鲜族科学家们"闪光事迹的可能性和现实性。从这种认识出发，她将"一生奉献给科学事业"的祖国的瑰宝、民族之星们请进了报告文学中，撰写出了百万字的鸿篇巨制。《一代之星》《灿烂的探求之路》等报告文学集在这方面都是优秀之作。这种民族题材之所以有着沉甸甸的分量，是因为它描述的是关系到祖国和民族命运的重大社会问题和民族问题。之所以具有美学价值，是因为体现自己民族的意识和主张、讴歌民族智慧和才能的作品与民族群体的自信、自豪、自尊的民族意识合流，并以艺术的亲和力和魅力形成了共鸣。

其次，金英今的报告文学塑造了活跃在科技领域星光灿烂的朝鲜族人物形象。

文学作品中的民族人物是作家以"民族眼光"审视周围环境得到

的印象的结晶。作家的眼光指的是作家对生活的敏锐的感受力和锐利的观察力。法国文艺美学家罗丹说过："美无处不在。世界不是缺少美，而是缺少发现。""也就是说，大艺术家是在用自己的眼睛观察别人看到的东西，他们能够从别人司空见惯的地方发现美的东西。"金英今顺应改革开放的中国大地掀起的科技革命浪潮，从朝鲜族科技队伍中找出星光闪耀的杰出人物，将他们作为了审美对象。金英今能够"从别人司空见惯的地方发现美的东西"，是位值得我们自豪的作家。

科技人员是社会生活的支柱。金英今的报告文学主要描写对象是他们和他们的生活。"现在生活在地球村的有名的科学家不少。仅从我们国家的情况看，不要说东北三省，来自上海、四川、新疆的朝鲜族科学家科学成果都很卓著。这是我们民族的骄傲。"（《如青山似苍穹》）"这个地方不到万名的同胞中，发现有数百名能人和才子，激动得我全身热血沸腾，心中充满了骄傲与自豪感。"（《幻想树上结面包的孩子》）作家金英今如此关心、热爱、崇拜这些民族之星，为在报告文学中突出他们的特点动起了脑筋。因为这些科技人才在学习、研究、发明、创造方面有很多相似之处。"人们常说一棵树上很难找到两片叶子形状完全一样，一千个人之中也很难找到两个人在思想情感上完全协调。"（歌德）金英今倾尽笔力将自己报告文学中出现的数十名科技人才描写成具有独特个性、生活、研究和发明之"星"。

出现在报告文学集中的群"星"都是富有个性的人物形象。医学博士卢基舜的尿囊素研究、化工专家金日光的统计力学研究、中国朝鲜族第一位科学院院士姜景山的微波遥感研究、核技术专家玄光赫的核武器研究、地质古生物学家安泰庠的古代生物研究、系统科学研究所韩京清的控制论研究、鱼雷总设计师刘泳哲的鱼雷研究、生物物理学家金绿松的离心机制作、空军高级工程师李光男的飞机研究、无机化学专家姜泰万的除氟研究、中国第一位朝鲜族女飞机设计师朴书玲的各种飞机设计制作、导弹专家金寿福的导弹发射回转塔研究、中国肿瘤医学之父金显宅的肿瘤医学研究等，突出了重点课题，为研究和成功付出的百折不挠的努力，其中演绎出的感人至深的故事都得到了艺术化的再现。作者在描写每个科技人员的特殊课题时，没有简单地从技术到技术、从研究到研究、从资料到资料，而是放开视野，浓墨重彩地描述了围绕着研究、发明、创造展开的生活、精神活动及他们的喜怒哀乐。由于描写了科技人才的生活状况、人生之路、心理世界、美学追求、未来志向、家庭和爱情、人际关系等方方面面，人物有血有肉，艺术形象鲜活、丰满。我们民族不为人知的科技人才因为金英今的努力首次得到发掘，与"文学"结缘，让这些"星辰"放射出光芒，为我们民族，尤其是青少年明确了学习的榜样。

再次，金英今的报告文学是通过实地考察、寻访、采访、特写展开的，这是其鲜明的特点。

报告文学是怎么产生的？这里没有什么公式和模子。可以根据描写的对象和目的采用各种手法。金英今采用的是考察、寻访、采访、特写一体化的生产方式。她首先不辞劳苦寻"星"数万里完成实地考察，然后寻访、采访，再进行文学上的铺陈。

金英今在报告文学的创作上将实地考察和寻访结合起来。"没人支使的事情，我为什么要做？花着自己的钱支付车费和住宿费……"她是出于作家的使命感和为了民族的心愿踏上了万里寻访路。她拖着体弱多病的身躯前往新疆却遇到特大交通事故身负重伤，接受了两个月的住院治疗，返回途中完成了对李政洙的采访。要想写好科学家就要科学地理解他们的研究课题、研究成果、研究价值等。"有的时候，抱着科学家们用英语、俄语、日语写的一大捧材料，抱着尖端科学艰涩的学术论文资料，泪水直往心中流。"她请子女帮忙理解外文材料，才得以继续写下去。为了撰写23万字的报告文学集《如青山似苍穹》，她阅览的资料和论文超过了400万字。她说："我虽然没有天分，但却有坚韧不拔的毅力。"

金英今借助长期记者生活积累的采访经验和采访方式采访科技人员，并用特写手法，突出了报告文学的新闻性和真实性。而且她运用了她所喜欢的旅行见闻的手法，生动地描述了实地考察的过程，还采用了短篇小说的描写和结构手法，使人物形象刻画得更加丰满。她还灵活运用电影艺术中的特写、戏剧中的对话、诗歌文学中的跳跃手法，令作品的文学色彩更加浓重。例如，写被誉为中国肿瘤医学之父的金显宅博士时，先介绍了实地考察和寻访过程，然后以"金显宅铜像前"为题用特写的方式概括了金显宅的形象，用短篇小说的描写方式生动地描述了"渡过鸭绿江""苦学之路""婚姻生活"等，再用戏剧艺术的对话手法，与其弟子们谈论金显宅教授感人至深的故事。因而金英今的报告文学真实、生动、朴素、亲切。

金英今的报告文学主要是为科技领域、教育和卫生战线涌现出来的我们民族优秀的人才树立了文学纪念碑。作家挖掘、整理的这些人才的故事客观、真实，有很强的说服力。不过，在展开主人公们真实故事的时候，深入挖掘他们内在的精神世界，展现复杂的心理过程，透过失败和痛苦、笑声和泪水强化文学气韵方面感觉稍显不足。总给人一种一切都安排得太顺利、太简单的感觉。还有，作品的真实性体现得非常好，但文学性相对较弱，感觉艺术感染力有所削弱。

今天的金英今已经是位年过60的老作家了。作为一直关注她的笔友，我为她所取得的创作成就感到由衷的高兴，并送上衷心的祝贺。人们说60依然是青春。这是进入新世纪以后的人的新视角。因而祝愿她继续驰骋在创作的人生路上，让黄昏之路熠熠生辉。在此，我们以熟悉的一段歌词作结：

数十年如一日劳碌奔波
转眼不觉已是悠悠夕阳红
余生毅然再踏征程
春意盎然花开香浓

2001年10月于延边大学

附录三

弘扬民族科学家的义举

——评报告文学集《灿烂的探求之路》

崔三龙

前　言

女作家金英今的报告文学集《灿烂的探求之路》（上、下）是首部记录中国朝鲜族自然科学家不朽业绩的文学力作。

作品问世已经 10 多年了，得知数十载努力的结晶如今可以用汉文出版，与全国广大读者见面，倍感欣喜，虽然有些迟滞，但读了这部报告文学集的几点感受却不吐不快。

一、肩负使命感的作家金英今

1949 年 10 月 1 日新中国诞生以来，中国朝鲜族不仅以能歌善舞闻名，在科技、国防工业领域也涌现出了不少杰出的科学家，在我国 55 个少数民族中，名副其实地成为了文化发达的先进民族。

不过，由于他们所从事的工作本身往往非常专业，与一般人相距较远，特别是航天技术、核武器、导弹等领域的尖端科学保密性强，他们辉煌的业绩往往鲜为人知，大部分群众对自然科学界的朝鲜族明星所知甚少。

有一位作家发现了这个问题，她就是曾任中国朝鲜族少年报社文艺部主任后退休的女作家金英今（1938—）。

记者出身的金英今非常熟悉中国朝鲜族历史，也非常了解中国朝鲜族目前的生存状况，她下决心发掘、记录迄今为止不为世人所知的朝鲜族科学技术工作者的事迹，将他们的传记留给后人。

金英今是位有才华的作家。1961 年毕业于延边大学朝鲜文系，前 3 年在珲春高中任教，业余时间开始创作活动。1964 年开始从事新闻工作（起初是在延边日报社，1981 年起到中国朝鲜族少年报社），记者生活节奏快、出差多，非常忙碌，可她仍挤出时间热心创作，不断提高，成果累累。

金英今有很强的使命感。第一次听到在科学探索之路上取得辉煌成果的朝鲜族自然科学家的业绩时，她想到的是记录这些人的业绩就是作家的使命。于是，年过 60 的她，作为没有记者证的记者，在采访经费没有任何保障的情况下，踏上了万里采访路，东南西北，寻访科学之星、民族之星。

> 我们民族想要在时代大潮中生存下来就要用科学和知识武装起来。聪明的民族以知识为生存的根基。应该发掘已经闪耀和正在闪耀的一二代民族科学家明星，传扬后世。（金英今《万里访星》）

作家金英今不仅在东北三省采访，北京、天津、杭州、上海、新疆等地都留下了她的足迹。她的第一个成果是中国朝鲜族女自然科学家报告文学集《晚秋的枫叶》（1991 年 7 月），第二个成果是报告文学集《如青山似苍穹》（1995 年 12 月），第三个成果是报告文学集《一代之星》（上、下）（1998 年 7 月）。

之后，想要继续撰写其他朝鲜族自然科学家的文章，经过两年的努力，写出了 10 余万字，终因无法解决出差经费，加上身体状况不佳，就将新写的 10 万字与前面几本书合并，以《灿烂的探求之路》之名于 2003 年 7 月出版。因而这部报告文学集《灿烂的探求之路》可以说是作家金英今花费 20 多年时光撰写的中国朝鲜族自然科学家实录的集大成，堪称年迈的女作家心血灌注的生命分身。

二、对中国朝鲜族自然科学家不朽业绩的赞颂

报告文学集《灿烂的探求之路》（上、下）记录了 37 名朝鲜族自然科学家不朽的业绩。

在这本书中，我们可以看到一个个闪光的名字，如被誉为中国肿瘤医学创始人或者之父的天津市肿瘤医院院长金显宅博士，在统计学理论方面首次提出第四统计力学——群子论的北京化工大学的金日光教授，中国朝鲜族第一个科学院院士、中国空间研究所前任所长姜景山研究员，中国著名核技术专家玄光赫研究员，中国著名铸造专家金俊泽教授，中国著名地质古生物学家、发现了以其名命名的古生物 1 属 2 种的北京大学安泰庠教授，中国著名鱼雷专家刘泳哲研究员，在中国系统论研究方面做出突出贡献的中国科学院系统科学研究所的韩京清教授，第一位朝鲜族女飞机设计师朴书玲高级工程师，中国著名导弹专家金寿福研究员，中国空军现代化尖兵李光男上校，太阳敏感器的发明人、中国宇航研究所的张贞子高级工程师，等等。此外，还可以看到在延边从事科技工作取得耀眼成果的卢基舜博士、郑逵昌教授、姜贵吉教授等人的名字。

职位高低不同，贡献大小各异，知名度也不尽相同，但他们全都是才华横溢、人格高尚的民族英才。他们为国家和民族做出了巨大的贡献，都有无可争辩的资格享受世人的赞美，享受后人的爱戴和尊敬。他们不朽的名字应该深深地刻在我们民族集体记忆之中，永远为世人所铭记。

因而，在这部书中，作家的精力、笔墨首先都集中在了称颂 37 名科学家辉煌的业绩上。记述 37 名朝鲜族自然科学家的研究成果成为报告文学集《灿烂的探求之路》的核心内容，对他们不朽业绩的称颂则成为报告文学集《灿烂的探求之路》的大主题。

这 37 名科学家是我国自然科学界之星，是中国朝鲜族文化的精髓。他们不朽的业绩，其重要价值不仅仅在于为国家做出巨大贡献上，它也向全国、向全世界展示了中国朝鲜族作为中华人民共和国 55 个少数民族一员所拥有的聪明才智。同时也为肩负着民族未来重担的后代树立了良好的榜样。

什么是作家？作家不就是用自己的笔让如此美丽、高贵的存在广为人知的文化人吗？

然而，并不是所有的作者都拥有这样的使命感。笔者 10 多年前第一次阅读此书的时候，以及最近执笔撰写这篇书评时，想到的都是，如果没有作家金英今 20 年的努力会怎么样？在此谨向记录我们朝鲜族自然科学家不朽业绩的作家金英今表示由衷的感谢和深深的敬意。

三、追踪中国朝鲜族自然科学家闪光的探求之路

这 38 篇散文在称颂朝鲜族科学家不朽业绩的同时，也描述了他们的成长史，或者是他们在科学探索之路上经历的坎坷历程。从这个视角看，作家金英今最后将此书定名为《灿烂的探求之路》意味深长。

探求之路始于求学之路，探求之路也是不断排除各种艰难险阻，克服种种困难，不断从失败升华到成功的自我成长、成熟、奋斗之路。

著名的数学家华罗庚先生说过这样的话：

> 在寻求真理的长河中，唯有学习，不断地学习，勤奋地学习，有创造性地学习，才能越重山跨峻岭。

如果没有掌握人类积累的知识，前人积累的知识和已经变成常识的大量知识，就无法深入钻研真理和法则。因此，小时候没有、不努力学习的人在科学探求之路上就会缺乏入门基础，或者失去入门的资格。不仅要在中小学学好基础知识，在大学也要学好专业知识。而要想真正理解人类数千年积累下来的知识，光靠自己民族语一种语言不行，还要学习英语、俄语、日语等外语，在科学研究过程中还要不断学习新的知识。

如果家庭条件不错，具备求学的基本条件还好，可是，想到我们民族的自然科学家大部分都是极度贫困的贫农家庭出身，他们的求学之路是何等的艰辛，不能不令人深思。

著名的核专家玄光赫教授上学的时候，没钱买纸做笔记本，每年农忙短假时，干几天家里的活，剩下几天给别人家帮工。上高中的时候也经常光着脚上学。因为没有零花钱，大学6年只回家一次。(《默默无闻奋斗40年》)

医学博士李在琇教授读中学时，3年就用了一个蘸笔尖，创造了奇迹。

著名的导弹专家金寿福研究员有一段关于制图仪的话，摘录如下：

对工科大学生来说，制图仪就像战士的武器一样重要。没有武器能打仗吗？现在看到闪闪发光的圆规我也会心痛。别人周日上午就做完了作业，我没有钱，买不了制图仪，虽然早就做完高等数学之类的作业，但做不了设计（制图）作业。到了周日就要小心翼翼地看着别人的脸色找先做完作业的同学。向这个人借三角尺，跟那个人借圆规，再找别人借计算尺。从周日下午开始一直熬夜做攒了一周的制图作业。

一到周末就要借制图仪，真感到没面子，也很痛苦。5年里我一直是借别人的制图仪完成作业的。(《奔跑一生的人》)

科学探求之路也是排除种种艰难险阻、克服种种困难之路。

北京地质学院毕业分配到北京大学地质系古生物教研室的安泰庠在牙形石研究方面取得了一定的成果，之后，前往日本著名的筑波大学留学。在那里仅用半年的时间就完成了连导师都认为几乎不可能的寒武纪牙形石研究课题。这一过程安泰庠所经历的人生苦楚很难用文字来表现。在研究室距离宿舍10多公里的情况下，他每天最早上班，最晚下班，在不给暖气的寒冷冬季，没有公休日，没有节假日，坚持看书、研究，终于用英文完成了获评具有世界意义的研究论文。

20世纪60年代初，我国和苏联的关系恶化，我国自然科学家的科学探求之路遭遇的艰难险阻越发严峻。1960年8月3日，正当我国核工业建设一路凯歌之际，苏联专家全部撤离回国。仅在第二工业部即核工业部从事研究的玄光赫所在部门就有近200名苏联专家，他们带着设计图和技术资料走得一干二净。

在这种情况下，核技术人员玄光赫决心要在国家最困难的时候贡献自己，不到30岁就独自挑起了工艺科、设备科、主机科等三科科长的担子，承担了设计任务。在制造我国第一颗原子弹的日子里，数年来从没有12点之前入睡的时候，为1964年10月16日我国第一颗原子弹爆炸的研究、设计工作做出了巨大的贡献。其后，参与核燃料循环过程的中长期计划研究，还设计了核工业生产用临界孔板实验设备。(《默默无闻奋斗40年》)

四、中国朝鲜族自然科学家们的悲怆交响曲

中国朝鲜族科学家们不惜血汗奉献青春和生命，在自然科学领域，

为国家做出了巨大的贡献，他们的人生是宝贵而又光荣的人生。他们生命的价值无法用金钱估量，是无价之宝。他们不仅在自然科学研究的道路上为国家创造了巨大的物质财富，也用他们生命绽放的全部光和热以及声音为同时代和后代树立了永远的榜样。

但是，从命运角度看，他们并不是幸福的一代。他们生命之声不是快乐的欢声笑语，而是命运的悲怆交响曲，他们是悲惨的一代。

中国朝鲜族著名肿瘤医生金显宅从小就遭遇亡国之痛，来到中国之后走过了一条复杂坎坷的路，虽然成长为杰出的肿瘤医生，但一生曲折数次遭遇破产境地。金显宅教授的数次破产正是朝鲜族自然科学家在科学探求之路经历苦难的缩影。就像金显宅教授一样，朝鲜族自然科学家们经受了无数挫折、迫害和困惑。

从反右派斗争扩大化开始、"文化大革命"中占据统治地位的左倾路线和方针给我们的科学家带来了无法用语言形容的灾难。

诊断学专家郑远昌教授在 1957 年反右派斗争扩大化中被戴上了"右派"帽子，离开了院长职位，甚至连看病的权利都被剥夺。虽然 1960 年得到了纠正，但仍然是"摘帽右派"，政治上受到了 20 多年的迫害，"文化大革命"中又被指为"反动学术权威"遭到批斗。但 21 年的辛酸遭遇并没有让郑远昌教授在厄运面前低头。在击退克山病上立下头功，克山病从 1961 年开始肆虐延边 8 年，对偏僻山村农民的生命构成了严重威胁。

第四统计力学理论创始人金日光教授 1957 年在吉林大学读研究生时，差点戴上"右派"帽子，侥幸免于一难，但"文化大革命"时却难逃一劫。可在监狱里的险恶环境下，他反复钻研《矛盾论》，顿悟出对立统一规律不仅适用于社会科学领域，也同样是自然科学领域的普遍真理。进而他想到能否用数学语言即数学方程式表达对立统一规律呢？经过反复研究，10 年"文化大革命"结束时，他完成了用数学方程式阐释矛盾论的群子理论研究。他的群子理论就是后来被称为第四统计力学理论或者以金日光的名字命名的 JRG 统计力学。

核技术专家玄光赫教授在"文化大革命"中因"朝鲜特务""苏联特务"的嫌疑而遭到审查。还被下放到"五七干校"劳动改造，职务也被罢免。医学博士李在琒教授结束硕士学业刚刚回来，就被扣上"反动学术权威"的帽子遭到批斗，还被赶到农村劳动改造。

中国科学院空间科学研究所所长、朝鲜族第一位科学院院士姜景山在"文化大革命"时也因为荒唐的逻辑天天遭到批斗，因为曾经留学苏联而被打成"苏联特务"，因为是朝鲜族就被指为"朝修特务"。他跟着随三线移动的研究所来到了陕西省终南山脚下。不少研究人员在长期动乱和辛苦的折磨下，早已意兴阑珊，无法从失望中解脱出来，但姜景山一刻没有忘记自己科学工作者的身份，埋头研究，于国内最早在人造卫星、科学卫星、天文卫星的遥感研究方面取得巨大成果。科学家们就是这样在逆境中克服悲伤，站立起来，在艰险的探求之路上阔步前行。英才之所以成为英才，并不仅仅在于拥有与众不同的聪明才智，更是因为有一种钢铁般的意志。

"文革"中，科学家们所承受的心灵创伤、品尝到的悲哀和经受的人生苦难不胜枚举。这部悲怆曲演绎的数十、数百乐章的交响乐直到今天仍能够震撼我们的心弦。

五、花钱买不来的东西

重新翻看《灿烂的探求之路》一书明白了很多 2004 年第一次阅读此书时没能领悟的东西。那就是，这部书中记叙的很多生动事实证明：这个世界上还有一些东西是金钱买不来的。

这个世界上有可以用钱买到的东西，也有用钱买不到的东西。性、入学资格、奖、社会服务等如果用金钱买卖，人类所应遵循的道德价值就会受到影响。但是，古今中外不可以用钱来买卖的东西却被人买来买去的现象并不鲜见。进入市场经济时代以后，哪些可以用钱买卖，哪些不能用钱买卖，界线变得模糊起来。所有的东西在市场上都有可能被交换。这可以说是我们社会道德水准下降的一种表现。

参照周边的这种状况，再看本书，不知不觉间，我意识到，我们的自然科学家显然知道世上有些东西是用金钱无法买卖的，自然而然地将此作为自己的言行付诸实践。我觉得，这种事实充分体现了他们的人格魅力和生命的尊严，因而内心对他们更加敬仰。

我国朝鲜族第一位科学院院士姜景山早在20世纪60年代留学苏联时，就拒绝了希望他留下来继续读研的劝告，一毕业就回了国。回国时用省下来的钱买了车票，余下的钱考虑到当时国家的困难全都捐给了国家。

到了20世纪80年代初，他赴美从事3年的研究工作。一天，一个著名实业公司的负责人要聘请姜景山为高级研究员。优厚的待遇和研究条件在向他招手，但他觉得改变国家落后面貌是自己的责任，于是，他毅然踏上了归国的飞机。像姜景山院士这样勇于献身的人岂止一二。

这些事例证明，世上有些东西是用金钱买不到的。我们知道，改革开放以后，公费留学不回国的人为数不少，他们是否没有了生命的尊严，把自己的灵魂卖给了金钱？像姜景山院士这样的人，就是无法用金钱收买的人，因为怀着对祖国的爱和生命的尊严回到了祖国。他们的人格，他们对祖国的爱，都是无法用金钱交易的。你能用金钱衡量这些人才的人格和尊严吗？你能用金钱来估量他们的大爱的价格吗？

无需一一列举，这部书中出场的37名科学家共同点可以概括为勤勉、诚实、谦虚等几点，这样的人格品性或者人格魅力也正是世上用金钱无法交易的东西。

勤勉，即用自己的全部力量劳作，这是人生最重要的必要条件。动物要想生存就必须动用自己的肌肉，人也一样。最重要的是能够用于为他人服务的事情上，有什么比这更有价值呢？这世上没有勤于学习、勤于实践的努力是成不了英才的。这部书中出场的 37 名朝鲜族自然科学家全都是勤勉的人。

真心真意、实实在在地思考、说话、行动就是诚实。可说起来容易，做起来并不简单。人在人前有戴假面的习惯。在科学和文学急速发展的现代社会，人们越来越像演员了。我们应该养成实事求是的习惯，言行诚实，想什么说什么。这部书中出场的 37 名朝鲜族自然科学家全都是诚实的人。

谦虚指的是高看别人看低自己的态度。谦虚者总是觉得自己不够好，对自己的善行不张扬。善良、贤明的人总是认为自己有不足，总想多学一些，不会想着指教别人。这部书中出场的 37 名朝鲜族自然科学家全都是谦虚的人。

自然科学家们的这种勤勉、诚实、谦虚同样是金钱无法交易的。

此外，《灿烂的探求之路》中的 37 名自然科学家的不朽业绩有很多也都是花钱买不来的，再举一点就是志愿服务意识。

志愿服务，用一句话解释就是通过主动的无偿服务参与某种事情的行为。人最低层次的使命是在自己的生涯中诚实地完成自己的使命。但是，社会需要更高层次的使命感。过去我们一度高喊过“为人民服务”的口号，当然，这个口号的第一个要求自然是做好自己分内的事情，其次就是用自己的能力为需要自己帮助的人提供帮助。虽然有程度的差异，但书中的 37 名自然科学家几乎都是志愿者。他们志愿服务的行为同样属于无法适用金钱逻辑的领域，是不能用金钱估量的交易。这种志愿服务恰恰展现了自然科学家高尚的道德境界，是体现他们生命价值的一种方法。

第二次世界大战以后，地球村大多数国家进入市场经济体制，市场经济的局限逐渐显露，从 20 世纪 90 年代开始，在经济上已经进入市场经济体制的我们国家也同样出现了市场经济的局限，对世上还有花钱买不到的东西认识模糊起来，这37位朝鲜族自然科学家的人格品性和道德境界给了我们很大的启示。

六、报告文学集《灿烂的探求之路》的
叙事策略和文体特点

认真读过《灿烂的探求之路》这本书的人知道，该书收录的38篇纪实并没有停留在单纯记录科学家的业绩上，而是一部让人感怀、令人感悟的文学作品。自然没有小说那么有趣，因为报告文学是纪实文学，是一种不允许作家虚构的文学体裁。换句话说，报告文学需要绝对的真实，不允许作家感情的介入或理性的渗透，绝对不允许对事实和人物进行虚构。

由于报告文学有这种文体上的要求，稍不留神，报告文学作品就可能沦为人物事迹的机械记录。

作家金英今非常清楚这种文体要求，为了彻底避免沦为单纯的记录文，每篇作品都倾注了种种努力，对朝鲜族科学家创造出这种惊世业绩的动力、过程、细节都进行了深入挖掘，创作出38篇能够给读者某种感怀、感悟的文学作品。

第一，作家金英今深入领会了上述报告文学的文体要求，对37名朝鲜族自然科学家的业绩没有丝毫夸张，而是采用了实事求是的写实主义叙述手段。因而，自1991年7月黑龙江朝鲜民族出版社出版报告文学集《晚秋的枫叶》20多年来，作家金英今描述朝鲜族自然科学家业绩的数十篇报告文学作品不仅受到朝鲜族自然科学家的热烈欢迎，也受到了培养民族未来人才的朝鲜族中小学的欢迎，在中小学学生中广泛传扬。从这个意义上说，报告文学虽然阅读兴趣天然不如小说，但它又有小说所没有的优势，那就是绝对的真实，有着小说所没有的文学说服力和魅力。

第二，作家金英今在报告文学集《灿烂的探求之路》中生动地塑造了主人公们的人物形象，为了真实地描绘他们不朽的业绩，每篇报告文学都有故事，即从科学家在家庭和学校的成长到在科学研究领域创造出丰硕果实时为止，不仅着力再现其过程，而且在具体交代生活细节方面也下了很大功夫。

而且作家金英今在这些报告文学中追求风格的多样化。众所周知，报告文学主要的手法就是叙述。不能像小说那样描写，不能像诗歌那样抒情，也不能像议论文那样展开议论。但是在可能的范围内，顾及到报告文学的文学趣味，作家金英今致力于风格的多样化。为了突出主人公的个性，在主人公的外貌、服饰、表情和语言描写上浓墨重彩；为了让读者更准确地理解自然科学的深奥原理和发明创造的复杂过程，在说明大量科学原理、概念以及发明物上倾注了心血。

第三，作家金英今非常清楚报告文学不允许虚构，这种局限是绝对无法超脱的。不过，允许创作主体在一定程度上的介入，这是报告文学在创作上与其他文学形态不同之处。因而作家金英今努力参与到报告文学的故事之中。有时与主人公开诚布公地交谈；有时翻阅主人公的日记、信函、演讲稿或其他备忘录；有时对主人公的言行、大的动作、小的细节做出主观评价；有时随着主人公遭遇到的问题一起叹息，一起落泪，一起哭诉，与主人公分享成功的喜悦，一起欢笑，为其鼓掌喝彩；有时又因主人公感人的事迹或光彩照人的言行一吐胸中块垒；有时还会对寻找主人公的过程加以说明。而且为了表现主人公们的深奥思想，如实地再现他们那像青山一样翠绿、苍天一样辽阔的胸襟，引用了很多自己掌握的俗语、格言、名言、诗句和故事。因而我们可以下这样的结论：这部报告文学集除描写的 37 名朝鲜族自然科学家主人公外，还有一个主人公，那就是作家金英今。

没错。就是作家金英今。她与我们的自然科学家同悲喜、共命运，像他们那样热爱真理、维护正义，像他们那样热爱民族、憧憬未来。

结　语

报告文学集《灿烂的探求之路》中的 37 名朝鲜族自然科学家的业绩不仅为朝鲜族同时代人，也为肩负我们未来使命的后代树立了科学探求的榜样。记录他们不朽业绩的报告文学集《灿烂的探求之路》是填补朝鲜族文坛巨大空白的一部力作，金英今做出了别的作家没能做出的事情。文学史一定会记录下作家金英今的贡献。

报告文学集《灿烂的探求之路》的出版，为研究中国朝鲜族自然科学史提供了一个重要的契机。虽然自然科学史的论述不能停留于纪实文学，不过，离开这 37 名自然科学家的事迹去研究朝鲜族自然科学史显然是行不通的。从这个意义上看，作家金英今的这部报告文学集对研究朝鲜族自然科学史也有着巨大贡献。

报告文学集《灿烂的探求之路》所包容的思想内容非常丰富，不仅为科学探求之路提供了诸多启示，也展示了中国朝鲜族不幸历史的一个侧面，为在市场经济的冲击下，在复杂的社会环境、巨大的不安之中开拓人生的朝鲜族提供了很多参照系。并且提出了生命最基本的深刻问题：人为什么而活？人应该怎么活？还做出了明确的解答。所有这些都展现出作家金英今巨大的文学抱负和出色的文学才华。从这个意义上说，这部报告文学集的作者的名字也必将和主人公 37 名朝鲜族自然科学家的名字一起获得永恒。

2016 年 11 月 12 日上午 9 时 5 分
于烟集河畔滨江嘉园

后 记

本书中的不少文章业已收录到《一代之星》《如青山似苍穹》等书中，因为经费问题我也屡次想要放弃，那为什么还要花费大笔的经费重新结集成册呢？本来我计划在出版《一代之星》之后再写一本书，为此也努力了好几年。我采访了我国成功爆炸第一颗原子弹时在核主机设计部门工作立下显赫功绩的核技术专家玄光赫教授，还去天津采访了在我国被称为"肿瘤医学之父"的著名癌症专家、已经作古的金显宅教授的事迹。写下十几万字的文字后，终因无法解决旅差费，加上身体欠佳，半途而废。只能寄望于将我从事的中国朝鲜族自然科学家报告文学创作整理成本书，做个了结。

而且，近年来，不少科学家在我的书出版之后又取得了很多新成果。我也试图做些补充。

另一个原因是，非常关心我创作自然科学家报告文学的郑判龙教授在辞世的数月前，不顾病魔缠身给我写了序言，他对我说，只要我愿意，可以用于下一本书。这件事一直让我难以释怀，我下定决心，无论多么艰难，这本书我一定要出版。

需要说明的是，收录到本书中的人物不是某个上级机关选拔或推荐的，部分是中国朝鲜族科学工作者协会负责人介绍的，部分是笔者采访过程中深受感动的人物。因而希望读者不要产生错觉，以为这是什么先进科学家事迹集。这毕竟是报告文学，有些人的研究成果虽然丰硕，由于种种原因没有写出来，深感愧疚。另外，著名的尹宗柱博士、长征四号乙运载火箭总设计师李相荣教授、中国陶瓷研究所博士生导师金宗哲先生等人，笔者连采访计划都订好了，却因种种原因未能成文。眼看本书就要付梓出版，倍感遗憾和歉疚。

我相信，我们民族在广袤的中国大地熠熠生辉的星辰今后一定会在后辈作家的努力下为子孙后代广为传颂。

人物排列顺序依据的是出生年月。

就在本书完稿两年出版经费依然没有着落之际，辽宁民族出版社文淑东副总编给予了多方帮助和努力，在此谨表由衷的谢意。同时还要特别感谢吉林的一位刘姓企业家，他资助了本书部分出版经费，虽然是汉族，可听到出版经费不足，二话不说，慷慨解囊。还要感谢一直在背后排忧解难、默默支持的丈夫，以及提供援助的子女们。

感谢20多年来一直支持、鼓励我从事自然科学家报告文学创作的姜贵吉会长、已故安泰庠教授，以及不辞辛苦阅读数十万字的稿件撰写书评的任范松教授、崔三龙教授。最后，谨向为本书的圆满出版付出心血的辽宁民族出版社职员们表示深深的谢意。

2003 年 1 月

图书在版编目（CIP）数据

灿烂的探求之路（下）/ 金英今著；全华民译. -- 北京：作家出版社，2018.3

（中国少数民族文学发展工程·民译汉专项）

ISBN 978-7-5063-9980-7

Ⅰ. ①灿… Ⅱ. ①金… ②全… Ⅲ. ①纪实文学 – 中国 – 当代 Ⅳ. ①I25

中国版本图书馆CIP数据核字（2018）第058678号

灿烂的探求之路（下）

作　　者：金英今
译　　者：全华民
责任编辑：史佳丽　李亚梓
装帧设计：薛　怡
出版发行：作家出版社
社　　址：北京农展馆南里10号　　邮　　编：100125
电话传真：86-10-65930756（出版发行部）
　　　　　86-10-65004079（总编室）
　　　　　86-10-65015116（邮购部）
E-mail:zuojia@zuojia.net.cn
http://www.haozuojia.com（作家在线）
印　　刷：北京玺诚印务有限公司
成品尺寸：170×240
字　　数：258千
印　　张：19.75
版　　次：2018年11月第1版
印　　次：2018年11月第1次印刷
ISBN 978-7-5063-9980-7
定　　价：36.00元